Nicole Grün

Leiche auf Loch 6

Das Buch

Ferdinand von Pirach liebt Einlochen – nicht nur auf dem Golfplatz. Als der alternde TV-Moderator und Golfclub-Präsident tot auf dem Grün von Loch 6 gefunden wird, ist bald klar: Es war Mord. Und: Es gibt so viele Tatverdächtige wie gehörnte Ehemänner oder enttäuschte Geliebte.

Unversehens fällt der Verdacht auf den Golflehrer Fritz Moser. Um seine Unschuld zu beweisen, beginnt Fritz, auf eigene Faust zu ermitteln und taucht ein in einen Sumpf aus Sex, Verrat und Korruption.

Die Autorin

Nicole Grün, 1984 in Niederbayern geboren, ist selbst Golferin und hat auf Golfplätzen schon in so manche menschliche Abgründe geblickt. Nach ihrem Studium der Politikwissenschaft und Volkswirtschaftslehre besuchte sie die Deutsche Journalistenschule. Sie arbeitet als freie Journalistin und Autorin und lebt mit ihrer Familie in München.

Nicole Grün

Leiche auf Loch 6

Ein Golfkrimi

Für Golfer – und alle, die es nie werden wollen.

Personen und Handlungen sind frei erfunden.
Ähnlichkeiten mit lebenden oder toten Personen sind rein zufällig und nicht beabsichtigt.

Mit „Kleiner Einführung in das Golfer-Latein“

Lipperheidestraße 16a, 81245 München
www.nicolegruen.com

Herstellung und Druck: CreateSpace

Umschlaggestaltung: Nicole Grün
Umschlagabbildung: © andresr/fotolia.com

ISBN: 978-1508612612

Prolog

Plopp.

Ferdinand von Pirach liebte dieses Geräusch. Es sagte ihm, dass er eingelocht hatte. Dieses Mal seinen Golfball in das Loch des sechsten Grüns. Wenn es ums Einlochen ging, musste man bei Ferdinand von Pirach spezifisch werden, denn er liebte Einlochen – ob auf dem Golfplatz oder anderswo. Er lachte laut auf, als er an den dämlichen Spruch dachte: „Hast du noch Sex oder spielst du schon Golf?"

Die Leute hatten eben keine Ahnung. Seit er Golf spielte, hatte er mehr Sex denn je. Sogar mehr als damals, als er noch hauptberuflich TV-Moderator gewesen war, und das sollte etwas heißen. Auf dem Golfplatz fanden sich eben nicht wenige attraktive, aber unbeholfene Damen, die dankbar waren, wenn man ob ihrer fehlenden Ballbeherrschung nicht die Hände über dem Kopf zusammenschlug und in Deckung ging, sondern sie mit auf die Runde nahm. Dort konnte Ferdinand von Pirach ihnen die richtige Schlägerhaltung zeigen – natürlich nicht, ohne von hinten ihre Taille zu umfassen. Oder er brachte ihnen die Technik der Annäherung bei, die er selbstverständlich perfekt beherrschte; hier meinte er ausnahmsweise Schläge über eine kurze Distanz mit dem Zweck, das Grün zu erreichen und den Ball möglichst nahe an die Fahne zu legen oder am besten gleich einzulochen.

Annäherungen, einlochen ... Ferdinand von Pirach seufzte wohlig. Nirgends war die Sprache so schön wie beim Golfen. Und niemand nahm die Begriffe so wörtlich wie er, der sich auf den Grüns den Damen annäherte und seine Bemühungen damit krönte, einzulochen. Dieses Vorgehen funktionierte erstaunlich gut, auch mit seinen 65 Jahren.

Als er sich sein Alter vergegenwärtigte, nahm er den blank geputzten Putter in die Hand und spiegelte sein Gesicht darin. Nicht schlecht, dachte er bei sich. Sein immer noch, oder besser: wieder faltenfreies Antlitz mit den angenehmen Zügen eines Mannes von

Welt war sonnengebräunt von den vielen Tagen auf dem Golfplatz und seine Zähne blendeten beinahe, so weiß waren sie. Befriedigt nahm er zur Kenntnis, dass sich das unverschämt teure Bleaching-Gel lohnte, das in seinem ansonsten gähnend leeren Kühlschrank lagerte. Ferdinand von Pirach kippte die Schlagfläche ein wenig, um einen Blick auf seine sorgsam frisierte blonde Haarpracht zu erhaschen, und erstarrte.

War da etwas? Oder jemand? Er dachte, er hätte in der Spiegelfläche des Putters einen Schatten gesehen. Abrupt wandte er sich um und musterte seine Umgebung mit zusammengekniffenen Augen. Weder im Schilf neben ihm, noch in dem dunklen Tannenwald, der das Grün umgab, konnte er eine Person ausmachen. Hatte er sich getäuscht? Konzentriert starrte Ferdinand von Pirach in die feinen Nebelschwaden, die über den kleinen Teich zu seiner Linken waberten. Fast erwartete er, dass sich eine bedrohliche Gestalt aus dem weißen Dunst lösen und auf ihn zukommen würde; so stark war sein unangenehmes Gefühl, beobachtet zu werden. Es hatte ihn heute Morgen bereits des Öfteren beschlichen und die feinen Härchen in seinem Nacken zu Berge stehen lassen.

Das war doch lächerlich. Wäre seine Stirn nicht glatt poliert wie ein Stein, hätte er sie gerunzelt. Stattdessen schüttelte er mit Nachdruck den Kopf. Bestimmt bildete er sich alles nur ein. Das war wohl der Anspannung geschuldet, die das große Ereignis mit sich brachte: Heute hatte er Geburtstag. An diesem Freudentag würde er sich feiern lassen, wie es jemandem von seinem Rang und Namen gebührte: mit einem Golfturnier auf seinem Platz, an das sich die High Society noch in Jahrzehnten erinnern würde. Schließlich war Ferdinand von Pirach ab heute offiziell in Rente und das bedeutete, dass er sich nun mit gutem Gewissen den schönen Dingen des Lebens widmen durfte. Nicht dass er das nicht schon vorher ausgiebig getan hätte, aber wer wollte so engstirnig sein und ihm das vorwerfen.

Das schönste Geburtstagsgeschenk hatte er eben bekommen, zu unchristlich früher Zeit, doch er war der Letzte, der sich darüber beschweren würde. Ein Lächeln stahl sich auf seine Lippen, als er an die Frau dachte, die ihm das Geschenk gemacht hatte. Er war sich sicher: Dieses Mal war es die einzige, die wahre Liebe. Es gab sie wirklich, wie in den Sendungen, die er moderiert hatte.

Dieses Mal war alles anders. So unschuldig. So frisch. Dieses irre Herzklopfen, das ihn nun immer häufiger überkam. Dieses Hoffen und Bangen. Er fühlte sich zurückversetzt in der Zeit, fühlte sich wie ein Jüngling, stets in der Angst, entdeckt zu werden. Das gab dem Ganzen zusätzliche Würze. Genießerisch schürzte er die Lippen und bückte sich, um seinen Ball aus dem Loch zu holen. Dabei wurde ihm etwas schwindlig. Langsam richtete er sich auf, mit geradem Rücken und aus den Knien heraus, wie es ihm seine Krankengymnastin gezeigt hatte. So hatte er das vermaledeite Kreuzweh in den Griff bekommen, das ein Clubmitglied zu einem anzüglichen Grinsen und der despektierlichen Bemerkung veranlasst hatte: „Wenn es hinten wehtut, soll man vorne aufhören".

Blödsinn. Die Liebe hielt ihn jung und geschmeidig. Dieser dahergelaufene Arbeitersohn war ja noch grün hinter den Ohren. Ferdinand von Pirach hatte kraft seines Amtes als Präsident des Golfclubs Leonbach dafür gesorgt, dass sich dieser unerzogene Bengel einen anderen Verein suchte. Derart niveaulose Leute konnte sein Club nicht gebrauchen.

Das Lärmen eines Motors unterbrach seine Gedanken. Zweifellos Sepp Moser, der Greenkeeper, der mit seinem grünen Traktor auf der Bahn nebenan vorbeiknatterte. Noch jemand ohne Niveau. Nur: Ihn brachte der Präsident aus verschiedenen Gründen nicht so leicht los. Wie es aussah, hatte der Greenkeeper seine Arbeit dieses Mal gut gemacht. Die anderen Spielbahnen würde sich von Pirach gleich vornehmen, aber dieses sechste Loch, ein Par 3, war in tadellosem Zustand. Die Fahne war nach seinen Anweisungen in die Ausbuchtung des Grüns zum Teich hin gesteckt, sodass man sie vom Abschlag aus kaum aus dem umgebenden Schilf ragen sah. So wurde die Bahn zum tückischsten Loch des gesamten Platzes, und der Teich würde für viele Golfbälle zum Grab werden. An diesem sechsten Loch würden sich seine Geburtstagsgäste die Zähne ausbeißen. Viele erstklassige Golfer waren darunter. Allerdings war

Ferdinand selbst in Topform. Gerade hatte er das Loch Par gespielt, also mit drei Schlägen eingelocht. Die Golfstunden bei Fritz Moser hatten sich ausgezahlt. Es würde ihn nicht wundern, wenn er sein eigenes Geburtstagsturnier gewänne. Das gäbe eine schöne Schlagzeile! Natürlich hatte er dafür gesorgt, dass die Presse zahlreich vertreten sein würde. Die Royal Revue, die Farbige und sogar die Blitz-Zeitung hatten ihr Kommen zugesagt. Er freute sich schon jetzt auf die Fotos in den Hochglanzmagazinen, die ihn von seiner besten Seite zeigen würden. Beschwingt ging Ferdinand von Pirach zu seiner Golftasche. Gewohnt sorgfältig wischte er mit seinem frisch gewaschenen Schlägerputztuch Tau und Mähreste von seinem Putter. Plötzlich hörte er Schritte auf sich zukommen. Er hob den Kopf. Als er der sich nähernden Person in die Augen blickte, wusste Ferdinand von Pirach mit unzweifelhafter Gewissheit: Er saß in der Scheiße. Ziemlich tief sogar.

1

Ping.

Fritz Moser liebte dieses Geräusch. Es sagte ihm, dass er den Ball perfekt getroffen hatte. Das war mittlerweile ein derart seltenes Ereignis, dass er es zu schätzen wusste wie ein Stück von der Schwarzwälder Kirschtorte, die seine Mutter alljährlich zu seinem Geburtstag buk. Wie die süße Verführung löste das Geräusch zwiespältige Gefühle in Fritz aus. Im ersten Moment war da die pure Verzückung, nach dem letzten Bissen kam die Wehmut und später … ja, später wurde ihm schlecht, weil er sich regelmäßig an der Torte überfraß. Nun gut, die Verzückung und die Wehmut passten, nur schlecht war ihm von einem perfekt getroffenen Ball noch nie geworden. Stattdessen setzten nach dem Schlag Entzugserscheinungen ein. Das „Ping", das er vor nicht allzu langer Zeit täglich hunderte Male gehört hatte, fehlte ihm mehr, als er sich eingestehen wollte.

Andächtig sah er dem kleinen weißen Ball nach, der mit dem charakteristischen Zischen niedrig startete und immer höher in den milchigen Himmel stieg, bis er mit ihm verschmolz. Einen Augenblick stand Fritz still da und genoss die Ruhe, die über dem noch unberührten Golfplatz lag. Nicht mehr lange und die ersten Turnierteilnehmer würden eintreffen. Bevor es so weit war, wollte er über alle Berge sein. Ferdinand von Pirachs Geburtstagsturnier wurde als Event des Jahres angepriesen, das die Haute-Volée des deutschen Fernsehens und die Großkopferten aus München ins niederbayerische Leonbach locken würde. Rita, die Clubgastronomin, war seit Monaten in heller Aufregung darüber, ob ihre raffinierten bayerischen Leckerbissen den Ansprüchen der Stars und Sternchen genügen würden. Fritz hatte da keinerlei Bedenken und bedauerte, dass er ihre Schmankerl später nicht würde kosten können.

Doch er hasste alle Veranstaltungen, die als „Event des Jahres" bezeichnet wurden, genauso wie Schickimickis, die nur Golf spielten, weil es in ihren Kreisen zum guten Ton gehörte.

Und Ferdinand von Pirach hasste er auch.

In einem Anflug von Wut drosch er auf den nächsten Ball ein, der prompt in einer krummen Kurve nach links ausscherte. Statt „Ping“ ertönte ein zorniges „Zefix“. Fritz biss vor Schmerz die Zähne zusammen. Vorsichtig zog er den Golfhandschuh aus und beäugte voller Abscheu das dichte Narbengewebe, das seine linke Hand bedeckte – die Hand, die einmal für sein brillantes Golfspiel verantwortlich gewesen war. Jetzt war sie schuld daran, dass er sich wie ein Einbrecher meist noch vor Sonnenaufgang auf die Driving Range schlich, damit ihn seine Schüler nicht dabei ertappten, wie er krumme Bälle schlug. Er, dessen Schwünge noch vor wenigen Jahren von Tausenden Menschen bewundert worden waren.

Um sich von seinem Elend abzulenken, dachte Fritz an Dampfnudeln. Wenn er Glück hatte, gab es die heute zum Abendessen. Zwar war es seiner Meinung nach ein bisschen peinlich, als 32-Jähriger wieder bei den Eltern zu wohnen, aber es gab einen großen Vorteil: Mutters unvergleichliche Kochkunst. Wie hatte er sie in den Jahren auf der Profitour vermisst! Wenn er ehrlich war, war das so ziemlich das Einzige gewesen, was er von zu Hause vermisst hatte.

Fritz stöhnte, als er an den heutigen Morgen dachte. „Morgen“ war untertrieben. Zu nachtschlafender Zeit um vier Uhr früh war er von einem lauten Türknallen geweckt worden. Nicht dem Knallen seiner Tür, sondern der seines Bruders Schorsch, der im Zimmer nebenan schlief. Nach einigen deftigen Flüchen war ein unterdrücktes Stöhnen und ekelerregendes Würgen durch die Wand zu Fritz hinübergedrungen. Fritz schwante nichts Gutes. Tatsächlich wurde kurz darauf die Tür zu seinem alten Kinderzimmer aufgestoßen. Weil ihn das helle Licht vom Gang blendete, konnte Fritz nur Umrisse erkennen. Das genügte. Breitbeinig wie ein Cowboy und mit in die Hüften gestemmten Armen stand sein Vater im Türrahmen, den er mit seiner hünenhaften Gestalt beinahe vollständig ausfüllte. Der „Alte Fritz“, wie er von allen genannt wurde, war sogar im Halbdunkel eine einschüchternde Erscheinung.

„Nix als Saufen im Kopf, der Depp“, zeterte er vor sich hin.

Dann hob er seinen Arm und zeigte anklagend auf Fritz. „Wennst schon einmal hier bist, bringst jetzt entweder deinen versoffenen Bruder zur Räson oder schwingst selbst deinen Arsch in den Kuhstall!", schrie er seinen ältesten Sohn an.

„Ein einfaches 'Guten Morgen' hätte auch gereicht", murmelte dieser und kniff die Augen zusammen, weil sein Vater unbarmherzig das Licht einschaltete.

„Der Herr Golfpro ist sich wohl zu schade zum Kühe melken? Das ist mir aber wurscht. Auf geht's, der Olga platzt sonst das Euter!", rief der Alte Fritz und stapfte davon. Die betagten Dielen knarrten so laut, dass nun sicher der gesamte Hof wach war.

Fritz atmete langsam aus. Sein Vater schaffte es immer wieder, dass er sich in seiner Gegenwart wie ein kleiner Junge fühlte. Der Alte Fritz hatte es ihm nie verziehen, dass er als der Erstgeborene nicht wie es sich gehörte den Moserhof übernehmen wollte, sondern lieber eine Golfkarriere eingeschlagen hatte. Golfer konnte sein Vater auf den Tod nicht ausstehen. „Versnobte Pinkel! Die wissen alle nicht, was anständige Arbeit ist", schimpfte er, sobald er einen von ihnen erblickte. Das geschah ziemlich oft, schließlich befand sich der Moserhof direkt neben dem 15. Loch. Dabei war der Alte Fritz selbst schuld daran, dass sein Sohn den Golfsport entdeckt hatte. Vor zwei Jahrzehnten hatte er den Grund und Boden verkauft, auf dem sich nun der Golfplatz Leonbach befand. Er hatte dadurch ein Vermögen gewonnen und sein Sohn eine faszinierende neue Welt.

Als Teenager hatte sich Fritz stundenlang im Wald versteckt und hinter dicken Baumstämmen oder in seinem Baumhaus verborgen zugesehen, wie elegant gekleidete, Schirmmützen tragende Golfer ihre Trolleys über den fein gemähten Rasen zogen und alle paar Meter Halt machten, um in meist weniger eleganter Manier ihre Golfbälle aufs Grün zu befördern. Ohne jemals selbst auch nur einen Ball geschlagen zu haben, lernte er durch die Analyse der verschiedenen Schwünge, warum manche Bälle nach rechts ausbrachen und im Wald landeten, während andere wiederum in einer mustergültigen geraden Linie auf das Loch zusteuerten. Er hielt es nicht für möglich, wie blöd sich manche Golfer anstellten. Zu sehen, wie sie denselben Fehler wieder und immer wieder machten, trieb ihn fast zur Weißglut. Als er zum gefühlten vierhundertzweiundneunzigsten Mal Zeuge wurde, wie ein Mann mit besonders scheußlichem Schwung, den Fritz insgeheim den „Hacker“ getauft hatte, den Abschlag am Loch 15 nach links ins Aus schlug, hielt er es nicht mehr aus.

„Sie müssen den linken Arm gestreckt halten, damit der Ball gerade fliegt“, rief er und verließ die schützende Deckung des Waldes.

Der Hacker, der eben noch vor Wut über den missratenen Schlag seinen Golfschläger auf den Boden geworfen hatte, drehte sich um und schenkte ihm ein nachsichtiges Lächeln. „Du bist ein Bauernbub vom Moserhof, gell? Was weißt du denn schon vom Golfspiel?“

„Mehr als Sie, möcht ich wetten!“, antwortete Fritz frech. Er konnte es nicht leiden, als Bauernbub bezeichnet zu werden.

„Na, das will ich sehen“, meinte der Hacker und reichte ihm seinen Schläger.

Fritz wurden die Knie weich, als er zum ersten Mal in seinem Leben einen Golfball auf diesen seltsamen Holzstängel namens Tee setzte und einen Schläger in die Hand nahm. Dieses kleine weiße Ding sollte er mit dieser winzigen Schlagfläche treffen? Kurz kamen ihm Zweifel ob seines Vorhabens. Dann erinnerte er sich an alles, was er bisher gesehen hatte, schloss die Augen und holte aus. Mit einer flüssigen Bewegung schwang er zurück und …

Ping.

Da war es, das Geräusch, das Fritz' weiteres Leben bestimmen sollte.

Der Hacker war überzeugt, ein Wunderkind entdeckt zu haben, und spendierte ihm eine Golfstunde sowie einen abgelegten Schlägersatz. Von da an verbrachte Fritz jede Minute, die er nicht in der Schule oder im Stall vergeuden musste, auf dem Golfplatz. Auch seinen ein Jahr jüngeren Bruder Sepp steckte er mit seiner Begeisterung an. Weil Sepp das Naturell seines Vaters geerbt hatte und zu cholerischen Ausbrüchen neigte, brachte er es in diesem Sport, in dem gute Nerven und kühle Beherrschtheit gefragt sind, nicht zur selben Meisterschaft wie Fritz. Also entschied sich der Zweitgeborene sehr zum Missfallen des Familienoberhauptes für eine Laufbahn als Greenkeeper.

Auch Schorsch, der Drittgeborene, war eine Enttäuschung für seinen Vater. Er hatte nur Partys und sein kleines Elektrogeschäft im Kopf, das er in der alten Scheune des Moserhofs eingerichtet hatte. Ausgerechnet ein Elektrogeschäft, das auf Fernseher spezialisiert war. Fernseher standen auf der langen Liste der Dinge, die der Alte Fritz hasste, gleich nach Golfspielern.

Gott sei Dank gab es den Nachzügler Johann, „Hansi". Als einziger der vier „Moserbuam" zeigte er Interesse an der Landwirtschaft. Beinahe schon zu viel, wenn es nach seinem Vater ging, denn zu dessen großen Unbill hatte sich Hansi dafür entschieden, zunächst Landwirtschaft zu studieren und erst danach den Moserhof zu übernehmen.

„Was möchtest denn da studieren? Die Kuh muss auch nicht studieren, bevor sie scheißt", war der Kommentar des Alten Fritz gewesen. „Bleib lieber hier und pack mit an. Du bist schuld, wenn ich früh sterbe! Lässt mich hier alleine ackern, bis du fertig studiert hast!"

Davon konnte jedoch nicht die Rede sein, denn mit anpacken musste auf dem Moserhof jeder, der dort wohnte. Und dort wohnen, das taten alle Moserbuam. Nur Fritz war von zu Hause ausgezogen, um sein Glück auf der European Tour zu versuchen. Zuletzt hatte er mit seiner Freundin Susi in Leonbach gewohnt, bis vor einem halben Jahr diese ... Sache dazwischengekommen war.

Wie sehr er eine eigene Wohnung vermisste! Auf dem Moserhof brannten spätestens um fünf Uhr morgens alle Lichter und es wurde geschrien und geflucht, dass nicht einmal die Ohrstöpsel halfen, mit denen Fritz versuchte, die Außenwelt auszusperren.

Als er aus dem Kuhstall zurück in das altehrwürdige Bauernhaus trat, um sich unter der Dusche des Stallgeruchs zu entledigen, hämmerte sein Bruder Sepp gerade gegen die Tür des einzigen Badezimmers und brüllte: „Schorsch, geh sofort da raus, ich muss kacken!"

„Geht nicht, ich muss ko..." Der Rest der Antwort ging in einem unappetitlichen Gurgeln unter.

„Oh Mann, kotz halt woanders, ich muss in einer Viertelstunde auf dem Platz sein. Heut ist ein wichtiges Turnier!", schrie Sepp.

„Ist mir doch wurscht", ertönte es stöhnend aus dem Bad.

„Gescheiter wär's sowieso, du würdest unsere Felder mähen anstatt das depperte Gras vom Golfplatz!", bemerkte der Alte Fritz und verpasste seinem Sohn Sepp im Vorbeigehen eine Kopfnuss.

Das nahm der junge Fritz zum Anlass, auf der Türschwelle kehrtzumachen. Dieses Irrenhaus so früh am Morgen war einfach zu viel für ihn. Lieber verzichtete er auf eine Dusche und ging gleich auf die Driving Range. Er sah auf die Turmuhr, die seit mehr als einem Jahrhundert die weiß getünchte Stirnseite des Moserhofs zierte. Kurz nach fünf Uhr. Um diese Zeit würde sich noch niemand auf das Trainingsgelände des Golfclubs Leonbach verirrt haben. Die ersten Turnierteilnehmer würden frühestens gegen acht eintrudeln. Da wollte Fritz längst weg sein. Und den Golfbällen war es egal, ob er stank.

Vom Kuhstall auf den Golfplatz – zwei unterschiedlichere Welten konnte sich Fritz nicht vorstellen. Da stand er nun und gähnte. Müde ging er zu seinem Golflehrerstüberl, um sich einen Kaffee zu kochen. Diese kleine Hütte am Ende der Driving Range war das einzig Gute, das er Ferdinand von Pirach zu verdanken hatte. Vor einem Jahr hatte der Clubpräsident sich ordentlich ins Zeug gelegt, um den frischgebackenen PGA-geprüften Golflehrer Fritz Moser zu seinem Heimatverein zurückzuholen. Fritz' bekannter Name war ihm als geeignetes Zugpferd erschienen, um die von ihm gewünschte zahlungskräftige Klientel nach Leonbach zu locken.

In den drei Jahren seiner Amtszeit war Ferdinand von Pirach seinem Ziel um einiges nähergekommen: Neureiche Schickimickis verdrängten immer mehr die alteingesessenen Clubmitglieder. Wie diese Strategie bei den Mitgliedern ankam, würde sich in wenigen Wochen bei den nächsten Vorstandswahlen entscheiden.

Auch wenn er sich sonst nicht viel um vereinsinterne Machenschaften scherte, war Fritz gespannt, wer triumphieren würde:

Ferdinand von Pirachs Freunde oder seine Feinde. Beide Lager waren in etwa gleich groß.

Fritz schenkte sich eine dampfende Tasse Kaffee ein, stellte einen Klappstuhl vor die Hütte und nahm einen Schluck.

Brrr. Er verzog das Gesicht. Der Golfpro stand in dem Ruf, den scheußlichsten Kaffee der Welt zu kochen. Selbst gebrauter Kaffee war sein bestes Mittel, um in Sekundenschnelle wach zu werden. Der bittere Geschmack störte ihn nicht. Er bildete immerhin ein Gegengewicht zu den Schokoriegeln, die sein Hauptnahrungsmittel waren. Eine Schachtel seiner Lieblingsmarke hatte er stets in seinem Golfbag griffbereit, eine Vorteilspackung befand sich in einem gut gehüteten Versteck in seinem Golflehrerstüberl. Diesen Vorrat füllte er stets gewissenhaft auf, denn die Schokoriegel waren seine einzige Rettung, wenn er wieder einmal einen besonders besserwisserischen oder unbelehrbaren Hacker als Schüler hatte. Glücklicherweise hatte er die Gene seines Vaters geerbt, der essen konnte, so viel er wollte, ohne jemals ein Gramm zuzunehmen.

Genießerisch sog Fritz die klare Morgenluft ein, die unverkennbar nach Tau und gemähtem Gras roch, kramte einen Schokoriegel aus seiner Golftasche und packte ihn sorgsam aus. Er biss hinein, hörte das charakteristische Knacken, als seine Zähne die äußere Schokoladenschicht durchbrachen und sich zu dem weichen Karamellkern vorarbeiteten.

Einen kurzen Moment lang war er beinahe glücklich. Es war so friedlich auf der Driving Range, morgens um Viertel vor sieben an diesem herrlichen Augusttag. So still. Schokolade, Stille und Einsamkeit. Mehr brauchte er nicht zu seinem Glück.

Viel zu selten hatte er im vergangenen halben Jahr Zeit für sich gehabt. Viel zu selten war er allein gewesen. Ohne Schüler. Ohne nervende Familienmitglieder.

Zu früh gefreut. Sein Bruder Sepp rannte die kleine Anhöhe zur Driving Range herauf und fuchtelte aufgeregt mit den Armen. „Fritz, komm schnell, ich glaub dem Präsi ist was passiert!"

„Dem von Pimmel? Was soll dem denn passiert sein?"

„Na, tot ist er halt!"

2

„Tot?“ Fritz starrte seinen Bruder fassungslos an.

„Na ja, bewegen tut er sich jedenfalls nimmer.“

„Hast du Erste Hilfe geleistet?“

„Ja meinst, ich lang den an? Da holt man sich ja alles.“

„Geh Sepp, so ein Schmarrn. Hast wenigstens einen Krankenwagen gerufen?“

„Na, das bringt dem eh nix mehr, so wie der ausschaut. Komm mit, schau ihn dir halt selbst an.“ Sepp packte seinen Bruder am Arm und zog ihn mit sich. „Auf dem sechsten Grün liegt er. Ich wollt gerade das Grün walzen, da seh ich ihn. Das heißt, erst hab ich ihn nicht gesehen und hätt ihn beinahe platt gewalzt. Wär auch schon wurscht gewesen.“ Im Laufen zuckte Sepp die Schultern und plapperte munter weiter. „Du weißt ja, wie wichtig dem von Pimmel schnelle Grüns sind. Kannst dich daran erinnern, wie er mich deshalb bei der letzten Mitgliederversammlung zur Sau gemacht hat? Ich hätt ihn glatt umbringen können, den Sack. War aber gar nicht nötig. Jetzt liegt er da und rührt sich nicht mehr. Herzinfarkt, tippe ich mal. Kein Wunder, bei so einem alten Knacker. Hat sich auch nicht gerade altersgemäß verhalten und einen auf Tiger Woods gemacht. Das geht auf die Pumpe, ist doch klar.“

Sepp verstummte keine Sekunde, während er mit Fritz den kleinen Abhang zwischen Driving Range und Clubhaus hinunterhastete. Das musste der Schock sein. Er redete sogar dann noch, als er Fritz in seinen kleinen grünen Traktor bugsierte und sich neben ihn quetschte. Als er den Motor anließ und dessen Knattern Sepps Redeschwall übertönte, atmete Fritz erleichtert auf. Bei diesem Gequassel konnte er nicht denken.

Sie nahmen den schnellsten Weg über die schmale, aber zweckmäßige Zufahrtsstraße, die sich drei Kilometer durch Wälder und hügelige Felder schlängelte, bevor sie in die Zivilisation, das heißt auf eine Bundesstraße, führte. Wie oft hatte sich Ferdinand von Pirach über die einem Golfplatz nicht würdige Holperpiste aufgeregt! Seiner Meinung nach konnte sie keinem Clubmitglied zugemutet werden – vor allem nicht den Besitzern breiter Geländewagen oder Porsche Cayennes, auf die er es abgesehen hatte. Sollte von ihnen vielleicht verlangt werden, bis zu einer der verbreiterten Ausweichstellen rückwärts zu fahren, die sich nur alle 300 Meter befanden? Unmöglich! „Wir sind doch kein Wald- und Wiesenclub!“, hatte von Pirach unablässig geschimpft. Deshalb hatte er geplant, den Golfclub Leonbach durch eine zweispurige, und wie er betonte, „standesgemäße“ Zufahrtsstraße aufzuwerten. Auch über deren Bau sollte bei den nächsten Vorstandswahlen abgestimmt werden. In Fritz' Augen ein völlig sinnloses Unterfangen. Erstens erfüllte die jetzige Zufahrtsstraße ihren Zweck, und zweitens würde sein Vater, der Alte Fritz, in der Sache sowieso keinen Zentimeter nachgeben. Das war wörtlich zu nehmen, denn dem Alten Fritz gehörten eben jene Felder und Wälder, durch die die Zufahrtsstraße führte. Nur über seine Leiche würde er auch nur einen Quadratmillimeter seines Grundes hergeben für so eine „depperte Schickimicki-Straß'“. Das hatte er oft genug wiederholt.

Fritz schüttelte ungläubig den Kopf. Eine Leiche hatten sie jetzt tatsächlich. Aber es war nicht die seines Vaters, sondern die des Präsidenten.

Ferdinand von Pirach tot? Der Ferdinand von Pirach, den sein Bruder und er aufgrund seiner Unersättlichkeit nur von Pimmel nannten? Der von Pimmel also, der erst gestern mit seinem blendenden Gesundheitszustand geprahlt und auf der Driving Range zwanzig Liegestützen absolviert hatte? Einfach so gestorben? Ausgerechnet an seinem großen Tag? Das musste er mit seinen eigenen Augen sehen, um es zu glauben.

Es dauerte eine Weile, bis Fritz die Stille registrierte. Der Motor war verstummt, genauso wie sein Bruder. Sepp war ein Stück in den kleinen Waldweg hineingefahren, der von der Zufahrtsstraße zum sechsten Loch führte und nach einigen Metern so schmal wurde, dass man nur zu Fuß weiterkam. Nun sah er Fritz erwartungsvoll an und meinte: „Ich weiß, der von Pimmel läuft uns nicht weg. Ein bisschen schneller machen könntest trotzdem.“

Endlich stieg auch Fritz aus dem Traktor und ging an seinem jüngeren Bruder vorbei in den Wald hinein. Er holte tief Luft. Er liebte diesen dumpfen, moosigen Geruch. Einige Regentropfen des gestrigen Abendgewitters hingen noch in den Blättern und Tannennadeln, aber die Feuchtigkeit war nicht bis auf den Boden gedrungen. Der Waldweg war nach der langen Wärmeperiode staubtrocken. Eigentlich hätte sich das stabile Hochdruckgebiet pünktlich zu von Pirachs Geburtstag verabschieden sollen, doch den Vorhersagen zum Trotz würde es wieder ein traumhafter Tag werden. Schon jetzt war es angenehm warm, was bedeutete, dass die Luft dünner war und die Golfbälle weiter fliegen würden. Der harte Boden sorgte dafür, dass sie auch weiter rollten. Ideale Bedingungen für von Pimmel, der nicht gerade der Längste war.

Fritz verzog angewidert das Gesicht. Natürlich lieferte sein Gehirn sofort eine unerwünschte bildliche Assoziation seiner Gedanken. Musste an den Wörtern „Pimmel" und „Längste" in einem Satz liegen. Dabei war jenes berüchtigte Körperteil des Präsidenten das Letzte, woran er denken wollte. Natürlich hatte er gemeint, dass von Pimmel nicht gerade die längsten Bälle schlug, was bei seinem fortgeschrittenen Alter nicht weiter verwunderlich war. Da konnte man sich einfach nicht mehr so dynamisch bewegen, wie man wollte. Obwohl ... wenn man den Anspielungen der einen oder anderen Dame glauben wollte, konnte der Präsident das abseits des Golfplatzes noch sehr gut. Oder auch auf dem Golfplatz, wenn man wieder andere Andeutungen für bare Münze nahm. Fritz stöhnte auf. Kein Wunder, dass er Ferdinand von Pirach nicht leiden konnte. Wenn er an ihn dachte, dachte er immer an diese andere Geschichte, die er am liebsten vergessen würde. Er schüttelte den Kopf, als könnte er so die ungeliebten Gedanken vertreiben, und trat resolut aus dem dämmrigen Wald.

Die Morgensonne strahlte so hell, dass Fritz unwillkürlich die Augen zukniff. Auch, als er sie mit der Hand abschirmte, sah er: nichts. Das Grün des sechsten Lochs lag unberührt vor ihm, eingerahmt vom Wald und dem schilfbewachsenen Teich, in dem so mancher Golfball seine letzte Ruhe gefunden hatte.

„Geh Sepp. Für makabere Scherze hab ich jetzt wirklich keinen Nerv", hob er an und verstummte abrupt. Dort drüben, ganz rechts hinter dem Schilf, blitzten ein Paar Schuhe auf. Makellos sauber, als wären sie eben erst aus der Schachtel geholt worden. Fritz hatte sich oft gefragt, wer die Schuhe des Präsidenten putzte. Von Pimmel selbst wohl kaum.

Langsam ging er näher an die Ausbuchtung des Grüns heran, die in den Teich hineinragte. Nun tauchten mit türkisen Kniestrümpfen besockte stramme Wadeln auf. Auch die grau-schwarz karierte Knickerbocker sah ganz nach von Pimmel aus. Niemand sonst im Club trug Knickerbocker und schaffte es, darin nicht vollkommen lächerlich auszusehen. Im Gegenteil. Die Knickerbocker verliehen Ferdinand von Pirach erst das gewisse Etwas, eine Art trendige Eleganz, die viele Männer im Club nachzuahmen versuchten. Eben mit dem zweifelhaften Erfolg, absolut lächerlich auszusehen.

Fritz stand nun direkt vor den reglosen Schuhen, blickte auf den noch regloseren Ferdinand von Pirach hinunter und kam nicht umhin, dessen kunstvolle Kleiderkombination zu würdigen. Der modische türkise Pullunder bildete mit den gleichfarbigen Strümpfen einen gewagten Kontrast zu den schwarzen Schuhen und der Knickerbocker. Sicher hätte das Türkis dem Präsidenten ausgezeichnet gestanden, wenn nicht … ja, wenn sein Gesicht nicht zu einer faltenfreien Fratze verzerrt gewesen wäre.

Kein Zweifel, Ferdinand von Pirach hatte das letzte Stündlein geschlagen. Ausgestreckt lag er neben der Fahne auf dem Rücken und blickte mit weit aufgerissenen Augen in den Himmel, als hätte er den leibhaftigen Teufel erblickt. Die Augäpfel traten hervor, geplatzte Äderchen durchzogen seine Lederhaut. Der Mund in einem stummen Aufschrei geöffnet, die Lippen leicht blau. Die rechte Hand auf das Herz gepresst, aus der linken, die schlaff neben seiner Hüfte lag, war ein Golfball gekullert.

Fritz erschauerte. Der leblose Ferdinand von Pirach war kein schöner Anblick, da half auch das stilvollste Outfit nichts. Ihn tot zu sehen, erschütterte Fritz überraschenderweise doch ein wenig.

Überraschenderweise, denn bis vor einer Stunde hatte es zu seinen Lieblingsbeschäftigungen gezählt, sich von Pirachs Ableben in den schillerndsten Farben auszumalen. Er zog den zuvor angefangenen Schokoriegel aus seiner Hosentasche, biss hinein und zwang sich, erneut den Leichnam zu betrachten. Es sah so aus, als hätte sich der Präsident im Fallen an seiner Golftasche festhalten wollen. Nun lag sie umgekippt einen Meter neben ihm. Tees und Bälle waren auf der Ausbuchtung des Grüns verstreut, ebenso wie einige Dutzend kleine silberne Verpackungen.

Fritz runzelte die Stirn und sah genauer hin. „Das sind doch …"

Sepp grinste spöttisch und beendete den Satz für ihn. „Ganz recht, Kondome sind's. Auch Verhüterli, Gummis oder Überzieher genannt. Falls du es im vergangenen halben Jahr vergessen haben solltest: Man verwendet sie, um …"

„Ja ja, ich weiß, wofür man die Dinger verwendet", unterbrach Fritz seinen Bruder ruppig.

„Hast mir ja nie geglaubt, das mit dem Unterstand neben dem vierten Loch", erwiderte Sepp schnippisch. „Zu viel poppen ist einfach nicht gesund, siehst ja, was dabei rauskommt. Jetzt hat es sich ausgepimmelt." Mit seinem Fuß stieß er abschätzig gegen von Pirachs blank polierten Schuh.

Der Schuh bewegte sich keinen Millimeter.

„Aha, das ist dann wohl die Totenstarre", stellte Sepp fest, während Fritz erschrocken einen Satz nach hinten machte. Interessiert stupste Sepp erneut von Pirachs Schuh an.

Wieder keine Regung.

„Das ist ja cool!" Sepp begutachtete den Leichnam mit wohlwollendem Interesse. Jetzt, wo der Präsident tot war, schien er seinem Bruder richtiggehend sympathisch zu werden.

Fritz schüttelte den Kopf. Er hatte sich geirrt. Sepp war nicht im Schock. Sein jüngerer Bruder war deutlich abgebrühter als er. Das kam wohl daher, dass er sich auf dem Hof nützlich gemacht hatte, während Fritz als Golfpro durch die Welt getingelt war. Bestimmt hatte Sepp in der Zwischenzeit unzählige tote Schweine, Kühe oder Hühner gesehen, wobei er letzteren im Zweifelsfall selbst das Genick umgedreht hatte. Er hatte nämlich eine Schwäche für kross gebratene Gickerl.

Sterben gehörte eben zum Leben dazu, vor allem auf einem Bauernhof. Auf einem Golfplatz wirkte ein Toter dagegen völlig fehl am Platz, dachte Fritz bei sich. Wahrscheinlich war er deshalb so mitgenommen vom Anblick der Leiche. Und vielleicht auch, weil von Pimmels Augen so unnatürlich aufgerissenen waren. Als hätte er sich zu Tode erschrocken.

Warum war der Präsident überhaupt so früh auf dem Platz gewesen? Für eine Kontrollrunde hätte er sicher das Golfwägelchen genommen und wäre nicht zu Fuß unterwegs gewesen. Hatte er tatsächlich ein Stelldichein im Unterstand am vierten Loch gehabt? Nur: Weshalb hatte er dann sein Golfbag dabei?

„Ich kann nicht gerade behaupten, dass mir sein Tod leid tut", sagte Sepp und riss Fritz aus seinen Gedanken. „Was sollen wir jetzt mit dem von Pimmel anfangen?"

Das wusste Fritz auch nicht. Aber er wusste, wen er in einer Situation wie dieser anrufen konnte: den Franz.

Den Kriminaloberkommissar Stauffacher Franz, genauer gesagt. Der Stauffacher Franz, das war der einzige Sohn der Stauffacherin, die den Nachbarhof bewirtschaftete. Vor allem aber war der Stauffacher Franz Fritz' bester Freund seit der Grundschule.

Sie waren die einzigen beiden Bauernsöhne inmitten einer Horde von Akademikerkindern gewesen. Akademikerkinder, die sich beim Anblick ihrer Klassenkameraden die Nase zuhielten, um sie zu ärgern, wohlgemerkt. Das taten sie exakt so lange, bis Franz den Übeltätern einmal ein Gesichtspeeling mit getrockneten Kuhfladen verpasst hatte. Ab da herrschte Ruhe im Kuhstall beziehungsweise Klassenzimmer. Die beiden Bauernbuben waren fortan unzertrennlich. Fast jede zweite Nacht übernachtete Fritz bei Franz und umgekehrt, wobei Fritz die Nächte auf dem Stauffacherhof vorzog. Anders als der Alte Fritz, der Fernseher seit jeher hasste und vom Moserhof verbannt hatte, liebte die Stauffacherin die kleine schwarze Flimmerkiste, die bei ihr in der Küche stand. Noch mehr liebte sie

Krimis. Las sie nicht gerade einen blutrünstigen Kriminalroman zur Entspannung nach einem langen Tag im Stall, sah sie sich Krimis im Fernsehen an. Natürlich zusammen mit ihrem Sohn Franz und ihrem Ziehsohn Fritz, der an den heiklen Stellen stets die Augen zusammenkniff, um später nicht schlecht zu träumen. Für die Stauffacherin hingegen waren blutüberströmte Leichen und abgehackte Gliedmaßen eine Lappalie.

„So ein Depp, sieht man doch auf den ersten Blick, dass der viel zu viele Spuren hinterlassen hat“, beschwerte sie sich regelmäßig. Mit ihrem messerscharfen kriminalistischen Sachverstand überführte sie die Mörder meist noch, bevor die letzten Takte der Eingangsmelodie verklungen waren. „Gell Franz, wenn du einmal groß bist, wirst ein Kriminaler. Dann hast wenigstens richtige Kriminalfälle zu lösen und nicht so einen Kinderkram wie im Fernsehen“, sagte sie dann. Also war der Franz eben Kriminaler geworden. Kriminaloberkommissar, genauer gesagt. Ein ziemlich guter sogar, wenn man ihm mit Mord oder Ähnlichem kam. Mit einem läppischen Diebstahl oder Betrug lockte man ihn nicht hinter dem Ofen hervor. Da hatte er Besseres zu tun. Da verfolgte er lieber Frauen statt Verbrecher.

Nun gut, Fritz hatte hier einen Toten, aber Mord? Wohl kaum. Dennoch: Franz wüsste, was zu tun wäre. Er musste ihn anrufen. Fritz tastete seine Hosentasche nach seinem Handy ab. War ja klar, wenn er es einmal benötigte, hatte er es natürlich nicht dabei. Sepp brauchte er erst gar nicht zu fragen, der besaß nicht einmal eines.

„Ich fahr zum Clubhaus und ruf den Franz an, du bleibst hier und passt auf den von Pimmel auf“, rief Fritz seinem Bruder zu.

„Hast Angst, dass den jemand klaut, oder was?“, maulte Sepp. Nach einem mahnenden Blick seines größeren Bruders fügte er sich schulterzuckend in sein Schicksal. Manche Dinge änderten sich eben nie.

Auf dem Weg zum Clubhaus betete Fritz, dass noch niemand da war. Mit niemand meinte er vor allem den Clubmanager Kai Wiese; Rita hatte sich bestimmt schon in der Küche verschanzt.

Der Eingang war nicht mehr abgesperrt – ein schlechtes Zeichen. Als er in die Lobby trat, bestätigte ihm seine Nase, dass sein Gebet nicht erhört worden war. Er roch den Clubmanager, bevor er ihn sah. Kai Wiese versuchte erfolglos, sein schlechtes Aussehen – hager, nach vorne gebeugte Schultern, nach hinten gegelte rote Haare – mit teuren Parfums zu kompensieren, die bei Fritz einen akuten Würgereiz auslösten. Der würde ihn bei Wieses Anblick allerdings auch dann überkommen, wenn dieser kein Parfum auflegen würde.

Da trat der Clubmanager schon aus seinem Büro. Ausgerechnet dieser Luftverpester schnupperte vor Fritz in die Luft, schnitt eine Grimasse und stellte fest: „Herr Moser, Sie stinken."

„Sie auch, Herr Wiesel, wie üblich." Fritz hielt es nicht für nötig, seinen Schritt zu verlangsamen.

„Wie oft muss ich Ihnen noch sagen, dass ich Herr Wiese heiße und nicht Wiesel!"

„Kann ich doch nichts dafür, wenn Sie aussehen wie ein Wiesel, Herr Wiesel."

Fritz ließ den empört nach Luft schnappenden Clubmanager stehen und sprang mehrere Stufen auf einmal nehmend die Treppe hinauf. Im Obergeschoss, direkt neben den Umkleiden, befand sich das Büro des Clubpräsidenten. Ferdinand von Pirachs erste Amtshandlung nach seiner Wahl hatte darin bestanden, ein altmodisches „Bitte klopfen"-Schild an die Bürotür zu hängen. Das war das Erste gewesen, womit er einige Clubmitglieder gegen sich aufgebracht hatte. Fritz konnte sich nur zu gut vorstellen, weshalb das Schild für den Präsidenten äußerst nützlich gewesen war.

Angesichts der Umstände erlaubte er sich, ohne Klopfen einzutreten. Zielstrebig steuerte er auf den massiven Schreibtisch zu, der fast die gesamte Breite des kleinen Büros einnahm, griff sich den Hörer des Telefons und wählte die Handynummer seines besten Freundes. Während es klingelte, betrachtete Fritz das Büro. Natürlich hatte es sich der TV-Profi und Selbstdarsteller von Pirach nicht nehmen lassen, die Wände zu seiner persönlichen Leinwand umzufunktionieren. Mehrere Dutzend gerahmte Fotos, die ihn in freundschaftlicher Pose mit anderen Prominenten zeigten, eines sogar beim Händeschütteln mit der Kanzlerin, unterstrichen seine weltmännische Bedeutsamkeit. Bevor Fritz den widerwärtigen Gedanken zu Ende denken konnte, ob von Pimmel etwa auch mit der Kanzlerin … ?, ertönte ein unausgeschlafenes „Hhhhmmmm?“ am anderen Ende der Leitung.

„Servus Franz, ich bin's, der Fritz, hörst du mich?“ Er selbst vernahm nur ein Rauschen, dann ein unverständliches Brummen, das leise Stöhnen einer Frauenstimme und etwas, das sich wie das Rascheln von Bettlaken anhörte.

„Fritz, spinnst du! Weißt du überhaupt, wie spät es ist?“, drang es glasklar und in beträchtlicher Lautstärke aus dem Hörer.

„Nein, aber …“

„Es ist kurz nach sieben, und das an einem Sonntag!“

„Es tut mir sehr leid, aber …“

Wieder eine verschlafene Frauenstimme. Ein ganz und gar unmännliches „Huch“. Das Tapsen nackter Füße auf Fliesen. Eine Tür, die zugeschlagen wurde. Stille.

„Was ist los?“, erkundigte sich Fritz beunruhigt.

„Ich habe mich im Badezimmer verschanzt.“ Franz flüsterte nun.

Fritz begann, sich ernsthaft Sorgen zu machen. „Warum das denn?“

Er hörte Franz tief Luft holen. „Die Frau, neben der ich aufgewacht bin, hat einen Damenbart! Eigentlich ist es nur ein blonder Flaum, aber trotzdem … Das ist mir gestern bei dem Funsellicht im Casanova gar nicht aufgefallen. Gut, dass du mich aufgeweckt hast, ich muss schnell weg von hier, bevor sie wieder aufwacht.“

Fritz verdrehte die Augen. Franz und die Frauen! Sein Freund war fast so schlimm wie der von Pimmel. Nach der Arbeit genehmigte sich Franz regelmäßig ein Feierabendbier in seiner Lieblingskneipe, dem Casanova in der Leonbacher Innenstadt, und selten verließ er das Lokal allein. Fritz konnte sich Franz' Erfolg beim anderen Geschlecht nicht erklären. Der Schönste war er nämlich nicht, mit seinem Bierbauchansatz und den bedenklich ausgedünnten Haaren, die er sich täglich zur Glatze schor, da er meinte, Glatzen seien angesagter als eine Mönchstonsur. Dafür hatte Franz schon immer eine große Klappe gehabt und war schlagfertig dort, wo Fritz die Worte fehlten.

„Wenn du eh auf der Flucht bist, kommst am besten gleich zum Golfclub. Wir haben eine Leiche auf Loch 6. Die Leiche unseres Präsidenten, genauer gesagt."

„Der von Pirach ist tot? Ohne Schmarrn? Schlecht für ihn, aber wieso rufst da mich an? Ich bin kein Beerdigungsinstitut, sondern Kriminaloberkommissar und nicht zuständig, wenn ein alter Knacker auf dem Golfplatz das Zeitliche segnet."

War ja klar, dass Franz wieder die Kriminaloberkommissar-Keule auspacken musste. „Ich weiß, dass du für so was zu wichtig bist, aber muss nicht trotzdem jemand von der Polizei kommen, um den Todeszeitpunkt und die Todesursache festzustellen?"

Franz war einen Moment still. „Na gut, dann schick ich dir halt jemanden vorbei. Du, jetzt muss ich aber auflegen, der Damenbart ist aufgewacht …" Es war nur noch ein Tuten zu hören.

„Wer ist tot?"

Fritz zuckte zusammen. Kai Wiese lehnte an der Tür; er hatte den Clubmanager gar nicht kommen gehört.

„Belauschen ist nicht die feine englische Art, auf die Sie so viel Wert legen, Herr Wiesel."

„Ich als Manager muss wissen, was hier vor sich geht. Sie als Angestellter des Clubs sind verpflichtet, mir Auskunft zu geben."

Das war Fritz natürlich nicht, aber früher oder später würde es Wiese sowieso erfahren. „Na gut, wenn Sie unbedingt wollen: Das Geburtstagskind ist tot."

„Das Geburtstagskind?"

Fritz konnte förmlich sehen, wie es in Wieses Gehirn ratterte.

„Sie meinen nicht etwa den Präsidenten?"

„Doch."

„Unseren Präsidenten?"

„Wen denn sonst? Den Präsidenten der Vereinigten Staaten?"

Kai Wiese hatte gar nicht richtig zugehört. „Ferdinand von Pirach ist tot?"

„Genau der“, pflichtete ihm Fritz bei und beobachtete, wie alle Farbe aus Wieses sowieso schon bleichem Gesicht wich.

„Sie haben ihn gefunden“, murmelte er und ließ sich am Türrahmen entlang auf den Boden gleiten. Nun war er nicht nur bleich, sondern beängstigend weiß. Fehlte nur noch, dass das Wiesel vor ihm in Ohnmacht fiel, dachte Fritz. Vorsorglich spurtete er die paar Meter zur Herrenumkleide, um ein Glas kaltes Wasser zu holen, das er dem Clubmanager zur Not ins Gesicht schütten konnte. In Filmen half das immer.

An den Waschbecken angelangt sah Fritz in den Spiegel und erstarrte.

„Verdammte Scheiße!“

Wie von Dämonen gejagt drehte er um und knallte die Tür hinter sich zu. Er rannte an dem immer noch aschfahl am Boden sitzenden Wiese vorbei ins Büro zurück und nahm mit zittriger Hand den Hörer vom Telefon. „Franz? Ich glaube, du musst doch selbst kommen.“

3

„DU SOLLST BÜSSEN, VIP!" prangte in blutroten Lettern auf dem Spiegel in der Herrenumkleide.

„Da hat wohl jemand nix Besseres mit seinem Lippenstift anzufangen gewusst." Franz hatte eine Hand auf sein Bierbäuchlein gelegt und rieb sich mit der anderen das nicht rasierte Kinn.

Fritz kannte diese Haltung als Franz' Denkerpose, die sein Freund bereits vor Jahrzehnten beim Krimischauen in der mütterlichen Küche eingenommen hatte. Damals war sein Bauch allerdings noch flacher gewesen.

„Meinst du, Ferdinand von Pirach wurde ermordet?", fragte Fritz. Er konnte sich das nicht so recht vorstellen. Klar, der Golfclub Leonbach gaukelte eine schöne heile Welt vor, in der gut und weniger gut Betuchte gemeinsam einen wunderschönen Sport inmitten grandioser Natur ausübten. Dass auf den gepflegten Grüns nicht nur Golf gespielt, sondern genauso Intrigen gesponnen, Gerüchte in die Welt gesetzt und unsaubere Geschäfte gemacht wurden, wusste Fritz, auch wenn er es gerne verdrängte. Aber kaltblütiger Mord? Das war eine ganz andere Nummer.

Franz grunzte. „Möglich, aber nicht zwingend. Kann sein, dass dem von Pirach nur jemand einen Schrecken einjagen wollte. Vielleicht ist ja auch ein anderer gemeint." Ihm war anzusehen, dass er selbst nicht daran glaubte. Doch es war noch nicht geklärt, wer „VIP" war. War damit derjenige gemeint, der büßen sollte, oder war es eine Art Unterschrift des Täters? Im ersten Fall könnte der Adressat durchaus der Präsident sein. „VIP" beinhaltete die Initialen seines Nachnamens und dass noch ein „I" eingefügt worden war, konnte eine Anspielung auf seinen „Very Important Person"-Prominentenstatus sein.

„Ausschließen können wir nichts, solange meine Leute nicht alles auf den Kopf gestellt haben", stellte Franz fest.

„Die Polizei, die Polizei, bloß keine Polizei. Das ruiniert den Ruf des Clubs! Ich verklage Sie auf Rufschädigung!" Kai Wiese, der beim Anblick des Schriftzugs auf dem Spiegel einen zweiten Schwächeanfall erlitten und seit dem Eintreffen des Kriminaloberkommissars lethargisch an der Wand gelehnt hatte, meldete sich wieder zu Wort.

Der Kriminaloberkommissar blieb gelassen. Menschen reagierten unterschiedlich auf schockierende Nachrichten, das hatte ihn seine lange Berufserfahrung gelehrt. „Ferdinand von Pirach ist tot. Wir tun nur unsere Arbeit.“ Franz sprach zu Wiese wie zu einem kleinen Kind. Geduldig. Einfühlsam.

Fritz bewunderte ihn.

„Der Präsident ist tot. Der Präsident kann unmöglich tot sein. Er hat heute Geburtstag. Sein Geburtstagsturnier. So wichtig für das Ansehen des Clubs. So viele Prominente. Die Presse. Was mache ich jetzt bloß?“ Wiese raufte sich die ausgedünnten Haare.

„Sie sind hier der verantwortliche Clubmanager“, begann Franz.

„Verantwortlich“ und „Clubmanager“ waren die Zauberworte, die Wiese zur Räson brachten. Franz wusste anscheinend genau, wie er die Leute anpacken musste, um sie zum Reden zu bringen. Richtiggehend einfühlsam konnte er sein. Das hatte er sicher auf der Polizeischule gelernt, spekulierte Fritz. Interessant, er entdeckte völlig neue Seiten an seinem Freund.

„Sorgen Sie bitte dafür, dass niemand die Herrenumkleide betritt, bis meine Leute kommen. Und zu keinem ein Wort wegen der Schmiererei. Das schaffen Sie doch, oder?“

„Jawohl, Herr Kommissar. Sie haben recht, ich bin hier verantwortlich. Vor allem jetzt, da die Stelle des Präsidenten vakant ist.“ Seine neu gewonnene Wichtigkeit ließ Wiese förmlich anschwellen. Er drückte die Brust heraus und plusterte sich auf wie ein Gockel.

Fritz verdrehte die Augen.

Franz dagegen verzog keine Miene. „Außerdem würden Sie mir sehr weiterhelfen, wenn Sie mir einige Informationen geben könnten. Wann haben Sie das Clubhaus betreten?“

„Das müsste um sechs Uhr gewesen sein. Vor einem so großen Turnier hat man als Clubmanager viel zu tun, wie Sie sich denken können …“

„War die Eingangstür da bereits auf?"

„Nein, es obliegt mir, morgens die Eingangstür aufzusperren."

„Wer hat außer Ihnen den Schlüssel für das Clubhaus?"

„Unsere Gastronomin, aber die benutzt meistens den separaten Restauranteingang. Der Greenkeeper." Kai Wiese meinte Sepp, aber weil er ihn nicht ausstehen konnte, nannte er ihn immer nur den Greenkeeper. „Der Präsident natürlich. Und Herr Moser." Anklagend zeigte er mit dem Finger auf Fritz. „Ich weiß zwar nicht, weshalb ein Golflehrer den Schlüssel zum Clubhaus benötigt, aber er hat ihn. Vielleicht hat er diese Sauerei an den Spiegel geschmiert?"

Franz unterbrach ihn. Das war auch besser für Kai Wieses Nase, denn Fritz ballte bereits die Fäuste. „War in der Zeit, in der Sie hier waren, sonst jemand im Clubhaus?"

„Nicht, dass ich wüsste. Ich war die ganze Zeit alleine in meinem Büro. Allerdings war ich sehr in meine Arbeit vertieft."

Fritz hatte eine gute Vorstellung davon, worin diese Arbeit bestand. Er hatte den Clubmanager nicht nur einmal dabei ertappt, wie er unter dem Schreibtisch einschlägige Klatschzeitschriften über die Schönen und Reichen las, im Internet nach Yachten und Luxusuhren fahndete oder Kontaktanzeigen heiratswilliger Millionärinnen durchforstete. Nun gut, träumen durfte jeder, auch wenn er aussah wie ein Wiesel und ein absoluter Vollidiot war. Was Wiese sonst noch am Bürocomputer trieb, wollte Fritz erst gar nicht wissen.

„Dann haben Sie also auch keinen Zeugen, der beschwören könnte, dass Sie wirklich die ganze Zeit in Ihrem Büro gewesen sind und nicht zufällig mit Lippenstift bewaffnet in der Herrenumkleide einen auf Andy Warhol für Arme gemacht haben." Fritz konnte sich diese Retourkutsche nicht verkneifen.

„Wollen Sie mir etwa unterstellen, ich hätte etwas mit dieser ekelhaften Schmiererei zu tun? Das ist eine Unverschämtheit, passen Sie nur auf, dass ich Sie nicht wegen Rufmordes verklage, Sie stinkender Bauer, Sie!"

„Na na, niemand wird hier verklagt und unterstellt wird auch nichts. Beruhigen Sie sich bitte, Herr Wiese." Franz sprach begütigend auf den Clubmanager ein, der nun zur Abwechslung ein krebsrotes Gesicht hatte – passend zu seiner Haarfarbe. „Am besten, Sie gehen in Ihr Büro und bereiten sich auf die Gäste vor. Das Turnier wird gewiss abgesagt werden? Bestimmt wartet sehr viel Arbeit auf Sie."

„Da haben Sie recht, Herr Kriminaloberkommissar." Kai Wiese bedachte Fritz mit einem mörderischen Blick und machte auf dem Absatz kehrt.

Franz musterte Fritz mit einem Kopfschütteln. „Geht's dir jetzt besser?"

Fritz grinste zur Antwort.

„Aber mit einem hat der Trottel recht: Du stinkst wirklich."

„Das dürfte dem Präsidenten in seinem gegenwärtigen Zustand egal sein. Komm, ich bring dich zu ihm."

Alexa Lang gähnte. Seit die Ressortleiterin sie um fünf Uhr morgens aus dem Schlaf geklingelt hatte – und das auf ihrer privaten Festnetznummer, die sie bei ihrer Einstellung mit Sicherheit nicht angegeben hatte –, nahm sie alles wie durch Watte wahr. Sie war heute Morgen sogar barfuß aus dem Haus gerannt und hatte erst an ihrem Auto bemerkt, dass sie vergessen hatte, Schuhe anzuziehen – was nicht so schlimm war. Hinter dem Fahrersitz waren ihre Turnschuhe verstaut, damit sie laufen gehen konnte, wann immer sie Lust dazu hatte. Turnschuhe müssten für einen Golfplatz durchaus angemessen sein. Dennoch, dieser Vorfall gab ihr zu denken. Die vielen Nachtschichten der letzten Wochen fingen offenbar an, sich bemerkbar zu machen. Alexa bedauerte, dass sie sich nicht auf ihr Hörvermögen ausgewirkt hatten, und drückte ihren nackten Fuß aufs Gas. Sie hoffte, die Motorengeräusche würden die verschnupfte Stimme ihrer Chefin aus der Freisprecheinrichtung übertönen. Leider war dem nicht so.

„Ferdinand von Pirach ist nicht nur eine der wichtigsten TV-Größen Deutschlands, sondern auch mit der Kanzlerin auf Du und Du. Würde mich nicht wundern, wenn er in seinem Alter noch in die Politik ginge. Gutes Thema, fühl ihm dahingehend mal auf den

Zahn. Zweites Thema: Seine schwangere Geliebte. Wenn sie da ist, hol unbedingt O-Töne von ihr ein. Wahrscheinlich triffst du auch einen Fritz Moser – unangenehmer Mensch. War Golfprofi, bis die Sache mit seiner Hand dazwischenkam. Nicht so wichtig. Viel wichtiger: Richte Ferdi schöne Grüße von mir aus. Ich habe ihn zuletzt in Kitzbühel gesehen, beim Weißwurstfrühstück im Stanglwirt, du weißt schon, das Hahnenkammrennen? Wahrscheinlich weißt du's nicht, was soll man von einer Politikredakteurin groß erwarten. Egal. Zu schade, dass ich mir diese verfluchte Grippe eingefangen habe, ich hätte den Termin liebend gerne selbst wahrgenommen. Hast du daran gedacht, ordentliches Schuhwerk anzuziehen? Mit deinen durchgetretenen Sneaker nimmt dich niemand ernst. Stilettos sind diesen Sommer angesagt, aber wem sag ich das ..."

„Frida? Frida, ich höre dich kaum noch. Zssschrrr, kschrrrr." Alexa ahmte knarzende Geräusche nach. „Die Verbindung ist hier draußen extrem schlecht", sagte sie, drückte die Aus-Taste ihres Handys und atmete tief durch. Frida Bauer morgens um halb acht, das hielt der langmütigste Mensch nicht aus. Eine Chefin, die sogar vom Krankenbett aus Befehle erteilte. Und das an einem Sonntag.

Alexa hatte sowas von keine Lust zu diesem spontanen Termin. Sie hatte sich nicht einmal vorbereiten können! Die Stars und Sternchen der Fernsehbranche erkannte sie nur, wenn jemand sie ausdrücklich auf die Gesichter hinwies. Wenigstens an Ferdinand von Pirach müsste sie sich erinnern. Sein Konterfei kannte sie aus ihrer Teenagerzeit; damals hatte sie peinlicherweise jeden Samstag „Herzass" geschaut. Entschieden schob sie jeden Gedanken an ihre Adoleszenz beiseite – ihre Laune war bereits übel genug. Kein Wunder. Alexa hatte mit Prominenten nichts am Hut, mit Golfplätzen aber noch viel weniger. Dieser Termin vereinte beides. Noch dazu lag dieser Golfclub mitten im Nirgendwo. Er nannte sich zwar GC Leonbach, war aber mindestens 20 Autominuten von der charmanten Stadt Leonbach mit der mittelalterlichen Burganlage entfernt, der Alexa nach ihrem Umzug von Hamburg nach München einmal einen Besuch abgestattet hatte. Gerade, als sie sich ernsthafte Sorgen machte, das Golfplatz-Schild verpasst zu haben, tauchte es vor ihr auf. Im letzten Moment bog sie scharf rechts ab, auf eine holprige Zufahrtsstraße, die sie mitten durch die Pampa führte. Links und rechts nur Wald oder Felder. Das konnte etwas werden.

Nicht zum ersten Mal in den vergangenen Wochen haderte Alexa mit ihrem Schicksal. Sie war eine seriöse Journalistin und keine Klatschreporterin. Sie hatte sie sich auf eine Redakteursstelle im Politikressort der renommierten Südländischen Zeitung beworben und nicht für die „Leute heute“- Seite der zur selben Verlagsgruppe gehörenden Blitz-Zeitung. Der Verleger der Südländischen hielt es jedoch für nötig, seinen Angestellten zum Einstieg einen Einblick in die gesamte Verlagswelt zu geben. So musste Alexa diesen Sommer in der Blitz-Redaktion ausharren und sich damit abfinden, dass Frida Bauer, Ressortleiterin der Leute-Redaktion, ihre Chefin war.

Jeder wusste, dass Frida Bauer sehr unter ihrem Nachnamen litt, der sich auf den Einladungslisten zu Modenschauen und Vernissagen unter all den großen Namen aus Kunst und Adel reichlich gewöhnlich ausnahm. Fände sich jemand bereit, Frida Bauer zu heiraten – die Ressortleiterin würde mit Handkuss den Namen des Mannes annehmen. Allerdings musste der Mann, der diese eingebildete Wichtigtuerin heiraten würde, erst noch geboren werden, dachte Alexa und seufzte gleich darauf.

Normalerweise war sie nicht so gehässig. Ihr fehlte einfach Koffein. Eigentlich hatte sie sich auf der Fahrt einen Kaffee kaufen wollen, aber seit sie auf die Autobahn gefahren war, hatte sie keinen Rasthof gesehen. So etwas gab es in der niederbayerischen Provinz anscheinend nicht. Alexa sah auf die Uhr. Sie war früh dran, erst 7 Uhr 30. Sie hoffte sehr, dass das Golfplatzrestaurant bereits geöffnet hatte. Das erste Interview mit Ferdinand von Pirach sollte um acht stattfinden, also hätte sie davor Zeit für einen kleinen Wachmacher. Und dafür, die Gästeliste im Geiste mit Gesichtern zu versehen und die Biografien der A-, B- und C-Promis zu recherchieren. Smartphone sei Dank.

Die Zufahrtsstraße wurde so kurvig und hügelig, dass Alexa im Schritttempo vorwärtskroch. So hatte sie die Muse, ihre Umgebung zu betrachten. Zu ihrer Linken dehnte sich ein scheinbar endloser

Wald aus, der Blick nach rechts offenbarte an vielen Stellen eine wunderschöne Aussicht auf sanft geschwungene Weizenfelder und unberührte Wiesen, aus denen bunte Wildblumen hervorblitzten. So viel unbebaute Fläche hatte sie selten gesehen. Als sie daran zu zweifeln begann, dass dieser Weg tatsächlich zu einem Golfplatz führte, sah sie das Schild: Parkplatz in 200 Metern. Zu ihrer Rechten machte sie nun auch eine Golfbahn aus und war beeindruckt von den vielen Grüntönen, die sie sah: In der Mitte der Bahn wirkte das Gras wie ein leuchtend gelbgrüner Teppich, weiter außen war es satt dunkelgrün und dazwischen schimmerte es irgendwie mintfarben. Diese Farbe hatte sie erst letzte Woche bei einer Themenkonferenz kennengelernt. „Mint ist das neue Schwarz", hatte Frida Bauer gepredigt, während Alexa vor Langeweile die Augen verdreht hatte. Wann kommen endlich die wichtigen Themen?, hatte sie sich anfangs immer wieder gefragt, bis sie sich nach vier Wochen eingestehen musste: nie. Und seien wir ehrlich, ob ein Ferdinand von Pirach heute seinen 65. Geburtstag feierte oder nicht, war so interessant wie die Frage, ob drei- oder vierlagiges Klopapier besser war. Leider war der Vergleich nicht einmal weit hergeholt. Das Klopapier-Thema war Aufmacher der Wochenendbeilage der Blitz-Zeitung gewesen.

Alexa stöhnte auf. Ihr Selbstmitleidsanfall war so ausgeprägt, dass sie beinahe das Polizeiauto übersehen hätte, das in einer schmalen Waldeinfahrt stand. Es war das Blaulicht gewesen, das sie geblendet hatte. Polizei – Blaulicht – Story, kombinierte ihr Journalistenhirn und sandte ihrem Fuß den Befehl, auf die Bremse zu drücken. Alexa fuhr rechts ran und griff nach hinten, wo sie ihre Turnschuhe wähnte. Egal, wie sehr sie sich verrenkte, sie bekam sie nicht zu fassen. Siedend heiß fiel ihr ein, dass sie die Turnschuhe am Abend zuvor in die Wohnung mitgenommen hatte, um sie zu putzen. So blieb ihr nichts anderes übrig, als in die verhassten Stilettos zu schlüpfen, die sie für die Abendveranstaltung auf den Beifahrersitz geworfen hatte. Vielleicht gab es hier entgegen allen Erwartungen tatsächlich etwas Berichtenswertes. Wenn, dann würde sie es herausfinden.

Fritz war zurück bei der Leiche auf Loch 6, die ihn in seltsamer Weise anzog und zugleich abstieß. Er konnte nicht anders, er musste den toten Präsidenten ständig anstarren. Sich vorzustellen, er sei ermordet worden, machte die Sache noch unheimlicher. Ob von Pimmel dort, wo er jetzt war, wusste, dass Fritz ihn in so mancher Fantasie am liebsten selbst umgebracht hätte? Bei den Golfstunden zum Beispiel hatte er all seine Willenskraft zusammennehmen müssen, um den Moderator nicht von hinten mit einem Schlägerschaft zu erwürgen oder ihm mit dem Driver den Schädel einzuschlagen. Nun schienen ihn von Pirachs leblosen Augen strafend anzuglotzen. Gänsehaut überzog Fritz' Unterarme und er wandte seinen Blick lieber der umgekippten Golftasche und ihrem Inhalt zu. Natürlich war dem Präsidenten nur das Beste gut genug gewesen. Er spielte mit persönlich für ihn handgeschmiedeten Schlägern, mit denen Fritz seit langem liebäugelte, die er sich aber nicht leisten konnte. Eins musste man von Pirach lassen: Er ging sehr pfleglich mit seinem Sportgerät um. Die Schläger waren so sauber, dass man sich darin spiegeln konnte, wenn man wollte. Fritz wusste nicht, was es war, aber irgendetwas kam ihm an seiner Beobachtung merkwürdig vor. Irgendetwas passte hier nicht. Aber was? Er kam und kam nicht drauf.

Der Kriminaloberkommissar Stauffacher Franz unterhielt sich kurz mit einem Kollegen, der vor wenigen Minuten eingetroffen war und ein rot-weißes Absperrband um das Grün zog. Dann steuerte er auf die Moser-Brüder zu. „Falls hier auf dem Grün einmal Spuren zu sehen waren, hast du sie weggewalzt. Vielen Dank, Sepp“, sagte er sarkastisch.

„Sei lieber froh, dass ich den Präsi nicht platt gewalzt habe, sonst könntest jetzt gar nix mehr ermitteln.“ Wie immer, wenn er angegriffen wurde, ging Sepp auf wie ein warmer Dampfnudelteig.

„Ja ja, schon gut.“ Franz schlug einen versöhnlichen Ton an. „Wann hast du den Toten eigentlich entdeckt?“

Sepp runzelte die braun gebrannte Stirn. „Das müsste so gegen halb sieben, Viertel vor sieben gewesen sein. Ich hab dann gleich den Fritz geholt.“

Franz kritzelte etwas in sein abgewetztes Notizheft und grinste in sich hinein. Wen auch sonst. Schon im Kindergarten war Sepp zu seinem älteren Bruder gerannt, wenn er sich in eine brenzlige Lage manövriert hatte. Bei Sepps Temperament war das nicht gerade selten vorgekommen, doch Fritz hatte ihn immer rausgehauen. Franz seufzte wehmütig. Manchmal hatte er die Moserbuam um ihren Zusammenhalt beneidet. Er hätte auch gerne Geschwister gehabt.

„Hast du den von Pirach noch lebend gesehen oder irgendetwas Ungewöhnliches bemerkt?", fuhr er mit seiner Befragung fort.

„Nein, gar nichts. Den Präsi hab ich nicht gesehen, Gott sei Dank. Hätt mir gerade noch gefehlt. Der hätte bestimmt wieder was zu meckern gefunden, der Zipfel, der greißlige."

„Wann warst du denn auf dem Platz? Was hast du gemacht, bis du die Leiche entdeckt hast?"

„Ich wollte um fünf auf dem Platz sein, aber der Schorsch hat wieder mal das Badezimmer belegt mit seiner Kotzerei …"

Franz revidierte in Gedanken seinen Geschwisterwunsch und sandte eine lautlose Lobpreisung an seine Mutter, die ihn davor bewahrt hatte, das Bad mit trinkfreudigen Brüdern teilen zu müssen.

„… also ist es ein bisschen später geworden. Viertel nach fünf etwa. Ich habe gleich den Traktor aus der Garage geholt und bin los, um die Grüns zu walzen und den Platz zu kontrollieren. Zwischendurch war ich tanken und dann bin ich auch schon über den Präsi gestolpert."

Franz rieb sich das Kinn. „Was tat von Pirach bloß so früh auf dem Platz? Das Turnier sollte erst um 10 Uhr 30 beginnen." Das wusste er von Fritz.

„Es war sein Turnier, und er war ein Kontrollfreak. Wahrscheinlich wollte er prüfen, ob Sepp die Fahnen tatsächlich nach seinen Anweisungen gesteckt hat und ob sonst alles passt", warf Fritz ein. „Ich kann mir aber nicht erklären, warum er kein Golfcart genommen hat. 18 Loch, das sind zu Fuß gute sieben Kilometer. Das tut sich niemand vor einem Turnier an."

„Na, er hat es ja genommen, das Cart", meldete sich Sepp zu Wort. „Eine Leiche babysitten ist sterbenslangweilig, also dachte ich mir, ich schau mich mal um. Im Wald hat es von Pimmel versteckt, in der Nähe des Unterstandes am vierten Loch.“ Er blickte seinen Bruder triumphierend an.

„Das muss nichts heißen“, meinte Fritz. „Wahrscheinlich hat er das Golfcart dort stehen lassen, um Loch 5 und 6 zu spielen. Das machen fast alle so, die mit Wagen unterwegs sind. Der Waldweg ist zu schmal für ein Cart, also muss man erst zum vierten Loch zurück und von da aus zu Loch 7 fahren.“

Franz hatte von der Unterhaltung der Moser-Brüder nicht viel verstanden; eine Frage drängte sich ihm dennoch auf: „Fritz, du warst seit kurz nach fünf Uhr auf der Driving Range“. Der Stimme des Kriminaloberkommissars war anzuhören, was er davon hielt, seinen Schlaf für etwas Sinnloses wie Golfbälle schlagen zu opfern. „Du müsstest Ferdinand von Pirach gehört haben. Als er das Golfcart holte, meine ich.“ Der Schuppen, in dem die Golfwagen standen, befand sich nämlich gleich unterhalb der Driving Range.

„Stimmt, das müsste ich. Hab ich aber nicht.“ Fritz legte den Kopf schief und schlussfolgerte: „Der Präsident muss seinen Cart also noch vor fünf Uhr aus der Garage geholt haben.“

„Früher als fünf Uhr? An einem Sonntag? Das ist unmenschlich. Da steht doch niemand freiwillig auf.“

„Täusch dich mal nicht, Herr Kriminaloberkommissar: Für Frauen tut von Pimmel alles. Oder besser: tat“, sagte Sepp geheimnisvoll.

„Wie meinst du das?“

„Siehst du nicht, was da auf dem Grün rumliegt? Die kleinen silbernen Verpackungen? Überleg mal, wofür MANN die braucht. Dann kannst du eins und eins zusammenzählen.“

„Du meinst, der Präsident hat sich in dieser Herrgottsfrühe zu einem Schäferstündchen verabredet? Auf dem Golfplatz?“ Franz starrte Sepp ungläubig an.

„Ja klar, was meinst du denn, woher der von Pimmel seinen Spitznamen hat. Der hat's nicht nur wie wild in seinem Büro getrieben, sondern auch im Unterstand am vierten Loch! Ich hab ihn da schon mal mit einer Frau rauskommen sehen. Da hat er sich gerade das Hosentürl zugemacht. Mein Bruderherz wollte es mir nicht glauben."

„Schau an, schau an." Franz pfiff leise durch die Zähne. „Die Frau muss eine Granate sein, wenn sie den alten Herrn so früh aus dem Bett lockt. Irgendwelche Vermutungen, wer seine Auserwählte war?"

„Puh, keine Ahnung. Der wechselte die Frauen häufiger als seine Unterhosen. Dagegen bist du mit deiner Vielweiberei ein kleines Licht."

Franz zog eine Augenbraue hoch, schluckte Sepps Seitenhieb aber kommentarlos hinunter.

„Seine aktuelle Geliebte ist die Scherer Stefanie, die Tochter des Leonbacher Möbelhausmagnaten", erklärte Sepp fachmännisch. „Ist sogar von ihm schwanger. Ich habe aber Gerüchte gehört, wonach es zwischen den beiden in letzter Zeit gekriselt haben soll. Je dicker der Bauch, desto schwieriger wird … du weißt schon was. Da hat sich der von Pimmel bestimmt Ersatzbefriedigung beschafft. Eine oder mehrere."

Fritz musterte seinen kleinen Bruder scharf. Was Sepp alles wusste! Man unterschätzte ihn gerne, allein seines lässigen Äußeren wegen. Sepp liebte abgewetzte Jeans und T-Shirts mit Aufdrucken, beides für einen Golfplatz vollkommen unangemessene Kleidungsstücke. „Ich sitz eh die meiste Zeit auf dem Traktor, da ist es wurscht, was ich anhabe", war sein Standpunkt. Ferdinand von Pirach war es nicht wurscht gewesen. Weil ihm Sepps Kleiderordnung gegen den Strich gegangen war, hatte er den Angestellten des Golfplatzes eine Art Uniform verordnen wollen, eine grüne Chinohose und ein rotes Polo-Hemd mit Club-Emblem. An Sepps Sturschädel hatte er sich aber vorläufig die dritten Zähne ausgebissen.

Dass der Sturschädel noch dazu ein Elefantengehirn beherbergte, war nicht unbedingt von Vorteil: War Sepp einmal beleidigt worden, war er nachtragend bis in alle Ewigkeit. Oder: „Einmal verschissen, immer verschissen", wie er es ausdrückte. Sepps derbe Ausdrucksweise durfte nicht darüber hinwegtäuschen, dass unter den verstrubbelten braunen Locken ein messerscharfer Verstand mit einer erstaunlichen Beobachtungsgabe lauerte. Er bemerkte alles und wusste immer sehr genau, was auf dem Platz vor sich ging. Das mochte auch daran liegen, dass er sich sehr gut mit Rita, der Clubgastronomin, verstand und regelmäßig auf einen Plausch bei ihr vorbeischaute.

Das tat auch Fritz, aber anders als sein Bruder interessierte er sich nicht für den Golfclub-Klatsch.

„Gibt es außer seiner Geliebten noch andere Frauen, die nicht gut auf Ferdinand von Pirach zu sprechen sind?", fragte Franz in die Runde.

Fritz konnte nur die Schultern zucken, Sepp dagegen antwortete wie aus der Pistole geschossen: „Mehr, als du Finger hast."

„Aha." Eine kurze Pause. „Hatte er sonst irgendwelche Feinde?"

„Diesen Gschaftlhuber mag keiner, der ein Hirn hat", echauffierte sich Sepp. „Ich konnte ihn auf den Tod nicht ausstehen. Hätt ihn am liebsten selbst …"

Fritz schaltete sich ein, bevor sein Bruder sich um Kopf und Kragen reden konnte. „Feinde ist vielleicht übertrieben, aber von Pirach hat sich bei vielen nicht unbedingt beliebt gemacht."

„Vor allem bei den zahllosen Männern, denen er die Frau oder Freundin ausgespannt hat", ergänzte Sepp. „Oder bei all den Frauen, die er mit gebrochenem Herzen sitzen gelassen hat. Da kommt schon was zusammen."

Franz brummte. Eine Leiche, ein beschmierter Spiegel und mehr als ein Dutzend Tatverdächtige. Bei einem Fall, der vielleicht gar keiner war. „Trotzdem möglich, dass er nur einen Herzinfarkt hatte", murmelte er und inspizierte die Leiche noch einmal eingehend. Bislang hatte er keine Spuren von Gewaltanwendung erkennen können. Er war gespannt, was seine Experten herausfinden würden.

„Was hältst du eigentlich von diesem Wiese, dem Clubmanager?", wollte er von seinem besten Freund wissen.

„Nichts, wie du sicher bemerkt hast." Fritz grinste sein Lausbub-Grinsen, wurde aber gleich wieder ernst. „Er ist ein Volldepp. Und ein Arschkriecher. Dem Präsidenten ist er besonders tief reingekrochen."

„Meinst du, Wiese hat was mit der Schmiererei zu tun? Er hätte gut Gelegenheit gehabt, so ganz allein im Clubhaus."

Bevor Fritz antworten konnte, ertönte Sepps aufgebrachte Stimme: „He, Sie da! Runter von meinem Grün mit diesen Mordwaffen an den Füßen!" Der Greenkeeper lief wild gestikulierend einer Frau entgegen, die zielstrebig auf sie zukam.

„Na, das ist aber eine heiße Schnitte! Ein Klasseweib!" Franz musterte die zierliche Person mit einem anerkennenden Nicken.

Obwohl Fritz in letzter Zeit ganz allgemein nicht gut auf Frauen zu sprechen war, musste er seinem Freund insgeheim recht geben. Die Zielperson hatte ein ebenmäßiges Gesicht mit vollen Lippen und trug die glänzenden dunkelbraunen Haare zu einem Pferdeschwanz nach hinten gebunden. Das verlieh ihrem Aussehen eine gewisse Strenge, die von den großen braunen Rehaugen abgemildert wurde. Die khakifarbenen Bermuda-Shorts und die sportliche weiße Bluse ließen keinen Zweifel daran, dass sich unter ihnen ein vollkommener Körper verbarg.

All diese Vorzüge sah Sepp nicht. In seinen Augen hatte die Frau eine nicht wiedergutzumachende Todsünde begangen: Sie hatte mit hochhackigen Pfenningabsätzen ein Grün betreten. Sein Grün.

„Runter da! Das Grün zu vertikutieren ist einzig und allein meine Sache. Keinen Schritt weiter!" Er baute sich drohend vor ihr auf.

Sie erwiderte gelassen seinen mörderischen Blick, zog kurzerhand die Stilettos von ihren Füßen und ging barfuß an ihm vorbei.

Sepp blieb verdattert zurück.

Franz löste sich aus seiner vorübergehenden Erstarrung und eilte der Grünschänderin mit ausgestreckter Hand entgegen. „Gestatten, Stauffacher Franz, Kriminaloberkommissar."

Franz liebte es, das weibliche Geschlecht mit seinem Beruf zu beeindrucken. In 99 Prozent der Fälle hingen die Frauen bereits an seinen Lippen, wenn er seinen Titel nannte. Nur das „Klasseweib", das Fritz ohne ihre High Heels gerade mal bis zu den Brustwarzen ging, zuckte nicht mit der Wimper.

„Alexa Lang, Blitz-Zeitung", sagte sie mit wohltönender Stimme.

Zeitung war das Stichwort, das Fritz für ihre äußeren Reize blind machte. „'Kurz' trifft es eher", brummelte er, gerade so laut, dass er sicher sein konnte, von ihr gehört zu werden. Er sah sie fast unmerklich zusammenzucken und grinste befriedigt in sich hinein. Journalisten holten das Schlimmste aus ihm heraus.

„Was haben Sie hier überhaupt zu suchen?", fragte er sie schroff.

„Bei der Hinfahrt habe ich ein Polizeiauto mit Blaulicht gesehen und da dachte ich ..."

Blaulicht war wiederum das Stichwort für Franz, sich auf seinen Kollegen zu stürzen. „Zefix, ich hab dir doch gesagt, du sollst möglichst unauffällig parken. Und was macht der Herr Polizeimeister? Lässt das Blaulicht an! Jetzt schleichst dich und machst es aus, sonst wird das hier noch zur Pilgerstätte für den gesamten Verein!"

Fritz fiel derweil Alexa ins Wort. „Und da dachten Sie, Sie schnüffeln hier ein bisschen rum. Ja ja, so kennt man die Presse."

„Eigentlich habe ich um acht Uhr ein Interview mit Ferdinand von Pirach ...", versuchte sich Alexa zu verteidigen. Sie wusste selbst nicht, wieso sie sich plötzlich vorkam wie ein gemaßregeltes Schulmädchen. Der Typ, der mit verschränkten Armen vor ihr aufragte und sie missbilligend ansah, konnte nicht viel älter sein als sie.

„Dann können Sie gleich wieder umdrehen, der wird sowieso nicht mit ihnen reden. Ist auch besser so, bei all den Lügen, die Ihr Blatt verbreitet."

Alexa ballte die Fäuste. „Wer sind Sie überhaupt, dass Sie so genau wissen, was Herr von Pirach tun wird und was nicht?"

„Ich bin Fritz Moser, aber meinen Namen vergessen Sie am besten gleich wieder. Ich bin ganz und gar unwichtig."

Um nicht auf ihn loszugehen, stemmte Alexa die Hände in die Hüften und beäugte Fritz Moser von oben herab, soweit das aus ihrer Position heraus möglich war. Er war gute 1,90 Meter groß und entsprach so gar nicht dem Bild, das Alexa im Kopf hatte, wenn sie an Golfer dachte. Statt Bauchansatz und schlaffen Muskeln hatte Fritz Moser breite Schultern und schmale Hüften. Nicht nur die Statur, sondern auch die von der Sonne gebleichten Haare, die in allen möglichen Bronze-, Gold- und Brauntönen schimmerten und ihm in sanften Wellen in den Nacken fielen, ließen ihn viel eher wie einen Surfer aussehen. Wären da nicht seine Nase, die eine Spur zu lang war und ziemlich krumm in seinem Gesicht stand, und das etwas zu markante Kinn, hätte er locker als Model in Frida Bauers nächster Sportmodestrecke durchgehen können. Nach dem Motto „Der Feind meines Feindes ist mein Freund" war Alexa davon ausgegangen, dass Fridas Charakterisierung von Fritz Moser nicht den Tatsachen entsprach. Wie es schien, lag ihre Chefin doch richtig: Dieser Moser war wirklich ein unangenehmer Mensch. Nur, weil er verdammt gut aussah, hatte er noch lange nicht das Recht, sie dermaßen dumm anzureden. „Von Höflichkeit haben Sie noch nie etwas gehört, oder?", fragte Alexa in ätzendem Tonfall.

„Gehört schon, aber keine guten Erfahrungen damit gemacht." Fritz grinste sie aufreizend an.

„Woher wollen Sie wissen, dass Ferdinand von Pirach nicht mit mir reden wird?"

„Nehmen Sie es nicht persönlich. Ferdinand von Pirach wird mit niemandem mehr reden. Vielmehr wird er für immer schweigen."

Alexa war verwirrt. „Wie meinen Sie das?"

„So, wie ich es sage. Weil Sie anscheinend schwer von Begriff sind, noch einmal zum Mitschreiben: Ferdinand von Pirach ist tot. Morto. Da drüben liegt er."

Von der neuen Sachlage überrumpelt machte Alexa einen Schritt in die gewiesene Richtung.

Sofort schnitt ihr der Kriminaloberkommissar den Weg ab. „Das ist keine gute Idee. Für eine zarte Frau wie Sie ist das kein Anblick! Außerdem müssen wir noch Spuren sichern." Franz sah Fritz tadelnd an. „Bitte entschuldigen Sie die Unhöflichkeit meines Freundes. Er ist nicht gut auf Journalisten zu sprechen."

„Darauf wäre ich nie gekommen", murmelte Alexa, fand jedoch sogleich zu ihrer journalistischen Professionalität zurück. Sie versuchte, an Franz' massivem Körper vorbei einen Blick auf die Leiche zu erhaschen, hatte dabei aber keinen Erfolg. Sie sah nur Schilf und die breite Brust des Kommissars.

„Kennen Sie bereits die Todesursache?"

„Sie müssen entschuldigen, darüber darf ich keine Auskunft geben. Wir müssen warten, bis die Experten da sind."

„Also schließen Sie einen unnatürlichen Tod nicht aus?"

„Dazu kann ich zum jetzigen Zeitpunkt nichts sagen."

„Aha." Wenn die Polizei zu einem Sachverhalt offiziell nichts zu sagen hatte, konnte man davon ausgehen, dass es dazu sehr viel zu sagen gab. Das hatte Alexa mittlerweile gelernt. Also bohrte sie weiter. „Hatte Ferdinand von Pirach denn Feinde?" Sie kannte den Moderator aus seinen Sendungen „Herzass" und „Liebe ist alles" als einen verständnisvollen älteren Herren, der in Liebesdingen immer den richtigen Rat parat hatte. Wer sollte etwas gegen diesen harmlosen Mann gehabt haben?

Sepp, der sich wieder zu ihnen gesellt hatte, begann zu lachen, hüstelte aber nur noch, nachdem ihm Fritz den Ellenbogen in die Rippen gerammt hatte.

„Das fragen Sie besser die Moser-Brüder, Sepp und Fritz. Ferdinand von Pirach war sozusagen ihr Arbeitgeber. Obwohl … bevor Fritz Journalisten Auskunft gibt, verzichtet er lieber ein Jahr lang auf seine geliebte Schokolade. Ist es nicht so, Fritz?"

Der Angesprochene, der gerade in einen Schokoriegel beißen wollte, warf Franz einen indignierten Blick zu, erwiderte aber nichts.

Alexa wunderte es nicht, dass Fritz und Sepp verwandt waren. Sie sahen sich zwar nicht sonderlich ähnlich, waren dafür aber gleichermaßen ungehobelt.

„Herr Kriminaloberkommissar? Kommen Sie bitte mal, ich muss Ihnen etwas zeigen", rief Franz' Kollege aus dem Wald.

Franz drehte sich um. Über die Schulter hinweg sagte er an die Mosers gewandt: „Warum begleitet ihr Frau Lang nicht ins Clubhaus? Vielleicht stellen sich einige Geburtstagsgäste für ein Interview zur Verfügung. Genügend Prominenz wird ja da sein."

Fritz kannte diesen Ton. Das war kein Vorschlag gewesen, sondern ein Befehl. Eine polizeiliche Anordnung sozusagen.

Das wusste auch Sepp. „Ich muss dann mal den Traktor …", nuschelte er, drehte sich um und flüchtete.

Sein älterer Bruder atmete tief aus. War klar, dass diese Aufgabe an ihm hängen bleiben musste. „Kommen Sie“, wies er Alexa an, nahm sie nicht eben sanft am Arm und bugsierte sie vom Grün.

„He, was fällt Ihnen ein, nehmen Sie Ihre Hände weg! Ich muss die Leiche …“

„Nichts müssen Sie. Lassen Sie die Polizisten ihre Arbeit machen.“ Fritz verstärkte den Griff. Kam nicht in Frage, dass diese Journalistin den toten Ferdinand von Pirach zu Gesicht bekam. Die Spekulationen der Presse hatten ihnen gerade noch gefehlt.

Alexas Haut prickelte dort, wo Fritz seine Hand auf ihren Arm gelegt hatte. Ihr Herz schlug zum Zerspringen vor unterdrückter Wut. Am liebsten wäre sie ihm an den Hals gegangen. Ein Blick auf seine durchtrainierten Arme hielt sie davon ab: Sie hätte keine Chance.

„Lassen Sie mich wenigstens meine Schuhe anziehen, dann können Sie sicher sein, dass ich Ihnen nicht davonlaufe.“

Fritz betrachtete einen Moment lang schweigend die Stilettos, die Alexa in der Hand trug, und kam offenbar zu dem Schluss, dass sie recht hatte. Er ließ sie so abrupt los, dass sie beinahe das Gleichgewicht verloren hätte.

Alexa beugte sich vor und schlüpfte in die Sandalen. Als sie sich wieder aufrichtete, kam sie sich nicht mehr ganz so unterlegen vor. Das musste an den zehn Zentimetern Körpergröße liegen, die sie gewonnen hatte. Jetzt ging sie Fritz immerhin bis zum Hals und nicht mehr nur bis zu den Brustwarzen. So sehr sie High Heels sonst verabscheute, heute waren sie zu etwas gut. In Gegenwart dieses Mannes war ihr ganzes Selbstbewusstsein gefordert.

Betont langsam trottete sie neben ihm her und versuchte, ihn zu ignorieren, wie er sie ignorierte. Es gelang ihr nicht. Roch Fritz Moser etwa nach Kuhstall? Verstohlen beäugte sie ihn. Da hing tatsächlich ein Strohhalm in seinen Haaren! Während sie mit sich kämpfte, ob sie ihm das sagen sollte oder nicht, brach er unvermittelt sein beharrliches Schweigen.

„Alexa Lang wie Alexander Lang? Der Enthüllungsjournalist?“, fragte er, ohne sie anzusehen.

„Ja. Mein Vater." Alexa war überrascht. Dass der ehemalige Golfprofi ihren Vater kannte, hätte sie ihm nicht zugetraut.

„Ich habe seine Reportagen in meiner Schulzeit verschlungen. War ein guter Mann. Tut mir sehr leid für Sie." Nun sah er ihr offen ins Gesicht. Er sagte es nicht nur so dahin, er meinte es auch so. Ein Ausdruck wahren Mitgefühls lag in seinen Augen.

Plötzlich hatte Alexa einen Kloß im Hals. Sie hatte es immer noch nicht überwunden, dass ihr Vater vor sechzehn Jahren gestorben war. Damals war sie zwölf gewesen. Offiziell war er zu schnell in eine Kurve gefahren und mit seinem Wagen frontal gegen einen Baum geprallt. Alexa glaubte nicht daran. Ihr Vater war an einer Story über die Machenschaften der Pharmaindustrie dran gewesen, auf dem Weg zu einem Informant. Er war nie am verabredeten Treffpunkt angekommen – wie praktisch für die, die im Zentrum seiner kritischen Recherchen gestanden waren.

Fritz schwieg wieder, und dieses Mal war Alexa dankbar dafür.

4

Als das ungleiche Paar am Clubhaus ankam, hatte sich bereits eine kleine Menschenmenge vor der verschlossenen Eingangstür versammelt. Sie bestand vorwiegend aus weit gereisten Großstädtern, zu erkennen an den herablassenden Mienen und den Golfklamotten der neuesten Kollektion.

Empörte Stimmen waren zu hören.

„Warum macht denn niemand auf?"

„Ich muss auf die Toilette!"

„Und ich muss mich einspielen!"

„Was ist denn das für eine Organisation? Nun ja, von einem Provinz-Golfclub ist nichts anderes zu erwarten", schimpfte ein grauhaariger, durch und durch berühmt aussehender Mann. Womit er seine Berühmtheit erlangt hatte, wusste Fritz allerdings nicht. Seine unfreiwillige Begleiterin anscheinend auch nicht, wie ihm ein Blick über ihre Schulter verriet. Die Journalistin gab hektisch Suchbegriffe in ihr Handy ein und rief verschiedene Bilder auf.

„Warum ist Ferdinand überhaupt in dieses Kaff gezogen?", fragte die verkannte Berühmtheit. „Hatte er nicht diese traumhafte Penthousewohnung in Köln? Und die Villa in Grünwald?"

Eine Schauspielerin, die Fritz aus früheren Tatort-Folgen zu kennen glaubte, nun jedoch aussah wie ein altersloses Kunstgeschöpf, wusste die Antwort: „Er wollte näher bei seiner Tochter sein, nun, da er nicht mehr so viele TV-Verpflichtungen hat. Estella heißt sie, glaube ich. Er liebt sie abgöttisch! Seine Exfrau ist nach der Scheidung mit ihr hierhergezogen. Wie lange ist das nochmal her? Zehn Jahre? Oh mein Gott, wie schnell die Zeit vergeht! Ich werde alt."

„Du und alt, meine Liebe!", rief eine Blondine, deren Gesicht unter einer überdimensionierten Sonnenbrille und einer strassbesetzten Schirmmütze verborgen war. Sie küsste die Luft links und rechts neben den gelifteten Wangen der Schauspielerin. „Du siehst aus wie das blühende Leben, höchstens wie Mitte 30. Kannst du mir die Nummer deines Ästhetikberaters geben?"

„Aha, so nennt man Schönheitschirurgen jetzt also", flüsterte Alexa Fritz zu.

Gegen seinen Willen musste Fritz grinsen. Dann rief er sich ins Gedächtnis, für wen die Frau neben ihm arbeitete. Schlagartig setzte er wieder eine abweisende Miene auf. Seine Aufgabe war es, diese Journalistin vom Rumschnüffeln abzuhalten und nicht, sich über ihre Scherze zu amüsieren.

„Servus Fritz!", ertönte eine sympathische Frauenstimme. Rita kam aus dem angrenzenden Restaurant auf die Terrasse und band sich die Schürze ab. Ihr molliges Gesicht war vor Aufregung gerötet und ihre mit roten und orangefarbenen Strähnen versehenen kurzen Haare standen in lustigen Stacheln ab. Sie war Mitte 40 und im Gegensatz zu der Schauspielerin von eben sah man Rita ihr Alter tatsächlich nicht an. Neben Fritz angekommen stellte sie sich auf die Zehenspitzen und drückte ihm einen herzhaften Schmatz auf die Wange. „Sag mal, weißt du, was hier los ist? Warum macht Wiese das Clubhaus nicht auf? Und wo ist das Geburtstagskind? Ich würde selbst aufsperren, aber ich habe meinen Schlüssel gestern dem Präsidenten geliehen, weil er den seinen nicht mehr gefunden hat. Einige Gäste müssen auf die Toilette, ich habe doch keine im Restaurant …"

Fritz hörte nicht mehr zu. Ferdinand von Pirach hatte seinen Schlüssel verloren? Das war ja ein seltsamer Zufall, falls es denn ein Zufall war. Vielleicht hatte ihm jemand den Schlüssel geklaut? Aber wer würde so etwas tun? Egal wer, für ihn wäre es ein Leichtes gewesen, unbemerkt ins Clubhaus zu gelangen und in der Herrenumkleide sein Unwesen zu treiben. Hatte diese Person Ferdinand von Pirach tatsächlich büßen lassen, wie auf dem Spiegel angekündigt? Hatte sie den TV-Moderator im Morgengrauen aufgespürt und auf dem Grün von Loch 6 ins Jenseits befördert? Fritz schauderte und rief sich zur Ordnung. Es war nicht einmal sicher, dass Ferdinand von Pirach wirklich umgebracht worden war, und er beschäftigte sich bereits mit möglichen Mordszenarien. Er zwang seine Gedanken zurück in die Gegenwart. Zurück zu Rita, die ihn fragend anschaute. „Hast du mir überhaupt zugehört?"

„Natürlich, Rita, natürlich. Es ist nur … weißt du, es ist etwas passiert", begann Fritz und hielt inne. Kai Wiese öffnete schwungvoll die Eingangstür des Clubhauses und blieb auf der obersten Stufe stehen. Fritz fragte sich, wo er so schnell den schwarzen Anzug aufgetrieben hatte, den er nun trug. „Was genau passiert ist, wird uns das Wiesel mit Sicherheit gleich mitteilen", flüsterte er Rita zu.

Tatsächlich räusperte sich der Clubmanager und setzte eine staatstragende Miene auf. „Sehr verehrte Gäste, darf ich um Ruhe bitten? Ich habe eine Ankündigung zu machen." Er legte eine kunstvolle Pause ein. „Aufgrund trauriger Umstände muss das Geburtstagsturnier zu Ehren des Präsidenten des Leonbacher Golfclubs leider entfallen."

„Das ist unerhört! Ich bin in Topform! Ich hätte bestimmt mein Handicap verbessert!", „Warum denn das?", „Ich sag's doch: schlechte Organisation", ertönten vereinzelt Zwischenrufe.

Bevor noch mehr Gäste ihrem Unmut Luft machen konnten, hob Kai Wiese gebieterisch die Hand. Diese Geste hatte er sich bestimmt bei Ferdinand von Pirach abgeschaut. Wiese hatte sich oft darüber beschwert, dass von Pirach stets die Reden hielt und Siegerehrungen vornahm, denn eigentlich waren das die Aufgaben des Clubmanagers. Nur hatte der bei einem derart geltungssüchtigen Präsidenten leider schlechte Karten. Jetzt durfte Wiese endlich auch einmal etwas sagen. Ihm war anzusehen, dass er seine neue Rolle genoss.

„Das ging verdammt schnell", murmelte Fritz.

Wiese holte tief Luft und ließ die Bombe platzen. „Heute Morgen wurde Ferdinand von Pirach auf dem Grün von Loch 6 aufgefunden. Tot."

Gemurmel wurde laut.

„Tot? Oh mein Gott!" Rita schlug beide Hände vor den Mund. „Was mache ich mit all dem Essen?"

„Er war noch so jung", bemerkte ein Greis, der seinen Golfschläger als Gehstütze verwendete.

„Und so attraktiv", fügte die alterslose Schauspielerin hinzu.

Nicht alle bedauerten das Dahinscheiden des Präsidenten. „Dafür bin ich den weiten Weg von München hierhergefahren? Na toll! So eine Zeitverschwendung", motzte ein Mann mit pomadisierten schwarzen Haaren, der so wichtig, war, dass er sogar sonntagmorgens ohne Unterlass auf seinem Handy herumtippen musste.

Fritz beachtete die Reaktionen nicht weiter. Stattdessen fragte er sich, woher Wiese das mit dem sechsten Loch wusste. Er hatte dem Clubmanager garantiert nicht verraten, wo Sepp die Leiche gefunden hatte.

„Woran ist er gestorben?", rief ein Clubmitglied dazwischen.

Kai Wiese richtete sich zu voller Größe auf. „Die Polizei hat Grund zu der Annahme, dass es sich um ein Ver..."

„ ... dass es sich um einen Herzinfarkt handelt", fiel ihm Fritz ins Wort. Er bedachte Wiese mit einem mahnenden Blick. Wenn sich der Clubmanager verplapperte, wäre der Teufel los.

Glücklicherweise kamen keine weiteren Nachfragen, denn die hitzige Diskussion einiger Clubmitglieder lenkte alle Aufmerksamkeit auf sich. Fritz stöhnte, als er die Störenfriede ausmachte. Wenn Eagle-Ernst, Haudrauf-Holger und Benedikt aufeinandertrafen, waren lautstarke Auseinandersetzungen vorprogrammiert.

„Was tut der Präsident auf dem Grün? Wenn er gespielt hat, wird er disqualifiziert. Beschiss bis zum Ende." Diese aufgebrachte Stimme gehörte zum streitlustigen „Eagle-Ernst", der eigentlich Ernst Schneider hieß. Zu Schneiders größtem Bedauern nannte ihn seit einem unrühmlichen Vorfall vor zwei Jahren kein Golfer mehr bei seinem richtigen Namen. Damals hatte er im Turnier den zweiten Schlag bei einem Par 4 so unerwartet kraftvoll getroffen, dass der Ball schneller im Himmel verschwand als seine Augen und die seiner Golfpartner der kleinen weißen Kugel folgen konnten. Schneiders Golfpartner waren an jenem schicksalshaften Tag ausgerechnet Benedikt und Haudrauf-Holger gewesen. Zu dritt durchkämmten sie gründlich das Gebiet, in dem sie den Ball vermuteten, fanden ihn aber nicht. Also forderte Ernst seine Kollegen dazu auf, weiterzuspielen, er würde noch eine Minute weitersuchen. Innerhalb von Sekunden gelang ihm, was sie zu dritt in zehn Minuten nicht geschafft hatten: Er entdeckte den Ball in unerwartet guter

Lage am Waldrand und konnte sein Spiel ohne Strafschlag fortsetzen. Welch Wunder! Dass Schneider bei diesem „Wunder“ tatkräftig nachgeholfen hatte, wäre nie aufgeflogen, hätte er den „echten“ Ball nicht aus Versehen mit dem zweiten Schlag eingelocht. So staunten Benedikt und Haudrauf-Holger nicht schlecht, als sie die Fahne aus dem Loch zogen und Ernst Schneiders ursprünglichen Ball darin fanden. Er hatte statt eines erschwindelten Pars also tatsächlich einen Eagle gespielt – so nennen es Golfer, wenn sie zwei Schläge unter Par zum Einlochen brauchen, also ein Par 4 mit zwei Schlägen anstatt vier spielen. Seitdem pickte der Name „Eagle-Ernst“ an Ernst Schneider wie klebriger Kaugummi.

„Beschiss, Beschiss, das sagst ausgerechnet du! Du hast das Bescheißen doch erst erfunden! Dass einer wie du überhaupt noch Turniere spielen darf, übersteigt meinen Horizont!“, entgegnete Haudrauf-Holger, der so hieß, weil er sich bei jedem Abschlag mit einem aus voller Kehle gebrüllten „Hau drauf, Holger!“ anfeuerte.

„Deinen Horizont zu übersteigen ist nicht schwer, der ist auf einem Niveau mit dem Toten Meer“, schoss Eagle-Ernst zurück.

Nun mischte sich Benedikt ein, der im wahren Leben Karlheinz Loibl hieß, was aber kaum jemand wusste. Karlheinz Loibl vergaß es auch ab und an. Fritz hatte schon erlebt, wie sich Loibl Neumitgliedern als Benedikt vorgestellt hatte.

„Die Regel 7-1b untersagt das Üben oder Prüfen der Oberfläche irgendeines Grüns durch Rollen eines Balls oder Aufrauen oder Kratzen der Oberfläche auf einem Platz, der im weiteren Verlauf des Wettspiels noch gespielt werden muss“, rezitierte Loibl mit weit aufgerissenen Augen. Er wirkte wie in Trance. Die Offiziellen Golfregeln waren seine glühendste Leidenschaft, seit er dank seiner Frühverrentung wegen eines Rückenleidens, das ihn erstaunlicherweise nicht am Golfspielen hinderte, keine pubertierenden Gymnasiasten mehr belehren musste. Als inoffizieller Regelpapst des Clubs hätte er die Vorschriften auch bei vorgehaltener Pistole ohne sich zu verhaspeln rauf- und runterbeten können. Deshalb hatten ihn die Clubmitglieder in Anlehnung an den ehemaligen deutschen Papst umgetauft.

„Benedikt hat gesprochen, amen“, ätzte Eagle-Ernst. Er hasste Benedikt, weil dieser sich nach jenem klitzekleinen Vorfall vor zwei Jahren so unkooperativ verhalten hatte. Nicht einmal die angebotene Zahlung einer vierstelligen Summe hatte Benedikt davon abhalten können, eine lebenslange Turniersperre für ihn zu fordern.

„Es ist von Pirachs Turnier, da darf er tun und lassen, was er will“, meinte Haudrauf-Holger, der das mit den Regeln nicht so eng sah. Er hatte weniger Gewissensbisse gehabt, Eagle Ernsts Schweigegeld anzunehmen. Allerdings hatte er dann nicht geschwiegen, sondern dem Betrüger zum Dank den einprägsamen Namen Eagle-Ernst verpasst.

Benedikt widersprach Haudrauf-Holger mit oberlehrerhafter Miene. „Nein, er darf eben nicht tun und lassen, was er will. Um in diesem speziellen Falle seine Disqualifikation auszuschließen, hätte der Präsident bereits in der Turnierausschreibung nach Regel 33-2c das Üben auf dem Platz gestatten müssen.“

Fritz hatte genug gehört. „Ist das euer Ernst? Habt ihr nichts Besseres zu tun, als in dieser Situation Regeln zu diskutieren? Ferdinand von Pirach ist bereits disqualifiziert, und zwar endgültig. Er ist tot. Das nur zur Erinnerung.“

Die drei schauten betreten auf ihre Füße. Niemand wurde gerne von Fritz Moser gemaßregelt. Er war als ehemaliger „Playing Pro“ das Aushängeschild des Clubs, vielleicht sogar noch mehr als der berühmte Präsident. Viele seiner Schüler sahen eine Art Held in ihm. Hätte Fritz das geahnt, hätte er wohl gleich gekündigt; er hasste es, im Mittelpunkt zu stehen. Das wiederum wusste mittlerweile jeder, der ihn kannte, deshalb verehrten ihn seine Fans nur im Geheimen.

„Ich bin trotzdem der Meinung, dass die Offiziellen Golfregeln eingehalten werden müssen“, beharrte Benedikt trotzig auf seiner Meinung, verstummte aber, als er in Alexas ungläubig aufgerissene Augen sah. „Gut, gut, ich bin schon still. Den Regelverstoß des Präsidenten können wir bei der nächsten Mitgliederversammlung diskutieren. Die muss angesichts der Umstände sowieso vorgezogen werden, damit möglichst schnell ein neuer Präsident gewählt wird.

So will es die Satzung.“ Dabei lächelte er still in sich hinein.

„Brauchst gar nicht so blöd zu grinsen: Meine Stimme bekommst du nie im Leben!“, warnte ihn Eagle-Ernst. „Bevor ein verknöcherter, korinthenkackender Oberlehrer wie du Präsident des Golfclubs Leonbach wird, lasse ich mich zur Wahl stellen!“

„Du? Wer soll denn einen Betrüger wie dich wählen? Na, Eagle-Ernst? Hast du vergessen, was du vor zwei Jahren getan hast oder soll ich deinem Gedächtnis auf die Sprünge helfen?“ Benedikt redete mit ihm, wie ein Oberhirte auf ein fehlbares Schäfchen seiner Herde einreden würde. Von oben herab, mit einem nachsichtigen Lächeln auf den Lippen.

Eagle-Ernst ertrug das nur schlecht. Mit hochrotem Kopf flüchtete er ins Clubhaus.

Fritz fuhr sich heftig durch die Haare, zog einen verirrten Strohhalm aus einer Locke und ließ ihn geistesabwesend fallen. Das alles wurde immer abstruser. Der Präsident lag noch nicht einmal unter der Erde, da entbrannte bereits ein Streit darüber, wer ihn beerben könnte.

Er warf einen Seitenblick auf Alexa, die er beinahe vergessen hatte. Sich unsichtbar zu machen und die Ohren weit aufzusperren, war eine Recherchemethode, die hier sehr Erfolg versprechend war. Eifrig kritzelte sie in einem Spiralblock herum und hatte die Seiten schneller vollgeschrieben, als Fritz auch nur ein Wort entziffern konnte. Er hätte zu gerne gewusst, was sie da alles notierte.

Rita ging es ähnlich. Die Restaurantchefin schielte so gebannt auf den Block, als enthalte er Geheimrezepte von König Ludwigs Leibkoch höchstpersönlich. Rita war eine waschechte Königstreue und eingefleischte Monarchistin. Da Bayern aufgrund schwerwiegender historischer Irrtümer bedauerlicherweise keine Monarchie mehr war, verteilte sie ihre Hingabe an die Königshäuser Europas, über die sie bestens Bescheid wusste. Genauso wie über den Golfclub Leonbach.

Genau genommen, sinnierte Fritz, war der GC Leonbach seit Ferdinand von Pirach dem Ersten auch nichts anderes gewesen als ein Königreich, nur dass man den König irrigerweise Präsident genannt hatte. Der Erste in der Thronfolge war klar: Dr. Hans-Jürgen Hinterhuber. Er war nicht nur Vizepräsident, sondern auch von Pirachs engster Freund und Vertrauter im Club. Das hatte ihm den Spitznamen „Doc Hollywood“ eingebracht. Nicht, weil Hinterhuber den Präsidenten ärztlich behandelt hätte – dafür hatte sein Freund entschieden das falsche Geschlecht gehabt, denn Doc Hollywood war Frauenarzt. Auf Ferdinand von Pirachs Empfehlung hin suchten jedoch immer mehr Schauspielerinnen und Möchtegern-Moderatorinnen Dr. Hinterhubers Praxis auf. Eins musste Fritz dem Präsidenten lassen: Er hatte sich um seine Freunde gekümmert. Auch wenn sich dieses „Kümmern“ im Wesentlichen darin erschöpft hatte, sie mit den „richtigen“ Leuten zusammenzubringen. Immerhin. Ferdinand von Pirach hielt sich eben für Gott und kannte die Welt.

Doch kein Gott war unsterblich, und deshalb würde Doc Hollywood die Aufgaben des Präsidenten übernehmen müssen, zumindest vorübergehend. Ob sich Hinterhuber auf Dauer zu diesem Amt berufen fühlte, bezweifelte Fritz. Dazu dürfte er mit seiner gut laufenden gynäkologischen Praxis schlicht zu wenig Zeit haben. Wahrscheinlich würde er bis zur nächsten Mitgliederversammlung viele Aufgaben an den Clubmanager delegieren – das Wiesel würde Luftsprünge machen vor Freude.

Gerade sprang Wiese tatsächlich in die Luft, aber vor Schreck. Eagle-Ernst klopfte ihm von hinten unsanft auf die Schulter. „Warum ist die Herrenumkleide abgesperrt?“, fragte er grantig.

Sofort hefteten sich alle Blicke auf den Clubmanager, der unter so viel Aufmerksamkeit aufblühte.

„Ja, das ist eine Riesensauerei“, fing er an. Während er für eine ausführliche Erklärung Luft holte, fuhr Fritz mit einem freundlichen Lächeln dazwischen.

„Da hat Herr Wiese recht, ein Wasserschaden, wirklich eine Riesensauerei. Bitte haben Sie Verständnis dafür, dass Sie das Obergeschoss bis auf Weiteres nicht betreten dürfen.“

Anders als Fritz erwartet hatte, wurde bei seiner Ankündigung kein Murren laut. Stattdessen hörte er die alterslose Schauspielerin mit der Schirmmützenträgerin tuscheln. „Ist das nicht Fritz Moser? Der ehemalige Golfpro? Er sieht noch besser aus als im Fernsehen!"

Die Schirmmützenträgerin nahm ihre überdimensionierte Sonnenbrille ab und unterzog Fritz einer gründlichen Musterung. „Kein Zweifel, das ist er. Ich habe ihn vor Jahren bei den Munich Open spielen sehen – ein göttlicher Schwung! Und dieser Hintern erst! Meinst du, er gibt mir ein Autogramm?"

Zu Fritz' größtem Unbehagen steuerten die beiden Damen direkt auf ihn zu. Mit hochrotem Kopf wandte er sich an Rita und Alexa. „Ähm, ich muss dann mal weg … für kleine Jungs … ihr wisst schon", stammelte er und flüchtete vor den Autogrammjägerinnen ins Clubhaus.

Keine Sekunde zu früh, denn schon vibrierte es in seiner Hose. Verwirrt tastete Fritz an sich herum. Ach ja, das musste das Handy sein, das ihm Franz zuvor in die Hosentasche gestopft hatte.

„Franz, was gibt's? Deine Leute kommen in fünf Minuten? Ja, natürlich mache ich ihnen auf. Servus."

Franz und Fritz hatten bereits besprochen, wie die Leute von der Spurensicherung möglichst unauffällig ins Clubhaus gelangen könnten. Am besten war das durch den Hintereingang möglich, der neben dem Schuppen mit den Golfcarts direkt hinauf in den ersten Stock führte. Ihre Autos konnten sie in der Halle parken, in dem sich die Geräte der Greenkeeper befanden. Kein Gast und kein Clubmitglied würde sich dorthin verirren. Sowohl das Büro des Präsidenten als auch die Herrenumkleide waren von der Lobby aus nicht zu sehen, also standen die Chancen gut, dass niemand den Einsatz mitbekam. Zur Sicherheit versperrte Fritz die Treppe zusätzlich mit der massiven Tafel, an der die heutige Startliste angeschlagen war.

Aha, Ingeborg Meier hieß die ehemalige Tatort-Schauspielerin, an deren Namen er sich nicht auf Anhieb erinnert hatte. Mindestens zwei Drittel der Namen auf der Liste hatte er schon einmal gehört, auch wenn ihm die dazugehörigen berühmten Gesichter nicht in den Sinn kamen. Das andere Drittel bestand aus Clubmitgliedern, die der Präsident wahrscheinlich nur wegen der bevorstehenden Vorstandswahlen eingeladen hatte. Vermutlich wollte er es sich mit seinem Club so kurz vor diesem wichtigen Termin nicht völlig verscherzen.

Fritz ging hinauf ins Obergeschoss, ließ das Büro des Präsidenten und die verschlossene Herrenumkleide links liegen und öffnete die Tür des Hintereingangs. Er musste zur Seite hechten, um nicht von ihr erschlagen zu werden. Dr. Hans-Jürgen Hinterhuber hatte sie zeitgleich von außen mit einer Kraft aufgedrückt, die ihm Fritz nicht zugetraut hätte. Grußlos hastete er an ihm vorbei; er schien Fritz gar nicht wahrzunehmen.

„Wo steckt der Mistkerl?", schrie er und steuerte auf das Büro des Präsidenten zu. „Komm raus und wir klären das unter Männern!"

Beinahe bedauerte Fritz, dass Ferdinand von Pirach bereits tot war. Diesen Zusammenstoß hätte er gerne gesehen. Zwar war Doc Hollywood ähnlich groß wie der Präsident, trug seine Haare in derselben Manier geföhnt und war auch sonst die blassere Variante des Moderators, aber mager dort, wo Ferdinand von Pirach muskulös war. Rein äußerlich hätte der Gewinner von vornherein festgestanden, doch Doc Hollywood wirkte so wütend, dass Fritz für nichts garantieren würde.

Er hatte Hinterhuber noch nie wütend gesehen. Der Vizepräsident war einer dieser Typen, die Probleme in sich hineinfraßen. Wenn sie einmal in ihrem Leben explodierten, dann richtig.

Nun, da Hinterhuber festgestellt hatte, dass von Pirachs Büro leer war, richtete sich seine Angriffslust gegen Fritz, den er endlich bemerkt hatte. „Wo ist Ferdinand? Sag mir sofort, wo er ist!" Es hätte nicht viel gefehlt und er hätte Fritz am Kragen gepackt.

„Auf dem sechsten Grün ist er, aber …"

Hinterhuber hörte nicht mehr zu. „Den mach ich fertig!", brüllte er und stürmte an Fritz vorbei.

Fritz konnte ihn gerade noch zurückhalten. „Halt! Spar dir deine Energie. Ferdinand von Pirach ist schon fertig. Er ist tot."

Eine bleierne Müdigkeit befiel ihn, als er sich fragte, wie oft er diese Botschaft heute noch würde überbringen müssen.

„Was? Er ist tot? Oh mein Gott!“ Hinterhuber blickte gehetzt vom Büro zu Fritz und wieder zurück, nahm seine Hände, ließ sie wieder los. „Ich muss zurück nach Hause“, stellte er sachlich fest, drückte Fritz förmlich die Hand und verschwand durch den Hintereingang.

Fritz blieb sprachlos zurück. Was war das nur für ein Tag! Er konnte kaum noch klar denken. Erschöpft setzte er sich auf den Boden und schloss die Augen.

5

„Er hat es in unsere Wohnzimmer und Herzen geschafft. Nun ist er tot. Ausgerechnet an seinem 65. Geburtstag verstarb Ferdinand von Pirach, einer der bekanntesten Fernsehmoderatoren Deutschlands."

„Verdammter Mist!", fluchte Alexa. So konnte sie den Artikel unmöglich schreiben. Nicht für die Blitz-Zeitung. Ihre Chefin Frida würde jeden Satz durchstreichen.

Alexa saß schwitzend in der stickigen Redaktion, das unbarmherzige Neonlicht quälte ihre Augen und der gemächlich rotierende Ventilator an der Decke brachte kaum Abkühlung. Obwohl sie allein war, fühlte sie sich beobachtet. Alle paar Sekunden blickte sie über ihre Schulter, um sich zu vergewissern, dass Frida nicht hinter ihr stand und jedes Wort, das sie in den Computer eintippte, kritisch beäugte. „Kurz, knackig, überspitzt!", hallten Fridas Lieblingsworte in ihren Ohren. Also tippte sie: „TV-Moderator tot! War es Mord?" Nach ein paar weiteren Sätzen rieb sie sich die Augen. Sie war hundemüde. „Sepp Moser, Greenkeeper des Golfclubs Leonbach, fand den leblosen Ferdinand von Pirach auf dem Grün von Loch 6. Er konnte nichts mehr für ihn tun. Zusammen mit seinem Bruder, dem äußerst attraktiven, aber leider unausstehlichen ehemaligen Golfprofi Fritz Moser ..."

Alexa löschte die letzten Zeilen. Sie konnte sich einfach nicht konzentrieren. Ihre Gedanken schweiften unwillkürlich zu Fritz Moser. Sie spürte immer noch seinen verächtlichen Blick auf sich ruhen. Am liebsten hätte sie ihm gesagt, was sie von Leuten wie ihm hielt. Nur weil er einmal berühmt gewesen war, musste er sich noch lange nicht aufführen wie der letzte Stoffel.

Zudem hatte er ihre Arbeit behindert. Sie hätte zu gerne gewusst, was der Clubmanager gesagt hätte, wäre ihm Fritz nicht andauernd ins Wort gefallen. Was gab es im Golfclub Leonbach zu verbergen? Das mit dem Wasserschaden in der Herrenumkleide glaubte Alexa zum Beispiel nie im Leben.

Seltsamerweise hatten alle anderen Fritz Moser geglaubt und seine Worte klaglos hingenommen. Sie waren an seinen Lippen gehangen, als wäre er der Messias persönlich! Unfassbar. Widerwillig musste sich Alexa eingestehen, dass dieser Moser eine natürliche Autorität ausstrahlte, die sie erst bei ganz wenigen Menschen gesehen hatte. Wenn er lächelte, wirkte er sogar recht sympathisch. Er hatte dann niedliche Grübchen neben seinen Mundwinkeln, die einen interessanten Kontrast zu seinem markanten Kinn bildeten. Aber sein Aussehen konnte sein unangemessenes Verhalten nicht wettmachen. Er hatte sich ihr gegenüber wie ein Babysitter aufgespielt! Besondere Mühe hatte er darauf verwendet, sie von der Herrenumkleide und von Kai Wiese fernzuhalten. Bei der provisorischen Pressekonferenz hatten Sepp und Fritz Moser den Clubmanager durch ihre bloße Anwesenheit derart eingeschüchtert, dass er sich nicht mehr zu sagen getraut hatte als die drei vorbereiteten Sätze und die zwei Worte „Kein Kommentar“ auf alle Nachfragen.

Dafür hatten sich die anwesenden A-, B- und besonders die C-Promis darum gerissen, Kommentare zu Ferdinand von Pirachs Tod abzugeben – sie wollten eben auch mal wieder in der Zeitung stehen. Außer vorhersehbaren Lobeshymnen auf den „grandiosen Entertainer“ und „großartigen Menschen“ hatten sie nichts Interessantes beizusteuern gewagt. Sie lobten den Verblichenen wortwörtlich in den Himmel – doch nachdem, was Alexa erfahren hatte, war es fraglich, ob er dort ankommen würde.

Ferdinand von Pirach war nicht der harmlose, verständnisvolle ältere Mann gewesen, für den sie ihn gehalten hatte. Von Fritz hatte sie wie erwartet nichts über den Toten erfahren, aber Alexa hatte nur die Ohren aufsperren müssen, um mitzubekommen, dass der TV-Moderator nicht bei allen wohlgelitten war. Ihr kamen die drei Herren in den Sinn, die das mitleidslose Streitgespräch darüber geführt hatten, ob der tote Ferdinand von Pirach für sein eigenes Turnier disqualifiziert werden sollte oder nicht. Gleich darauf hatten sie von der nächsten Präsidentschaftswahl geredet. Das waren geradezu französische Verhältnisse in diesem Verein: Der König ist tot, es lebe der König!

Tatsächlich musste Ferdinand von Pirach wie ein König über den Golfclub geherrscht haben – oder besser wie ein Sultan, Harem inklusive. Das hatte zumindest die Restaurantchefin Rita angedeutet. Auf die Frage, ob sie ihn gut gekannt hatte, hatte sie augenzwinkernd geantwortet: „'Gut' ist übertrieben. Ich war nicht sein Typ" und dabei auf ihre kleinen Hüftpolster gedeutet. Außer, dass er dünne Frauen bevorzugte, war Ferdinand von Pirach anscheinend nicht sehr wählerisch gewesen. Hatte sich Alexa verhört oder hatte Fritz Moser den Verstorbenen wirklich einmal „von Pimmel" genannt?

„Die männlichen Clubmitglieder werden aufatmen", hatte Rita bemerkt. Aus Angst vor dem Charme ihres Präsidenten hätten einige golfende Ehemänner ihren Frauen angeblich sogar Spielverbot erteilt. Alexa wusste nicht, ob das ernst gemeint gewesen war. Welche Frau würde sich das heutzutage vorschreiben lassen? Aber gab es nicht sogar Golfplätze, auf denen „No dogs, no women"-Schilder prangten, die also weder Hunde noch Frauen betreten durften, und zwar in dieser Reihenfolge? Alexa glaubte, so etwas gelesen zu haben. Vielleicht tickten die Uhren bei den Golfern eben noch anders. Überhaupt kam ihr der Golfplatz wie eine eigene Welt vor, ein Mikrokosmos, in dem es im Kleinen zuging wie in der großen Politik. „Wer mit wem, wer gegen wen" waren auch hier die entscheidenden Fragen. Und ein Menschenleben zählte weniger als die nächsten Wahlen …

Alexa atmete hörbar aus. Sie hatte das Gefühl, dass dies nicht der letzte Artikel zu dem Todesfall sein würde. Es gab zu viele Ungereimtheiten. Sie musste unbedingt mehr über die Verhältnisse im Club herausfinden. Zu schade, dass dieser Fritz Moser ein derart unzugänglicher Trampel war. Er wüsste sicher bestens über den Golfclub und seine Mitglieder Bescheid. Warum war er nur so schlecht auf Journalisten zu sprechen? Und warum konnte Frida ihn nicht ausstehen? Das würde sie gleich recherchieren. Und morgen früh würde sie diesen Kriminaloberkommissar Franz Stauffacher anrufen. Ihr Gefühl sagte ihr, dass er gesprächiger sein würde als Fritz Moser.

Zur selben Zeit saß Fritz neben Franz auf seinem Stammplatz am Tresen des Casanova und bereute, dass er hergekommen war. Er hätte es wissen müssen: Franz war im Ermittlungsmodus. Der Kriminaloberkommissar starrte also entweder schweigend in sein Bier, als läge die Lösung des Falls auf dem Grund des Glases, oder breitete in wasserfallartigen Redeergüssen sämtliche Details seiner Theorien vor Fritz aus. Zu Fritz' Leidwesen überwogen heute die wasserfallartigen Redeergüsse. Er hätte es vorgezogen, einträchtig schweigend in die sich schnell leerenden Biergläser oder zur Not auch auf die anderen Kneipengäste zu starren. Vom Reden hatte er genug – darum war er vom Moserhof in seine Stammkneipe geflüchtet. Er versuchte, Franz' Dauerberieselung auszublenden und ließ den turbulenten Tag in Gedanken Revue passieren.

Nach dem ereignisreichen Vormittag auf dem Golfplatz war Fritz erschöpft nach Hause gewankt. Er wusste nicht, wie er die vergangenen Stunden hinter sich gebracht hatte. Alles verschwand hinter dem zähen Nebel der Müdigkeit: Die Betriebsamkeit der Experten von der Spurensicherung, seine Anstrengungen, die brodelnde Gerüchteküche unter Kontrolle zu bringen, Franz' Spekulationen und Ritas Versuche, ihn mit Essen vollzustopfen, um seine Akkus wiederaufzuladen, wie sie es ausdrückte. Dazu Alexa Langs bohrende Fragen und ihre starrsinnigen Versuche, sich Zutritt zur Herrenumkleide zu verschaffen oder zum „Tatort" zurückzukehren – wie ein ungehorsamer Jagdhund, der Witterung aufgenommen hatte. Er selbst war sich vorgekommen wie der überforderte Hundeführer. Obwohl es Fritz mit viel Mühe geschafft hatte, sie von den sensibelsten Bereichen fernzuhalten, war ihm alles irgendwann zu viel gewesen. Er hatte nur noch nach Hause gewollt, duschen, ins Bett fallen und an nichts mehr denken müssen. Leider war der heiß ersehnte Nachmittagsschlaf gegen die Gedanken, die wie lästige Bienen in seinem Kopf herumschwirrten, nicht angekommen. War es Mord? War es keiner? Wer könnte es gewesen sein? Welche Motive gab es? Außerdem war da dieses nagende Gefühl, etwas Wichtiges übersehen zu haben. Fritz zermarterte sich das Hirn, aber er kam einfach nicht drauf, was ihn so stutzig gemacht hatte.

Auch beim Abendessen war der Tod des Präsidenten Gesprächsthema Nummer Eins gewesen. Sein Vater war in brillanter Laune – wieder ein Gegner mehr, den er überlebt hatte. „Viele Sorgen erledigen sich eben von selbst“, bemerkte er und lächelte selbstzufrieden in sich hinein.

Fritz' Brüder ergingen sich derweil in Theorien, warum der Präsident gestorben war. Selbstverständlich brach bald ein lautstarker Streit darüber aus, ob von Pimmel an einem Herzinfarkt, einer Überdosis Viagra oder den Folgen eines Mordanschlags gestorben war. Sepp glaubte nur deshalb nicht an Mord, weil von Pirach nicht blutverschmiert gewesen war und weder einen eingeschlagenen Schädel hatte noch abgetrennte Körperteile auf dem Grün herumgelegen waren. Schorsch warf ihm daraufhin Fantasielosigkeit vor. Seiner Meinung nach konnte man morden, ohne Spuren zu hinterlassen. Fritz ersparte sich Schorschs weitere Ausführungen. Er schlang den letzten Bissen seiner Dampfnudel herunter, gab seiner Mutter Maria einen Kuss auf die Wange und suchte das Weite. Er verzichtete sogar darauf, den letzten Rest Vanillesoße aus seinem Teller zu löffeln, so eilig hatte er es.

Nun saß er also mit Franz im Casanova und konnte wieder nicht abschalten. Vor allem konnte er Franz nicht abschalten.

„Dass der Spiegel mit Lippenstift beschmiert wurde, deutet natürlich auf einen weiblichen Täter hin. Die Schrift stammt nach ersten Analysen aber eher von einem Mann. Also hat entweder ein Mann Lippenstift benutzt, um den Verdacht auf eine Frau zu lenken, oder eine Frau hat versucht, besonders männlich zu schreiben. Ich gehe davon aus, dass derjenige, der den Spiegel bekritzelt hat, der Mörder ist. Wenn Ferdinand von Pirach überhaupt umgebracht wurde. Das bringt mich zur nächsten Frage: Wer konnte einfach in das Clubhaus reinmarschieren und den Spiegel vollschmieren?“ Franz schaute Fritz auffordernd an. Als dieser nicht reagierte, trat er ihm unsanft gegen das Schienbein. „Ein bisschen mehr Kooperation wäre nicht schlecht, es ist ja quasi dein Golfclub, der Schauplatz dieser unschönen Vorkommnisse geworden ist.“

Fritz ergab sich seinem Schicksal. Es reichte wohl nicht, dass ihm von Pimmel zeitlebens unzählige Tage verdorben hatte. Sogar als Toter versaute er ihm noch den Abend. „Das Wiesel könnte es. Ich meine, einfach ins Clubhaus reinmarschieren", antwortete er widerstrebend.

„Der Clubmanager. Meinst du, er hat was mit der Sache zu tun?"

„Möglich wär's. Ferdinand von Pirach hat ihn nicht nur einmal blöd angeredet. Um dem Präsidenten direkt Kontra zu geben, hatte Wiese zu wenig Arsch in der Hose. Kann schon sein, dass er lieber den Spiegel beschmierte, um es ihm heimzuzahlen."

„Eine erfahrene Kränkung oder verletztes Selbstwertgefühl rangieren bei den Mordmotiven auf den vordersten Plätzen", dozierte Franz. „Traust du Kai Wiese einen Mord zu?"

Fritz schnaubte. „Wie gesagt: zu wenig Arsch in der Hose." Dann zögerte er. „Komisch verhalten hat er sich schon. Wo hat er so schnell den schwarzen Anzug aufgetrieben? Als hätte er geahnt, dass es einen Trauerfall geben würde. Und dafür, dass er anfangs am Boden zerstört war, hat er sich erstaunlich schnell eingekriegt. Du hättest sehen sollen, wie er es genossen hat, die Nachricht vom Tod des Präsidenten zu überbringen! Endlich haben ihm alle zugehört. Endlich war er einmal wichtig. Jetzt fällt mir auch wieder ein, was er geantwortet hat, nachdem ich ihm gesagt habe, dass von Pirach tot ist: 'Sie haben ihn gefunden'. Als hätte er ihn selbst gesucht oder versteckt. Das ist doch seltsam, oder?"

Franz rieb sich das Kinn. „In der Tat."

„Und woher wusste Wiese, dass von Pimmel auf dem Grün von Loch 6 liegt? Ich habe ihm das mit Sicherheit nicht verraten. Das ist höchst verdächtig." Fritz hatte vergessen, dass er heute nichts mehr reden wollte. Er fand immer mehr Gefallen an seiner Ermittlerrolle und kam sich bereits vor wie die Hauptfigur in einem Krimi. Je mehr er darüber nachdachte, desto eindeutiger erschien es ihm, dass Kai Wiese der Mörder sein musste, und sah das Wiesel bereits hinter Gittern verrotten.

Franz ließ seinen Traum unsanft zerplatzen. „Das bedeutet gar nichts. Er wird dich halt belauscht haben, während du mit mir telefoniert hast."

„Ts." Beleidigt, dass seine geschickte Kombinationsgabe so profan abgetan wurde, nahm Fritz einen großen Schluck Bier.

„Aber du hast recht, der Clubmanager hat sich tatsächlich seltsam verhalten. Ich knöpfe ihn mir noch einmal vor", beschwichtigte Franz, nur um wie nebenbei die Frage nachzuschieben: „Was hatte Sepp eigentlich gegen den von Pirach?"

„Sepp? Du verdächtigst nicht allen Ernstes Sepp? Er ist mein Bruder!", empörte sich Fritz. „Nur, weil er manchmal schneller redet, als er denkt, heißt das noch lange nicht, dass er den von Pimmel umbringt. Du weißt, wie er ist."

„Eben." Franz wandte den Blick ab und starrte in sein Glas.

Fritz tat es ihm gleich. Stumm brütete er vor sich hin und schwor sich, heute Abend kein Wort mehr mit seinem Freund zu wechseln. Bis ihm etwas einfiel. „Ha, das mit dem Spiegel könnte jeder gewesen sein! Rita hat mir gesagt, dass sie dem Präsidenten gestern ihren Clubhaus-Schlüssel geliehen hat. Von Pimmel hatte seinen nämlich verloren. Oder ..."

„... oder jemand hat ihm den Schlüssel geklaut." Franz schlug sich mit der Hand gegen die Stirn. Wenn dem so war, wuchs der Kreis der Verdächtigen ins Unermessliche. „Habgier, materielle Bereicherung, Rache, Hass, Liebe, Eifersucht", murmelte Franz die häufigsten Mordmotive vor sich hin, schwieg eine Minute und wechselte abrupt das Thema. „Schau mal, Fritz, die da hinten am Eingang ist süß. Sieht ein bisschen aus wie diese Journalistin von heute. Allerfeinste Sahneschnitte!" Der Kommissar konnte noch so tief in Ermittlungen stecken – Zeit dafür, das weibliche Geschlecht zu würdigen, fand er immer. „Wie die Journalistin dich angesehen hat ... da sind die Funken geflogen! Hat Temperament, die Kleine, das gefällt mir. Ist da was gelaufen zwischen euch?"

Fritz sah seinen Freund entgeistert an. „So ein Schmarrn. Die kann mich genauso wenig ausstehen wie ich sie."

„Was sich liebt, das neckt sich, sag ich nur", gluckste Franz und knuffte seinen Freund in den Arm.

Fritz fand das gar nicht lustig. „Du spinnst ja. Im Gegensatz zu dir hab ich genug von Frauen. Das weißt du doch."

„Jaja, die alte Leier. Warum versuchst du es eigentlich nicht wieder mit der Susi? Die steht immer noch auf dich. Ich verstehe sowieso nicht, wieso du von jetzt auf gleich mit ihr Schluss gemacht hast."

„Das geht dich nichts an!" Mit finsterer Miene packte Fritz sein Bierglas und leerte es in einem Zug.

„Natürlich geht mich das etwas an, ich bin schließlich dein Freund", entgegnete Franz gekränkt. „Ich erzähle dir auch immer alles."

„Ja, leider. Vor allem Sachen, die ich gar nicht wissen will."

„Ach, so siehst du unsere Freundschaft also. Gut zu wissen." Franz stand auf und funkelte Fritz böse an. Bevor die Unterhaltung in einen handfesten Streit ausarten konnte, klingelte Franz' Diensthandy. „Ja? Die vorläufigen Obduktionsergebnisse sind da? Ich höre." Franz lauschte konzentriert und unterbrach sein Schweigen nur gelegentlich mit einem geraunten „Aha", „Hm" oder „Interessant". Nach einem knappen „Danke" legte er auf und starrte abwesend in sein Bierglas. „Der Gerichtsmediziner meint, Ferdinand von Pirach sei zwischen vier und sechs Uhr morgens gestorben. Er hatte wirklich einen Herzinfarkt, aber nur einen leichten. Der hat ihn nicht umgebracht", teilte er Fritz oder seinem Glas mit. Fritz war sich da nicht ganz sicher. „Wahrscheinlich ist er erstickt. Darauf weisen die Petechien an den Bindehäuten und das flüssige Leichenblut hin. Allerdings lassen sich an seiner Leiche keine Anzeichen äußerer Gewalteinwirkung finden. Keine Würgemale, keine Abwehrspuren." Jetzt hob Franz den Blick und sah Fritz ratlos an.

„Du sagst, er ist erstickt?" Aufgeregt sprang Fritz auf. Nun wusste er, was ihn von Anfang an irritiert hatte: von Pirachs blitzblanke Schläger. Die sahen nur so aus, wenn man sie nach jedem Schlag gewissenhaft mit dem Schlägerputztuch säuberte. Aber am Bag des Präsidenten war kein solches Tuch gewesen – und das, obwohl Ferdinand von Pirach einen schier unerschöpflichen Vorrat davon besaß. Er hatte sie nach seiner Wahl zum Präsidenten eigens anfertigen lassen: rot, mit Club-Emblem und seinen Initialen bestickt, extra hochwertig, fusselfrei und sauteuer. Ohne dieses Utensil ging er nicht auf die Runde. Einmal war er sogar zu spät zum Abschlag gekommen, weil er sein Schlägerputztuch vergessen hatte und erst noch eines holen musste.

„Er wurde mit seinem Schlägerputztuch erstickt", flüsterte Fritz.

„Was hast du gesagt?"

„Er wurde mit seinem Schlägerputztuch erstickt. Rot. Mit Club-Emblem. Fusselfrei. Der Mörder hat es mitgenommen."

Franz zog hektisch sein Handy hervor, verzog sich in den hinteren Teil der Kneipe und telefonierte mehrere Minuten. Als er wiederkam, hatte er einen triumphierenden Ausdruck im Gesicht. „Der Gerichtsmediziner hat tatsächlich winzige rote Fussel in von Pirachs Mund gefunden. Also deutet alles darauf hin, dass er getötet wurde."

Fritz schwieg, während diese Erkenntnis in ihn einsickerte. Ferdinand von Pirach war ermordet worden. Oder zumindest getötet – Franz hatte zigmal versucht, ihm den Unterschied zwischen Mord und Totschlag nahezubringen. Gemerkt hatte sich Fritz diese Spitzfindigkeiten nie. Die plötzliche Gewissheit, dass der Präsident einem Verbrechen zum Opfer gefallen war, raubte ihm alle Energie. Der lange Tag machte sich erneut bemerkbar. Er war hundemüde. Wie in Trance nahm Fritz seinen Pulli und bewegte sich auf den Ausgang zu. „Ich muss nach Hause."

„Und ich muss in die Polizeiinspektion zurück. Tu mir einen Gefallen: Behalte das alles erst einmal für dich. Und hör dich um. Du hast Talent, mein Freund!" Franz klopfte ihm anerkennend auf die Schulter und verließ im Laufschritt das Casanova.

Fritz trat nach draußen und meinte, vor Müdigkeit zu halluzinieren. Warum sonst sah er diese Erscheinung auf sich zukommen: endlose Beine, sündige Kurven, blonde Mähne, extravagante Kleidung. Es war ihm lange gelungen, sie zu meiden. Ausgerechnet zu diesem unpassendsten aller Zeitpunkte musste sie auftauchen: Susi Süß – der Name war Programm.

Fritz hatte sie seit seiner Schulzeit heimlich geliebt. Damals waren sie in dieselbe Klasse gegangen, doch er war notorisch schüchtern gewesen und sie hatte sich nur für ältere Jungs interessiert. Vor fünf Jahren hatte sich alles geändert. Er war Dritter bei den Munich Open geworden – sein größter Erfolg bis dahin. Susi war ihm auf der anschließenden Players' Party über den Weg gelaufen. Seitdem waren sie ein Paar gewesen, auch wenn sie die meiste Zeit eine Fernbeziehung geführt hatten. Fritz spielte auf der Tour und ließ sich nach seiner Verletzung zum Golflehrer ausbilden, während Susi ihre Modeschule abschloss und in Leonbach eine kleine Boutique eröffnete. Nachdem Fritz vor einem Jahr nach Leonbach zurückgekehrt war, waren sie zusammengezogen. Er war das erste Mal seit seiner Verletzung beinahe glücklich gewesen. Bis zu diesem denkwürdigen Abend vor einem halben Jahr.

Er wollte nicht daran denken, und seiner Ex-Freundin in die Fänge laufen wollte er erst recht nicht. Verzweifelt sah er sich nach einem Versteck um – zu spät. Susi hatte ihn entdeckt.

„Fritz, warte!“, rief sie und begann zu laufen. Das sah gefährlich aus, immerhin waren ihre Absätze bleistiftdünn und schwindelerregend hoch. Täuschte sich Fritz oder torkelte sie? Bei ihm angekommen, fiel sie ihm um den Hals.

„Hast du gehört? Ferdi ist tot. Was wird jetzt aus meiner Boutique in München? Er hat es mir versprochen“, nuschelte sie in sein Ohr. Sie war wirklich betrunken.

Fritz versuchte vergeblich, sich von ihr zu befreien. Sie hatte das Talent, sich so eng an ihn zu schmiegen, dass er nicht mehr wusste, wo ihr Körper aufhörte und seiner anfing. Früher hatte er das geliebt. Früher hatte er alles an ihr geliebt.

Ihr Parfum stieg ihm in die Nase und vernebelte seine Sinne. Nein, er durfte es nicht zulassen. Durfte nicht zulassen, dass sie ihm wieder den Kopf verdrehte. Nicht nach allem, was passiert war.

Er packte ihre Arme und stieß sie grob von sich. „Mir ist völlig wurscht, was aus deiner Münchner Boutique wird. Wirst schon einen neuen Gönner finden.“ Fritz wollte sich an ihr vorbeischlängeln, doch sie klammerte sich an seinem Arm fest.

„Sei halt nicht so!“, quengelte Susi, um gleich darauf in einen verführerischen Singsang zu verfallen. „Komm schon, Fritz, willst du es nicht noch einmal mit mir versuchen?“, gurrte sie. „Ich sehe ja ein, dass ich einen Fehler gemacht habe. Wirf unsere gemeinsame Zeit nicht einfach weg. Wir waren so ein gutes Team.“

„Wir waren nie ein gutes Team. Leider hat es viereinhalb Jahre gedauert, bis ich das kapiert habe. Bevor ich noch einmal auf dich reinfalle, werde ich lieber Mönch. Außerdem, sieh dich nur an: Du bist fett geworden.“ Das war gelogen, aber Fritz wusste sich nicht anders zu helfen. Wenn sie sich noch länger auf diese Art an ihn schmiegte, würde er schwach werden.

Seine Worte zeigten die erwartete Wirkung. Susi ließ von ihm ab, als hätte sie sich an ihm verbrannt. „Du Schwein, das zahl ich dir heim! Ferdi war im Bett eh besser als du!“, zischte sie, boxte ihm für ihren alkoholisierten Zustand erstaunlich zielsicher in den Unterleib und torkelte davon.

Fritz blieb nach Luft schnappend zurück. Am Ende seiner Kräfte angelangt lehnte er sich an die Hausmauer und gelobte, sich nie wieder zu verlieben.

„Ferdinand von Pirach war ein großartiger Entertainer, ein fürsorglicher Vater und wunderbarer Mann. Er wird für immer in unseren Herzen bleiben.“ Mit diesem schwülstigen Zitat der ehemaligen Tatort-Schauspielerin Ingeborg Meier beendete Alexa ihren Artikel. Sie setzte ihr Kürzel unter den Text und atmete tief durch. Nun gab es nur noch eine Sache zu erledigen. Mit einem Mausklick rief sie das Archiv der Blitz-Zeitung auf und gab „Fritz Moser Golf“ in die Suchmaske ein.

Sofort erschienen zahlreiche Artikel. Alexa klickte sich durch die Auswahl. Das erste Mal war sein Name vor zehn Jahren erwähnt worden. „Vom Bauernsohn zum Golfstar? Fritz Moser gewinnt deutsche Amateurmeisterschaft“, lautete die Überschrift. Aha, deshalb der Geruch nach Kuhstall und der Strohhalm in seinen Haaren. Interessant. Ihr Blick blieb an dem angefügten Foto hängen. Fritz lächelte unbeschwert in die Kamera und sah sehr jung aus. Jung, attraktiv und sympathisch. Vielleicht war er wirklich einmal nett gewesen.

Sie musste an Ritas tröstende Worte denken, nachdem Fritz sie zum gefühlten tausendsten Mal blöd angeredet hatte: „Nimm's nicht persönlich. Er ist einfach zu oft verletzt worden."

Das mochte stimmen, aber gab es jemanden, der in seinem Leben noch nicht verletzt worden war? Wohl kaum. Schlechte Erfahrungen waren keine Entschuldigung dafür, sämtliche Anstandsregeln außen vor zu lassen.

Alexa blickte auf die Autorenzeile. Frida Bauer. Auch alle anderen Artikel über Fritz hatte Frida verfasst. Seltsam. Normalerweise kümmerten sich Sportredakteure um solche Nachrichten. Alexa konnte sich beim besten Willen nicht vorstellen, dass Frida irgendwann einmal für den Sportteil geschrieben hatte, denn einen unsportlicheren Menschen gab es kaum. Allerdings hatte ihr Frida stolz erzählt, dass sie vor einigen Jahren zu golfen begonnen hatte. Aber Golf war in Alexas Augen kein Sport.

Egal. Den Ton der Artikel konnte man gut und gerne als schwärmerisch bezeichnen. Fritz wurde zur größten deutschen Nachwuchshoffnung seit Bernhard Langer hochstilisiert, der nicht nur außerordentliches Talent hatte, sondern auch einen vorbildlichen Charakter.

Alexa überflog die weiteren Nachrichten. Vor sieben Jahren hatte er sich für die höchste europäische Spielklasse, die European Tour, qualifiziert. Gleich in seiner ersten Saison war er bei drei Turnieren unter den Top Ten gelandet und im nächsten Jahr war er bei den Munich Open Dritter geworden. Das Bild zeigte ihn Arm in Arm mit einer umwerfenden Blondine. Beide strahlten mit ihren blendend weißen Zähnen in die Kamera, als wollten sie Reklame für eine Zahnpastamarke machen. Die Blondine war der Typ Spielerfrau, analysierte Alexa. Konnte wahrscheinlich nichts anderes als in Kameras lächeln und gut aussehen. Alexa hielt inne. Warum war sie nur so boshaft? Eigentlich hatte sie nichts gegen Spielerfrauen oder Blondinen. Sollte jeder auf seine Art glücklich werden.

Seltsamerweise wurde der Ton der Artikel nun kühler, obwohl Fritz' Erfolge größer wurden. Er gewann sein erstes Turnier – doch der Höhepunkt seiner Karriere war gleichzeitig sein Ende.

„Prügel-Golfer schwer verletzt – Karriere-Aus?“ Die knackige Headline ließ Alexa zusammenzucken. Fritz Moser ein Prügel-Golfer? Was war denn da passiert? Gespannt klickte sie auf die Überschrift, aber der Artikel war gelöscht worden. An seiner Stelle ploppte eine Berichtigung auf. „Die in dem Beitrag 'Prügel-Golfer schwer verletzt' geschilderten Abläufe entsprechen nicht den Tatsachen. Die Blitz-Zeitung distanziert sich von dem Artikel.“

Oha. Das war eine Klatsche für den Autor, also für Frida. Kein Wunder, dass sie auf Fritz nicht mehr gut zu sprechen war. Das war sie nach den Artikeln zu urteilen davor jedoch auch nicht mehr gewesen. Was mochte da vorgefallen sein?

Das schrille Klingeln ihres Telefons riss Alexa aus ihren Gedanken. Stirnrunzelnd sah sie auf die Uhr. Nur zwei Stunden bis Mitternacht. Wer rief um diese Zeit in der Redaktion an?

„Alexa Lang, Blitz-Zeitung?“

Stille am anderen Ende der Leitung. Dann eine zögerliche Frauenstimme: „Grüß Gott, bin ich verbunden mit der Leute-Redaktion?“

„Ja, das sind Sie.“

„Ich hätte da einige Infos, die den Tod von Ferdinand von Pirach betreffen …“

„Na, dann schießen Sie mal los.“

6

Fritz biss in einen Schokoriegel. Es war sein zwölfter heute, dabei war es erst Mittag. Wenn es so weiterging, würde er fett werden, da halfen auch die guten Gene nichts.

Aber er konnte nicht anders. Gerade jetzt hatte er Nervennahrung so nötig wie nie. Seit er nach Leonbach zurückgekommen war, hatte er sich nicht über mangelnde Arbeit beklagen können, doch seit Ferdinand von Pirach tot war, wollte plötzlich jeder eine Golfstunde bei ihm nehmen. Ständig klingelte das Telefon. Wer noch nicht Golf spielte, wollte unter seiner fachmännischen Anleitung damit beginnen. Auch Clubmitglieder, die noch nie einen Trainer in Anspruch genommen hatten, fragten bei ihm an. Sogar Golfer aus den Nachbarclubs schreckten nicht vor stundenlangen Autofahrten zurück, um von ihm unterrichtet zu werden. Fritz hätte sich geehrt gefühlt, hätte er nicht den wahren Grund für die hohe Nachfrage gekannt. Die Golfschüler waren nicht etwa darauf aus, ihre Schwungtechnik zu perfektionieren oder ihre Abschläge zu verlängern. Vielmehr wollten sie Fritz über die genauen Todesumstände der Moderatorenlegende Ferdinand von Pirach aushorchen. Dank Alexa Langs Artikel in der Blitz-Zeitung wusste nun jeder, dass sein Bruder Sepp und er den Präsidenten gefunden hatten.

„Hast du ihm in die Augen geschaut?“ Sein Schüler, ein schnell gewachsener Vierzehnjähriger mit Pickeln im Gesicht, unterbrach seinen Rückschwung und blickte Fritz sensationslüstern an. „Ich habe gehört, man soll Toten nie in die Augen schauen, weil man ihren Anblick sonst nie vergisst.“

„Und ich habe gehört, ein Golfer soll beim Rückschwung auf den Ball schauen, weil er ihn sonst nicht trifft“, konterte Fritz.

Der Schüler grummelte und es machte „Klong“. Statt des Balls hatte er den danebenliegenden Balleimer getroffen. Die nächsten Bälle schlug er schweigend. Erst als die Stunde um war, startete er einen letzten Versuch: „Dein bester Freund ist doch der Kriminaloberkommissar Stauffacher …“

„Schon, aber ich habe gerade kaum Kontakt zu ihm“, log Fritz, um weitere Fragen im Keim zu ersticken. Bloß blöd, dass in diesem Moment sein Handy klingelte. „Franz“ blinkte unübersehbar auf dem Display. Hoffentlich hatte sein Schüler nicht hingeschaut. Schnell hob Fritz das Handy ans Ohr. „Fritz Moser hier. Sie möchten eine Stunde buchen? Warten Sie, ich sehe nach, ob ich nächste Woche einen Termin frei habe“, sagte er geschäftsmäßig, verabschiedete sich mit einem Kopfnicken von seinem Schüler und ging in Richtung Golflehrerhütte davon. Der Junge dampfte enttäuscht ab.

„Bist du jetzt völlig durchgedreht, oder was! Ich bin's, der Franz!“

„Schrei nicht so, das weiß ich schon! Muss nur nicht jeder mitkriegen, dass ich mit dir telefoniere. Mich quetschen hier sowieso alle aus, ob ich etwas weiß oder ob der Herr Kriminaloberkommissar etwas verlauten hat lassen. Das hängt mir zum Hals raus. Zur Beruhigung stopfe ich mir einen Schokoriegel nach dem anderen rein.“

„Gut so! Wenn du dir einen Bauch anfrisst, fühle ich mich in deiner Gegenwart wenigstens nicht mehr so fett.“ Ohne Überleitung fuhr Franz fort: „Du, dieser Herr Doktor Hinterhuber Hans-Jürgen hat deinen Vater schwer beschuldigt. Angeblich haben sich Hinterhuber und der von Pirach am Abend vor dessen Tod noch mit dem Alten Fritz getroffen. Rein geschäftlich. Es ging um die Zufahrtsstraße und eine Erweiterung des Golfclubs um neun Spielbahnen. Nachdem dein Vater den Präsidenten als dahergelaufenen Fernseh-Fuzzi beschimpft hat, muss er ihm auch noch gedroht haben. Er hätte bereits ganz andere Kaliber überlebt und von Pirach würde nicht mehr lange Präsident bleiben, dafür würde er, der Alte Fritz, sorgen. Hinterhuber war sehr beunruhigt. Es bleibt mir nichts anderes übrig, ich werde deinen Vater befragen müssen. Kannst ihn ja vorwarnen. Themawechsel: Gehst du morgen zur Beerdigung? Ich kann leider nicht, da wäre es gut, wenn du dich ein bisschen umsehen könntest. Beobachten, ob sich jemand auffällig verhält. So, jetzt muss ich hier weitermachen. Servus.“

Fritz starrte sein Handy an, als könne es ihm buchstabieren, was er eben gehört hatte. Sein Vater hatte sich mit Doc Hollywood und von Pimmel getroffen, um über Geschäftliches zu reden? Er, der immer behauptet hatte, er würde eher mit dem Arsch voraus in die Jauchegrube springen als mit Ferdinand von Pirach Geschäfte zu machen? Noch dazu am Abend vor von Pimmels Tod? Dass der Alte Fritz den von Pirach beschimpft hatte, war dagegen keine Überraschung; Fritz fand sogar, dass die Wortwahl seines Vaters für seine Verhältnisse erstaunlich milde gewesen war. Und Drohen war seit jeher eine der Lieblingsbeschäftigungen des Alten Fritz – in beinahe jedem Satz, den er an seine Söhne richtete, schwang eine Drohung mit. Er befürchtete nämlich, dass sie als nutzlose Faulpelze und Versager vor sich hinvegetieren würden, wenn er ihnen nicht ständig Feuer unterm Hintern machte. Also war alles soweit typisch sein Vater gewesen. Nur, dass er zu Hause nichts von seinem Treffen erzählt hatte, machte Fritz stutzig. Das sah seinem Vater gar nicht ähnlich. So oder so war der Alte Fritz einer der Letzten gewesen, die den Präsidenten lebend gesehen hatten.

Genauso wie Hinterhuber. Fritz fand es beinahe unverschämt, dass der Vize ausgerechnet seinen Vater beschuldigte, wo er selbst sich am Morgen des Geburtstagsturniers mehr als verdächtig aufgeführt hatte.

Da fiel ihm ein: Er war noch gar nicht dazu gekommen, Franz von Hinterhubers Ausraster zu erzählen. Das musste er unbedingt nachholen – später, denn seine nächste Schülerin kam den Weg hinauf: elegant in beige gekleidet, die blonden Haare nach hinten gebunden, die Augen von einer stilvollen Sonnenbrille abgeschirmt. Auch von ihr hätte Fritz seinem Freund gerne erzählt, wenn er nicht so schnell aufgelegt hätte. Bei der Schülerin handelte es sich nämlich um niemand Geringeren als Patrizia von Pirach, von Pimmels Exfrau.

Fritz hatte nicht schlecht gestaunt, als sie nur einen Tag nach dessen Tod bei ihm angerufen hatte, um kurz und knapp eine Golfstunde zu vereinbaren. Vielleicht hätte sie damit wenigstens warten sollen, bis ihr ehemaliger Ehemann unter der Erde war. Aber Fritz war der Letzte, der darüber richten wollte. Das taten bereits genügend andere Golfer, die ihr Training unterbrachen, um die „Witwe" mit offenem Mund anzugaffen und missbilligend den Kopf zu schütteln. Als Patrizia von Pirach würdevoll an ihnen vorüberschritt und sie freundlich grüßte, blickten sie weg und taten, als hätten sie sie gar nicht bemerkt.

Nur die neuen Mitglieder blieben unbeeindruckt, denn sie kannten Frau von Pirach nicht. Seit ihr Exmann vor drei Jahren Präsident geworden war, hatte sie sich von heute auf morgen nicht mehr im Club blicken lassen. Davor war sie beinahe täglich auf dem Golfplatz anzutreffen gewesen; sie hatte nur fünf Minuten von ihrem Haus bis zum Club. Zu Fuß waren es zwanzig Minuten durch den Wald, der an die Spielbahnen vier bis sechs angrenzte. Weil der Golfplatz so nah war und ihr befreundeter Nachbar Hans-Jürgen Hinterhuber sie dazu ermuntert hatte, hatten sie und ihre Tochter Estella gleich nach ihrem Umzug zu golfen begonnen. Zuletzt war Patrizia von Pirach sogar Kapitänin der Damenmannschaft und recht beliebt gewesen. Dann war von Pimmel in ihr Hoheitsgebiet eingedrungen, und sie hatte es kampflos aufgegeben.

All das wusste Fritz von Rita. Er selbst hatte Patrizia von Pirach nur ab und zu gesehen, wenn er einmal auf Heimatbesuch gewesen war und sie ihm ihre Tochter Estella zum Training vorbeigebracht hatte. Mit Estella hatte er das letzte Mal vor einem Jahr bei einer Trainerstunde Kontakt gehabt. Damals war sie süße Sechzehn gewesen, mit dem üppigen Körper einer erwachsenen Frau. Sie war eine höfliche, wohlerzogene junge Dame und noch dazu ein außergewöhnliches Golftalent; trotzdem erinnerte sich Fritz mit gemischten Gefühlen an sie. Das lag an dem Vorfall während der letzten Trainerstunde, der ihm bis heute peinlich war. Um ihr einen neuen Schlägergriff zu zeigen, hatte er Estella von hinten umfassen müssen. Obwohl Fritz bei Frauen sehr berührungsscheu war und sie wie rohe Eier behandelte, war ein Mindestmaß an Körperkontakt dennoch nicht zu vermeiden – auch bei Estella nicht. Von Pirachs Tochter schien sich daran nicht zu stören. Im Gegenteil: Fritz hätte schwören können, dass sie sich extra eng an ihn presste. Zu allem

Überfluss rieb sie auch noch ihr perfekt geformtes Gesäß an ihm.

Sein Körper reagierte, wie der Körper eines Mannes in so einer Situation eben reagiert. In der Sekunde, in der er sein „Missgeschick" bemerkte, ließ er die Tochter des Präsidenten los und machte einen erschrockenen Satz nach hinten. Die Röte stieg ihm heiß ins Gesicht. Und was tat Estella? Sie blickte ihn über die Schulter hinweg mit diesem unschuldigen, aber gleichzeitig wissenden Lächeln an, das ihm das Gefühl gab, wieder ein jungfräulicher Teenager zu sein. Vielleicht hatte er sich das alles aber auch nur eingebildet.

Als nun Patrizia von Pirach vor ihm stand und ihre Sonnenbrille abnahm, wusste Fritz, von wem Estella das blendende Aussehen hatte: Die Augen ihrer Mutter waren genauso tiefblau. Frau von Pirach hatte dieselben feinen Gesichtszüge gepaart mit einer makellosen Alabasterhaut und eine Haltung, die man nur als aristokratisch bezeichnen konnte. Sie war eben eine echte Adelige; es wurde gemunkelt, dass Ferdinand seine Exfrau nur geheiratet hatte, um an ihren Nachnamen zu kommen. Fritz glaubte das nicht. Patrizia von Pirach musste früher atemberaubend schön gewesen sein und war immer noch sehr attraktiv. Er schätzte sie auf Ende Vierzig, Anfang Fünfzig. Wer untertreiben wollte, könnte sagen, sie hätte sich gut gehalten. Nur die Sorgenfalte zwischen ihren Augenbrauen und die feinen Fältchen um ihre Mundwinkel verliehen ihr einen verhärmten Ausdruck, der sich jedoch verflüchtigte, wenn sie lächelte. Das tat sie gerade, zumindest ansatzweise, und reichte Fritz vornehm die Hand. Sie hatte einen erstaunlich festen Händedruck.

„Mein Beileid", murmelte Fritz und blickte auf den Boden. Er hatte keine Ahnung, wie er sich Patrizia von Pirach gegenüber verhalten sollte. Er wusste nicht einmal, wie man sie bezeichnete. War sie eine Witwe, obwohl sie geschieden war? Und ein ganz neuer Gedanke: Würde sie erben, obwohl sie nur die Exfrau war?

Als würde sie seine Befangenheit spüren, begann Frau von Pirach zu sprechen: „Es muss Ihnen sehr unpassend erscheinen, dass ich so kurz nach dem Dahinscheiden meines Exmannes zu Ihnen komme."

„Ach, woher denn", log Fritz und rieb sich verlegen das Ohr.

Unbeirrt redete seine Schülerin weiter: „Aber wissen Sie: Ich habe mich mein halbes Leben lang nach Ferdinand gerichtet. Nun ist er tot und ich sehe nicht ein, warum ich mich immer noch nach ihm richten soll."

Ihre entwaffnende Ehrlichkeit machte sie Fritz sofort sympathisch. Er steckte den Schokoriegel weg, den er bei ihrem Anblick aus seinem Golfbag gekramt hatte.

„Na, dann wollen wir mal sehen, was ich für Sie tun kann, Frau von Pirach."

„Bitte nennen Sie mich Patrizia."

„Gut, Patrizia. Wo hakt es denn bei Ihnen? Bei Ihrem Spiel, meine ich natürlich", verbesserte sich Fritz schnell.

„Überall, fürchte ich. Ich bin ziemlich eingerostet."

Während er ihr einige Aufwärmübungen zeigte, fragte er weiter. „Wie lange haben Sie nicht mehr Golf gespielt?"

„Viel zu lange. Fast drei Jahre", seufzte sie. „Sogar dieses Vergnügen musste er mir nehmen." Letzteres murmelte sie so leise, dass Fritz es überhört hätte, hätte er nicht die guten Ohren seines Vaters geerbt. Erneut hatte Patrizia von Pirach diesen verhärmten Zug um den Mund, aber nur zwei Sekunden lang. Länger brauchte sie nicht, um ihre Fassung wiederzugewinnen. Mit einem Lächeln sagte sie: „Ich bin zuversichtlich, dass Sie mich wieder in Schwung bringen werden. Meine Tochter hält große Stücke auf Sie."

„Estella. Wie geht es ihr?"

„Schlecht. Der überraschende Tod ihres Vaters nimmt sie sehr mit. Sie liebte ihn abgöttisch, genauso wie er sie. Bei allem, was man Ferdinand sonst vorwerfen kann, ist er ein guter Vater gewesen. Wenn er denn einmal da war."

„Haben die beiden sich oft gesehen?"

„Eigentlich erst, seit Ferdinand nach Leonbach gezogen ist. Davor war er ja immer ... beschäftigt. Das hat ihrer guten Beziehung aber keinen Abbruch getan. Aus der Ferne lässt sich der Vater eben noch viel besser verklären." Einen kurzen Moment klang Patrizia von Pirach bitter. Geschickt wechselte sie sogleich wieder in einen leichten Smalltalk-Ton. „Zuletzt haben sie sich natürlich weniger gesehen, da Estella seit einem knappen Jahr das Golfinternat besucht. Das wissen Sie ja."

„Ja, das weiß ich." Fritz ließ Patrizia einige Probeschwünge machen. Sie hatte einen sehr grazilen Schwung, der perfekt zu ihrem Erscheinungsbild passte. Ihre Tochter Estella bewegte sich ebenso anmutig; gleichzeitig war ihr Schwung ungewöhnlich kraftvoll für ein Mädchen. Das war auch der Grund dafür, dass sie die Bälle weiter schlug, als er es bei einer Frau je gesehen hatte. Sie hatte gute Chancen, im Golf ganz nach oben zu kommen.

„Wie gefällt es Ihrer Tochter in Sankt Heinrich?" So hieß das bundesweit erste Golfinternat, das idyllisch am Starnberger See gelegen war. Wer seine Kinder dort hinschicken wollte, musste ein Vermögen locker machen. 50 000 Euro im Jahr, hatte Fritz gelesen.

„Sie liebt es dort." Patrizia runzelte kaum merklich die Stirn.

„Und das gefällt Ihnen nicht?"

Überrascht blickte sie zu Fritz auf. „Doch, doch, es ist nur … ich war anfangs dagegen, dass sie auf das Internat geht. Es sind nicht nur die immensen Kosten …"

Fritz war erstaunt, dass die Internatsgebühren bei den von Pirachs überhaupt Thema gewesen waren. Er hatte angenommen, sie hätten Geld wie Heu.

„Estella ist so jung, sie sollte ihre Jugend genießen", erklärte Patrizia von Pirach. „Ich hatte die Befürchtung, dass zu viel Leistungsdruck nicht gut für sie ist. Sie war schon immer sehr ehrgeizig und ordnet alles dem Erreichen ihrer Ziele unter. Manchmal habe ich Angst, dass sie das Golfen zu ernst nimmt. Aber wem sage ich das – Fritz Moser, der größten deutschen Golfhoffnung seit Bernhard Langer", zitierte sie.

Fritz errötete. Er hatte es geliebt, zu gewinnen. Dass er danach in der Zeitung gestanden hatte, war für ihn eine der größten Schattenseiten des Erfolgs gewesen. „Sie lesen die Blitz-Zeitung?", fragte er, um vom Thema abzulenken.

Patrizia schmunzelte. „Wenn es sich nicht vermeiden lässt."

„Ihre Sorgen in Ehren, aber wenn Estella wirklich Proette werden will, werden Sie sie nicht davon abhalten können. So lange sie Spaß am Golfen hat, ist alles gut. Erst, wenn die Freude am Sport weg ist, sollte man aufhören."

„Sind Sie selbst soweit gekommen, dass Ihnen Golfspielen keinen Spaß mehr gemacht hat?"

„Nein, mir ist etwas anderes dazwischengekommen." Fritz verzog schmerzlich die Lippen und sah unwillkürlich zu seiner linken Hand. Selbst wenn er nur unterrichtete, verbarg er sie unter einem Handschuh. Seine Schüler sollten nicht ständig an seinen „Unfall" erinnert werden. Er selbst hatte auch keine Lust dazu, immerfort die Szenen nachzuerleben, die ihm seine Karriere gekostet hatten.

Patrizia von Pirach hakte glücklicherweise nicht nach und widmete sich wieder ihren Golfschwüngen.

Fritz gab gelegentlich Anweisungen, lobte, schwieg und konzentrierte sich auf die Bewegungsabläufe. Golfschwünge waren wie Fingerabdrücke: Einzigartig und individuell. Fritz hatte noch nie zwei gleiche gesehen. Rückschwung, Durchschwung, Finish – auf die harmonische Verbindung der einzelnen Bewegungsphasen kam es an. Jeder Golfer musste dafür seinen eigenen Rhythmus finden. War das geschafft, waren es immer noch Millimeter, die darüber entschieden, ob der Ball in einer hohen Kurve in den Himmel stieg, als „Ameisenkiller" am Boden entlangkullerte oder als gefürchteter „Socket" rechtwinklig davonstob und die Unterschenkel des Driving-Range-Nachbarn rasierte. War der Rückschwung zu steil oder zu flach? Stimmte der Winkel, in dem das Schlägerblatt auf den Ball traf? Standen die Beine zu eng oder zu weit auseinander? Wie sah es mit dem Abstand zwischen Fußspitzen und Ball aus? Befand sich der Ball auf Höhe des linken oder rechten Fußes?

Es gab unzählige Determinanten, die über einen gelungenen oder misslungenen Schlag entschieden: Das war es, was Fritz an der Arbeit als Golflehrer faszinierte. Den Fehler in einem Golfschwung zu finden, war für ihn wie die Suche nach Ostereiern. Im Erfolgsfall gab es eine süße Belohnung, die ausnahmsweise nicht in Schokolade, sondern in der Freude seiner Schüler über einen gelungenen Schlag bestand.

Patrizia von Pirach hatte heute viel Grund zur Freude. Sie traf die Bälle, als hätte sie nie pausiert. Trotzdem huschte kein Lächeln über ihr Gesicht. Mitten im Schwung hielt sie inne. „Bitte entschuldigen Sie, dass ich Sie damit belästige, aber ich frage mich die ganze Zeit, was mein Exmann so früh auf dem Golfplatz getan hat. Kommissar Stauffacher – ein Freund von Ihnen, wenn ich richtig informiert bin?"

Fritz nickte.

„Kommissar Stauffacher meinte, Ferdinand sei zwischen vier und sechs Uhr morgens gestorben. Da spielt man nicht einfach so ein paar Löcher, vor allem nicht vor einem wichtigen Turnier. Davon abgesehen ist das vor einem Wettspiel gar nicht erlaubt."

Nun fing sie auch noch damit an! Fritz haderte mit sich. Wie viel durfte er Patrizia von Pirach erzählen? Er entschloss sich dazu, nah an der Wahrheit zu bleiben. Einige wichtige Details wegzulassen war nicht unbedingt gleichbedeutend mit lügen. „Wahrscheinlich wollte er den Zustand des Platzes kontrollieren. Mit möglichst großem Abstand zum Turnierbeginn, damit mein Bruder im Zweifelsfall noch Zeit gehabt hätte, nachzubessern. Ihr Exmann war bekannt dafür, extrem … pingelig zu sein." Fritz beglückwünschte sich innerlich zu seiner diplomatischen Formulierung.

Patrizia von Pirach runzelte dennoch die Stirn. „Hätte er dafür nicht sein Golfcart genommen?"

„Das hat er ja."

„Ich dachte, Sie hätten ihn auf dem Grün von Loch 6 gefunden? Da kommt man mit einem Cart gar nicht hin."

„Er hat es neben dem Unterstand an Loch 4 stehen gelassen."

Patrizias Augen verengten sich. „Vielleicht hat er sich dort mit einer Frau getroffen. Dafür wäre er mit Sicherheit so früh aufgestanden."

Fritz antwortete nicht.

Die Exfrau des Präsidenten schien nicht überrascht. „Woran ist er ihrer Meinung nach gestorben?"

„Er hatte wohl einen Herzinfarkt." Das war nicht einmal gelogen, dachte Fritz.

„Das würde passen. Das Risiko, einen Herzinfarkt zu erleiden, ist in den zwei Stunden nach dem Geschlechtsverkehr doppelt so hoch wie sonst. Und Ferdinands Herz war bereits angegriffen, als wir noch verheiratet waren. Bei diesem Lebenswandel kein Wunder."

Fritz fragte sich, woher Patrizia das mit dem Herzinfarktrisiko wusste. Vage erinnerte er sich an Gesprächsfetzen, die er einmal im Clubhaus aufgeschnappt hatte. Demnach hatte sie Medizin studiert, aber nie als Ärztin praktiziert.

„Die Kripo war schon zwei Mal bei mir, angeblich um einige Ungereimtheiten zu klären. Das letzte Mal haben sie diverse Unterlagen und Kontoauszüge verlangt. Ganz ehrlich: Glauben Sie, mein Exmann ist eines natürlichen Todes gestorben? Oder gibt es etwas, was die Kripo mir verschweigt?" Frau von Pirach sah den Golflehrer mit großen Augen an.

Fritz seufzte. Sie würde es früher oder später sowieso erfahren. „Die Polizei hat Anlass zu der Vermutung, dass Ihr Exmann ermordet wurde. Aus ermittlungstechnischen Gründen soll diese Vermutung aber noch nicht publik gemacht werden."

Patrizia blieb eine Weile stumm. Mechanisch nahm sie sich die verbliebenen Bälle vor und schlug einen nach dem anderen. Erst, als keiner mehr übrig war, wandte sie sich wieder Fritz zu. „Bitte sagen Sie meiner Tochter nichts davon. Zu erfahren, dass ihr Vater umgebracht wurde, würde sie vollends aus der Bahn werfen. Die beiden hatten immer eine besondere Verbindung. In der Nacht vor dem Geburtstag ihres Vaters ist sie krank geworden. Als hätte sie geahnt, dass ihm etwas passieren würde."

Wenn Fritz am Morgen des Turniers nicht so beschäftigt gewesen wäre, wäre ihm sicher früher aufgefallen, dass Estella nicht da gewesen war. Normalerweise fand sie sich mindestens zwei Stunden vor Turnierstart auf dem Platz ein, um sich warmzuschlagen. Er wollte sich gar nicht ausmalen, wie der Morgen für sie verlaufen wäre, wäre sie zeitig wie üblich erschienen. Allein dieses üble Gerede über ihren verstorbenen Vater anhören zu müssen – ihre Erkrankung hatte ihr einiges erspart.

Zum Abschied drückte Fritz Patrizias Hand länger als nötig. Sie wirkte, als könne sie etwas Trost vertragen – schon um ihrer Tochter willen. „Richten Sie Estella bitte gute Besserung aus."

„Vielen Dank. Wir sehen uns nächste Woche", kündigte Patrizia an, hauchte dem völlig verdutzten Fritz einen Kuss auf die Wange und entschwand.

Während er sie beim Weggehen beobachtete, fiel ihm auf, dass er die Stunde ohne Schokoriegel überstanden hatte. Und dass Patrizia von Pirach nichts anderes gemacht hatte als die Schüler davor: Sie hatte versucht, ihn auszuquetschen. Nur mit dem Unterschied, dass sie dabei erfolgreich gewesen war. Mit einem ungehaltenen Grunzen zog Fritz seine Schokolade aus dem Golfbag, riss mit den Zähnen die Folie auf und stopfte sich den ganzen Riegel auf einmal in den Mund.

7

Der Bergfriedhof war einer der bezaubernden Flecken Leonbachs. Seine Schatten spendenden Bäume, die großzügigen Grünflächen und der unvergleichliche Ausblick auf die nur einen Steinwurf entfernte mittelalterliche Burganlage und die Stadt zu ihren Füßen zogen nicht nur Trauernde und Tote an. Mütter verabredeten sich hier zum Kinderwagentreff, Verliebte schworen sich dort angesichts der durch frisch aufgeschüttete Erdhaufen symbolisierten Endlichkeit des Lebens ewige Liebe und Stadtbewohner nutzten den weitläufigen Friedhof als bevorzugte Joggingstrecke. Darüber, ob das Joggen auf dem Bergfriedhof verboten werden sollte, tobte in der Lokalpresse seit Jahren ein erbitterter Meinungsstreit, der Fritz stets aufs Neue amüsierte. Dass die Leonbacher sonst nichts hatten, worüber sie sich aufregen konnten, war ein sicheres Zeichen dafür, wie gut es ihnen ging.

Tatsächlich lebten Deutschlands reichste Rentner in Leonbach und nicht etwa am Starnberger See. Vielleicht zogen sie alle hierher, um sich später auf dem Bergfriedhof begraben lassen zu können? Wenn dem so war, spekulierte Fritz, hätte Leonbach in nächster Zeit einen noch größeren Zustrom an Senioren zu befürchten, denn unlängst war der Bergfriedhof erneut ins Zentrum der öffentlichen Aufmerksamkeit gerückt: Er war von einer prominent besetzten Expertenjury zum schönsten Friedhof Deutschlands gekürt worden. Das hatte Fritz vor einigen Wochen in der Zeitung gelesen und zuerst einen verspäteten Aprilscherz dahinter vermutet. Ein paar Tage später waren dann die Fotos der Preisverleihung abgedruckt worden: Der von einem Ohr zum anderen grinsende Friedhofsleiter reckte den Bestatter-Award, eine goldene Urnennachbildung, mit einem solchen Stolz in die Kamera wie ein Fischer seinen Fang des Tages. Neuerdings fielen also auch Friedhöfe dem um sich greifenden Rankingfieber zum Opfer.

Trotz der ehrenvollen Auszeichnung hatte Fritz heute keinen Blick für die Schönheit des Bergfriedhofes. Während er an den

Grabreihen entlangschritt, tat er, was er auf Friedhöfen immer tat: Er betrachtete die Todesdaten auf den Grabmälern und schloss daraus, in welchem Verwesungsstadium sich die Leichen befinden mussten. Es war wie ein Zwang, den er nicht ablegen konnte, seit er als Jugendlicher eine Sendung über Totengräber gesehen hatte. Ein Bestatter hatte darin recht anschaulich geschildert, was im Sarg passierte, wenn er erst einmal unter der Erde war. Seitdem wusste Fritz, dass er sich verbrennen lassen würde und basta. Im Stillen verfluchte er Franz dafür, dass er ihn überredet hatte, an seiner Stelle auf die Beerdigung zu gehen. Sein Freund war schuld daran, dass sich Fritz mit derart unappetitlichen Gedanken herumschlagen musste, die in ihm unverzüglich eine gewisse Grundübelkeit auslösten. Franz schuldete ihm definitiv einen Gefallen. Einen sehr großen.

Zum Glück waren Sepp und Rita mitgekommen. Vor allem Rita schaffte es immer wieder, Fritz abzulenken. Ihre Augen strahlten wie die eines Kindes an Weihnachten. Bis jetzt hatte sie zwar noch kein Mitglied irgendeines Königshauses auf dem Leonbacher Bergfriedhof entdeckt, dafür aber jede Menge sonstige Berühmtheiten, die Ferdinand von Pirach die letzte Ehre erweisen wollten.

„Oh, seht mal, das da drüben ist die Andrea Nederlinger. Ihr wisst schon, sie hat die Hauptrolle in der neuen Vorabendserie“, rief sie verzückt.

Sepp und Fritz schauten sich fragend an.

„In der sie die gute Seele eines Modeunternehmens spielt, aber leider scheiße ausschaut?“, half Rita den Moser-Brüdern auf die Sprünge.

„Kenn' ich nicht“, sagte Fritz.

„Noch nie gesehen“, bestätigte Sepp.

„Geh, Sepp, so ein Schmarrn, klar hast die Nederlinger schon mal gesehen! Und zwar gestern Abend! Im Fernsehen! Bei mir auf der Couch!“

Sepp errötete bis in die Haarspitzen und warf einen bangen Seitenblick auf seinen Bruder.

Fritz tat, als hätte er nichts mitgekriegt. Still schmunzelte er in sich hinein. Sepp und Rita sahen sich zusammen Vorabendserien an? Auf Ritas Couch? Das war ja höchst interessant.

Rita hatte bereits ein anderes Objekt im Visier: blond, langbeinig, dürr, vollbusig und umgeben von einem Dutzend weiteren langbeinigen, dürren, aber flachbrüstigen Schönheiten. Sie staksten im Gleichschritt die Grabreihen entlang, als befänden sie sich auf einem Laufsteg.

„Oh mein Gott, das ist tatsächlich Leni Fischer von 'Deutschland sucht das Supermodel'! Die andern Hungerhaken sind sicher die Supermodel-Kandidatinnen! Ist das vielleicht ihre neue Challenge? Catwalk auf dem Friedhof? Oder 'Wie kleide ich mich richtig für eine Beerdigung'? Das wäre wirklich geschmacklos. Reicht schon, wenn die sich für ihre Fotoshootings Schlangen um die dürren Hälse binden oder von Hochhäusern runterspringen müssen. Sepp, siehst du irgendwo ein Filmteam?“

„Nein, aber dafür sehe ich die süße Susi. Rennt schnurstracks auf die Fischer zu. Wahrscheinlich will sie sie überreden, es mit ihr zu versuchen. Ist nur leider zu alt, die Susi. Und nicht dürr genug.“

Fritz hatte Sepp nicht erzählt, was zwischen Susi und ihm vorgefallen war. Sepp reichte es, zu wissen, dass sie seinen Bruder verletzt hatte, um sie nicht mehr zu mögen. Sehr solidarisch, dachte Fritz, und beobachtete seine Exfreundin. Sie sah sogar in Trauerkleidung hinreißend aus. Der eng geschnittene schwarze Overall war eigentlich zu sexy für eine Beerdigung. Durch das Hinzufügen cleverer modischer Details wie des schwarzen Haartuchs und des hochgeschlossenen Seidenblousons gelang es ihr dennoch, züchtig zu erscheinen. Sicher stammten alle Kleidungsstücke aus ihrer eigenen Kollektion. Geschmack hatte die Susi, das musste man ihr lassen. Sie hatte auch den Anzug samt schmaler schwarzer Krawatte ausgesucht, den Fritz gerade trug. Er fühlte sich unwohl darin und zupfte ständig an seinem Kragen herum, um sich Luft zu verschaffen. Susi hatte bei den Gelegenheiten, bei denen er Anzüge tragen musste, wenig Mitleid mit ihm gehabt. Er sehe aus wie ein Topmodel, hatte sie ihm versichert und ihm das lästige Gewand vom Leib gerissen, sobald sie unter sich waren.

Fritz stöhnte leise. Dass er immer noch an all diese Dinge denken musste! Er wünschte, er könnte die Erinnerung an die Zeit mit Susi einfach ausradieren. Und er verwünschte sich, weil seine Exfreundin für ihn immer noch die schönste Frau war, die er je gesehen hatte. Er verstand wirklich nicht, warum nie etwas aus ihrem Traum von einer Modelkarriere geworden war.

Vielleicht verstand das auch die Fischer nicht. Im Moment hörte sie Susi freundlich lächelnd zu. Als Susi nach zehn Sekunden immer noch redete, reichte die „Modelmama" ihr kurzerhand eine Autogrammkarte und stöckelte samt Gefolgschaft davon. Auch eine Methode, ein unerwünschtes Gespräch zu beenden. Beinahe hatte Fritz Mitleid mit Susi. Aber nur beinahe.

Als hätte sie seine Gedanken gehört, drehte sich Susi langsam um, starrte Fritz mit einem Blick an, der Wasser zum Gefrieren bringen könnte, und ging weiter in Richtung Grab.

„Oh là là, wenn Blicke töten könnten! Wie es aussieht, hast du es endlich geschafft, dir deine Ex vom Leib zu halten. Kannst du mir deinen Trick bei Gelegenheit verraten?", bat Sepp.

„Wieso, gibt es etwa so viele Frauen, die du dir vom Leib halten musst?", fragte Rita schnippisch, bedachte Sepp mit einem Blick, der dem von Susi auf beängstigende Weise ähnelte, und marschierte davon.

„Wie es aussieht, brauche ich dir meinen Trick gar nicht zu verraten. Du schlägst die Frauen auch so in die Flucht, Bruderherz. Komm schon, lauf ihr nach, sonst wird es nichts mehr mit kuscheligen Fernsehabenden auf Ritas Couch", stichelte Fritz.

„Ach, was weißt du schon", brummte Sepp, eilte Rita aber dennoch pflichtschuldig hinterher.

Fritz folgte den beiden in gemessenerem Tempo und ertappte sich dabei, wie er abermals auf die Sterbedaten lugte. Um ein Wiederaufkeimen der Übelkeit zu vermeiden, zwang er sich dazu, stattdessen die anderen Trauergäste zu beobachten. Das war schließlich der Grund, weshalb er da war. Laut Franz kam es recht häufig vor, dass noch nicht überführte Mörder die Beerdigung ihrer Opfer besuchten. Schließlich waren die meisten Tötungsdelikte Beziehungstaten. Doch wie erkannte man einen Mörder? Würde er vor Reue besonders heftig trauern oder der Beerdigung eher emotionslos beiwohnen? Könnte man den Hass in seinen Augen sehen oder würde er gar befriedigt lächeln? Fritz sah grübelnd zur Aussegnungshalle hinüber, in der die Trauerfeier für Ferdinand von Pirach in vollem Gange war. Nur engste Freunde und Verwandte des Verstorbenen durften an ihr teilnehmen. Befand sich der Mörder vielleicht sogar in dem imposanten Kuppelbau und heuchelte Anteilnahme?

Wuchtige Orgelmusik erscholl und die Türen der Trauerhalle öffneten sich. Sofort stellte sich die Von-Pimmel-Fraktion, wie Fritz die clubinternen Anhänger des dahingeschiedenen Präsidenten nannte, in Position und reckte ihre Golfschläger in die Höhe. Kai Wiese stand am Ende des Spaliers und präsentierte ein mit dem Clubemblem und der Aufschrift „GC Leonbach ehrt seinen Präsidenten" besticktes Banner. Fritz fand diese Aktion lächerlich, aber der Clubmanager war der felsenfesten Überzeugung, dass sie den Golfclub Leonbach und damit auch seinen Manager bis weit über die bayerischen Landesgrenzen hinaus berühmt machen würde. Die Berühmtheit des Clubs würde wiederum menschliche Berühmtheiten anlocken, denn gleich und gleich gesellte sich eben gerne. Sicher sah sich das Wiesel bereits umringt von golfenden Supermodels, Schauspielern und Politikern große Reden schwingen. Eigentlich, sinnierte Fritz, hatte das Wiesel seinen Beruf verfehlt. Er hätte Pfarrer werden sollen, dann dürfte er ständig Reden halten und die braven Kirchgänger wären gezwungen, ihm zuzuhören. Außerdem könnte er sich mit wertvollen Insignien umgeben. Vielleicht wäre Wiese sogar zum Bischof aufgestiegen. Das hätte ihm unzählige vergeudete Stunden vor dem Computer erspart. Wer brauchte im Internet nach einigermaßen erschwinglichen Rolex-Modellen zu suchen, wenn er sich mit einem edelsteinbesetzten Bischofsring schmücken konnte? Oder nach repräsentativen Villen, wenn er selbst im prunkvollen Bischofssitz residierte? Fritz war froh, dass seine Mutter nicht Gedanken lesen konnte. Als leidenschaftliche Katholikin hätte sie ihn mit einem lebenslänglichen Tischverweis belegt, der schlimmsten Strafe, die er sich vorstellen konnte.

Die Orgelmusik schwoll zu einem Crescendo an und verstummte abrupt. Sechs in Frack und Zylinder gekleidete Männer trugen einen schwarz polierten Sarg hinaus, der anstatt mit Blumen mit einem überdimensionierten Kreuz aus bunten, kastenförmigen Glassteinen geschmückt war. Originell bis in den Tod, das passte zur Knickerbocker-Stilikone. Ob Ferdinand von Pirach auch im Sarg Knickerbocker trug? Verweste er bereits?

Wahrscheinlich nicht. Aus der Totengräber-Sendung wusste Fritz, dass Leichname bis zur Beerdigung auf vier Grad heruntergekühlt wurden, um den körperlichen Verfall aufzuhalten. Brrr. Fritz schüttelte sich und wandte seine Aufmerksamkeit lieber den Trauernden zu.

Estella und Patrizia gingen direkt hinter dem Sarg. Patrizias Miene zeigte keine Regung; sie wirkte sehr gefasst und hielt sich kerzengerade. Mit ihren hochgesteckten Haaren, der Perlenkette, die ihren schlanken Hals zierte, und dem schwarzen Kostüm sah sie aus wie Grace Kelly. Die Rolle einer Fürstin hätte man ihr sofort abgenommen. Im Vorbeigehen nickte sie Fritz kaum merklich zu. Dem schoss die Hitze ins Gesicht. Die seltene Gabe, ihn erröten zu lassen wie einen Schuljungen, teilte Patrizia mit ihrer Tochter.

Estella hatte sich bei ihrer Mutter untergehakt und stützte sich schwer auf sie. Ihr Gesicht konnte Fritz nicht erkennen, also konzentrierte er sich auf die Hinterhubers, die dicht hinter Estella und Patrizia folgten. Doc Hollywood und seine hübsche Frau hatten ihre Tochter Vivienne in ihre Mitte genommen, deren Gesicht tränennass war. Wie immer staunte Fritz, wie ähnlich sich die eng befreundeten Töchter der beiden Familien sahen. Sie hätten Schwestern sein können. Vivienne Hinterhuber war ebenso ausnehmend hübsch, hatte dieselbe herzförmige Gesichtsform und ähnlich verführerische Kurven, war jedoch etwas kleiner als Estella von Pirach, was kaum auffiel. Nur an der Haar- und Augenfarbe waren sie zu unterscheiden. Während auf die Tochter des Präsidenten das Klischee der „kühlen Blonden“ passte, hatte Vivienne üppige rotbraune Locken, die ihr bis zum Hintern reichten, und warme grüne Augen, die scheu in die Welt blickten. Obwohl sie sich äußerlich so sehr glichen, hätten ihre Persönlichkeiten nicht unterschiedlicher sein können. Wo Estella selbstbewusst und ehrgeizig war, war Vivienne schüchtern und zurückhaltend. Wahrscheinlich waren sie deshalb seit zehn Jahren beste Freundinnen. Vivienne hatte Estella einige Male zu ihren Golfstunden begleitet, doch Fritz hatte die Hinterhuber-Tochter nie dazu überreden können, selbst einen Schläger in die Hand zu nehmen.

„Ich bin schrecklich ungeschickt", hatte sie sich leise entschuldigt und war zurückgewichen, um Estella aus sicherer Entfernung beim Bälleschlagen zuzusehen.

Estella hatte Fritz später verraten, dass sich ihre Freundin geschworen hatte, nie wieder zu golfen. Offenbar war Doc Hollywood einer dieser überehrgeizigen Väter, die aus ihrem Sprössling einen zukünftigen Olympiasieger, Diplomaten, TV-Star oder eben Profigolfer machen wollten. Deshalb hatte er seine Tochter selbst trainiert und dabei so lautstark all ihre Mängel auf die Driving Range hinausgeschrien, dass bald der gesamte Club wusste, wie es um Viviennes Gemüt (einfältig), ihre Motivation (nicht vorhanden) und ihre Sportlichkeit (lahmarschige Krücke) bestellt war. Nach drei Wochen hatte irgendeine barmherzige Person Frau Hinterhuber gesteckt, was auf dem Golfplatz vor sich ging. Frau Hinterhuber, die ihrem Mann stets den Rücken freihielt und neben Erziehung und Haushalt auch die Praxis managte, hatte ihren Mann daraufhin zurückgepfiffen und der Spuk war zu Ende, noch bevor Vivienne ihre Platzreifeprüfung abgelegt hatte.

„Vivienne träumt immer noch schlecht, von Golfbällen, die auf sie zufliegen und ihr den Schädel einschlagen oder Löchern, die immer größer werden und sie verschlingen", hatte Estella ihrem Golflehrer erzählt. „Deshalb nehme ich sie ab und zu mit auf den Platz. Ich habe gelesen, dass man sein Trauma nur überwinden kann, wenn man sich mit einer ähnlichen Situation konfrontiert. Vielleicht hilft es Vivi, zu sehen, dass Golfspielen auch Spaß machen kann."

Fritz musste Estella unbedingt einmal fragen, ob ihr lobenswerter Einsatz Erfolg gezeigt hatte. Golf-Alpträume waren etwas Fürchterliches. Seit seiner Verletzung suchten sie ihn regelmäßig heim. Sein Driver, der bezeichnenderweise King Cobra hieß, verwandelte sich darin tatsächlich in eine riesige, wild um sich beißende Cobra und die Golfbälle wurden zu Kakerlaken, die ihm unter die Hose krochen. Fahnen begannen zu wandern, sodass ein perfekter Schlag plötzlich 50 Meter neben dem Loch zum Liegen kam, und Bunker waren mit tückischem Treibsand gefüllt. Wenn er aus diesen Träumen erwachte, war Fritz stets nassgeschwitzt und zitterte am ganzen Leib. So etwas wünschte er seinem ärgsten Feind nicht, vor allem nicht Vivienne. Sie war mit ihrem Namen gestraft genug. Eigentlich hieß sie Vivienne-Labelle Hinterhuber; „Labelle“ wie das Französische „la Belle“, die Schöne. Das mochte ja passen, dennoch harmonierten hier Vor- und Nachname so gut wie eine Leberkässemmel mit Kaviar.

Bevor Fritz die weiteren Mitglieder des Trauerzugs in Augenschein nehmen konnte, verspürte er plötzlich einen dumpfen Schmerz, als hätte ihm jemand einen Ellenbogen in die Niere gerammt. Überrascht drehte er sich um. Er sah niemanden, doch von unten herauf vernahm er ein zischendes Geräusch. Er vermutete schon, die Cobra aus seinem Traum wäre Wirklichkeit geworden, dabei war es nur eine alte Frau, die halb so groß war wie er.

Strafend starrte sie zu ihm herauf. „Unverschämt, sich vorzudrängeln, bei Ihrer Größe!“, zischte sie.

„Ich habe mich gar nicht vorgedrängelt“, widersprach Fritz verdutzt.

Das vertrocknete Weiblein hörte ihm nicht zu. „Sie versperren mir die Sicht! Ich muss Ferdinand sehen, ich bin sein größter Fan!“

Fritz musterte den laufenden Meter von Kopf bis Fuß. „Das kann ich mir beim besten Willen nicht vorstellen.“

„Oh, Sie unverschämter Bengel! Weg da, weg, weg, weg“, fauchte sie und schlug im Rhythmus ihrer Worte mit ihrem Gehstock auf Fritz ein. Erst als sie bemerkte, dass der kleine Trauerzug weitergezogen war, ließ sie von ihm ab. Sie verpasste ihm einen letzten Hieb und reihte sich unauffällig in den Tross Schaulustiger ein, die dem Zug folgten.

Fritz blieb sprachlos zurück. Hatte er das eben geträumt? Er war noch nie mit einem Gehstock verprügelt worden, auf einer Beerdigung schon gar nicht. Andererseits: Wer sich selbst als Ferdinand von Pirachs größten Fan bezeichnete, konnte nur verrückt sein.

Aber das war bestimmt nicht die Art von Erkenntnis, auf die Kriminaloberkommissar Stauffacher Franz aus war. Wollte Fritz seiner Rolle als Ersatz-Ermittler gerecht werden, musste er sich besser ins Zeug legen. Sich in die immer länger werdende Prozession einzureihen, kam nicht in Frage; dann könnte er später nicht das Geschehen am Grab verfolgen. Also wandte er sich in die entgegengesetzte Richtung und nahm eine Abkürzung. Allerdings hatte sich einiges geändert, seit er das letzte Mal auf dem Bergfriedhof gewesen war. Wo früher Trampelpfade über Wiesen und unter Bäumen hindurch geführt hatten, reihten sich nun Gräber aneinander und versperrten Fritz den Weg. Er zögerte nicht lange, nahm Anlauf und sprang über sie hinweg wie ein Leichtathlet beim Hindernislauf. Dabei bat er die Geister der Verstorbenen um Verständnis und entschuldigte sein unangemessenes Verhalten damit, dass er einen Mörder entlarven musste.

Dafür war sein Ziel, die Hecke an der Stirnseite des von-Pirach-Grabes, bestens geeignet. Durch ein Loch im Blätterwerk hatte er einen erstklassigen Blick auf das Geschehen, ohne selbst entdeckt zu werden. Franz wäre stolz auf ihn.

Fritz kam gerade rechtzeitig, um zu sehen, wie sich Estella vorbeugte und eine rote Rose auf den Sarg warf. Sie war sehr blass; der Beerdigung ihres Vaters beizuwohnen, musste sie große Anstrengung kosten, noch viel mehr, da sie krank war. Ihr Gesicht war seltsam verzerrt, ob vor Trauer oder Wut konnte Fritz nicht sagen. Er hatte gelesen, dass Wut bei Trauernden keine Seltenheit war. In der zweiten Trauerphase, die auf das Leugnen der Tatsachen folgte, waren sie wütend auf sich selbst, weil sie den Tod des geliebten Menschen nicht hatten verhindern können, oder wütend auf den Verstorbenen, weil dieser sie allein gelassen hatte. Nur so konnte sich Fritz erklären, dass keine einzige Träne an Estellas Wangen hinablief. Vermutlich stand sie zudem unter Beruhigungsmitteln.

Dafür weinte Vivienne Hinterhuber umso mehr. Erbärmliche Schluchzer schüttelten ihren schlanken Körper, als sie einsam am offenen Grab stand und ihre Rose hineinfallen ließ. Niemand stützte sie. Doc Hollywood starrte mit abwesendem Blick vor sich hin und seine Frau verschränkte ihre Hände lieber so fest ineinander, dass die Fingerknöchel weiß wurden, anstatt sie ihrer Tochter auf die Schulter zu legen. Auch von Estella kam keine tröstende Geste; sie sah regungslos mit an, wie ihre beste Freundin litt. Natürlich durfte man von ihr nichts anderes erwarten. Ihr Schmerz musste ungleich größer sein, doch sie ertrug ihn mit Würde. Sie war eben eine echte von Pirach und zumindest zur Hälfte blaublütig.

Es war Patrizia von Pirach, die sich schließlich erbarmte und Vivienne tröstend in die Arme nahm. Dort verharrte das Mädchen schluchzend, während ihre Eltern dem Präsidenten die letzte Ehre erwiesen.

Es raschelte neben Fritz. Sein Bruder Sepp drückte sich durch den dichten Busch, der im rechten Winkel an die Hecke anschloss. Hinter ihm tauchte Ritas rot-oranger Haarschopf auf.

„Da bist du! Wir haben dich überall gesucht!“, rief Sepp. Der zweite Satz drang deutlich gedämpft aus ihm hervor, denn Rita hielt ihm den Mund zu.

„Pst, nicht so laut!“, flüsterte sie. „Du verrätst noch unser Versteck!“

Sie klopfte Fritz anerkennend auf die Schulter. „Guter Platz! Da vorne am Grab trampeln einem die Leute auf den Füßen herum, so voll ist es.“

Fritz brummte etwas Unverständliches und hielt seinen Blick auf das Grab gerichtet. Dieses Mal durfte er sich nicht von Rita ablenken lassen; jedes Detail konnte entscheidend sein. Andererseits konnten zwei weitere Beobachter nicht schaden, vor allem, wenn es sich bei ihnen um seinen bestens informierten Bruder und die geradezu allwissende Rita handelte.

„Die arme Hinterhuber-Tochter! So ein sensibles kleines Ding. Und so hübsch! Gegen sie wirkt Estella wie ein Eisblock.“ Rita klang, als hielte sie nicht besonders viel von der Tochter des Präsidenten. Bevor Fritz nachfragen konnte, kam eine schwarzhaarige Schönheit ans Grab, deren weit geschnittenes Kleid ihren kugelrunden Bauch nicht verbergen konnte. Das musste die Scherer Stefanie sein, von Pimmels Geliebte und Mutter seines ungeborenen Kindes. Sie hatte sich bei einem gut aussehenden Mann mit blondem Dreitagebart untergehakt, den Fritz nicht kannte. Als sie sich nach vorne lehnte, um ihre Rose auf den Sarg fallen zu lassen, hielt er sie fürsorglich fest.

„Da schau her, der Hofer Max!“ Rita schnalzte mit der Zunge. „Hat keine Zeit verloren.“

Fritz schaute Rita fragend an.

„Die Scherer Stefanie und der Hofer Max waren zehn Jahre lang ein Paar, bevor die Stefanie mit dem Präsidenten anbandelte. Kaum ist der von Pimmel ums Eck, ist der Ex wieder an ihrer Seite“, erklärte Sepp an Ritas Stelle.

„Alte Liebe rostet eben nicht“, meinte Rita. „Gut so, das Kind braucht einen Vater. Und der Max passt sowieso viel besser zur Stefanie als der Ferdinand. Der war doch viel zu alt für sie. Hab gleich gewusst, dass das mit den beiden nichts wird.“

„Warum sind sie denn überhaupt auseinandergegangen, die Stefanie und der Max?“, erkundigte sich Fritz.

„Die Stefanie wollte endlich den Sack zumachen, wie man so schön sagt. Heiraten, Kinder kriegen. Max wollte sich noch Zeit lassen damit. So sind sie halt, die Männer. Legen sich ungern fest.“ Rita blinzelte Sepp vielsagend an. Der reagierte nicht, also fuhr sie fort: „Deshalb hat sich Stefanie von ihm getrennt; das muss ungefähr vor einem Jahr gewesen sein. Damals hat sie sich nach einem Golfturnier bei mir an der Bar volllaufen lassen. Von Pirach hat die Chance genutzt und ihr Honig ums Maul geschmiert: wie blöd ein Mann sein müsse, wenn er mit einer Traumfrau wie Stefanie keine Kinder haben wolle und so weiter. Er selbst hätte gerne noch Kinder gehabt, nur leider nicht die richtige Frau dafür gefunden, bla, bla, bla. Da konnte einem direkt schlecht werden von dem Gesülze. Aber anscheinend war es genau das, was die einsame Stefanie hören wollte. Drei Monate später war sie vom Präsidenten schwanger. Der Hofer Max hat das spitzgekriegt und von Pirach in meinem Restaurant aufgelauert. Ist der dem Ferdinand an die Gurgel gegangen, mein lieber Schwan! Hat gebrüllt, dass er ihn umbringen würde, weil er seine Freundin geschwängert hätte. Dabei waren Max und Stefanie längst getrennt, als sie schwanger wurde. Egal. Der Herzinfarkt ist dem Max zuvorgekommen. Ist gut gelaufen für ihn. Jetzt kann er seine Ex trösten, ohne sich etwas vorwerfen zu müssen."

Rita verstummte und Fritz notierte im Geiste zwei Dinge. Erstens: Die Liste derer, die gedroht hatten, von Pimmel umzubringen, wurde immer länger. Allerdings durfte man die Liste nicht so ernst nehmen, denn neben dem Hofer Max, dem Hinterhuber Hans-Jürgen, unzähligen gehörnten Ehemännern und Frauen mit gebrochenen Herzen standen auf ihr auch sein Bruder Sepp und sein Vater. Sogar Fritz selbst hatte ein halbes Jahr lang davon geträumt, den Präsidenten umzubringen. Doch Hunde, die bellen, beißen nicht, sagte man. In Krimis waren erfahrungsgemäß diejenigen die Mörder, von denen es niemand erwartet hätte. Fritz musste umgehend den Kriminaloberkommissar Stauffacher Franz fragen, ob sich dieses Muster ins wahre Leben übertragen ließ.

Zweitens: Sepp hatte es tatsächlich geschafft, seine Klappe zu halten, und Rita die wahren Todesumstände verschwiegen. Das hätte er ihm nicht zugetraut. Damit waren sein Bruder und er (und Patrizia von Pirach) die Einzigen auf der Beerdigung, die wussten (oder wenigstens vermuteten), dass der Präsident umgebracht worden war. Außer dem Mörder natürlich. Der Mörder wiederum wusste wahrscheinlich nicht, dass die Polizei wusste, dass Ferdinand von Pirach keines natürlichen Todes gestorben war. So kompliziert es auch klang: Das musste ihnen einen Ermittlungsvorteil verschaffen. Der Mörder fühlte sich vielleicht zu sicher, würde deshalb irgendeinen dummen Fehler begehen und sich so verraten. Darauf spekulierte Fritz. Um den dummen Fehler zu bemerken, sollte er sich jedoch besser auf das Geschehen am Grab konzentrieren.

Dort streckte Stefanie Scherer der Tochter des Präsidenten die Hand hin, wahrscheinlich um ihr ihr Beileid zu bekunden. Dabei müsste eigentlich Stefanie neben dem Grab stehen und Beileidsbekundungen entgegennehmen, fand Fritz. Immerhin trug sie das Kind des Verstorbenen unter dem Herzen. Estella ignorierte die dargebotene Hand; sie schien Stefanie gar nicht wahrzunehmen. Also wandte sich von Pirachs Geliebte an dessen Exfrau – das konnte spannend werden, dachte Fritz und beugte sich vor, um ja nichts zu verpassen.

Auch Patrizia ignorierte Stefanies ausgestreckte Hand. Stattdessen umarmte sie die Schwangere herzlich und streichelte ihr mit einer Geste, die große Vertrautheit offenbarte, zart über den Rücken.

„Ich wusste gar nicht, dass sich die beiden kennen. Interessant, interessant“, flüsterte Rita.

Noch interessanter war Stefanies Reaktion auf die Umarmung. Ihr Körper versteifte sich, als wäre Patrizia eine Würgeschlange und sie die verschreckte Beute, die im nächsten Augenblick zerdrückt werden würde. Patrizia bemerkte Stefanies Unbehagen. Für einen Sekundenbruchteil spiegelten sich Verwirrung und Enttäuschung offen auf ihrem sonst so unlesbaren Gesicht. Augenblicklich gab sie die Schwangere frei. Sofort war Max zur Stelle, stellte sich schützend vor Stefanie und wechselte ein paar Worte mit Patrizia. Diese hatte sich so weit gefasst, dass sie Max zum Abschied ein kleines Lächeln schenkte.

„Was war das denn?“, fragte Rita. „Die Scherer Stefanie scheint richtig Angst vor der von Pirach zu haben. Möchte mal wissen, warum.“

Das wollte auch Fritz. Also notierte er sich gedanklich einen dritten Punkt: Es galt, Details über die Beziehung zwischen Patrizia von Pirach und Stefanie Scherer herauszufinden. Wie hatten sie sich kennengelernt? Patrizia schien Stefanie wirklich zu mögen, nur beruhte dieses Gefühl offensichtlich nicht auf Gegenseitigkeit. Wie es aussah, war die Exfrau des Präsidenten von Stefanies ablehnender Reaktion überrascht worden. Was war zwischen den beiden vorgefallen?

Während Fritz über diese Fragen nachgrübelte, erblickte er seine Exfreundin Susi. Augenblicklich herrschte in seinem Gehirn gähnende Leere. Mit wiegenden Hüften näherte sich Susi dem Grab. Auf der Höhe eines attraktiven Mannes mit grau melierten Schläfen angekommen, den Rita als einen bekannten Serienschauspieler identifiziert hatte, tat sie, als würde sie stolpern. Der Schauspieler fing sie galant auf und Susi bedankte sich mit einem verheißungsvollen Lächeln. In der Gewissheit, dass ihr der Schauspieler voller Verlangen nachsah, setzte sie ihren Weg fort.

Fritz war gespannt, was folgen würde. Seine Exfreundin liebte den großen Auftritt. Als Fritz noch Golfprofi gewesen und öfters zu „wichtigen“ Veranstaltungen und Partys eingeladen worden war, hatte sie ihren „Einmarsch“ stets genauestens geplant. Fritz, der diese Events nur Susi zuliebe besuchte, war das zu blöd gewesen und war deshalb meist alleine vorgegangen. Wenn Susi dann etwas später den Raum betrat und auf ihn zusteuerte, hatten sich wirklich alle Augen auf sie geheftet. Und ihn hatte ein warmes Gefühl durchrieselt: Besitzerstolz. Heute durchrieselte ihn bei ihrem Anblick nur das Verlangen, ganz weit wegzulaufen. Dorthin, wo es keine Erinnerung gab.

Susi war nun vor dem Grab angekommen und begann wie auf Kommando, herzzerreißend zu schluchzen. Mit großer Geste warf sie ihre Rose, verharrte einen Moment reglos, als würde sie beten, und tupfte sich anschließend mit einem karierten Taschentuch die Tränen aus den Augenwinkeln. Mit etwas zeitlicher Verzögerung, die sein Gehirn brauchte, um wieder anzuspringen, bemerkte Fritz, dass das Tuch frappierend den Schneuztüchern des Verblichenen ähnelte. Ferdinand von Pirach hatte immer eines von ihnen griffbereit gehabt, um sich Schweißperlen von der Stirn zu tupfen oder um sie wie ein wahrer Gentleman an zartbesaitete Damen zu verleihen. Fritz hatte sich über diese altmodische Marotte lustig gemacht. Wer benutzte heutzutage noch Stofftaschentücher? Wahrscheinlich hinkte Fritz selbst wieder einmal der Zeit hinterher. Wenn sogar seine Exfreundin Susi eines besaß, konnte er sicher sein, dass Schneuztücher aus Stoff der neueste Trend waren.

Er runzelte die Stirn und kniff die Augen zusammen, um Susis Exemplar besser sehen zu können. „FvP“ war unübersehbar mit gelbem Faden in den Stoff eingestickt. Kein Zweifel, es handelte sich um eines von Ferdinands Taschentüchern. Susi schwenkte es beinahe wie eine Fahne. Wollte sie Patrizia von Pirach eifersüchtig machen oder unmissverständlich klarstellen, dass auch sie zu dem nicht gerade erlesenen Kreis der von Pimmelschen Geliebten gehörte? Was dachte sie sich bloß dabei?

Erst, als er einen Ellenbogen in die Rippen bekam, merkte Fritz, dass Rita ihn etwas gefragt hatte.

„Häh?", machte er geistesabwesend.

„Das heißt nicht 'Häh', das heißt 'Was'", verbesserte ihn Sepp.

„Das heißt nicht 'Was', das heißt 'Wie bitte?'", berichtigte Rita. „Ich habe dich gerade gefragt, ob du weißt, was es mit der Boutique in München auf sich hat. Ich bin vorher an Susi vorbeigegangen und da hat sie jemandem vorgejammert, dass sie den Traum von einer Boutique in München zusammen mit Ferdinand von Pirach begraben könne. Keine Ahnung, was sie damit meint."

Fritz hatte sehr wohl eine Ahnung, aber nicht die geringste Lust, darüber zu reden. Also antwortete er: „Frag sie halt selbst, wenn es dich so brennend interessiert. Mir ist nämlich scheißegal, was die Susi macht."

„Oh oh, du bist immer noch nicht über sie hinweg." Rita blinzelte ihn mitleidig an.

Fritz ignorierte sie und beobachtete lieber das, was er bald den „Defiliermarsch der Mätressen" nannte. Eine schöne Frau nach der anderen flanierte ans Grab. Manche von ihnen waren sichtlich erschüttert, andere sahen nur kurz von oben herab auf den Sarg, als wollten sie sich überzeugen, dass von Pirach auch wirklich tot war. Sie gingen davon, ohne die obligatorische rote Rose zu werfen und ohne die Exfrau oder Tochter des Präsidenten eines Blickes zu würdigen.

„Das sind sicher alles Gspusis vom Pimmel", meinte Sepp nach einigen Minuten. „Muss ein scheiß Gefühl sein für die Exfrau. Steht da und weiß es. Der hat bestimmt auch sie nach Strich und Faden beschissen. Aber sie lässt sich nichts anmerken. Diese Haltung! Wie eine Königin!"

Fritz staunte über das unerwartete Einfühlungsvermögen seines Bruders. Zumindest, wenn es um die ehemalige Gattin des Mordopfers ging, mauserte er sich zum Frauenversteher. Sepp, der sich nicht leicht beeindrucken ließ, am allerwenigsten von Frauen, geriet ja geradezu ins Schwärmen. Patrizia von Pirach hatte aber auch eine Ausstrahlung, gegen die all die anderen Favoritinnen ihres Exmannes verblassten, egal wie dick sie ihre Schminke aufgetragen hatten. Sogar die Damen, die sich Deutschlands neues oder altes Supermodel nannten – Fritz kam da ständig durcheinander, obwohl Rita viel Zeit darauf verwendete, es ihm zu erklären – wirkten einfach nur billig neben Patrizia. Sie hatte eben Klasse. Dass Ferdinand von Pirach seine Exfrau hatte gehen lassen, zeigte einmal mehr, was für ein ausgemachter Vollidiot er gewesen war.

„Da hast du recht, aber für die Stefanie muss es viel schlimmer sein, Ferdinands Gespielinnen zu sehen“, bemerkte Rita. „An ihrer Stelle hätte ich den alten Knacker umgebracht, wenn er nicht von selbst gestorben wäre. Da hätten sich die Stefanie und die von Pirach zusammentun können, wie in diesem einen Film, wie hieß er noch? 'Der Club der Teufelinnen?' Oder war das ein anderer?“

Fritz blieb das Lachen im Halse stecken. Ritas scherzhaft dahingesagten Worte elektrisierten ihn. Hatten Patrizia und Stefanie ein Komplott geschmiedet, um Ferdinand von Pirach unter die Erde zu bringen und ihn so für seine Fehltritte zu bestrafen? Kannten sie sich deshalb? Fritz konnte sich nicht vorstellen, dass Patrizia zu so etwas fähig wäre. Sie war eine feine Frau, die es nicht nötig hatte, zu verzweifelten Mitteln zu greifen. Sie stand über den Dingen und Stefanie Scherer wirkte ebenso vernünftig. Doch wenn Fritz in den 32 Jahren seiner Existenz eines gelernt hatte, dann das: Frauen waren rätselhafte Wesen, in die man nicht hineinschauen konnte. Er nahm sich vor, dieses neue Szenario mit seinem besten Freund zu besprechen. Keiner verstand mehr von Frauen – oder Mördern – als Franz.

Kaum dachte er an ihn, klingelte vernehmbar sein Handy. Fritz hatte vergessen, es lautlos zu stellen. Die Trauergäste auf der anderen Seite des Grabes runzelten die Stirn ob dieser dreisten Störung der Totenandacht und wandten die Köpfe in alle Richtungen, um den Übeltäter zu entlarven. Fritz versuchte vergeblich, den Anrufer wegzudrücken. Die Taste klemmte, wieder einmal. Wahrscheinlich sollte er auf seinen Bruder Schorsch, den Elektrodantler, hören und sein sieben Jahre altes Gerät gegen eines dieser neumodischen Smartphones eintauschen. Bisher hatte er es nicht übers Herz gebracht, sich von seinem altbewährten Handy zu trennen. Es funktionierte schließlich noch, nur die Auflege-Taste hakte manchmal ein wenig – in den ungünstigsten Momenten, wie Fritz zugeben musste.

Immer mehr Augenpaare richteten sich auf die Hecke. Bevor ihr Versteck aufflog, tauchte Fritz ab – gleichzeitig mit Sepp und Rita. Ihre drei Köpfe stießen schmerzhaft aneinander. Fritz unterdrückte einen Schmerzensschrei und krabbelte auf allen Vieren davon. Außer Hörweite hob er ab.

„Franz, du störst! Ich bin gerade auf der Beerdigung beim Ermitteln."

„Warum hebst du dann ab?"

„Weil meine Auflege-Taste nicht funktioniert."

„Häh?", machte Franz verständnislos.

„Das heißt nicht 'Häh', das heißt 'Was'", korrigierte ihn Fritz.

„Wenn schon, dann heißt es 'Wie bitte'", stellte Franz fest. „Ist auch egal. Fritz, du musst mir helfen. Ich war gerade bei deinem Vater …"

„Und, was hat er gesagt?"

„Nichts, das ist ja das Problem!" Franz schnaufte gequält. „Ich glaube, er hat mich vom Hof geworfen."

„Ach Schmarrn. Was hast du denn angestellt?"

„Ich? Nichts hab ich angestellt! Ich habe den Alten Fritz nur gefragt, was er am Abend vor dessen Tod mit Ferdinand von Pirach zu schaffen hatte. Und wo er am Sonntag zwischen vier und sechs Uhr morgens gewesen ist. Er hat mich angegrinst und gemeint, in Zivil wäre ich auf dem Moserhof jederzeit willkommen, aber in meiner dünnschissgrünen Uniform bräuchte ich mich dort nicht mehr blicken zu lassen. Dabei habe ich die Uniform nur angezogen, um bei ihm Eindruck zu schinden. Der Schuss ist sauber nach hinten losgegangen. Dein Vater hat mich einfach stehenlassen und ist mit seinem Traktor davongefahren."

„Hättest ihn auch gleich fragen können, warum er den Präsidenten umgebracht hat. Mein Gott, ein bisschen diplomatischer hättest du schon sein können. Ich dachte, so etwas lernt man auf der Polizeischule."

„Du weißt doch selber, wie dein Vater drauf ist. Wenn ich ihm gegenüberstehe, fühle ich mich wie ein Schulbub, der was ausgefressen hat. Ich war froh, dass ich die Fragen überhaupt rausgebracht habe." Der Kriminaloberkommissar klang sehr geknickt. Er hatte oft darunter gelitten, ohne Vater aufgewachsen zu sein, aber mit Fritz hätte er nie tauschen wollen. „Besser keinen Vater als deinen Vater", war sein Spruch gewesen. Vor dem Alten Fritz hatte der sonst so unerschrockene Franz seit jeher Schiss gehabt. Fritz fühlte mit seinem Freund, fragte sich jedoch, was er da jetzt tun sollte.

„Und was soll ich da jetzt tun?", fragte Fritz.

„Kannst du vielleicht ein gutes Wort für mich einlegen? Deinen Vater überreden, mit mir zu sprechen? Oder ihn am besten selbst aushorchen? Der Alte Fritz macht sich verdächtig, wenn er seine Aussage verweigert. Zur Not muss ich ihn vorladen lassen; ich mag mir gar nicht ausmalen, was dann los wäre. Aber ich kann Hinterhubers Anschuldigungen nicht einfach ignorieren, nur weil der Alte Fritz dein Vater ist. Sonst nehmen die mir den Fall weg mit der Begründung, dass ich befangen bin."

Mit „die" meinte Franz den Leiter der Kriminalpolizeiinspektion Leonbach, Hubert Brandlmeier. Brandlmeier war ein intriganter, inkompetenter, pressegeiler kleiner Wicht, der seinen Posten nur hatte, weil sein Schwager zufällig der bayerische Innenminister war. Das hatte Franz nicht etwa im Vertrauen seinem besten Freund mitgeteilt, sondern seinem Chef Brandlmeier höchstpersönlich, wortwörtlich und vor versammelter Mannschaft. Das war vor drei Monaten gewesen. Damals hatte Brandlmeier „dem Stauffacher", wie Franz in der Inspektion respektvoll genannt wurde, einen Fall versaut, weil er die Ermittlungsergebnisse zu früh an die Presse weitergegeben hatte. Der noch nicht überführte Täter hatte sich daraufhin auf Nimmerwiedersehen ins Ausland abgesetzt und Franz war der Kragen geplatzt. Nur, weil der Stauffacher mit einer Aufklärungsrate von 95 Prozent der mit Abstand erfolgreichste Ermittler der Leonbacher Kripo war, hatte ihm seine Wutrede nicht den Job gekostet. Seither lauerte Brandlmeier auf jeden noch so kleinen Fehler, um den unliebsamen Kriminaloberkommissar endlich loszuwerden.

Nur, weil Fritz wusste, wie wackelig der Stuhl war, auf dem sein Freund saß, und weil Franz gar so niedergeschlagen klang, antwortete er: „Gut, ich kümmere mich drum."

Sofort besserte sich Franz' Laune. „Danke, du bist der Beste!", jubelte er. „Ruf mich nochmal an, wenn du was rausgefunden hast, ja? Servus."

Fritz brummte und legte auf. Allein der Gedanke daran, seinen Vater zur Rede zu stellen, trieb ihm Schweißperlen auf die Stirn. Franz schuldete ihm nicht nur einen Gefallen, sondern Hunderte.

Ein Anflug von Wut überkam Fritz, als er daran dachte, wem er dieses ganze Schlamassel zu verdanken hatte: Ferdinand von Pirach, der so blöd gewesen war, sich umbringen zu lassen – ausgerechnet auf dem Golfplatz. Fritz war überzeugt: Indem der Präsident ihn in diese vermaledeite Angelegenheit mit hineingezogen hatte, nahm er vom Jenseits aus Rache für die Mordfantasien, in denen Fritz das vergangene Jahr geschwelgt und die Flüche, mit denen er von Pimmel belegt hatte. Bei der Vorstellung, dem Toten noch einmal gegenübertreten zu müssen, erschauerte er. Wer wie Fritz in einem jahrhundertealten Gemäuer aufgewachsen war, kam nicht umhin, an Geister zu glauben.

Aberglaube hin oder her: Er musste ans Grab und den von-Pirach-Frauen sein Beileid aussprechen. Je eher er es hinter sich brachte, desto besser. Zur Hecke wollte er sowieso nicht mehr zurück; vom Observieren taten ihm die Augen weh und sein Hirn fühlte sich vom vielen Denken wund an. Dass Ermitteln so anstrengend war, hätte er nicht gedacht. Franz machte das täglich und hatte abends noch die Energie, Frauen aufzureißen. Wie er das fertigbrachte, überstieg Fritz' Horizont.

Müde trat er auf den Schotterweg, der zum Grab des Präsidenten führte, und lief ausgerechnet Kai Wiese in die Arme. Der Clubmanager war in ein Gespräch mit Karlheinz Loibl, besser bekannt als Benedikt, vertieft. Als er Fritz sah, verstummte er und wandte sich zu Fritz' Erleichterung demonstrativ ab.

Leider war Benedikt nicht so asozial. „Mein lieber Fritz!“, rief er begeistert und klopfte dem Angesprochenen jovial auf die Schulter. „Was für ein erfreulicher Tag für den Club!“

„Häh, ich meine, wie bitte?“ Fritz glaubte, sich verhört zu haben.

Nun war Benedikt derjenige, der stammelte. „Äh, ja, natürlich ist es ein trauriger Tag für den Club. Aber man muss stets das Gute sehen, nicht wahr? Die vielen Fotografen zum Beispiel, die unser Spalier abgelichtet haben. Das Wappen des Golfclubs wird in vielen Zeitungen zu sehen sein – welch grandiose Idee unseres Clubmanagers, findest du nicht? Kostenlose Publicity ist immer gut.“ Jetzt klopfte Benedikt anerkennend auf Kai Wieses Schulter. Das Wiesel dankte dem Regelpapst mit einem breiten Lächeln, das seine spitzen Wieselzähne entblößte.

„Ich bin schon lange der Meinung, dass unser verehrter Clubmanager unterschätzt wird. Wird Zeit, dass deine zahlreichen Talente zur Geltung kommen, mein Freund!“

„Und du, Karlheinz, musst endlich dein Regelbuch schreiben. Das wird ein Bestseller! Niemand kann Golfregeln so anschaulich erklären wie du.“

„Ach Kai, wir werden ein gutes Team!“ Benedikt seufzte vor Wonne. Die beiden umarmten sich und hörten gar nicht auf, sich gegenseitig auf die Schultern zu klopfen.

Fritz wandte sich angewidert ab. Diese Anbiederei war ekelerregend!

„Fritz, kommst du zur Mitgliederversammlung am Wochenende?“, rief ihm Benedikt nach. „Wie du weißt stelle ich mich zur Wahl als Präsident. Könntest du nicht ein bisschen Werbung für mich machen? Auf dich hören die Leute!“

Fritz drehte sich nicht um. Der alte Präsident war kaum unter der Erde, da brachte sich bereits ein Kandidat für die Nachfolge in Stellung. Was war das nur für eine Welt? Mit einem Seufzer, der all die Hoffnungslosigkeit ausdrückte, die er gerade empfand, setzte er seinen Weg fort. Das Grab wartete auf ihn.

8

Die Kriminalpolizeiinspektion Leonbach war in einem hässlichen Nachkriegsbau untergebracht, der mit seiner dunkelgrün gestrichenen Fassade und den vergitterten Fenstern zwischen den gepflegten, stuckverzierten Patrizierhäusern der Altstadt völlig fehl am Platz wirkte. Seit mehr als 30 Jahren existierten Pläne, diesen architektonischen Schandfleck abzureißen und die rund hundert Beamten in einen Neubau am Stadtrand umzusiedeln. Aufgrund chronisch leerer Staatskassen waren die Pläne noch nicht in die Tat umgesetzt worden. Franz hoffte, dass sich die Planungsphase weitere 33 Jahre hinziehen mochte. Dann wäre er in Pension und es wäre ihm herzlich egal, von welchem Standort aus die verbliebenen Kripo-Beamten ermitteln würden. Er selbst störte sich nicht im Geringsten an der unästhetischen Fassade seiner Arbeitsstätte. Das Einzige, was für ihn zählte, war die zentrale Lage.

Wenn man so wollte, war die gesamte Leonbacher Altstadt sein Arbeitsplatz. War seine Sekretärin Michaela, die für ihn nicht nur den Papierkram erledigte, sondern sich noch dazu rührend um sein leibliches Wohl sorgte, im Urlaub, begann Franz seinen Arbeitstag mit Croissant und Cappuccino in seiner Lieblingsbäckerei. Die Mittagspause verbrachte er abwechselnd in einem der fünf besten Altstadtcafés und abends kehrte er auf dem Nachhauseweg auf ein Bier in seine Stammkneipe ein. Seine Dachgeschosswohnung war nur fünf Minuten zu Fuß von der Kriminalpolizeiinspektion entfernt, sodass er auch einmal auf ein Nickerchen nach Hause gehen konnte, wenn nichts los war, was Gott sei Dank nicht oft vorkam. Wenn sein Piepser ging, konnte er sein spätes Erscheinen damit entschuldigen, auf der Toilette gewesen zu sein. Wichtige Sitzungen dort konnten gut und gerne fünf Minuten dauern.

Aus all diesen Gründen war es für Franz unvorstellbar, anderswo als in dem hässlichen grünen Kasten inmitten der Leonbacher Altstadt zu arbeiten. Mit federnden Schritten hielt er auf die Inspektion zu, grüßte die Gemüseverkäuferin, die ihren Stand aufbaute, und erfreute sich am Charme der mittelalterlichen Stadt, die um diese Uhrzeit noch im Schönheitsschlaf lag. Es war sechs Uhr morgens und Franz hatte nur drei Stunden geschlafen. Dennoch fühlte er sich hellwach und voller Tatendrang. Fälle hatten diese fast schon aphrodisierende Wirkung auf ihn. Schwungvoll öffnete er die schwere Eingangstüre der Inspektion. Sofort stieg ihm der muffige Geruch des Linoleumbodens in die Nase; es roch wie in einer Turnhalle. Doch es waren nicht körperliche, sondern geistige Höchstleistungen, die hier gefordert waren; deshalb liebte Franz seinen Job.

Vor seinem Büro angekommen, rief er: „Michaela, mein Schatz, sind die Zeitungen schon da? Gestern war die von-Pirach-Beerdigung, vielleicht steht was Interessantes über unser Mordopfer drin."

Seine Sekretärin Michaela trat aus der Kaffeeküche. „Sind auf deinem Schreibtisch, Chef. Zusammen mit einer dampfenden Kanne Kaffee und drei Vanillehörnchen."

„Oh, Michaela, was wäre ich ohne dich!"

„Wahrscheinlich fünf Kilo leichter, aber todunglücklich", scherzte die Sekretärin und strahlte Franz an. Sie hatte ein Hinterteil, auf dem man ohne Weiteres einen ganzen Weißbierkasten abstellen konnte, war jedoch immer gut gelaunt und hatte das bezauberndste Lächeln, das Franz je gesehen hatte. Eine perfekte Sekretärin eben, denn von Affären am Arbeitsplatz hielt Franz nichts. Das war, was Frauen betraf, seine einzige selbstauferlegte Einschränkung – und die einzige, an die er sich strikt hielt.

„Du bist mein Sonnenschein, lass mich nie mehr allein, Michaeeelaaa", trällerte Franz und betrat sein spärlich möbliertes Büro. In Ermangelung eines Regals türmten sich die Aktenordner in mehreren Stapeln neben dem Schreibtisch und anstelle der Lampe, die vor zwei Jahren kaputtgegangen war, baumelte eine einsame Glühbirne von der Decke. Der trostlose Eindruck wurde von der verkümmerten Yucca-Palme verstärkt, die unter dem winzigen, vergitterten Fenster ein trauriges Dasein fristete. Der einzige Luxus war der wuchtige schwarze Ledersessel mit Massagenoppen, in dessen Armlehne sich gar eine Halterung für die Kaffeetasse befand. Da die Kriminalpolizeiinspektion für derart dekadente Anschaffungen keinen Etat hatte, hatte Franz ihn sich selbst kaufen müssen. Er hatte noch keinen Cent bereut, den er dafür berappt hatte. Während seine Kollegen auf den billigen Bürostühlen über unerträgliche Rückenschmerzen klagten, fühlte er sich in seinem Massagestuhl wie ein junger Gott. Er fläzte sich hinein, nahm einen Schluck Kaffee, biss in ein Hörnchen und begann seine Morgenlektüre. Das war sein tägliches Ritual und besonders bei einem Fall, in den eine bekannte Persönlichkeit verwickelt war, unverzichtbarer Bestandteil seines Jobs. Nicht selten hatte ihn eine vermeintlich nichtssagende Zeitungsnachricht auf die richtige Fährte geführt.

Gerade im Mordfall von Pirach konnte Franz dringend einen entscheidenden Tipp gebrauchen. Bisher hatte er zwar viele Anhaltspunkte und mehr Verdächtige, als ihm lieb waren, aber keine konkrete Spur. Wie gewohnt blätterte er zuerst die anspruchsvolle Südländische Zeitung durch und kam über den Globus zum Leonbacher Boten. In dieser Reihenfolge sank das Niveau der Zeitungen, genauso wie seine Konzentration. Die Blitz-Zeitung hob sich Franz für den Schluss auf – ihre Lektüre erforderte keinerlei geistige Anstrengung.

Heute überraschte ihn das Boulevardblatt. Statt wie die anderen Zeitungen mit einer Überschrift à la „Abschied von einer Legende", „TV-Star zur Ruhe gebettet" oder „Staraufgebot bei Begräbnis" aufzumachen und das obligatorische Sargfoto zu zeigen, sprang ihn bei der Blitz die blutrote Headline an: „Ist mein Ex ein Mörder?" Daneben das leicht unscharfe Foto eines attraktiven Mannes. Franz blieb der Mund offen stehen. Sein Hörnchen landete in der Tasse. Brühend heißer Kaffee spritzte auf sein frisch gewaschenes Hemd. „Sackelzement! Zefix!", fluchte er und griff zum Telefon.

Alexa trat schwungvoll durch die Drehtüre des gläsernen Hochhauses am Münchner Stadtrand, das die Südländische Verlagsgruppe beheimatete. Ein Lächeln lag auf ihren Lippen. Es war nicht nur die Aussicht auf ein ruhiges Wochenende, die ihre Stimmung an diesem Freitagmorgen auf ungeahnte Höhen klettern ließ. Viel wichtiger: Ab heute musste sie nur noch einen Monat in der Leute-

Redaktion der Blitz-Zeitung hinter sich bringen, bis sie ihre Stelle im Politikressort der Südländischen antreten durfte. In vier Wochen würde sie endlich wieder über sinnvolle Themen berichten und in ganzen Sätzen schreiben, die mehr als fünf Worte umfassten. Außerdem konnte sie es kaum erwarten, der sensationsgierigen Frida Bauer mit ihrer Vorliebe für unsaubere Recherchemethoden und Ausrufezeichen zu entrinnen.

Immerhin hatte ihre Übergangschefin gestern eine gute Tat vollbracht und war an Alexas Stelle nach Leonbach gefahren. Unwissentlich hatte Frida ihre Kollegin damit von einer großen Last befreit. Die Vorstellung, Beerdigungsgäste in ihrer Trauer zu stören und sie dazu zu bringen, pikante Geschichten über den Verstorbenen auszuplaudern, war Alexa unerträglich. Frida hatte da naturgemäß weniger Hemmungen. Angeblich wollte die immer noch kränkelnde Ressortleiterin persönlich von „Ferdi“ Abschied nehmen. Tatsächlich war sie immer aufgeregter geworden, je mehr Stars sich für die Trauerfeier angekündigt hatten. „Kommt nicht in Frage, die Praktikantin dort hinzuschicken!“, hatte sie in der Redaktionskonferenz erklärt und Alexa feixend angesehen.

Frida bezeichnete Alexa immer nur als Praktikantin, obwohl sie genau wusste, dass ihre attraktive Mitarbeiterin eine vollwertige Redakteurin war und eine bessere Ausbildung hatte als sie selbst. Dieses eine Mal hatte Alexa die Herabwürdigung schweigend hingenommen. Nicht über die Beerdigung berichten zu müssen, war ihr das Opfer wert gewesen.

Andererseits hatte sie seit nunmehr fünf Tagen an wenig anderes gedacht als an diesen seltsamen Sonntag auf dem Golfplatz, der so anders verlaufen war, als sie es erwartet hatte. Der ehemalige Golfclubpräsident und die Umstände seines Todes ließen sie nicht mehr los. Oder war es dieser arrogante Golfprofi Fritz Moser, der sie nicht losließ? Ständig hatte sie sein spöttisch grinsendes Gesicht vor Augen. Zum Verrücktwerden war das. Irgendetwas war an der Sache ganz und gar nicht koscher, das sagte ihr ihr journalistischer Spürsinn. Ihr Gespür hatte sie noch nie getrogen. Doch Ferdinand von Pirach und sein unerwarteter Tod auf dem Golfplatz war jetzt

Frida Bauers Angelegenheit. Sollte sie aus der Leiche auf Loch 6 machen, was sie wollte.

Auf dem Weg zu ihrem Arbeitsplatz begegneten Alexa zwei Kollegen. „Gratulation!“ und „Glückwunsch!“ riefen sie im Vorbeigehen und reckten ihre Daumen nach oben. Bevor Alexa reagieren konnte, waren sie in einem Besprechungszimmer verschwunden. Sie runzelte die Stirn. Weder hatte sie heute Geburtstag, noch war in der heutigen Ausgabe einen Artikel von ihr, warum also die Gratulation?

Als sie sich pünktlich um acht Uhr auf ihren Drehstuhl fallen ließ und den Computer hochfuhr, blinkte ihr Telefon bereits hysterisch. Sie drückte auf die Menü-Taste. 30 Anrufe in Abwesenheit und immer dieselbe Nummer. Sie wollte gerade zurückrufen, da klingelte es erneut. Alexa nahm ab.

„Herrgottsakrament, sind Sie von allen guten Geistern verlassen? Wie können Sie es wagen, einen solchen Bockmist zu fabrizieren?“, schallte es ihr entgegen. Alexa musste den Hörer weghalten, so laut brüllte der Mann auf der anderen Seite der Leitung ins Telefon. Er hatte seinen Namen nicht genannt. Das musste er auch nicht, denn Alexa kannte die Stimme. Sie gehörte dem Kriminaloberkommissar Franz Stauffacher.

„Wovon reden Sie bitte?“, entgegnete Alexa ruhig.

„Tun Sie nicht so scheinheilig! Haben Sie heute noch nicht auf Ihre Titelseite geschaut?“

Das hatte Alexa tatsächlich nicht. Wahrscheinlich war ihre Laune deshalb so gut gewesen. Bis eben jedenfalls. Sie griff nach hinten und zog die neueste Blitz-Ausgabe vom Zeitungstisch. Der Blick auf die Headline und das Foto daneben ließ ihr den Atem stocken. Hektisch blätterte sie in den Innenteil und überflog den auf der Titelseite angekündigten Beitrag. „Das war ich nicht.“ flüsterte sie. Etwas lauter: „Das habe ich nicht geschrieben.“

„Mir ist scheißegal, ob Sie das geschrieben haben oder nicht! Sie rücken diese Sache gerade oder ich lasse Sie wegen übelster Verleumdung einsperren! Dann ist es vorbei mit Ihrer Karriere, das kann ich Ihnen versprechen! Auf Wiederhören!“

Fritz saß mit seiner gesamten Familie am Frühstückstisch – ein seltenes Ereignis, das sonst nur an Feiertagen vorkam. In der Regel verließ jeder der Moserbuam das Haus zu einer anderen Zeit. Sepp zum Beispiel schlang meist nur im Stehen eines von seiner Mutter am Vorabend belegten Wurstbroten hinunter, bevor er in aller Herrgottsfrühe in Richtung Golfplatz aufbrach. Sein Vater Fritz, der noch früher auf war, tat es ihm gleich. Schorsch wiederum verschlief das Frühstück in der Regel und sein kleiner Bruder Hansi saß nur mit am Tisch, wenn er Semesterferien hatte. Seine Gegenwart fiel aber kaum ins Gewicht, weil Hansi seine Cornflakes hinter dicken Studienbüchern verborgen in sich hineinschaufelte und nur ein gelegentliches Schlürfen seine Anwesenheit verriet. Übrig blieben Fritz und seine Mutter. Fritz genoss diese ruhigen, harmonischen Frühstücke mit ihr, weil sie genau das waren: ruhig und harmonisch.

Das konnte man von Morgenmahlzeiten, bei denen die gesamte Familie versammelt war, nicht behaupten. Erfahrungsgemäß dauerte es höchstens fünf Minuten, bis jemand zu brüllen anfing, und maximal zehn Minuten, bis das erste Familienmitglied wutschnaubend aufsprang und zur Tür hinausrannte.

Heute war ein besonderer Tag. Die Mosers saßen bereits seit zwanzig Minuten am Tisch, reichten sich Butter und in der Lokalpresse Semmeln, ohne sich zu beschimpfen, und plauderten friedlich vor sich hin. Sogar der Alte Fritz hatte ausnehmend gute Laune, was wahrscheinlich an dem bevorzugten Gesprächsthema lag: Ferdinand von Pirachs Beerdigung.

Sepp schilderte haarklein, was sich alles zugetragen hatte. Fritz' Dummheit, das Handy nicht stummgeschaltet und damit beinahe das Versteck hinter der Hecke verraten zu haben, löste allgemeines Kopfschütteln aus.

„Weiß doch jeder, dass man sein Handy bei solchen Anlässen stumm stellt", bemerkte der Alte Fritz.

„Das musst ausgerechnet du sagen", erwiderte Schorsch. „Bis vor einer Woche hast du gar nicht gewusst, dass man Handys überhaupt stumm stellen kann."

Der Alte Fritz schwieg – ein sicheres Zeichen dafür, dass Schorsch ins Schwarze getroffen hatte.

Fritz zwinkerte Schorsch dankend zu und Sepp erzählte unbeeindruckt weiter. Die Namen der anwesenden Prominenten ratterte er herunter, als hätte er sie auswendig gelernt. Er verbrachte wohl tatsächlich mehr Zeit mit Rita, als Fritz gedacht hätte.

„Wundert mich, dass diese Blitz-Reporterin nicht da gewesen ist, wie hieß sie gleich? Alexa Lang?", meinte Sepp.

Fritz nickte. Jetzt, da es sein Bruder erwähnte, wunderte ihn Alexas Abwesenheit ebenfalls. Er ertappte sich dabei, dass er es beinahe schade fand, sie nicht gesehen zu haben. Immerhin war ihr Artikel über von Pimmels Tod recht anständig gewesen, bis auf den Umstand, dass sie seinen und Sepps Namen erwähnt hatte. Im Großen und Ganzen konnte er aber nichts gegen ihre Art zu schreiben einwenden. Vielleicht war sie eine der wenigen vernünftigen Vertreterinnen ihrer Zunft.

„Dafür war diese dumme Tussi da, die dich damals in die Pfanne gehauen hat", ergänzte Sepp. „Frida Bauer – eine Schande für diesen Namen!"

Dieses Mal lösten Sepps Worte allgemeines Nicken aus. Sowohl der Name Bauer als auch Frida waren bei den Mosers normalerweise hoch angesehen. Bauern waren sie selbst und Frida war die beste Milchkuh im Stall gewesen, bis sie vor einigen Monaten an Altersschwäche gestorben war. Die Trauer über ihren Tod saß noch tief.

Fritz fühlte sich plötzlich unwohl. In ihm rief Frida Bauers Name ungebetene Erinnerungen wach. Gott sei Dank hatte er sie auf der Beerdigung nicht gesehen; er hätte für nichts garantieren können. Die Unterhaltung wurde zu einem sanften Plätschern im Hintergrund, während er ungewollt in der Zeit zurückreiste, zu diesem unseligen Tag, der ihm seine Karriere ruiniert hatte. Er hatte alles wieder vor sich. Seine blutende Hand. Den Schmerz. Die Enttäuschung, die beinahe noch mehr schmerzte als die Hand.

Erst, als ihn alle fragend anschauten, kam Fritz wieder ins Hier und Jetzt zurück. „Wie bitte?", fragte er höflich. Er lernte schließlich dazu. Sepp begann, unterdrückt zu lachen.

„Die von-Pirach-Tochter? Du hast sie trainiert, nicht wahr?“, fragte seine Mutter.

Wieder nickte Fritz.

„Es muss schrecklich sein, in so jungen Jahren seinen Vater zu verlieren.“ Maria Moser schürzte mitfühlend die Lippen. Wahrscheinlich überlegte sie bereits, wie sie Estella helfen könnte, diesen schweren Verlust zu überwinden. Sie war die gute Seele des Moserhofs, die die Familie aus sturköpfigen Männern zusammenhielt. Ihre Sanftheit durfte nicht über den eisernen Willen hinwegtäuschen, der sich in ihr verbarg. Wenn es denn sein musste, konnte sie ihrer Meinung recht entschieden Ausdruck verleihen. In den seltenen Fällen, in denen Maria Moser die Stimme erhob, zitterten sogar dem Alten Fritz die Knie. Das war auch gut so. Ohne seine Frau hätte es auf dem Moserhof vermutlich längst Mord und Totschlag gegeben.

„Der werte Herr von Pirach hätte nur früher mit dem Kindermachen anfangen müssen“, bemerkte der Alte Fritz. „Wenn man erst mit Mitte 40 Vater wird, muss man damit rechnen, dass man den 20. Geburtstag seines Kindes nicht erlebt.“ Diese Spitze war an seine drei ältesten Söhne gerichtet. Dass weder Fritz noch Sepp oder Schorsch Anstalten machten, sich fortzupflanzen und nicht einmal das passende Gegenstück dazu – sprich, eine Frau – aufweisen konnten, löste bei ihrem Vater ein Wechselbad der Gefühle von Verstörtheit bis hin zu hämischem Spott aus.

„Soll das heißen, dass du meinen 25. Geburtstag nicht erleben wirst? Du warst schließlich auch schon 40, als ich geboren wurde“, hakte der 23-jährige Hansi nach.

„Du, du warst ja auch nicht geplant“, winkte sein Vater ab.

Hansi machte nicht den Eindruck, als würde ihn dieses Geständnis bedrücken.

Dennoch wies Maria Moser ihren Mann scharf zurecht. Sie war die Einzige in der Familie, die sich das traute. „Fritz, was redest du wieder für einen Schmarrn! Du kannst froh sein, dass es den Hansi gibt, sonst hättest du keinen, der deinen Hof übernimmt.“

„Das stimmt“, pflichtete ihr Hansi bei. „Außerdem sind alte Väter heutzutage normal. Bis man fertig studiert und Karriere gemacht hat, vergeht schon seine Zeit."

„Heißt das, du willst lieber Karriere machen anstatt den Hof zu übernehmen? Das kannst du mir nicht antun!" Der Alte Fritz sah aus, als würde ihn im nächsten Moment ein Herzinfarkt dahinraffen.

„Reg dich nicht auf, Papa, sonst erleidest du dasselbe Schicksal wie von Pirach und dann erlebst nicht einmal mehr meinen 24. Geburtstag." Hansi grinste seinen nach Luft schnappenden Vater frech an. Das konnte er sich nur erlauben, weil er derjenige war, der den Moserhof fortführen würde. Fritz, Sepp oder Schorsch hätten sich mit diesem Grinsen längst eine Ohrfeige eingefangen.

„Wie alt ist die von-Pirach-Tochter eigentlich?", fragte Maria, um wieder auf das ursprüngliche Thema zurückzukommen.

„Siebzehn", antwortete Fritz.

„Das weißt du bestimmt nur deshalb so genau, weil du die Wochen zählst, bis du mit ihr in die Kiste steigen darfst. Heiße Braut", flüsterte Sepp seinem Bruder zu, der ihm dafür unter dem Tisch einen Tritt gegen das Schienbein verpasste.

„Armes Mädchen", sagte Maria zeitgleich. „Wie hat sie die Beerdigung verkraftet?"

„Lässt sich schwer sagen." Fritz rieb sich nachdenklich das Kinn. „Sie wirkte sehr apathisch, als hätte sie die Wirklichkeit um sich herum völlig ausgeblendet. Ich habe ihr mein Beileid ausgesprochen und sie hat mich nicht einmal angesehen.

„Die war sicher auf Drogen", vermutete Sepp.

„Auf Beruhigungsmitteln, meinst du wohl", warf Schorsch ein. „Drogen putschen dich auf, dass du dich fühlst wie ein Gott. Da hängst du nicht apathisch rum wie ein nasses Handtuch."

„Hört, hört, da spricht der Experte!", rief Hansi, während Maria Moser alarmiert aufsprang. „Woher weißt du das so genau, Schorsch? Verschweigst du mir etwas?"

„Geh Maria, lass den Buben doch ihre Geheimnisse. Wir waren alle mal jung", beschwichtigte der Alte Fritz.

Die Söhne blickten ihren Vater überrascht an. So nachsichtig kannten sie ihn gar nicht. Fritz zögerte nicht lange. Das war seine Chance, Franz' Auftrag zu erfüllen.

„Du Papa, sag mal, warum hast du den Franz gestern eigentlich vom Hof geworfen?"

„Hab ich gar nicht. Ich habe deinem Freund lediglich unmissverständlich klargemacht, dass ich keinen Wert auf eine Fortführung der Unterhaltung lege. Kreuzt da in seiner Uniform auf, als wäre ich ein Verbrecher! Das muss ich mir nicht bieten lassen, erst recht nicht auf meinem Hof."

„Der Franz hat mir gesagt, dass du dich am Samstagabend mit dem Präsidenten getroffen hast. Warum das denn?" Den Grund kannte Fritz längst, aber es schadete nie, zwei Seiten zu hören. Noch viel spannender fand er die Frage, warum sein Vater nichts von dem Treffen erzählt hatte. Also schob er nach: „Und warum hast du uns nichts von dem Treffen erzählt?"

„Muss ich vor meinen Kindern Rechenschaft ablegen, oder was? Nein, muss ich nicht. Aber wenn es dich so brennend interessiert: Es ging um die Zufahrtsstraße. Außerdem wollte der ach so wichtige Herr Promipräsident den Golfplatz vergrößern."

Hansi war während der Erklärung seines Vaters das Blut ins Gesicht gestiegen. Er fixierte den Alten Fritz mit demselben unerbittlichen Blick, mit dem er sonst aufmüpfige Kühe in die Schranken wies. „Ich möchte dir entschieden widersprechen, Vater. Du bist mir durchaus Rechenschaft schuldig, zumindest, wenn es um das Wohl und Wehe des Moserhofes geht. Wie soll ich den Hof jemals führen, wenn du hinter meinem Rücken Ränke schmiedest? Du hast behauptet, du würdest niemals Geschäfte mit Ferdinand von Pirach machen!" Hansi hatte die seltsame Angewohnheit, in reinstes Hochdeutsch zu verfallen, wenn er wütend war. Kein Mensch wusste, woher das kam. Geradezu unheimlich war das. Nun war er hörbar sehr wütend.

„Geh Hansi, ich mach doch keine Geschäfte mit dem von Pirach, jetzt schon gar nicht mehr", wiegelte der Alte Fritz ab. „Und mit dem Hinterhuber auch nicht. Ich bin ja nicht bescheuert. Für eine Golfplatzerweiterung müsste ich die Kuhweide hergeben. Mir ist es tausendmal lieber, wenn Kühe übers Gras laufen und keine depperten Golfer."

Hansi wirkte ein wenig besänftigt, aber noch nicht restlos überzeugt. „Warum bist du dann überhaupt zu dem Treffen gegangen?", fragte er.

„Ich war halt neugierig und wollte schauen, was sich der von Pirach hat einfallen lassen. Es ist immer gut, seinem Feind von Angesicht zu Angesicht gegenüberzutreten." Das Gesicht des Familienoberhauptes wurde grimmig und glich wieder dem, was die Moserbuam als seinen „neutralen Gesichtsausdruck" bezeichneten. Denn der Alte Fritz blickte stets grimmig drein, auch wenn er gar nicht sauer war. War er wirklich einmal erzürnt, sah er aus wie der Leibhaftige persönlich.

„Stimmt es, dass du dem von Pirach gedroht hast, ihn umzubringen?", schaltete sich Fritz in das Gespräch ein.

„Wer hat denn den Schmarrn verzapft? Der Hinterhuber, möcht ich wetten. Ich hab mir nur nichts gefallen lassen von dem dahergelaufen Fernsehfuzzi und seinem Dackel. Hält sich wohl für den lieben Gott. Erpressen wollte er mich, der ausgschamte Hund. Da hat er sich aber den Falschen ausgesucht." Erbost schlug der Alte Fritz mit der offenen Handfläche auf den Tisch, dass die Tassen klirrten.

„Was, der von Pimmel wollte dich erpressen? Erzähl!", rief Schorsch, der ein Faible für Verbrechen jeglicher Art hatte. Die anderen Moserbuam redeten aufgeregt durcheinander, bis der Alte Fritz erklärte: „Ferdinand von Pirach hat mir mit Enteignung gedroht, falls ich nicht zustimmen würde, unseren Grund für die sinnlose Verbreiterung der Zufahrtsstraße zu einem Spottpreis zur Verfügung zu stellen. "

„Meint der vielleicht, der kann uns verarschen?" Sepp war außer sich. Er erhob sich so schwungvoll, dass sein Stuhl nach hinten umkippte und mit einem lauten Scheppern auf den Küchenboden fiel.

„Das hab ich ihn auch gefragt. Da ist er ausgeflippt und hat was von Energiewende und Stromautobahnen gefaselt. Und dass er mit der Kanzlerin per Du wäre. Einen dreckigen Bauern wie mich mache er mit links fertig."

„Mistmatz!", „Kanalratz, verlauste!", „Sauschädel, greißliger!" erscholl es aus allen Richtungen.

Maria Moser hielt sich schicksalsergeben die Ohren zu. Sie hatte jahrelang vergeblich versucht, den Gebrauch von Schimpfwörtern in ihrem Haus zu unterbinden.

Sepp fing sich als Erster. „Von Pirach kann uns gar nicht enteignen lassen. Dazu hat er keine rechtliche Grundlage. Das Grundgesetz garantiert im Artikel 14 das Eigentum", stellte er nüchtern fest.

Fritz erinnerte sich daran, dass sein Bruder vor seiner Greenkeeper-Ausbildung kurzzeitig mit einem Jurastudium geliebäugelt hatte – beziehungsweise vielmehr mit einer Jurastudentin. Nachdem er sie endlich erobert hatte, verflüchtigte sich Sepps Interesse für Gesetzestexte schlagartig. Ein bisschen was war anscheinend trotzdem hängengeblieben.

„Im Grundgesetz steht aber auch, dass Enteignung zum Wohle der Allgemeinheit zulässig ist", ergänzte Hansi. „Wenn der Flughafen zum Beispiel eine dritte Startbahn bekommt und die Anwohner sich weigern, ihren Grund an den Flughafenbetreiber zu verkaufen, können sie enteignet werden. Das Thema wird bei uns an der Uni oft diskutiert."

Einige Sekunden herrschte in der Küche Totenstille. Das Gesicht des Alten Fritz' war krebsrot angelaufen, die Ader an seiner Stirn trat hervor. Er sah aus, als stünde einer seiner gefürchteten Wutausbrüche bevor. Die am Tisch Versammelten hielten kollektiv den Atem an. „Jetzt hätte mir der von Pirach fast die gute Laune verdorben. Aber nur fast." Der Alte Fritz atmete wohlig aus. Ein selbstzufriedenes Grinsen umspielte seine Lippen. „Ich brauch bloß an seine Beerdigung zu denken und schon geht es mir wieder gut. Endlich hat es mal den Richtigen erwischt." Fröhlich schob er seinen Stuhl zurück, stand auf und ging beschwingt in Richtung Haustür. „Ich hol die Zeitung, da steht sicher was über die Beerdigung drin. Vielleicht gibt's sogar Fotos."

Fritz kratzte sich am Kinn. Auch wenn er nicht daran glaubte, dass an der Drohung des Präsidenten viel dran gewesen war – ausschließen konnte er es nicht. In letzter Zeit war einiges über die

Energiewende geschrieben worden, für die Tausende Kilometer neuer Stromleitungen verlegt werden mussten. Nicht jeder hatte diese Leitungen gerne vor seiner Haustüre, deshalb zeichnete sich eine regelrechte Enteignungs- und Klagewelle ab. Und wer wusste schon, was Ferdinand von Pirach mit seinen guten Kontakten nach oben alles hätte deichseln können. Eine Hochspannungsleitung quer über das Land des Alten Fritz als Strafe für seine Weigerung, die Kuhweide zu verkaufen? Unterirdische Stromleitungen entlang der Zufahrtsstraße, die dadurch verbreitert werden musste? Fritz hatte bereits die leidvolle Erfahrung gemacht, dass der Präsident keinerlei Rücksicht nahm, wenn es um die Befriedigung seiner niederen Bedürfnisse ging, sprich: dass er alles vögelte, was zwei schöne Beine hatte. Aber dass er zu rabiaten Methoden wie einer Erpressung greifen würde, wenn etwas nicht nach seinem Kopf ging, hätte er ihm nicht zugetraut. Allerdings würden sie nie erfahren, ob Ferdinand von Pirach seine Drohung wahr gemacht hätte. Er war tot. Wie praktisch.

Fritz zuckte zusammen, als ihm die Tragweite seiner Überlegungen bewusst wurde. Gut, dass sein Vater sich geweigert hatte, mit Franz zu reden. Die Erpressung wäre ein sehr überzeugendes Motiv gewesen, von Pirach beiseite zu schaffen. Hätte er dem besten Freund seines Sohnes, der zufällig der ermittelnde Kriminaloberkommissar war, von der Erpressung erzählt, wäre der Alte Fritz plötzlich zum Hauptverdächtigen in einem Mordfall geworden.

Das Gleiche würde passieren, wenn Fritz seinem Freund Franz die Wahrheit sagen würde. Fritz raufte sich verzweifelt die Haare. Er war hin- und hergerissen zwischen der Loyalität seinem Vater und seinem besten Freund gegenüber. Was sollte er tun? Verschwieg er die Fakten, belog er seinen besten Freund. Erzählte er alles, brachte er seinen Vater in die Bredouille. Noch bevor Fritz sich entscheiden konnte, hörte er seinen Vater fluchen.

„Herrgottsakrament! Sakradi nomoi! Jessasmaria!“ Die relative Harmlosigkeit der Flüche machte Fritz hellhörig. Bei seinem Vater galt: Je geringer die Sache, desto deftiger die Flüche. Also musste es sich um etwas Schlimmes handeln.

Sein Vater kam in die Küche zurück. Jede Farbe war aus seinem Gesicht gewichen. Wortlos drückte er Fritz die Blitz-Zeitung in die Hand und deutete auf die Titelseite.

„Ist mein Ex ein Mörder? Modeunternehmerin packt aus", las Fritz vor. Dann fiel sein Blick auf das Foto neben der Headline und es verschlug ihm die Sprache.

„Das ist ja der Fritz!", rief Sepp und riss seinem Bruder die Zeitung aus der Hand. Hastig blätterte er in den Innenteil. „Susi S. packt aus", zitierte er. „Mein Ex hat Ferdinand und mich in flagranti im Bett erwischt. Da flippte er aus. 'Den bring ich um!', brüllte er, bevor er sich umdrehte und aus meinem Leben verschwand. Seither lebte ich mit der Angst, mein Ex könnte Ferdinand etwas antun. Jetzt ist mein Geliebter tot."

„Die Susi und der von Pimmel? Fritz, ein Mörder?", stammelte Sepp in die Stille hinein.

Alle Augenpaare richteten sich fragend auf den ältesten Moserbuam. Schweißperlen traten auf Fritz' Stirn. Ihm war schlecht. Alles drehte sich – er hatte das Gefühl, in der nächsten Sekunde in Ohnmacht zu fallen.

Da klingelte das Telefon der Mosers, das wie vor fünfzig Jahren an der Küchenwand hing. Mit dem ferngesteuerten Gang eines Schlafwandlers hielt Fritz darauf zu und hob ab. Es war sein bester Freund. „Franz, hast du gesehen, was in der Blitz-Zeitung steht? Ich bin ...", begann Fritz.

„Und ob ich es gesehen habe!" Franz explodierte. Er schrie so laut in den Hörer, dass Fritz ihn auf Armeslänge weghalten musste, um nicht taub zu werden. Das bedeutete, dass auch die gesamte Familie mithörte, was der Stauffacher zu sagen hatte. Und das war nicht wenig.

„Die Susi hat dich mit eurem Schickimicki-Präsi betrogen! Mit meinem Mordopfer! Deshalb hast du Schluss gemacht! Und sagst mir, deinem besten Freund, wohlgemerkt, dem besten Freund aus Kindertagen kein Sterbenswörtchen davon! Da sieht man, was dir unsere Freundschaft wert ist! Nichts! Niente! Nada! Zu allem Überfluss bringst du aus Eifersucht den von Pirach um!"

„Du glaubst doch nicht wirklich, dass ich etwas mit dem Mord zu tun habe?", fragte Fritz fassungslos.

„Wer weiß? Du hast mir ja auch sonst nichts gesagt, da wirst du mir einen Mord erst recht nicht auf die Nase binden. Du und deine Bagage – lauter Verdächtige seid's! Der Sepp, dein Vater und du! Ihr alle wolltet den von Pirach loswerden! Dein Vater, weil er gegen die Golfplatzerweiterung war, Sepp, weil ihm der von Pirach blöd gekommen ist und du, weil er dir die Frau ausgespannt hat. Andere sind schon wegen viel weniger zu Mördern geworden! Wenn du ein Geständnis ablegen willst, weißt du, wo du mich findest. Ansonsten verbitte ich mir ab sofort jeden Kontakt. Unsere Freundschaft kannst du dir in die Haare schmieren! Auf Wiederhören oder besser: Auf Nimmer-Wiederhören!"

Kriminaloberkommissar Franz Stauffacher knallte den Hörer auf die Gabel. Er bebte vor Wut. Es war halb neun an einem beschissenen Freitagmorgen und er fühlte sich, als hätte er nur drei Stunden geschlafen. Er konnte einfach nicht glauben, dass ihn sein bester Freund derart hintergangen hatte. Wie oft hatte er Fritz angebettelt, ihm endlich zu verraten, warum er mit der süßen Susi Schluss gemacht hatte. Dann hätte er ihn vielleicht aus diesem abgrundtiefen Liebeskummer-Loch ziehen, ihm helfen können. Dafür waren Freunde schließlich da. Aber wie es schien war Fritz nie der Freund gewesen, für den Franz ihn gehalten hatte. Der Stauffacher schlug die Hände vors Gesicht und schüttelte den Kopf. Weil der Verrat seines besten Freundes zu sehr schmerzte, wandte er seine Gedanken Susi Süß zu. Elendiges Weibsstück. Am liebsten würde er sie einsperren lassen, zusammen mit dieser Alexa Lang von der Blitz-Zeitung, die diesen riesengroßen Haufen Scheiße in die Welt gesetzt hatte.

Wenn es blöd lief, war er wegen dieses riesengroßen Haufens Scheiße den Fall und vielleicht sogar seinen Job los. Sein Chef Brandlmeier brauchte nur Wind davon zu bekommen, dass Fritz Moser, der als Tatverdächtiger auf der Titelseite der Blitz-Zeitung prangte, sein bester Freund war. Er würde ihm vorwerfen, wissentlich die Ermittlungen zu gefährden, indem er sich nicht sofort für befangen erklärt habe und mit Tatverdächtigen freundschaftlichen Umgang pflegte. Fritz war bisher seine wichtigste Informationsquelle gewesen. Wenn Brandlmeier das rausfand, und dafür müsste er nur die Anrufprotokolle von Franz' Diensthandy auswerten lassen, würde er seinen ungeliebten Ermittler ans Kreuz nageln. Als Märtyrer aus dem Polizeidienst zu scheiden, fehlte Franz gerade noch.

Ein Hauch von Schuldgefühl beschlich ihn, als er an das Telefonat mit Fritz dachte. Er war ziemlich hart zu seinem ehemaligen Freund gewesen. Dabei musste es auch für Fritz eine beschissene Situation sein. Er war schon einmal von der Presse aufs Kreuz gelegt worden. Franz konnte ihm in diesem Fall nicht helfen. Er musste einen Mörder jagen – und seinen eigenen Arsch retten.

Doch erst einmal musste er seinen Unterzucker bekämpfen. Er biss in das zweite Vanillehörnchen und schaltete die Massagefunktion seines Bürosessels ein. „Manuela? Sei so gut und lass die nächste Zeit niemanden hier rein. Ich muss nachdenken."

9

Nachdem der Kriminaloberkommissar aufgelegt hatte, saß Alexa einige Minuten lang reglos auf ihrem Bürostuhl. Wie hatte das Interview mit Susi Süß den Weg in die aktuelle Blitz-Ausgabe gefunden? Sie hatte das Gespräch über die Telefonanlage aufgezeichnet, aber nichts daraus gemacht. Ihr war sofort klar gewesen, dass diese Susi nur darauf aus war, sich an ihrem Ex zu rächen und nebenbei Publicity für ihre Boutique in der Leonbacher Altstadt zu bekommen. Eine unmögliche Frau. Ihrer unsauberen Aussprache nach zu urteilen, war sie außerdem betrunken gewesen. Dass Fritz Moser mit dieser Modetussi zusammen gewesen war, passte ins Bild, das sich Alexa von dem Golflehrer gemacht hatte. Doch diese Strafe hatte nicht einmal ein Fritz Moser verdient. Das war Rufschädigung allererster Güte. Welcher Vollidiot konnte so etwas in die Zeitung setzen? Immerhin ein Vollidiot, der klug genug war, nicht seinen eigenen Namen unter den Artikel zu setzen. Sondern ihren.

Aber wer hatte Zugang zu den Aufzeichnungen ihrer Telefonanlage? Immerhin war sie durch ein persönliches Kennwort geschützt, das wöchentlich geändert werden musste. Falls der Nutzer sein Kennwort vergaß, gab es innerhalb eines Ressorts nur eine Person, die einen so genannten „Mastercode“ besaß, ein übergeordnetes Passwort, das auf allen Arbeitsplätzen funktionierte. Diese Person war der jeweilige Ressortleiter.

Frida.

Na klar.

Alexa sprang auf und stürmte den Gang hinunter. Vor dem Büro der Ressortleiterin angekommen, riss sie ohne anzuklopfen die Tür auf.

„Was fällt dir ein, diesen Schrott zu veröffentlichen? Unter meinem Namen? Noch dazu auf der Titelseite?“, schrie sie ihre Chefin an.

Frida Bauer stand an ihrem Schreibtisch und fuhr unbeeindruckt fort, Kaffee in drei Tassen einzuschenken. Erst als sie fertig war, sah sie Alexa an und schüttelte mitleidig den Kopf. „Kindchen, ich weiß gar nicht, weshalb du dich so aufregst. Komm bitte später wieder, dann können wir alles in Ruhe bereden. Ich habe wichtigen …"

„Nenn mich nicht Kindchen! Ich bin erwachsen und eine voll ausgebildete Redakteurin, das weißt du ganz genau. Und warum ich mich so aufrege, kann ich dir sofort sagen: Du hast mein Telefon abgehört und aus dem Gespräch mit einer mediengeilen Lügnerin eine Titelstory gemacht!"

Nun war es vorbei mit Fridas gespielter Gelassenheit. „Ich habe das gemacht, was jeder einigermaßen fähige Redakteur getan hätte!", schnauzte sie zurück. „So eine Story lässt sich niemand entgehen, es sei denn, man ist eine verhinderte Politikredakteurin mit übermäßig hohem Moralinspiegel."

„Aber die Story ist unwahr!"

„Woher willst du das wissen? Außerdem gilt bei uns: Lieber als erste Zeitung eine unwahre Schlagzeile, statt als letzte eine wahre."

„Oh ja, ich erinnere mich." Alexa lächelte böse. „Wie sagtest du so schön? 'Die meisten Leute trauen sich sowieso nicht, gegen die große Blitz-Zeitung zu klagen. Sind sie so blöd und tun es dennoch, machen unsere Anwälte sie fertig.' Anwälte hin oder her: Ist es dir eigentlich egal, dass du mit deinen erfundenen Schlagzeilen Leben ruinierst?"

„Pah, dieser Fritz Moser ist es doch, der ein Leben ruiniert hat. Und zwar Ferdinand von Pirachs Leben. Er hat ihn umgebracht."

„Du glaubst nicht im Ernst dem Geschwätz einer rachsüchtigen, betrunkenen Frau?"

„Was ich glaube, spielt keine Rolle. Wir sind die erste Zeitung, die im Zusammenhang mit Ferdinand von Pirachs Tod von Mord spricht. Das bringt uns Tausende neuer Leser ein – das ist alles, was zählt. Wir müssen uns schließlich im Straßenverkauf behaupten!"

„Das gibt dir noch lange nicht das Recht, einen unbescholtenen Bürger als Kapitalverbrecher hinzustellen!", beharrte Alexa.

„Ha, dieser Fritz Moser ist ganz und gar nicht unbescholten!", keifte Frida.

„Ja, natürlich. Weil der Herr Golfprofi in Wahrheit ein gut getarnter Krimineller ist, hat sich die Blitz auch von deinem Artikel über den 'Prügel-Golfer' distanzieren müssen." Alexas Stimme troff vor Sarkasmus.

Frida sah aus, als würde sie ihrer Mitarbeiterin am liebsten die Augen auskratzen.

„Frida, das ist genug! Du hast wohl vergessen, dass du Besuch hast?" Aus der Zimmerecke, die von der geöffneten Türe abgeschirmt wurde, kam ein Mann in Anzug auf die beiden Streithähne zu. Zurückgegelte blonde Haare, runde Brille, wulstige Lippen: Rolf Kistermann, der Chefredakteur der Blitz-Zeitung. Sein aufgesetztes Lächeln verflüchtigte sich, als er sich zu Frida hinunterbeugte und ihr leise ins Ohr zischte: „Wenn du deine Leute nicht im Griff hast, fällt das auf mich zurück." Dann wandte er sich mit ausgesuchter Höflichkeit an Alexa: „Ich möchte Sie bitten, wieder an die Arbeit gehen und das Gespräch später fortzusetzen. Wir haben hier zu tun."

Eine tiefe Stimme unterbrach den Chefredakteur. „Lassen Sie die Damen ruhig, Rolf. Ich amüsiere mich prächtig. Selten bekomme ich einen so ungefilterten Einblick in das Tagesgeschäft meiner umstrittensten Zeitung."

Alexa lugte um die immer noch geöffnete Tür zu der kleinen Sitzgruppe, von der sich nun ein weiterer elegant gekleideter Mann erhob.

August Eckstein, der berühmte Verleger.

Alexas oberster Chef, wenn man so wollte. Sie hatte sein Konterfei bisher nur in Zeitungen gesehen. Die Abbildungen wurden ihm nicht gerecht. Auf ihnen wirkte er alt, was er mit seinen über 80 Jahren auch war. Sah man ihn in Bewegung, verflüchtigte sich dieser Eindruck. Alles an ihm drückte unbändige Tatkraft aus: seine großen Gesten, der federnde Gang und vor allem die rabenschwarzen Augen, die vor Leben sprühten. Gerade waren sie interessiert auf Alexa gerichtet. „Wollen Sie mir diese forsche junge Dame nicht vorstellen?", fragte er Frida mit einem charmanten Lächeln.

Die Ressortleiterin trat nervös von einem Bein auf das andere.

„Das ist Alexa Lang, eine Praktikantin, äh, eine vorübergehende Mitarbeiterin."

Eckstein schüttelte Alexas Hand. „Sehr angenehm. Sie haben vor einigen Jahren den Nachwuchswettbewerb der Journalistenschulen gewonnen, nicht wahr? Ich habe Ihre Artikel in der Hamburger Post immer gerne gelesen. Freut mich, dass Sie nun für uns arbeiten. Das Politikressort der Südländischen, nehme ich an?"

Einen Moment lang konnte Alexa den alten Mann nur staunend anstarren. Eckstein, der undurchschaubare Patriarch, der von allen ehrfürchtig „Der Mogul" genannt wurde, kannte ihre Arbeit?

„Das ist richtig", antwortete sie dann. „Allerdings werde ich erst in einem Monat bei der Südländischen anheuern. Bis dahin habe ich das Vergnügen, die verschiedenen Titel Ihrer Verlagsgruppe kennenzulernen." Alexa konnte sich ein Seufzen nicht verkneifen. Auf dieses „Vergnügen" hätte sie gerne verzichtet. Die zwei Wochen in der Redaktion der „FitforLife" waren interessant gewesen und der Zwischenstopp bei der „TV Film" besser, als sie es erwartet hätte. Aber diese letzte Station bei der Blitz-Zeitung hätte sie sich gerne erspart.

Ecksteins unergründliche Augen bohrten sich in ihre, als könnte er ihre Gedanken lesen. Vielleicht konnte er es sogar, denn er fragte: „Dieses Zirkeltraining, wie ich es nenne, erweitert den Horizont ungemein, finden Sie nicht auch? Über den Tellerrand hinausblicken, vielseitig sein und offen für neue Erfahrungen – all das sind Tugenden, die einen guten Redakteur auszeichnen. In den meisten Fällen entwickelt sich ein fruchtbarer Dialog, aus dem alle Beteiligten lernen können."

„Vor allem lernen, wie man es nicht macht", hätte Alexa beinahe entgegnet, schluckte die Worte aber gerade noch herunter.

Eckstein musterte sie milde amüsiert. Wahrscheinlich konnte „Der Mogul" dank seiner Lebenserfahrung sogar hören, was die Leute lieber für sich behielten.

Alexa war das nicht geheuer. Sie nahm sich vor, sich in seiner Gegenwart möglichst unauffällig zu verhalten. Dafür mischte sich Frida, die es nicht gewohnt war, einmal nicht im Mittelpunkt einer

Unterhaltung zu stehen, in das Gespräch ein. „Alexa hat heute ihre erste Titelgeschichte gelandet. Viele Redakteure warten ein Leben lang vergeblich auf diese Ehre, doch wie es scheint, weiß Frau Lang sie nicht zu schätzen."

„Ich wüsste eine Titelgeschichte durchaus zu schätzen, wenn sie sauber recherchiert wäre und nicht auf den abstrusen Behauptungen einer unglaubwürdigen Frau basieren würde. Noch viel mehr wüsste ich eine Titelgeschichte zu schätzen, wenn sie tatsächlich von mir geschrieben worden wäre und nicht von meiner Vorgesetzten, die sie widerrechtlich unter meinem Namen veröffentlicht hat." Die Wut kochte wieder in Alexa hoch.

„Ich wollte nur höflich sein", verteidigte sich Frida. „Du bist diejenige, die das Interview geführt hat. Ich habe dir lediglich die Tipparbeit erspart. Außerdem machen wir hier Boulevard, keine Bibelgeschichten. Da muss man schnell sein, überspitzen."

„Und einem Unschuldigen unterstellen, ein Mörder zu sein?" Alexa schüttelte entgeistert den Kopf. „Eines kann ich dir versprechen: Wenn Ferdinand von Pirach tatsächlich ermordet wurde, habe ich den Täter als Erste im Blatt. Ich finde den Mörder auch ohne Falschmeldungen zu verbreiten und unbescholtene Bürger durch den Dreck zu ziehen!"

„Hört, hört! Würden Sie darauf Ihren Arbeitsplatz bei der Südländischen verwetten?"

Trotzig erwiderte Alexa den forschenden Blick aus Ecksteins schwarzen Augen. „Wenn es denn sein muss!"

„Das nenne ich Mut." Der Verleger nickte Alexa anerkennend zu. Geschäftsmäßig wandte er sich an den Chefredakteur Rolf Kistermann. „Lassen wir die junge Dame zeigen, ob sie hält, was sie verspricht. Frau Lang soll sich auf Mördersuche begeben. Der Auftrag: Eine boulevardeske, sauber recherchierte Enthüllungsgeschichte, die ganz ohne Mutmaßungen auskommt." Eckstein wandte sich mit befehlsgewohnter Stimme an Alexa. „Sie haben vier Wochen Zeit, in denen Sie von allen anderen Pflichten entbunden werden. Wenn Sie den Mörder bis dahin nicht gefunden haben, steht es ihnen frei, sich bei der Kriminalpolizei bewerben." Mit einem festen Händedruck verabschiedete er sich und komplimentierte die perplexe Alexa zur Tür hinaus.

Mit quietschenden Reifen brachte Fritz sein Auto vor der Kriminalpolizeiinspektion zum Stehen – mitten im Halteverbot, aber das scherte ihn wenig. Sein Besuch würde nicht lange dauern. Schon auf dem Weg in die Leonbacher Altstadt hatte er sämtliche Verkehrsregeln gebrochen – darauf kam es nun auch nicht mehr an. Was scherten einen Mordverdächtigen ein paar Punkte in Flensburg? War der Ruf erst ruiniert, lebte es sich ungeniert.

„Ich habe einen Termin beim Kriminaloberkommissar Stauffacher“, meldete sich Fritz an der Pforte.

„Sie kennen den Weg?“

Fritz nickte mit zusammengebissenen Zähnen.

Mit einer gelangweilten Handbewegung winkte der Pförtner ihn durch. „Ist heute ein gefragter Mann, der Herr Kriminaloberkommissar. Sie sehen aber nicht so gut aus wie der Besuch, der vor zehn Minuten hier reinmarschiert ist“, rief er Fritz nach.

Dieser beachtete ihn nicht. Den Blick starr nach unten gerichtet, hastete er die langen Gänge entlang. Vor Franz' Büro angekommen, stellte sich ihm die wie aus dem Nichts erscheinende Michaela in den Weg.

„Servus Fritz! Magst nicht ein andermal wiederkommen? Es ist gerade eher ungünstig.“ Besorgnis spiegelte sich auf dem sonst so fröhlichen Gesicht der Sekretärin.

Fritz kannte Michaela von früheren Besuchen in der Inspektion und mochte sie gerne. Heute stand ihm jedoch nicht der Sinn nach übermäßiger Höflichkeit. Er drängelte sich an ihr vorbei und warf die Tür zu Franz' Büro auf.

Auf der Hinfahrt hatte er sich genau überlegt, was er seinem ehemals besten Freund alles an den Kopf werfen wollte. Dann sah Fritz, mit wem der Stauffacher einträchtig am Tisch saß und Kaffee trank, und vergaß die sorgsam zurechtgelegten Worte. „Du steckst mit dieser Dreckschleuder unter einer Decke? Ein schöner Freund bist du mir! Nicht viel besser als der von Pimmel!“, explodierte er.

„Geh Fritz, es ist nicht so, wie es ausschaut. Frau Lang ist hier, weil sie dir helfen will!"

„Mir helfen? Dass ich nicht lache! Wenn sie unter helfen versteht, mich auf der Blitz-Titelseite als Mörder abzustempeln, hat sie eine sehr kranke Vorstellung von dem Wort."

„Alexa hat den Artikel nicht geschrieben."

„Ah, ihr nennt euch bereits beim Vornamen? Danke, ich habe genug gehört." Fritz machte auf dem Absatz kehrt und wollte aus dem Büro stürmen. Sofort war Franz neben ihm und packte ihn an der Schulter.

„Fritz, du Rindviech! Du hast keinen Grund, auf mich sauer zu sein. Ich dagegen habe jeden Grund, auf dich sauer zu sein! Wenn du mir gleich die Wahrheit über Susi und von Pirach gesagt hättest, stünde ich jetzt nicht da wie der letzte Volldepp. Was ist, wenn der Brandlmeier rausfindet, dass ich mit einem Tatverdächtigen befreundet bin?"

„Befreundet warst, meinst du wohl." Fritz wischte Franz' Arm von seiner Schulter, als wäre er eine lästige Fliege. „Jetzt zeigst du wenigstens dein wahres Gesicht. Immer geht es nur um dich! Du hast nichts anderes im Kopf als deine vermaledeite Karriere und opferst deine Freunde einem beschissenen 'Fall'!" Fritz spie das Wort förmlich aus. „Außerdem: Wenn hier jemand noch schlimmer dasteht als ein Volldepp dann bin ich es! Die Leute denken, ich sei ein Mörder! Und diese Frau ist schuld daran!" Fritz streifte Alexa mit einem Blick, aus dem abgrundtiefe Verachtung sprach. Und eine Mordswut. Dabei war es nicht einmal sie, die in erster Linie seinen Zorn erregte. Sie war Journalistin, sie lebte davon, infame Lügen zu verbreiten. Von ihr war also nichts anderes zu erwarten gewesen, von Franz hingegen schon. „Wir sind zusammen aufgewachsen. Du und die Moserbuam. Wie Brüder waren wir. Und jetzt wagst du es, meine Familie in deinen verfluchten Fall mit reinzuziehen und uns zu unterstellen, den von Pirach umgebracht zu haben?"

„Fritz, hör endlich auf! Ich mache nur meinen Job. Und du musst zugeben, dass dein Vater, Sepp und du gute Gründe gehabt hättet, Ferdinand von Pirach zu beseitigen!"

„Einen Scheiß gebe ich zu!"

Fritz und Franz standen sich Stirn an Stirn gegenüber wie zwei Kampfstiere und funkelten sich angriffslustig an.

Mit einem ärgerlichen Brummen trat Franz schließlich einen Schritt zurück. „Gut, ich versuche es ein letztes Mal in aller Vernunft: Wo warst du vergangenen Sonntag zwischen vier und sechs Uhr morgens? Und wer kann deine Aufenthaltsorte bezeugen?"

Fritz verzog angewidert das Gesicht. Am liebsten hätte er Franz auf den Tisch gespuckt; dann hätte der wenigstens schon einmal die Speichelprobe des Hauptverdächtigen. Nur die Anwesenheit von Alexa hielt ihn davor ab. „Vor einer Frau spuckt man nicht aus!", hatte ihm seine Mutter eingebläut. Fritz wusste selbst nicht, warum er sich ausgerechnet jetzt auf seine gute Kinderstube besinnen musste.

„Will mich der ach so dienstbeflissene Herr Kriminaloberkommissar jetzt vernehmen, oder was?", fragte er sarkastisch. „Ohne mich zuvor über meine Rechte belehrt zu haben? Keine Sorge, das musst du gar nicht. Ich verweigere jede Aussage! Gerne kann mir dein geschätzter Herr Brandlmeier eine offizielle Vorladung zukommen lassen. Bis dahin verbitte ich mir jeden Kontakt. Habe die Ehre." Fritz sprach's, drehte sich um und marschierte aus dem Büro.

Alexa stapfte grimmig durch den Wald hinter dem Moserhof, eine Vorratspackung von Fritz' Lieblingsschokoriegeln unter dem Arm. Sie kam sich unsäglich dämlich vor. Noch nie in ihrem Leben war sie aus einem Raum geworfen worden, und heute war ihr diese entwürdigende Behandlung gleich zweimal widerfahren. Mit einem strengen „Das bringst du wieder in Ordnung!" hatte Franz sie kurz nach dem Abgang seines ehemals besten Freundes aus dem Büro geschoben, nicht ohne den Hinweis auf Fritz' bevorzugte Schokomarke und sein Lieblingsversteck, das er angeblich immer aufsuchte, wenn er Kummer hatte.

Wieso hatte sie ihre Klappe nicht halten können? Hätte sie sich gegenüber Eckstein nicht so weit aus dem Fenster gelehnt, könnte es ihr schnurzegal sein, ob von Pirach ermordet worden war und wenn ja, wer ihn ums Eck gebracht hatte.

„Ich finde den Mörder“, hatte sie frech behauptet und war sich dabei wie Miss Marple vorgekommen. Was hatte sie sich nur dabei gedacht? Um den von-Pirach-Mörder sollte sich gefälligst dieser Stauffacher kümmern, der war dafür ausgebildet worden. Alexa schüttelte den Kopf, als sie an die Szene in Franz' Büro dachte. Der Kriminaloberkommissar und der Golfpro hatten ein eindrucksvolles Schauspiel geboten. Alexa war sich vorgekommen wie in einem Schützengraben. Mit eingezogenem Kopf hatte sie schweigend dem Schlagabtausch gelauscht und sogar darauf verzichtet, Fritz Mosers Unterstellungen zu kommentieren; sie hatte sich nicht in die Schusslinie bringen wollen. Genügte schon, dass sich die Männer angifteten. Sie hatte wirklich gedacht, die beiden würden jeden Moment übereinander herfallen. Masse gegen Kraft, das wäre ein spannender Kampf geworden.

Und eine gute Story, ganz nach Fridas Geschmack. „Sie schlugen sich, bis das Blut spritzte: Cop prügelt Mordverdächtigen“, würde ihre Chefin fabulieren.

Ex-Chefin, berichtigte sich Alexa. Immerhin musste sie nicht mehr in die Blitz-Redaktion zurück. Allerdings könnte sie sich auch die langersehnte Stelle im Politikressort der Südländischen abschminken, wenn das hier schief lief.

Alles nur wegen dieser verfluchten Frida Bauer, die unter Alexas Namen an den Haaren herbeigezogene Artikel veröffentlichte. Nun musste sie Fridas Fehltritt ausbaden und einen zu Recht stinksaueren Fritz Moser zur Zusammenarbeit überreden. Alexa machte sich nichts vor: Ohne seine Hilfe würde sie in diesem Fall nicht weit kommen. Sie kannte sich nicht aus in dieser seltsamen Parallelwelt namens Golfclub.

In diesem Wald kannte sie sich erst recht nicht aus. Nach Franz' Wegbeschreibung konnte das Mosersche Baumhaus nicht weit sein. Parallel zum 15. Loch gelegen, musste man von dort aus einen hervorragenden Blick auf das Geschehen auf dem „Fairway“ haben, was auch immer das heißen mochte. Alexa war bestimmt fünfmal parallel zu diesem verflixten 15. Loch den Wald rauf- und runtergelaufen, aber ein Baumhaus hatte sie nicht entdeckt. Ihr Nacken schmerzte bereits vom vielen Hinaufschauen. Ohne ihren Schritt zu verlangsamen, suchte sie mit den Augen die Baumkronen ab. Prompt marschierte sie mitten in eine Anhäufung hüfthoher Brennnesseln.

„Aua! Autsch! Au!" Wie ein Indianer beim Kriegstanz hüpfte sie von einem Bein auf das andere und streckte die Arme gen Himmel, damit diese nicht auch noch in Berührung mit dem schmerzhaften Gewächs kamen. Die Vorratspackung Schokoriegel hielt sie hoch wie einen Skalp.

Von oben herab hörte sie ein unterdrücktes Lachen. Direkt über ihr streckte Fritz Moser seinen Kopf aus einem mit Ästen getarnten Bretterverschlag und griente auf sie herunter.

Alexas Augen verengten sich zu Schlitzen. Wahrscheinlich hatte er sie die ganze Zeit dabei beobachtet, wie sie orientierungslos durch den Wald gestolpert war.

Ihre Blicke begegneten sich. Fritz verstummte und verschwand wieder hinter den Brettern.

„Zu spät – ich habe Sie gesehen. Kommen Sie bitte runter", forderte Alexa ihn auf.

Sein Kopf erschien erneut, die Miene starr wie die einer Marmorbüste. „Ich denke gar nicht daran", äußerte er entschieden.

„Ich möchte mit Ihnen reden", beharrte Alexa.

„Ich aber nicht mit Ihnen!"

„Nun kommen Sie schon! Ich habe Ihnen auch etwas mitgebracht." In ihrer Verzweiflung hielt Alexa die Vorratspackung Schokoriegel hoch.

Zu ihrem Erstaunen beugte sich Fritz weiter aus dem Bretterverschlag und fixierte die Packung mit zusammengekniffenen Augen. „Ist das meine Lieblingsmarke?", fragte er zögernd.

„Soviel ich weiß, ja."

Fritz legte die Stirn in Falten und schürzte die Lippen. Alexa konnte förmlich sehen, wie er mit sich kämpfte. Schließlich setzte sich seine Verfressenheit durch.

„Gut, dann dürfen Sie hochkommen", erklärte er großzügig.

„Könnten Sie nicht einfach herunterkommen?", bat Alexa. Seit sie denken konnte, hatte sie Höhenangst. Bang blickte sie zu dem Baumhaus hinauf. Das waren sicher drei Meter, und die verwitterten, am Stamm befestigten Sprossen sahen nicht gerade vertrauenerweckend aus.

„Sie wollen doch mit mir reden! Aber Sie können auch gerne die Schokoriegel hochwerfen und wieder gehen. Das wäre mir sogar viel lieber."

Alexa biss die Zähne zusammen, klemmte sich die Schokoriegelpackung unter den Arm und stellte einen Fuß auf die behelfsmäßige Leiter. Sprosse für Sprosse arbeitete sie sich nach oben, krampfhaft darum bemüht, nicht nach unten zu sehen. An der letzten Sprosse angekommen, schob sie den Karton auf die hölzerne Plattform und zog sich ächzend hinauf. Ein dünner Schweißfilm bedeckte ihr Gesicht. Sie zitterte am ganzen Körper.

Fritz Moser hatte bereits die Packung aufgerissen und saß mampfend in der Ecke des Baumhauses. Finster funkelte er sie an. Seine Feindseligkeit verpuffte, als er sie näher in Augenschein nahm. Sofort ließ er den Riegel fallen und rutschte besorgt auf sie zu. „Sie sind ja käseweiß! Und Sie zittern! Sind Sie krank?"

„Nein, ich habe nur Höhenangst." Erschöpft lehnte sich Alexa gegen die Bretterwand.

„Warum haben Sie das nicht gleich gesagt?"

„Wären Sie dann zu mir heruntergekommen?"

Fritz überlegte einen Moment. „Nein."

„Eben." Dankbar biss sie in den Schokoriegel, den Fritz ihr anbot. Vielleicht half eine Portion Zucker gegen ihre Übelkeit.

Fritz' Miene war wieder zu einer ausdruckslosen Maske erstarrt. „Dass Sie sich hierher trauen. Wenn ich ein Mörder wäre, könnte ich Ihnen in aller Seelenruhe die Kehle durchschneiden und niemand würde kommen, um Ihnen zu helfen."

„Wenn ich glauben würde, dass Sie ein Mörder sind, hätte ich mich auch nicht her getraut."

„Warum haben Sie dann diesen Mist geschrieben? 'Ist mein Ex

ein Mörder?' Das Fragezeichen hätten Sie sich sparen können. In der öffentlichen Meinung bin ich bereits verurteilt."

„Das war ich nicht. Susi Süß hat mich am Sonntagabend in der Redaktion angerufen und sich über Sie 'ausgelassen', wenn man es so nennen möchte. Die Dame machte einen ziemlich betrunkenen Eindruck. Ich habe das Gespräch aufgezeichnet, aber nicht verwertet, weil Frau Süß sich anhörte wie die prototypische rachsüchtige Ex. Frida Bauer hat mein Telefon abgehört und das Interview unter meinem Namen drucken lassen."

„Diese Schlampe!", zischte Fritz zwischen zusammengebissenen Zähnen hervor. Es wurde nicht ganz deutlich, ob er damit Susi Süß, Frida Bauer oder beide meinte.

Alexa hatte in jedem Fall vollstes Verständnis für seine Äußerung.

„Und was wollen Sie jetzt hier?"

In wenigen Worten schilderte Alexa, was sich heute Morgen in Fridas Büro abgespielt hatte.

„Das soll ich Ihnen glauben?"

Alexa zuckte die Schultern. „Glauben Sie, was Sie wollen. Ich sehe es so: Wir beide befinden uns in derselben Lage."

Fritz zog spöttisch eine Augenbraue hoch.

„Na ja, mein Bild ist nicht gerade auf der Titelseite der Blitz", schränkte Alexa ein. „Aber wir wollen beide dasselbe: Ferdinand von Pirachs wahren Mörder finden. Wenn uns das gelingt, sind Sie entlastet und ich behalte meinen Job, den ich im Übrigen noch gar nicht angetreten habe."

Fritz' Schweigen und der unbewegte Blick aus seinen goldfarbenen Augen machten Alexa nervös. Also redete sie hektisch weiter. „Je mehr Leute helfen, Ihre Unschuld zu beweisen, desto besser ist es für Sie. Ich kann Ihnen dabei sehr nützlich sein. Ich kann recherchieren, Leute interviewen – manche Menschen werden sehr gesprächig, wenn sie einen Pressevertreter gegenüber haben. Natürlich gibt es auch welche, die verstummen wie ein Fisch, wenn man sagt, dass man Journalist ist. Für die sind dann Sie zuständig."

Je länger Fritz' Reaktion auf sich warten ließ, desto irritierter wurde Alexa. „Ich glaube, wir wären ein gutes Team. Vorausgesetzt, der Herr Golfpro lässt sich irgendwann dazu herab, mit mir zu reden", fügte sie um Fassung ringend hinzu.

Nach einer gefühlten Ewigkeit erhob Fritz das Wort. „Warum sollte ich Ihnen vertrauen?"

„Vielleicht weil ich wegen Ihnen mit einer Vorratspackung Schokoriegel unter dem Arm durch den Wald irre und trotz Höhenangst in ein Baumhaus klettere?"

„Klingt vernünftig."

Alexa atmete tief durch. „Da bin ich aber froh." Nun, da diese Sache geklärt war, wurde ihr jene andere Sache bewusst, die sie zu verdrängen versucht hatte: Sie befand sich auf drei Metern Höhe und vom nicht sonderlich weichen Waldboden trennten sie nur morsche Holzbretter, die ihre besten Jahre hinter sich hatten. Augenblicklich wurde ihr flau im Magen und das gewohnte Schwindelgefühl stellte sich wieder ein.

„Könnten wir das Gespräch an einem anderen Ort fortsetzen? Mir ist schlecht." Sie konnte nicht verhindern, dass ihre Bitte ein wenig jämmerlich klang.

„Gerne. Sie zuerst", forderte Fritz sie auf und deutete auf die Sprossen.

Ängstlich rutschte Alexa an den Abgrund heran und riskierte einen Blick nach unten. „Uaaahh", entfuhr es ihr unweigerlich. Es war ihr schleierhaft, wie sie hier hochgekommen war. Bei dem Gedanken daran, auf demselben Weg hinunterzumüssen, erfasste sie eine leichte Panik.

„Sie zittern ja schon wieder!", stellte Fritz vorwurfsvoll fest. „So wird das nie was. Aber keine Sorge, Sie müssen nicht über die Sprossen nach unten."

„Wie denn dann?", fragte Alexa schwach.

Zur Antwort schenkte ihr Fritz ein freches Grinsen. Aus irgendeinem Eck zog er ein solide aussehendes Seil und befestigte es fachmännisch an einem Haken, der an einem dicken Ast angebracht war.

„So, jetzt müssen Sie auf meinen Rücken kraxeln und sich mit Armen und Beinen an mir festhalten, dann bringe ich Sie runter."

„Wollen Sie hier einen auf Tarzan machen, oder was? Dann suchen Sie sich bitte eine andere Jane.“ Alexa bewegte sich keinen Millimeter.

„Na, kommen Sie schon! Sie können ja die Augen schließen, bis wir unten sind. Vertrauen Sie mir! Das müssen Sie sowieso, wenn Sie mit mir zusammenarbeiten wollen.“ Fritz zwinkerte ihr vielsagend zu.

Alexa rollte die Augen. Dieser Mann machte sie fertig. Aber hatte sie eine andere Wahl? Schicksalsergeben ließ sie sich von ihm Huckepack nehmen, schloss die Augen und zwang sich, an etwas anderes zu denken. Zum Beispiel daran, dass sich dieser Moser Fritz ziemlich gut anfühlte. Sie spürte jeden einzelnen Muskel seiner breiten Schultern. Er hangelte sich wie ein junger Affe am Seil entlang, als hätte er statt 50 Kilo Lebendgewicht einen leeren Rucksack auf dem Rücken. In nicht einmal fünf Sekunden hatte er sie heil nach unten gebracht. Dort angekommen hatte Alexa erst recht weiche Knie – dieses Mal lag es nicht an ihrer Höhenangst.

10

Fritz betrat das Clubhaus durch den Hintereingang. Obwohl viele der Mitglieder einen intellektuellen Anschein erwecken wollten, gab es unter ihnen gewiss Hunderte Blitz-Leser und er legte keinen gesteigerten Wert darauf, sich für Vorwürfe rechtfertigen zu müssen, die jeglicher Grundlage entbehrten. Doch seine Vorsichtsmaßnahme zeigte nicht den gewünschten Erfolg.

„Da schau her, der Präsidentenmörder!“, erklang es, kaum, dass Fritz die Tür hinter sich geschlossen hatte. Kai Wiese kam aus der Herrenumkleide und verschränkte die Arme vor seiner eingefallenen Brust.

Fritz ignorierte ihn und ging weiter.

Da sprang der Clubmanager vor ihn und breitete die Arme aus. „Bis hierher und nicht weiter!“, befahl Wiese. „Sie haben keinen Zutritt!“

Fritz verdrehte gelangweilt die Augen. „Sagt wer?“

„Sage ich!“

„Ein Pech aber auch, dass Sie hier nichts zu sagen haben“, erwiderte Fritz. Dann schnupperte er in die Luft und runzelte die Stirn. „Rieche ich etwa ein neues Parfum an Ihnen? Gratulation, es stinkt nicht ganz so bestialisch wie ihr letzter Duft.“

„Wie können Sie es wagen, sich derart aufzuführen?“ Der Clubmanager ballte seine linke Hand zur Faust und fuchtelte mit ihr drohend unter Fritz' Nase herum.

„Schöne Uhr, Herr Wiesel“, bemerkte Fritz unbeeindruckt. „Sind Sie über Nacht zum Großverdiener geworden?“

Kai Wiese zuckte zusammen, als hätte ihm Fritz einen Schlag verpasst. „Das geht Sie gar nichts an. Und jetzt verschwinden Sie! Sie schaden dem Ansehen des Clubs!“, keifte er.

„Herr Wiese, mäßigen Sie sich bitte! Man hört Sie sicher bis hinunter ins Foyer. Was sollen unsere Gäste denken!“ Dr. Hans-Jürgen Hinterhuber war aus dem Büro des Präsidenten getreten. Er machte einen erschöpften Eindruck.

„Haben Sie etwa nicht die Titelseite der Blitz-Zeitung gesehen?" Wiese sah den Übergangspräsidenten entgeistert an.

„Doch, das habe ich."

„Na also. Dann stimmen Sie mir sicher zu, dass die Frage viel eher lautet: Was sollen unsere Gäste denken, wenn ihnen ein mutmaßlicher Mörder über den Weg läuft!"

„Ich bin überzeugt, dass an der Sache nichts dran ist. Wir sollten nichts überdramatisieren und diesen reißerischen Artikel nicht an die große Glocke hängen."

Die beiden unterhielten sich, als wäre Fritz gar nicht anwesend.

„Ich habe Herrn Moser Hausverbot erteilt", informierte Wiese den neuen Präsidenten.

„Ich denke, wir sollten die Kirche im Dorf lassen und uns in diesem Fall nicht von persönlichen Animositäten leiten lassen", entgegnete Hinterhuber.

Das war nicht das, was der Clubmanager hören wollte. „Fallen Sie mir nicht in den Rücken und tun Sie gefälligst, was ich Ihnen sage!", schrie er Hinterhuber an. „Werfen Sie diesen Verbrecher raus!"

Gebannt wartete Fritz darauf, dass Doc Hollywood das wütende Wiesel in die Schranken wies. Schließlich war Hinterhuber der wenn auch nur übergangsmäßige Präsident und Wiese quasi sein Angestellter. Doc Hollywood überraschte Fritz. Als wären die Rollen vertauscht, erblasste er und sackte in sich zusammen.

„Fritz, wenn du bitte gehen würdest", sagte Hinterhuber mit tonloser Stimme und blickte dabei auf den Boden.

Auf Kai Wieses Visage erschien ein triumphierendes Lächeln, bei dessen Anblick sich Fritz' Magen zusammenkrampfte. Er hatte genug gesehen. „Fragt sich nur, wer hier der Präsident ist", murmelte er und marschierte kopfschüttelnd zur Tür hinaus.

Eine Minute später marschierte Fritz auf der anderen Seite wieder in das Clubhaus hinein. Dieses Mal nahm er den Kücheneingang zu Ritas Restaurant, das sich zwar im selben Gebäude befand, aber nicht in das Hoheitsgebiet des Golfclubs fiel. Hier hatte Rita das

Sagen, was das Lokal zu einer neutralen Zone inmitten einer Fritz' feindlich gesinnten Umgebung machte. Die Küchenhilfe war es gewöhnt, dass der eine oder andere Moserbua auf der Suche nach Rita hier aufkreuzte, und deutete über die Schulter nach hinten. Dort befand sich Ritas privates Stüberl, in das sie sich gerne zurückzog, wenn wenig los war oder sie eine kurze Verschnaufpause brauchte. Nun saß Sepp neben ihr auf der heimeligen Eckbank und redete wild gestikulierend auf sie ein. Fritz hatte die beiden hergebeten, um das weitere Vorgehen zu besprechen. Es war, wie Alexa gesagt hatte: Je mehr Leute mithalfen, den wahren Mörder zu finden, desto schneller könnten Sepp, sein Vater und er von der Liste der Verdächtigen gestrichen werden. Da Fritz nicht mehr auf Franz zählen konnte, musste er eben seine eigene Truppe aufstellen.

Als Rita Fritz erblickte, eilte sie auf ihn zu und drückte ihn. „Du Armer. Was du immer mitmachen musst! Wie geht es dir?"

Fritz hatte plötzlich einen Kloß im Hals. Dieses ehrliche Mitgefühl war ungewohnt für ihn – er fand sich gleich selbst so bedauernswert, dass er am liebsten losgeheult hätte.

Glücklicherweise steckte Alexa in diesem Moment ihren Kopf zur Stube hinein. „Hallo, bin ich hier richtig?", fragte sie zaghaft. Sie hatte ihr taffes Businessoutfit gegen T-Shirt, Shorts und Turnschuhe getauscht und wirkte darin sehr jung.

Zum ersten Mal fielen Fritz die hellen Sommersprossen auf, die sich auf ihrer Nase tummelten und sie beinahe sympathisch machten. Er hoffte, keinen Fehler begangen zu haben, indem er auf ihr Angebot zur Zusammenarbeit eingegangen war. Aber Alexa war sehr überzeugend gewesen dort oben im Baumhaus. Trotz Höhenangst. Unwillkürlich musste Fritz daran denken, wie sie sich bei der Abseilaktion an ihn geschmiegt hatte. Die Hitze stieg ihm ins Gesicht. Er würde lügen, wenn er behaupten würde, dass ihm das nicht gefallen hätte. Dabei war sie gar nicht sein Typ.

Fritz seufzte. Er hatte eben schon lange keine Frau mehr gespürt, das war alles.

Auch Sepp stieg bei Alexas Anblick die Hitze ins Gesicht – aus anderen Gründen. „Diese Schmierfinkfrau hat hier nichts verloren!“, schrie er wütend. „Wenn sie nicht von selber wieder geht, muss ich nachhelfen!“

„Sepp, setz dich. Frau Lang will uns helfen“, versuchte Fritz, seinen Bruder zu beruhigen. „Nicht sie hat den Artikel geschrieben, sondern die blöde Bauer.“

„Warum steht dann ihr Name drunter?“ Sepp zeigte anklagend auf Alexa.

Alexa wiederholte, was sie zuvor Fritz erzählt hatte. Sepp gab ein grantiges Grunzen von sich und wandte sich seinem Bruder zu. „Das glaubst du ihr?“, fragte er. „Was, wenn das nur eine Finte ist und sie in Wirklichkeit auf eine Exklusivstory über den Mordverdächtigen aus ist?“

Diese Möglichkeit hatte Fritz nicht bedacht. Einen Augenblick zögerte er und sah Alexa prüfend an.

Offen erwiderte sie seinen Blick. „So etwas würde ich nie tun“, erklärte sie mit fester Stimme.

Aus unerfindlichen Gründen glaubte ihr Fritz. „Ich glaube ihr“, sagte er ruhig.

Sepp nahm seinen Platz wieder ein. „Wenn das so ist …“

„ … ist Alexa herzlich willkommen“, vervollständigte Rita den Satz. „Ich schlage vor, wir duzen uns. Immerhin haben wir viel zu besprechen. Und jetzt greift zu. Mit vollem Magen denkt es sich besser.“

Erst jetzt bemerkte Fritz die liebevoll dekorierten Häppchenteller, die auf dem Tisch bereitstanden. Von Lachsschnitten über Obazda, Minischnitzelchen, Fleischpflanzerl und Käseaufschnitt war alles dabei, was sein hungriges Herz begehrte.

„Ist zwar nur Resteessen, schmecken tut's aber hoffentlich trotzdem“, entschuldigte sich Rita.

„Wenn meine Küchenreste so aussehen würden, hätte ich zehn Kilo mehr“, stellte Alexa fest. War sie bisher abwartend im Türrahmen gestanden, ließ sie sich nun erleichtert neben Rita auf die Bank fallen. Belustigt beobachtete Fritz sie dabei, wie sie ein Häppchen nach dem anderen in sich hineinstopfte. Wechselweise verdrehte sie dabei genießerisch die Augen oder stimmte Lobeshymnen auf Ritas Kochkünste an, was die Restaurantchefin sichtlich für sie einnahm.

Alexa merkte, dass Fritz sie ansah, und zog die Hand zurück, mit der sie gerade eine weitere Lachsschnitte hochnehmen wollte. „Ich ernähre mich meistens von Fertigsuppen oder Tiefkühlpizzen, da muss ich zuschlagen, wenn es mal was Anständiges gibt", rechtfertigte sie sich verlegen.

„Dann wärst du nichts für die gefräßigen Moserbuam." Rita zwinkerte ihr zu. „Bei denen muss eine Frau kochen können, sonst kommt sie ihnen nicht ins Haus. Hab ich recht, Fritz?"

„Es ist ja nicht so, dass ich nicht kochen kann. Ich habe nur keine Zeit dafür", stellte Alexa klar. Sie überlegte einen Moment. „Das soll aber nicht heißen, dass ich doch für Fritz in Frage käme. Ich meine, er für mich. Oder andersrum. Ach, ist ja auch egal." Alexa presste die Lippen aufeinander und wurde rot.

Fritz konnte sich ein verstohlenes Grinsen nicht verkneifen.

„Warum bist du eigentlich durch den Kücheneingang gekommen?", fragte sein Bruder mampfend.

„Weil mir das Wiesel Hausverbot erteilt hat." In wenigen Worten schilderte Fritz, was sich eben zugetragen hatte.

Rita schnalzte mit der Zunge. „Seit der Präsident tot ist, mandelt sich der Wiese auf, als gehöre ihm der Club!"

„Er war halt schon immer ein großkotziger Wichtigtuer", kommentierte Sepp. „Mich wundert nur, dass der Hinterhuber vor ihm kuscht."

„Vielleicht weiß Wiese etwas über Hinterhuber, das sonst niemand weiß, und erpresst ihn damit", warf Alexa ein.

Sepp war beeindruckt. „Gute Idee!", pflichtete er ihr bei.

„Hatte dieser Hinterhuber etwas gegen Ferdinand von Pirach?", fragte Alexa, einer spontanen Eingebung folgend.

„Nicht, dass ich wüsste", meinte Rita. „Die waren dick befreundet."

„Der Hinterhuber war dem Ferdinand sein Dackel!" Sepp verzog angewidert das Gesicht. „Hat getan, was von Pimmel gesagt hat. Ist ihm überallhin gefolgt, aber immer einen Meter hinter ihm."

„Vielleicht wollte Hinterhuber selbst Präsident werden, nicht nur Vize, und hat Ferdinand von Pirach deshalb umgebracht? Kai Wiese weiß wiederum, dass Hinterhuber der Täter ist, und setzt sein Wissen als Druckmittel ein", spekulierte Alexa.

Fritz schüttelte den Kopf. „Ich glaube nicht, dass Doc Hollywood so scharf auf das Präsidentenamt ist. Der hat mit seiner Praxis genug zu tun. Außerdem steht in unserer Satzung, dass der Vize nur übergangsweise bis zur nächsten Mitgliederversammlung den Präsidentenposten übernehmen darf, wenn der richtige Präsident abdankt oder stirbt. Die Mitgliederversammlung und die Wahl des neuen Präsidenten finden schon morgen statt. Bis jetzt hat sich Hinterhuber nicht als Kandidat geoutet." Er kratzte sich nachdenklich am Kinn. Dabei fiel ihm auf, dass er heute Morgen vor lauter Aufregung um den Artikel vergessen hatte, sich zu rasieren.

Etwas anderes hätte er auch beinahe vergessen. „Ganz so dick waren Hinterhuber und von Pirach am Tag seines Todes aber nicht mehr", erinnerte er sich an den Morgen, an dem Ferdinand von Pirach gestorben war. „Kurz bevor Franz mit seiner Mannschaft anrückte, ist Doc Hollywood durch den Hintereingang ins Clubhaus gestürmt und wollte den von Pimmel 'fertigmachen'. Doch da war der werte Herr Präsident bereits tot. Entweder wusste Hinterhuber nichts davon ..."

„ ... oder er ist ein sehr guter Schauspieler", ergänzte Alexa.

Fritz nickte. „Genau wie das Wiesel. Der hat auch eine ziemliche Show abgezogen. Als ich ihm gesagt habe, dass der Präsident gestorben ist, fiel er mir beinahe in Ohnmacht. Dann wollte er ums Verrecken nicht, dass die Polizei kommt. Er fing sich aber erstaunlich schnell und wusste ganz genau, dass Ferdinands Leiche auf dem Grün von Loch 6 lag, obwohl ihm das niemand gesagt hat. Kann sein, dass ich ihm etwas unterstelle, weil ich ihn nicht ausstehen kann, aber ich kann mir nur allzu gut vorstellen, dass er derjenige war, der den Spiegel in der Herrenumkleide beschmiert hat."

„Was erzählst du da von dem Spiegel in der Herrenumkleide? Ich dachte, da hätte es einen Wasserschaden gegeben", funkte Rita aufgeregt dazwischen.

„Der Wasserschaden war nur ein Ablenkungsmanöver. Mir ist auf die Schnelle nichts Besseres eingefallen", entschuldigte sich Fritz und erzählte von der Drohung auf dem Spiegel, ohne die niemand daraufgekommen wäre, dass Ferdinand von Pirach keines natürlichen Todes gestorben war.

„Also hat höchstwahrscheinlich derjenige, der sich auf dem Spiegel verewigt hat, von Pirach auf dem Gewissen", mutmaßte Rita.

„'Du sollst büßen, VIP'", murmelte Alexa. „Fritz, bist du sicher, dass nicht VP am Spiegel stand? Das würde auf von Pirach hindeuten. Oder steht VIP für 'Very Important Person'? Dann könnten x andere berühmte Gäste des Geburtstagsturnieres gemeint gewesen sein. Vielleicht ist VIP aber auch ein Spitzname?" Stirnrunzelnd zog sie ihren Laptop aus der Tasche, klappte ihn auf und begann zu tippen. Das hielt sie nicht davon ab, weiterzureden. „Derjenige, der den Spiegel beschmiert hat, musste Zugang zum Clubhaus gehabt, also einen Schlüssel besessen haben. Das trifft auf Kai Wiese zu, nehme ich an?"

„Genau." Fritz nickte. „Außerdem war er sehr früh im Clubhaus. Er hätte alle Zeit der Welt gehabt, sich an dem Spiegel zu schaffen zu machen. Allerdings hat Ferdinand von Pirach einen Tag vor seinem Geburtstag seinen Clubhaus-Schlüssel 'verloren'. Möglich, dass ihm jemand den Schlüssel geklaut hat."

„Das mit dem Spiegel könnte also beinahe jeder gewesen sein", stöhnte Alexa. „Bleiben wir vorerst bei den Clubmitgliedern. Wer von ihnen könnte noch als Mörder in Frage kommen? Vielleicht jemand, der selbst Präsident werden will und dem daran gelegen war, sich seinen ärgsten Konkurrenten vom Hals zu schaffen?"

„Das wäre Benedikt. Karlheinz Loibl meine ich", erklärte Fritz. „Er macht seit Neuestem einen auf Wieses besten Freund und möchte ein Regelbuch herausgeben."

„Eine Golfer-Bibel vom Regelpapst, das passt", witzelte Sepp. „Die verkauft sich bestimmt besser, wenn Benedikt Präsident eines Golfclubs ist. Einer mehr, den wir morgen bei der Mitgliederversammlung im Auge behalten müssen. Gehst du auch hin, Fritz? Trotz Hausverbot?"

„Klar! Weder Wiesel noch Hinterhuber haben das Recht dazu, mich einfach rauszuschmeißen. Darüber müssen wenn dann die Mitglieder entscheiden."

Alexa grub weiter. „Wie sieht es eigentlich mit von Pirachs Exfrau aus? Profitiert die davon, dass ihr ehemaliger Gatte tot ist?"

Fritz zuckte die Schultern. „Seit Ferdinand zum Präsidenten gewählt wurde, hat Patrizia keinen Fuß mehr auf den Golfplatz gesetzt. Kaum ist er tot, taucht sie hier auf. Sie kann jetzt wieder golfen gehen, aber das ist ein bisschen dürftig für ein Motiv, oder?"

„Hat sie Geldprobleme? Geld und Liebe – für diese beiden Dinge haben schon viele gemordet."

„Machte nicht den Eindruck. Aber sie hat die immensen Kosten für das Golfinternat ihrer Tochter erwähnt."

„Wer erbt wohl Ferdinand von Pirachs Vermögen?", grübelte Alexa.

„Wenn es bei dem überhaupt was zu erben gibt", schränkte Sepp ein. „Der hat sein ganzes Geld für Frauen, schnelle Autos und Golfschläger ausgegeben. Und den Rest hat er einfach verprasst."

Fritz schmunzelte. „Ob es so war, wie mein Bruder sagt, müsste sich rausfinden lassen. Ich kenne da jemanden, der uns in der Testamentsfrage weiterhelfen könnte." Er dachte an einen seiner Golfschüler: Leopold Schuhknecht, Richter a. D. am Landgericht Leonbach, den er mit nur einer Trainerstunde aus einem zweiwöchigen Socket-Martyrium befreit hatte. Der 82-Jährige hatte nur noch dann auf die Driving Range gehen können, wenn niemand außer ihm dort gewesen war. Sonst hätte er seinen Trainingsnachbarn mit seinen unkontrollierten Querschlägern die Beine gebrochen. Nun flogen Schuhknechts Bälle endlich wieder geradeaus und er konnte wie gewohnt am Sonntag um zehn Uhr mit seinen Freunden auf die Runde gehen. Dafür war er seinem Golflehrer so dankbar, dass er ihm einen Gefallen versprochen hatte. Fritz hatte nicht damit gerechnet, jemals darauf zurückkommen zu müssen, aber in dieser heiklen Angelegenheit wären die immer noch guten Kontakte des ehemaligen Richters Gold wert. Spätestens am Sonntag würde er mit ihm reden.

„Was ist mit dem Hofer Max?“, warf Rita einen neuen Verdächtigen in den Ring. „Auch er profitierte von Ferdinands Ableben: Er hat seine Stefanie zurück.“

„Das wäre dann das Motiv Liebe“, nickte Alexa zustimmend, nachdem Rita sie über das amouröse Dreieck Max Hofer, Stefanie Scherer und Ferdinand von Pirach aufgeklärt hatte.

„Ich fasse zusammen: Kai Wiese, Hinterhuber, Benedikt, Max Hofer und Stefanie Scherer haben sich in der einen oder anderen Art verdächtig gemacht.“ Alexa sah die Moser-Brüder nachdenklich an, zögerte einen Moment und platzte dann doch heraus: „Wie kommt Franz eigentlich darauf, dass ihr etwas mit dem Mord zu tun haben könntet?“

Sepp zog die Schultern hoch. „Ja mei, ich hab mich halt bei der letzten Mitgliederversammlung mit dem von Pimmel angelegt. Der Zipfel wollte mich loshaben und hat mir die übelsten Dinge an den Kopf geworfen. So etwas lasse ich mir nicht gefallen. Warum Fritz in Franz' Visier geraten ist, weißt du ja. Und unser Vater ist vom Präsidenten erpresst worden.“

„Was?“ Rita riss überrascht die Augen auf, was ihr ein koboldhaftes Aussehen verlieh.

Die Geschichte war schnell erzählt.

„Der Hinterhuber hängt da also auch mit drin“, konstatierte Rita. „Eine saubere Kundschaft hab ich. Erpressen tun's, morden und ihre Frauen und Männer betrügen, und bei mir fressen sie sich die Wampen voll. Was für ein Sumpf, dieser Golfclub.“ In einer Geste der Verzweiflung rang sie die Hände.

„Geh Rita, meinst vielleicht, dass das woanders anders ist? Irgendeinen Filz gibt es allerweil.“ Tröstend legte Sepp den Arm um die Restaurantchefin und zog ihn erschrocken weg, als ihm ein schlimmer Verdacht kam. „Dass du mir wegen dem blöden Mordfall fei ja nicht weggehst von hier! Stell dir vor, dann kommt vielleicht einer her, der nicht kochen kann!“

„Das wäre deine größte Sorge, gell?“ Mit unlesbarer Miene rückte sie von Sepp ab.

„Rita, das ist nicht wahr. Auch wenn dein Nachfolger ein Sternekoch wäre: Ohne dich würd ich's hier nicht aushalten! Trostlos wäre es! Ich hätte niemanden mehr, mit dem ich reden könnte. Oder gemütlich Fernsehschauen. Oder ganz allgemein einen Haufen Spaß haben."

„Ist ja schon gut." Rita tätschelte ihm beruhigend die Hand.

Fritz und Alexa zwinkerten sich vielsagend zu und grinsten in sich hinein. Dann wurde Alexa wieder ernst. „Habt ihr denn kein Alibi? Irgendjemand wird sicher bezeugen können, dass ihr zur Tatzeit nicht am Tatort gewesen seid."

„Da müsste Franz schon unsere Kühe befragen", meinte Fritz.

„Oder meinen Traktor", fügte Sepp an.

„Wir waren morgens um kurz nach fünf Uhr auf dem Golfplatz und Ferdinand ist zwischen vier und sechs Uhr erstickt worden. Demnach sind wir beide verdächtig, daran führt kein Weg vorbei."

Während Sepp den Frauen das Schlägerputztuch beschrieb, mit dem der Präsident höchstwahrscheinlich umgebracht worden war, blätterte Fritz in einer der Illustrierten, die bei Rita auf der Bank lagen. Sein Blick blieb an einem Beerdigungsfoto hängen, das Leni Fischer am offenen Grab zeigte. Im Hintergrund war die in Tränen aufgelöste Vivienne zu sehen. „Sie hat den Tod des Präsidenten sehr tragisch genommen", bemerkte er.

Rita wusste sofort, von wem Fritz sprach. „Vivienne ist eben ein zartes kleines Ding. Sehr sensibel. Und Ferdinand war ein Freund der Familie. Man kann sagen was man will, für seine Freunde hat Ferdinand viel getan. Mit Vivi hat er sogar Probeaufnahmen für ein Moderatorencasting gemacht. Ich weiß zwar nicht, ob das ihre Idee gewesen ist oder die ihres Vaters – der Hinterhuber möchte ja immer, dass seine Tochter berühmt wird. Aber anscheinend hat ihr die Arbeit vor der Kamera wirklich Spaß gemacht. Vivi und Ferdinand haben nachher bei mir gegessen und Vivi wirkte sehr zufrieden. Das ist noch gar nicht lange her, zwei Wochen glaube ich. Erinnerst du dich nicht mehr, Fritz? Du hast dem Präsidenten dafür deinen Videoraum zur Verfügung gestellt."

Ach ja, das hatte er fast vergessen. Ferdinand von Pirach hatte ihn gefragt, ob er den Videoraum benutzen dürfte, aber nicht verraten, wozu. Wenn Fritz ihm die Bitte abgeschlagen hätte, hätte der Präsident mit Sicherheit eine Szene gemacht. Nur deshalb hatte Fritz ihm zugesagt. Normalerweise führte Fritz dort oben im Dachgeschoss des Clubhauses mit seinen Schülern videobasierte Schwunganalysen durch. Sein Bruder Schorsch hatte ihm die Ausrüstung besorgt und alles installiert – Fritz selbst wäre damit heillos überfordert gewesen. Offenbar waren die Kameras wirklich sehr gut, denn Ferdinand von Pirach hatte bei ihrem Anblick einen anerkennenden Pfiff ausgestoßen.

Fritz betrachtete die nächste Seite mit Fotos der Beerdigung und pfiff selbst durch die Zähne. „Schicker Schlitten! Ein Cadillac Fleetwood. Nach den Heckflossen zu urteilen Baujahr 1959, wie mein Austin Healey. Sieht man nicht oft. Schade, dass er mir auf dem Friedhofsparkplatz nicht aufgefallen ist."

Fritz hatte ein Faible für Oldtimer. Seinen schnuckeligen Austin Healey hatte er sich von seinem ersten größeren Preisgeld gekauft. Damals hatte er noch nicht gewusst, dass seine Karriere bald zu Ende sein würde, sonst hätte er das Geld vielleicht sinnvoller angelegt. Vielleicht aber auch nicht, denn er liebte seinen zweisitzigen Flitzer abgöttisch.

Sepp beugte sich vor und riss seinem Bruder die Zeitschrift aus der Hand. „Den Wagen hab ich schon mal gesehen. Warte – ja, das war am Sonntag vor dem Turnier. Ich musste noch schnell den Traktor volltanken und da stand das Auto an der Tankstelle. Das war gegen sechs Uhr."

„Gib mal her." Nun riss Alexa Sepp die Illustrierte aus der Hand. „Hast du dir das Nummernschild gemerkt?"

„Nein, aber ein Münchner war's. Ich hab mich noch gefragt, was jemand aus der Landeshauptstadt so früh an unserer Provinztankstelle zu suchen hat."

„Cadillac Fleetwood, sagst du?", versicherte sie sich bei Fritz und hackte erneut auf ihre Tastatur ein. „Bingo! Vor fünf Jahren hatte die Blitz-Zeitung eine Fotostrecke namens 'Die schönsten Promi-Schlitten'. Der Cadillac Fleetwood gehört einem Kasimir Kleinschmitt." Sie machte ein ratloses Gesicht.

„Was, den kennst du nicht?“, rief Rita. „Der hat jahrelang 'Mein Geständnis' moderiert. Das war eine Show, in der sich alle geoutet haben, als unglücklich verliebt, schwul oder was weiß ich noch was. Dann war der Kleinschmitt in einen Skandal verwickelt – Drogen und Sexorgien und so – und hat sich ins Ausland abgesetzt. Ich weiß nicht, ob er sich gestellt hat oder ob er geschnappt wurde, jedenfalls musste er ins Gefängnis. Seitdem habe ich nichts mehr von ihm gelesen.“

Alexa tippte fieberhaft weiter. „Oh mein Gott!“ Sie wurde blass. „Hört mal, was ich gefunden habe: 'Im Showgeschäft ist Ferdinand von Pirach auch als der große 'VIP' bekannt – eine Anspielung auf seinen Prominentenstatus und seine Initialen“, zitierte sie und blickte in die Runde. „Kasimir Kleinschmitt war im Showgeschäft tätig und sein Wagen stand am besagten Morgen nicht weit vom Tatort entfernt an der Tankstelle. Das kann kein Zufall sein.“

Sepp lehnte sich zurück. „Als Ex-Knacki schreckt er sicher nicht vor weiteren Verbrechen zurück.“

Rita sprach aus, was alle dachten: „Sieht ganz so aus, als wäre Kasimir Kleinschmitt der Spiegel-Schmierer …“

„ … und damit auch der Mörder“, ertönte es im Chor.

Fritz ächzte und versuchte, seinen Körper in eine bequeme Lage zu bringen. Ein unmögliches Unterfangen: Die kleine Couch in Sepps Zimmer war so durchgelegen, dass er jede einzelne Feder spürte. Schon nach fünf Minuten auf diesem Foltergerät taten ihm alle Knochen weh.

„Ich verstehe immer noch nicht, warum ich MEIN Zimmer räumen musste, wo DU sie zu uns nach Hause eingeladen hast“, beschwerte er sich bei seinem Bruder.

„Ganz einfach, weil DU der Hauptverdächtige bist und nicht ich und sie wegen DIR da ist, nicht wegen mir.“ Sepp räkelte sich wohlig in seinem riesigen Bett und wandte sich Fritz zu. „Jetzt, wo ich sie näher kenne, finde ich sie eigentlich ganz nett. Als sie in Ritas Stüberl aufgekreuzt ist, dachte ich erst, du wärst vollkommen übergeschnappt. Aber es war eine gute Entscheidung von dir, sie mit ins

Boot zu holen. Ist echt auf Zack, diese Alexa. Gut ausschauen tut sie noch dazu. Findest du nicht auch?"

Fritz gab ein undefinierbares Geräusch von sich und versuchte, sich so hinzulegen, dass seine Beine nicht einen halben Meter über die Couch hinausragten.

„Ich sag's nochmal: Du kannst gerne bei mir im Bett schlafen, es ist breit genug für zwei Personen. Das hab ich schon ausprobiert, man muss sich nur ein bisschen zusammenkuscheln." Sepp warf seinem Couchgast einen Kussmund zu und grinste frech.

Zur Antwort warf Fritz ein Kissen nach ihm.

Sepp kicherte, drehte sich um und schlief sofort ein.

Fritz beneidete ihn. Er selbst hatte sogar vor wichtigen Turnieren genauso schnell einschlafen können, doch seit Ferdinand von Pirach tot war, hatte er diese Gabe verloren und litt unter einem chronischen Schlafdefizit.

Ein Rumsen drang aus dem Zimmer nebenan – aus SEINEM Zimmer. Wahrscheinlich hatte Alexa versucht, die Gardinen zuzuziehen, und dabei war wieder einmal die Vorhangstange runtergefallen. Weil Fritz zu faul war, sie zu reparieren, schlief er stets mit offenen Vorhängen.

Sepp hatte ihm erzählt, dass Alexa noch immer recherchierend vor ihrem Laptop gesessen hatte, als er um acht Uhr abends bei Rita vorbeigeschaut hatte, um sich zu verabschieden. Sie hatte völlig vergessen, sich um ein Nachtquartier zu kümmern, und wollte noch nach München zurückfahren, nur um am nächsten Morgen wieder herzugurken. In einem Anflug von Kavaliertum hatte Sepp sie eingeladen, auf dem Moserhof zu übernachten – er war ja nicht derjenige, der sein Zimmer opferte, dachte Fritz und drehte sich stöhnend auf den Rücken.

In einem hatte sein Bruder allerdings recht: Alexa war wirklich auf Zack. Vollkommen vertrauen konnte Fritz ihr trotzdem nicht. Sie war und blieb eine Journalistin und Journalisten hatten die Angewohnheit, ihre Nase in Dinge zu stecken, die sie nichts angingen. Was sie nicht herausfanden, erfanden sie einfach – das hatte Fritz leidvoll erfahren müssen.

Er hoffte sehr, dass Alexa die Wahrheit herausfinden würde, vielleicht sogar schon rausgefunden hatte: Ferdinand von Pirachs ehemaliger Show-Kollege und Ex-Häftling Kasimir Kleinschmitt als Mörder – das passte perfekt. Schade nur, dass Fritz nicht an Perfektion glaubte.

11

Fritz rieb sich den Nacken und trapste gähnend die Treppe hinunter zur Küche. Die Nacht auf der Couch war die Hölle gewesen. Er fühlte sich, als hätte er keine Minute geschlafen. Hatte er wahrscheinlich auch nicht, was nicht zuletzt an Sepps hingebungsvollen Geschnarche lag. Außerdem hatte er sich verlegt und konnte den Kopf nicht mehr richtig nach links drehen. Wenn sich die Beschwerden bis morgen nicht besserten, musste er die Golfrunde mit Leopold Schuhknecht absagen.

„Darf ich dir Kaffee nachschenken? Oder möchtest du noch eine Scheibe Brot?", klang es aus der Küche.

Fritz horchte auf. War das die Stimme seines Vaters? Unmöglich. Er hatte den Alten Fritz noch nie so höflich reden gehört. Er lugte zur Küche hinein und tatsächlich: Sein Vater saß Alexa gegenüber, schenkte ihr Kaffee ein und strahlte sie an, wie er sonst nur seine preisgekrönte Lieblingsmilchkuh anstrahlte. Er sagte irgendetwas zu ihr und sie antwortete mit einem glockenhellen Lachen. Fritz wusste nicht wieso, aber diese harmonische Szene ließ seine Laune unter den Gefrierpunkt sinken.

„Morgen", grummelte er grantig und ließ sich vorsichtig auf den Stuhl am Kopfende nieder.

„Sohn, was hast du denn angestellt? Du kommst daher wie der Glöckner von Notre-Dame!"

„Nix hab ich angestellt. Schlaf du halt eine Nacht auf Sepps Couch, dann kommst du genauso daher."

„Hast du gesoffen? Dein Gesicht ist ganz verquollen!", hackte der Alte Fritz weiter auf ihm herum.

Alexa hatte den Anstand, ein betretenes Gesicht zu machen. Schuldbewusst nagte sie an ihrer Unterlippe. „Nach dem Frühstück fahre ich sofort in die Stadt und suche mir für heute Nacht ein Hotelzimmer", versprach sie und drehte sich zu Fritz um.

Dem blieb die Luft weg. Zum ersten Mal sah er Alexa mit offenen Haaren. Wie eine glänzende Kaskade umflossen sie ihr Gesicht und betonten die Zartheit ihrer Züge. Ihre Rehaugen, die ihn reuig anblickten, wirkten riesig. Sie sah so unschuldig aus, so verletzlich. Und wunderschön.

„Alexa, das kannst du uns nicht antun. Bleib halt noch, der Moserhof ist groß genug", bettelte der Alte Fritz.

„Aber nur, wenn Fritz einverstanden ist."

„Klar ist der Fritz einverstanden! Der braucht sich bloß nicht so anstellen. Ist ja nicht aus Zucker, der Bua."

Alexa sah Fritz fragend an.

Es dauerte einen Moment, bis er seine Stimme wiedergefunden hatte. „Mein Vater hat recht. Es ist viel praktischer für dich, wenn du bei uns übernachtest."

„Gut, wenn das geklärt ist, kann ich wieder raus aufs Feld, das gute Wetter ausnutzen. Heute Abend soll es regnen." Der Alte Fritz erhob sich und tätschelte Alexa zum Abschied die Wange. „Bis später, Alexa." Fröhlich pfeifend verließ er das Haus.

Alexa und der junge Fritz waren plötzlich allein der Küche. Unschlüssig rutschte Fritz auf seinem Stuhl herum. Er war sich der Gegenwart eines weiblichen Wesens, das nicht seine Mutter war, zu deutlich bewusst und wusste nicht, was er mit Alexa reden sollte.

„Möchtest du noch einen Kaffee?", fragte er, nur um etwas zu sagen. Gleich darauf hätte er sich für die Frage ohrfeigen können; er hatte gesehen, wie sein Vater vor nicht einmal zwei Minuten Alexas Tasse aufgefüllt hatte.

„Nein danke, ich habe noch." Alexas Augen lachten ihn an. Nach einem Schluck aus ihrer Tasse sagte sie: „Es tut mir wirklich leid, dass du auf Sepps Couch nicht schlafen kannst."

Fritz tat es mit einem Schulterzucken ab. Eine Weile war nur das Ticken der Standuhr und das gelegentliche Klirren von Besteck zu hören. Dann räusperte sich Alexa. „Du Fritz, ich muss dir etwas gestehen."

Ihr ernster Unterton ließ Fritz erstarren. „Schieß los."

„Ich fürchte, ich habe deine Vorhangstange auf dem Gewissen." Alexa schlug die Augen nieder und nestelte am Saum ihres roten Sommerkleides herum.

„Oh mein Gott!“, stöhnte Fritz und schlug die Hände vors Gesicht. „Das ist ein Erbstück meiner Urgroßmutter!“

Alexa erschrak. „Oje, das wusste ich nicht. Es tut mir so leid. Ich wollte die Vorhänge zuziehen, da ist die Stange runtergefallen. Ich fahre gleich in ein Möbelgeschäft und kaufe dir eine neue“, stammelte sie, bis sie bemerkte, dass Fritz unter seinen Händen nicht schluchzte, sondern lachte.

„Du fieser Kerl!“, rief sie, langte über den Tisch und wollte ihm einen Klaps verpassen.

Fritz wich ihr aus und verzog schmerzlich das Gesicht.

„Ist es so schlimm mit deinem Hals?“, fragte Alexa mitfühlend. „Warte, ich habe mal einen Massagekurs gemacht, vielleicht kann ich dir helfen.“ Eifrig eilte sie zum Tischende und stellte sich hinter ihn.

Bevor Fritz abwinken konnte, hatte sie ihre Hände neben seinen Nacken gelegt und begann, die verspannten Muskelpartien sanft und kraftvoll zugleich zu massieren.

„Ah, tut das gut“, seufzte Fritz und hielt still. Er hätte ewig so verharren können.

„Da schau her“, ertönte es. Sepp stand mit spöttisch geneigtem Kopf in der Tür. „Bekomme ich auch eine Massage oder ist diese Behandlung denjenigen vorbehalten, die es auf die Titelseite der Blitz-Zeitung geschafft haben?“

Fritz sprang peinlich berührt auf, aber Alexa lachte nur. „Diese Behandlung ist denjenigen vorbehalten, die auf deiner unbequemen Couch schlafen müssen“, erwiderte sie augenzwinkernd.

„Wenn das so ist, schlafe ich eben heute Nacht auf der Couch und überlasse meinem Bruder mein Bett“, meinte Sepp und lehnte sich lässig an den Türrahmen.

„Daran werde ich dich erinnern“, versprach Fritz.

Maria Moser kam mit einer Palette Eiern zur Tür hinein und stolperte über Sepps Füße. Die Palette flog in hohem Bogen durch die Luft. Geistesgegenwärtig hechtete sich Fritz auf den Boden und bewahrte den Großteil der Eier davor, auf den weißen Fliesen zu zerschellen. Nur zwei Exemplare konnte er nicht retten.

„Das war knapp“, murmelte Maria und gab Fritz einen Kuss auf die Stirn, bevor sie sich Sepp vorknöpfte. „Wie oft habe ich dir gesagt, du sollst dich nicht so deppert in den Türrahmen stellen? Irgendwann passiert noch was Schlimmeres!“

Sepp verdrehte nur die Augen. Zum Glück für ihn sah das seine Mutter nicht. Sie beugte sich zu Alexa hinunter, die unterstützt von Fritz mit Schwamm und Küchentuch bewaffnet auf dem Boden kniete und die klebrige Eiermasse aufwischte.

„Das ist nicht nötig, lass mich nur machen“, sagte Maria zu Alexa, doch diese wimmelte sie ab.

„Na dann: vielen Dank, ihr beiden. Habt ihr noch Appetit? Möchtet ihr Rühreier?“

„Immer“, antworteten Fritz und Alexa wie aus einem Munde.

„Und was ist mit mir? Werde ich gar nicht gefragt?“, beschwerte sich Sepp.

„Weil du vorher sechs hartgekochte Eier vertilgt hast, hab ich überhaupt erst neue holen müssen. Und dann stellst dich mir auch noch so dumm in den Weg mit deinen Riesenlatschen. Du kriegst höchstens noch ein Butterbrot, zu viel Eiweiß ist nicht gesund“, maßregelte Maria ihren Sohn.

Sepp dampfte beleidigt ab.

Maria sah ihm kopfschüttelnd nach. „Männer werden nie erwachsen. Wenn sie mal sieben sind, wachsen sie nur noch.“

Bevor Fritz etwas darauf erwidern konnte, klingelte sein Handy. „Moser Fritz hier. Wer? Aha. Einen Moment. Ja, kein Problem. In einer halben Stunde bin ich da. Bis gleich.“ Fritz steckte sein Handy wieder ein und sah Alexa an. „Das war Patrizia von Pirach. Sie will eine Golfstunde. Jetzt.“

„Da muss ich mit. Vielleicht weiß sie etwas, das uns weiterhilft. Gut möglich, dass sie diesen Kasimir Kleinschmitt kennt.“ Alexa trank ihren Kaffee aus und stand auf.

„Lieber nicht, das wäre zu verdächtig“, bremste Fritz sie ein. „Ich erzähle euch später sowieso alles. Bleib du lieber hier und lass dir von der Mama Rühreier machen. Die sind ein Gedicht!“

Einen Moment war Alexa hin- und hergerissen. Dann stieg ihr

der köstliche Geruch von gebratenem Speck in die Nase. Es brutzelte verlockend, als Maria die Eier in die Pfanne schlug. Alexa setzte sich wieder hin. „Schon überredet."

Fritz hastete mit hochgezogenen Schultern die Driving Range entlang, als könne er sich so vor den abschätzigen Blicken der anwesenden Golfer schützen. Er hatte recht gehabt: Die Blitz-Leser waren auch im Golfclub Leonbach in der Überzahl. Wer nicht zu den Boulevardblatthörigen gehörte, wusste sicher über den Busch- beziehungsweise Fairwayfunk bestens Bescheid. Vielleicht hatte das Wiesel sogar einen öffentlichen Aushang mit Fritz' Foto und der Überschrift „Vorsicht Mörder!" gemacht. Zuzutrauen war es ihm.

Zum ersten Mal in seinem Leben bedauerte Fritz seine Abneigung gegenüber Sonnenbrillen und Golfcaps. Beide würden ihm nun gute Dienste leisten. So hatte er nichts, hinter dem er sich verstecken konnte. Jetzt konnte er erahnen, wie sich Patrizia von Pirach vor wenigen Tagen bei ihrem ersten Golfplatzbesuch seit dem Tod ihres Exmannes gefühlt haben musste. Fritz' Hochachtung vor ihr stieg mit jedem Schritt: Sie hatte auf der Driving Range ihre unnachahmlich würdevolle Haltung bewahrt und nicht den Eindruck gemacht, als würde ihr das Getuschel irgendetwas ausmachen. Und die von Susi Süß beziehungsweise Frida Bauer in die Welt gesetzten Gerüchte über Fritz machten ihr anscheinend auch nichts aus. Sie stand bereits mit Golfschläger in der Hand am Ende der Driving Range und winkte ihm freudig zu. Bei ihrem Lächeln vergaß Fritz, dass alle anderen ihn angafften, als wäre er ein exotisches Tier.

Patrizia schien sich aufrichtig zu freuen, ihn zu sehen. „Hallo Fritz! Wie schön, dass Sie so schnell Zeit für mich gefunden haben. Ich bin froh, dass wir die Trainerstunde vorverlegen konnten. Am Dienstag kann ich leider nicht, mir ist ein wichtiger Termin dazwischengekommen."

„Kein Problem, nicht der Rede wert", murmelte Fritz geistesabwesend. Patrizia von Pirach roch dermaßen verführerisch, dass er Schwierigkeiten hatte, sich auf ihre Worte zu konzentrieren. Wenn er sich nicht täuschte, war das derselbe Duft, den Susi in ihren letzten gemeinsamen Wochen benutzt hatte.

„Das ist aber nicht der einzige Grund, weshalb ich heute zu Ihnen wollte. Fritz, auch ich habe gelesen, was über Sie in der Blitz-Zeitung stand", sagte Patrizia und machte eine Pause.

Blitz-Zeitung war das Schlagwort, das die watteweiche Duftwolke, die Fritz' Gehirn umwaberte, schlagartig auflöste.

„Ich möchte Ihnen hiermit versichern, dass ich kein Wort davon glaube!", redete Patrizia weiter. „Also, von der Anschuldigung, dass Sie meinen Exmann auf dem Gewissen hätten, meine ich. Dass Ferdinand mit Ihrer – ich nehme an Exfreundin? – im Bett war, erscheint mir hingegen recht wahrscheinlich, so leid es mir tut", ergänzte sie unverblümt. „Als wir noch verheiratet waren, hat er mich mit allem betrogen, was lange Haare und zwei Beine hatte."

Dieses Geständnis verschlug Fritz erst einmal die Sprache. Wenn das so weiterging, würde es eine ziemlich einseitige Konversation werden, schoss es ihm durch den Kopf.

„Ich bedauere sehr, dass Sie durch die Verfehlungen meines Exmannes in diese Bredouille geraten sind. Wenn ich Ihnen irgendwie helfen kann, lassen Sie es mich bitte wissen. Wollen Sie rechtlich gegen die Blitz-Zeitung vorgehen? Ich könnte Ihnen einen guten Anwalt empfehlen."

„Das ist sehr nett von Ihnen, aber nein danke. Das würde alles noch komplizierter machen." Fritz erzählte ihr von dem gefälschten Autorennamen. Es war ja nicht so, dass er nicht darüber nachgedacht hätte, die Blitz-Zeitung zu verklagen. Aber es war unwahrscheinlich, dass er damit die Person treffen würde, auf die er es abgesehen hatte: Frida Bauer. Die Ressortleiterin würde alles auf ihre „Praktikantin" abwälzen und Fritz wollte Alexa nicht in noch größere Schwierigkeiten bringen. Es reichte schon, dass sie wegen dieser Geschichte vielleicht ihren Job verlor.

„Das ist in der Tat eine verzwickte Angelegenheit. Da kann man nur hoffen, dass bald Gras über die Sache wächst und der wahre Mörder schnell gefunden wird. Dann sind Sie aus dem Schneider. Gibt es denn Neuigkeiten von Ihrem Freund, dem Kommissar?"

„Leider nein. Wir sind momentan nicht gut aufeinander zu sprechen."

„Er glaubt doch nicht etwa, dass an der Titelgeschichte etwas dran ist?", fragte Patrizia. Ihrer Empörung verlieh sie durch eine hochgezogene Augenbraue Ausdruck.

Fritz hob die Schultern und seufzte beredt.

„Dann müssen Sie eben selbst auf Mörderjagd gehen! Haben Sie schon einen Verdacht? Bitte entschuldigen Sie meine Neugier, aber ich mache mir Sorgen. Nicht, dass der Mörder es auch auf Estella oder mich abgesehen hat."

„Das glaube ich kaum; Ihr Mann hat sich durch sein ...", Fritz suchte nach dem richtigen Wort, „ ... durch sein 'Verhalten' einige Feinde gemacht. Das kann man von Ihnen nun wirklich nicht behaupten."

„Ich hoffe es." Patrizia wirkte einigermaßen beruhigt. „Dennoch: Wenn Sie jemanden im Verdacht haben, zögern Sie nicht, mit mir darüber zu reden. Vielleicht kann ich Ihnen Tipps geben."

„Das ist sehr nett von Ihnen. Ich mache mir natürlich Gedanken, wer es gewesen sein könnte, aber bisher gibt es keine konkreten Verdachtsmomente", wich Fritz aus. Er war sich nicht sicher, wie viel er ihr anvertrauen konnte. Alexas Frage nach dem Erbe dröhnte in seinen Ohren. Wenn sich herausstellte, dass auch Patrizia vom Tod ihres Exmannes profitierte, wäre sie ebenso verdächtig wie beispielsweise der Hofer Max.

Das war ein gutes Stichwort. Während Patrizia ihre Aufwärmübungen absolvierte, überlegte Fritz, wie er ihr am besten einige Informationen über den Hofer Max entlocken könnte, ohne diesen als Verdächtigen zu entlarven. Noch bevor ihm ein Geistesblitz gekommen wäre, baute ihm Patrizia eine goldene Brücke.

„Hat sich eigentlich ein Max Hofer bei Ihnen gemeldet? Ich habe ihm Ihre Nummer gegeben."

„Nein, bis jetzt nicht. Warum wollte er mich anrufen?"

Patrizia lächelte. „Ach wissen Sie, nachdem er sich jahrelang geweigert hat, will er nun doch golfen lernen – seiner schwangeren Freundin zuliebe. Bis das Kind auf der Welt und die Mutter wieder in der Lage ist, Golf zu spielen, möchte er so gut sein, dass er mit ihr auf die Runde gehen kann. Vielleicht baut Max dann einen Golftrolley mit eingebauter Wiege, das wäre typisch für ihn. Er ist Schreiner, wissen Sie, und sehr erfinderisch."

Fritz tat überrascht. „Jetzt, wo Sie es sagen: Ist der Hofer Max nicht der Exfreund von der Scherer Stefanie? Der Scherer Stefanie, die ein Kind von Ihrem Exmann erwartet?"

„Ganz genau." Patrizia von Pirach nickte vergnügt.

Dieses Mal musste Fritz nicht überrascht tun – er war es wirklich. „Andere Frauen würden der schwangeren Geliebten ihres Exmannes wahrscheinlich am liebsten den Hals umdrehen."

„Ach, woher denn! Stefanie ist eine wundervolle Frau. Wir verstehen ... verstanden uns sehr gut." Ein Schatten huschte über Patrizias Gesicht.

„Wie ungewöhnlich. Ich kenne nicht viele Frauen, die sich gut mit ihrer Nachfolgerin verstehen. Wie haben Sie sich kennengelernt?"

Patrizia zögerte einen Moment. „Ihnen kann ich es ja sagen: Stefanie hatte den Verdacht, dass Ferdinand sie betrügt, und wollte meine Meinung dazu hören. Da stand sie vor meiner Tür, ihr Bauch wölbte sich bereits erkennbar und sie sagte: 'Ich will nicht auf das falsche Pferd setzen. Lieber erfahre ich es jetzt und ziehe die Konsequenzen daraus, als später, wenn das Kind auf der Welt ist.' Das hat mich ziemlich beeindruckt. Sie ist überhaupt nicht der Typ, auf den Ferdinand sonst steht, nämlich blond, blöd und leicht zu beeindrucken."

Fritz biss sich auf die Lippe und dachte an Susi.

Patrizia musste über eine Art übersinnliche Wahrnehmung verfügen, denn sie sagte: „Bitte entschuldigen Sie, ich wollte damit kein Urteil über Ihre Exfreundin fällen. Ich kenne diese Frau Süß ja gar nicht. Gott sei Dank, wenn ich daran denke, welchen Unsinn sie verzapft hat."

Fritz brummte zustimmend. Wahrscheinlich merkte Patrizia, dass Susi Süß für ihn kein dankbares Gesprächsthema war, und kam auf ihre Kennenlerngeschichte zurück. „Jedenfalls haben

Stefanie und ich uns auf Anhieb super verstanden. Wir trafen uns einmal in der Woche zum Kaffeeklatsch oder zur Teestunde: Ich trank den Kaffee und sie nur Tee, wegen ihres Zustandes. Koffein ist nicht gut für das Ungeborene." Patrizia hatte einen mütterlich-besorgten Ton angenommen. Das Wohl von Stefanie und ihrem Kind, das ja auch das Kind ihres Exmannes war, schien ihr sehr am Herz zu liegen.

Fritz fragte sich, warum Stefanie auf der Beerdigung Patrizia gegenüber so ablehnend gewesen war. Zuerst interessierte ihn allerdings etwas anderes. „Hat sich Stefanie noch vor dessen Tod von Ferdinand getrennt? Auf der Beerdigung habe ich sie Arm in Arm mit dem Hofer Max gesehen."

Patrizia runzelte die Stirn. „Offiziell gemacht hat sie es nicht, glaube ich. Aber es war klar, dass sie wieder mit Max zusammenkommen würde. Bei jedem unserer Treffen bedauerte sie, dass sie mit Max Schluss gemacht hat. Also habe ich mir seine Nummer besorgt und ihn angerufen. Nachdem ich mit ihm gesprochen hatte, wusste ich, dass er sie immer noch liebt und sie zurückhaben wollte, ob sie nun ein Kind von einem anderen unter dem Herzen trug oder nicht. Ohne Stefanie etwas davon zu erzählen, lud ich ihn zu unserem Kaffeeklatsch ein. Er kam, ich ging und die beiden hatten endlich Zeit, sich auszusprechen. Dass sie wieder zueinandergefunden haben ist ein großes Glück! Max ist einfach perfekt für Stefanie. Und das Kind muss nicht ohne Vater aufwachsen."

„Eine schöne Geschichte", sagte Fritz und konnte nicht verhindern, dass sich ein zynischer Unterton in seine Stimme schlich. Was Patrizia erzählte, klang wie ein Märchen: Ende gut, alles gut. Doch erstens hatte Fritz noch nie an Märchen geglaubt und zweitens kam in diesem Fall das Ende ziemlich verfrüht in Form einer Leiche auf Loch 6. Wie jede schöne Geschichte hatte also auch diese einen Haken. Er ließ Patrizia Schläge mit dem 7er Eisen machen, veränderte ihren Stand um einige Zentimeter und betrieb weiter Konversation. „Wann sehen Sie Stefanie zum nächsten Kaffeeklatsch?", fragte er unschuldig. Nach dem, was er bei der Beerdigung beobachtet hatte, hatte es sich zwischen den beiden ausgeklatscht.

Patrizia seufzte kummervoll. „Ich weiß es nicht. Stefanie ist seit sechs Wochen nicht mehr bei mir gewesen."

„Warum denn nicht? Haben Sie sich etwa gestritten?"

„Nein, haben wir nicht! Ich kann es mir nicht erklären. Ich habe so oft bei Stefanie angerufen, aber sie wimmelt mich immer ab und Max lässt auch nichts raus." Patrizia sah aus, als würde sie im nächsten Moment in Tränen ausbrechen.

Panisch überlegte Fritz, was er dann tun sollte. Sie umarmen? Ihr ein Taschentuch reichen? Oder einen Schokoriegel? Glücklicherweise fing sie sich gleich wieder.

„Lassen wir das Thema", sagte sie und rang sich ein Lächeln ab. „Es gibt auch eine gute Nachricht: Estella ist in den deutschen Kader aufgenommen worden!"

„Wow, das freut mich für sie!", rief Fritz und meinte es auch so. In den Kader berufen zu werden, war eine große Ehre. „Vielleicht hilft ihr diese gute Neuigkeit ein wenig über ihre Trauer hinweg. Sie muss nach vorne schauen. Wie verarbeitet sie den Verlust ihres Vaters?" Oh mein Gott, dachte er. Er klang, als habe er Sätze aus einem Trauerratgeber auswendig gelernt.

Patrizia störte sich nicht daran. „Estella ist stark und versucht, sich nichts anmerken zu lassen. Dieses Wochenende spielt sie ein Golfturnier", antwortete sie ein wenig ratlos. „Es ist ein sehr wichtiges Punktspiel und es wäre nachteilig für sie, wenn sie nicht teilnehmen würde. Trotzdem bin ich überrascht, dass sie so kurz nach dem Tod ihres Vaters wieder Wettkämpfe bestreiten möchte. Das ist wahrscheinlich ihre Art, mit dem Schmerz fertig zu werden."

Fritz nickte. Er konnte Estella verstehen. Wenn er selbst Kummer gehabt hatte, war er auf den Golfplatz gegangen. Danach hatte er sich besser gefühlt. Golf hatte in jeder Hinsicht eine läuternde Wirkung. „Weiß Estella mittlerweile, dass ihr Vater ermordet wurde?"

Patrizia schüttelte den Kopf. „Ich habe ihr nichts gesagt. Natürlich hat sie die Schlagzeile der Blitz-Zeitung gesehen. Aber sie hat nur einen kurzen Blick darauf geworfen, 'Die haben ja keine Ahnung' gemurmelt und sich wieder in ihr Zimmer eingeschlossen.

Auch die Berichte über die Beerdigung meidet sie wie die Pest."

„Apropos Beerdigung: Dort muss ein gewisser Kasimir Kleinschmitt gewesen sein. Haben Sie diesen Namen schon einmal gehört?"

Patrizia rümpfte die Nase. „Oh ja. Kasimir war lange Zeit der engste Freund meines Mannes. Gesehen habe ich ihn aber nicht bei der Beerdigung."

„Das ist seltsam, sein Auto stand nämlich auf dem Friedhofsparkplatz."

„Es waren eben viele Leute vor Ort und nicht alle sind ans Grab gekommen." Patrizia holte den Driver aus ihrem Golfbag und wog ihn nachdenklich in der Hand. „Ich dachte, Kasimir säße noch im Gefängnis."

„Warum wurde er überhaupt eingesperrt?"

„Das weiß ich nicht genau. Wahrscheinlich hat er mal wieder zu heftig gefeiert."

„Wie meinen Sie das?"

„Nun ja, seine Partys waren – wie sagte Ferdinand noch gleich? Ach ja, er benutzte das Wort 'legendär'. Und sehr exquisit. Kasimir lud nur eine Handvoll einflussreicher Freunde ein, ausschließlich Männer. Wer auf die Partys angesprochen wurde, lächelte selig und schwieg. Kein Wunder, denn was die Männer dort veranstalteten, waren Orgien, keine Partys. Sex, Alkohol, Kokain bis zum Abwinken. Ferdinand war stets mit von der Partie. Das war der Grund, weshalb ich mich vor zehn Jahren von ihm scheiden ließ. Ich konnte es kaum ertragen, dass er mich mit x-beliebigen Frauen betrog, aber zu erfahren, dass er die Dienste käuflicher Damen in Anspruch nahm, war einfach zu viel."

Patrizia umklammerte den Griff ihres Schlägers so fest, dass ihre Fingerknöchel weiß wurden. Die Demütigung nagte noch immer an ihr, das konnte Fritz sehen.

Er beugte sich nach unten legte den Ball auf Patrizias Tee. Seine Hände zitterten vor Wut. Wie konnte ein Mann seiner Frau so etwas antun? Noch dazu einer hinreißenden Frau wie Patrizia? Er an Patrizias Stelle hätte sich nicht von Ferdinand scheiden lassen, er hätte ihn umgebracht. Obwohl – so gnädig wäre er nicht gewesen. Er hätte ihn kastriert – ohne Narkose, versteht sich.

„Estella kennt die wahren Gründe nicht. Sie hat mir nie verziehen, dass ich mich von ihrem Vater habe scheiden lassen“, sagte Patrizia tonlos. Ihre würdevolle Fassade bröckelte und ließ einen Hauch der Verzweiflung und Einsamkeit erahnen, die sie so gekonnt zu überspielen vermochte.

Am liebsten hätte Fritz sie tröstend in die Arme genommen. Stattdessen beugte er sich nach vorne, um ihren Griff zu korrigieren. Dabei stieg ihm ein Schwall ihres Parfums in die Nase und machte ihn schwindelig. Vorsichtig lockerte er ihre Finger und drehte den Schlägerschaft. Ihm fiel auf, wie zart ihre Hände waren. Schmal und feingliedrig, mit langen Fingern und sorgfältig manikürten, unlackierten Nägeln.

„Fritz?“

„Wie bitte?“

„Ich habe Sie etwas gefragt.“

„Bitte entschuldigen Sie, aber Sie riechen so gut!“, platzte er heraus und errötete wie ein Teenager.

Patrizia lachte kokett. „Sie sind ja ein richtiger Charmeur.“ Sie schnupperte selbst an ihrem Handgelenk. „Temptation – Ferdinand war verrückt nach diesem Parfum. Es ist das erste Mal seit unserer Scheidung, dass ich es trage.“

So unwiderstehlich Fritz den Duft auch fand – er hasste die Vorstellung, etwas mit Ferdinand gemein zu haben. „Was war die Frage?“, erkundigte er sich unvermittelt.

„Ich wollte nur wissen, warum Sie sich so für Kasimir interessieren. Meinen Sie, er hat etwas mit Ferdinands Tod zu tun?“ Sie blickte Fritz alarmiert an.

Er schüttelte den Kopf. „Ich interessiere mich nicht so sehr für ihn, sondern viel mehr für sein Auto.“ Das war nicht einmal völlig gelogen, dachte Fritz. „Herr Kleinschmitt fährt einen Cadillac Fleetwood von 1959. Kennen Sie den?“ Den Rest der Zeit fachsimpelten sie über Autos, den perfekten Golfschwung und das Wetter – wie in einer ganz normalen Golfstunde eben.

12

Alexa saß mit Fritz auf der provisorischen Bierbank in seiner Golflehrerhütte und lauschte ihm mit offenem Mund. Sie konnte kaum fassen, was ihm Patrizia von Pirach alles erzählt hatte. Während einer Golfstunde, wohlgemerkt. Was hatte dieser Fritz Moser nur an sich, dass ihm die Leute bedenkenlos ihr Herz ausschütteten? Sie hatte einmal gelesen, dass man attraktiven Menschen mehr anvertraute als unattraktiven. Ein Grund. Vielleicht wurde seine schweigsame Art als Einfühlsamkeit missdeutet oder als Fähigkeit, gut zuhören zu können. Zwei Gründe. Aber all das war nichts gegen den dritten Grund: Fritz Moser war authentisch. Authentisch und ehrlich. Er verstellte sich nicht – was ziemlich schmerzhaft sein konnte, wenn er eine Antipathie gegen jemanden hegte. So wie gegen sie bei ihrer ersten Begegnung auf dem Grün von Loch 6. Alexa erinnerte sich nur ungern daran. Damals hätte sie ihn an die Wand klatschen können. Mittlerweile hatte sie ihre schlechte Meinung von ihm revidiert; trotzdem blieb Fritz für sie ein Rätsel. Wenn er etwas sagte, meinte er es auch so, doch wenn er schwieg, und das tat er oft, wünschte sie sich übersinnliche Fähigkeiten, um seine Gedanken lesen zu können. In dieser Hinsicht war er anders als die anderen Mitglieder seiner Familie: Sie redeten, wie ihnen der Mund gewachsen war, ohne ihre Worte zuvor abzuwägen. Das war sehr erfrischend für Alexa, deren Interviewpartner jeden Satz auf die Goldwaage legten und im Zweifelsfall widerriefen.

Schmunzelnd dachte sie an das Frühstück auf dem Moserhof. Nach und nach war jeder der Moser-Brüder aufgetaucht. Hansi, der Jüngste, holte sich nur kurz einen Kakao und verzog sich wieder in sein Zimmer; Sepp verschlang in Windeseile sechs hartgekochte Eier und brach zum Golfplatz auf, nicht ohne zuvor einen Anschiss von seinem Vater kassiert zu haben. Ihr gegenüber war der Alte Fritz jedoch ausnehmend zuvorkommend, geradezu charmant. Und sehr redselig, was man von seinem gleichnamigen Sohn nicht behaupten konnte. Fritz war heute Morgen noch schweigsamer gewesen als sonst, was Alexa ihm nicht verdenken konnte. Die Nacht auf Sepps Couch musste die Hölle gewesen sein; Fritz' Nacken war steinhart gewesen, als sie ihn massiert hatte. Dennoch: Seine warme Haut hatte sich unter ihren Händen sehr gut angefühlt. Alexa grübelte, wann sie einem Mann zuletzt so nahe gekommen war. Die Arbeit hatte ihr in den vergangenen Jahren kaum Zeit für Romanzen gelassen.

Alexa schnaubte. Zu sich selbst konnte sie ruhig ehrlich sein: An der Arbeit hatte es nicht gelegen, auch nicht an einem Mangel an Gelegenheiten. Sie allein war schuld daran, dass ihre letzte Beziehung mehr als zwei Jahre her war. Sie hatte eben kein glückliches Händchen, wenn es um Männer ging, deshalb ließ sie am besten ganz die Hände von ihnen. Wenn sie allerdings wegen ihr auf einer unbequemen Couch schliefen und sich deshalb einen steifen Nacken einfingen, konnte sie einmal eine Ausnahme machen. Außerdem ging von Fritz keinerlei Gefahr für sie aus: Er hatte von Beginn an deutlich gemacht, dass sie nicht sein Typ war.

Seinem Bruder Schorsch hingegen waren fast die schlaftrunkenen Augen herausgefallen, als er sie in der Küche erblickt hatte. Er war erst aufgetaucht, nachdem alle anderen Männer längst aus dem Haus waren und Alexa mit Maria Moser ein angeregtes „Frauengespräch" geführt hatte. Statt blonder beziehungsweise brauner Haare wie Fritz und Sepp hatte Schorsch schwarze Locken und dunkelbraune Augen mit langen Wimpern, die ihm ein leicht verruchtes Aussehen verliehen. Wie alle Moserbuam war er äußerst attraktiv. Glaubte man, was sein Vater über ihn sagte, war Schorsch derjenige der Brüder, der sein Aussehen weidlich ausnutzte. So milde hatte sich der Alte Fritz natürlich nicht ausgedrückt. Nachdem Schorsch mit einem extra starken Kaffee bewaffnet nach draußen gewankt war, um sein Elektrogeschäft aufzusperren, hatte Alexa den Alten Fritz bis in die Küche brüllen gehört: „Schorsch, dir würde es nicht schaden, wennst nicht so gut ausschauen tätest. Dann würdest vielleicht mehr arbeiten und weniger Zeit in depperten Diskotheken verbringen, um dich von noch deppereren Weibsbildern anhimmeln zu lassen."

Maria Moser hatte hilfesuchend auf das Jesuskreuz in der Küchenecke geblickt, als erbitte sie vom Erlöser Beistand, um mit ihrer Männerbande fertig zu werden. Dann hatte sie sich bei Alexa für das Gebrüll ihrer Männer entschuldigt und mit einem tiefen Seufzer hinzugefügt: „Leider kann ich nicht einmal behaupten, dass es hier nicht immer so zugeht."

„Dann wird es wenigstens nicht langweilig", hatte Alexa geantwortet. Tatsächlich hatte sie sich lange nicht mehr so wohl gefühlt. Dabei zuzusehen, wie die Mosers sich gegenseitig aufzogen, beschimpften und sogar anbrüllten, erfüllte sie mit einer beinahe kindlichen Freude. Sie waren eben eine richtige Familie; eine Familie, die sie nie gehabt hatte. Sie beneidete Fritz darum.

Gerade hantierte er in seiner engen Golflehrerhütte mit der Kaffeemaschine, holte aus einem wackelig aussehenden Regal eine Tasse hervor und schenkte ihr ein. „Kurz: Dieser Kleinschmitt scheint ein ziemliches Schwein zu sein", fasste er die Erkenntnisse aus der Golfstunde mit Patrizia von Pirach zusammen.

„Das deckt sich mit meinen Recherchen", bestätigte Alexa und nahm einen Schluck. Prompt spuckte sie den Kaffee wieder in die Tasse zurück. „Um Himmels willen, was ist das denn? Das ist kein Kaffee, das ist ein Anschlag auf meine Geschmacksnerven! Willst du mich vergiften?"

„Jetzt, wo ich die Zusammenarbeit mit dir langsam zu schätzen weiß? Nicht doch!" Fritz grinste sie spitzbübisch an.

Alexa seufzte leise. Sie liebte dieses Grinsen. Die Art, wie sich Fritz' Mundwinkel spöttisch verzogen und sich in seinen Wangen Grübchen bildeten. Am auffälligsten waren aber seine ungewöhnlichen bernsteinfarbenen Augen, die wie Gold funkelten. Wenn er lachte, lachten sie mit.

„Im Ernst: Dieses Höllengebräu trinkst du freiwillig?"

„Du musst bloß einen Schokoriegel dazu essen, dann schmeckt der Kaffee gar nicht übel."

Alexa sah ihn skeptisch an. Das war wieder einer der Momente, in denen sie nicht wusste, ob er es ernst meinte oder sich einen Spaß mit ihr erlaubte. „Weißt du, was mich wundert?", wechselte sie das Thema. „Ich habe sämtliche Zeitungs- und Bildarchive durchforstet. In keinem Bericht war die Rede davon, dass noch weitere Männer in die Orgie verwickelt gewesen wären, die Kasimir in den Knast gebracht hat. Außerdem habe ich kein einziges Bild gefunden, das Kasimir mit Ferdinand zeigt. Das ist sehr merkwürdig, wenn es stimmt, dass die beiden so enge Freunde waren."

„Meinst du, Patrizia hat sich alles nur ausgedacht?"

„Keine Ahnung. Vielleicht hat Ferdinand auch nachträglich alle Hinweise darauf, dass er einmal mit einem Straftäter befreundet gewesen ist, beseitigen lassen."

„Kann sein. Er hat sich oft mit seinen einflussreichen Freunden gebrüstet – die hätten das für ihn erledigen können. Was tatsächlich zwischen Kasimir und Ferdinand gelaufen ist, werden wir kaum rauskriegen."

„Das glaube ich schon." Alexa lächelte Fritz siegessicher an.

„Wie willst du das anstellen?"

„Ganz einfach: Ich frage Kasimir. Ich habe am Montag einen Interviewtermin bei ihm." Stolz strahlte sie ihn an. Alleine um Kasimir Kleinschmitts Telefonnummer herauszubekommen, hatte sie drei Stunden telefonieren und einige Gefälligkeiten einfordern müssen. Auch Kasimir zu überzeugen, ihr ein Interview zu gewähren, hatte Fingerspitzengefühl erfordert. Bei ihrem ersten Anruf hatte er sofort aufgelegt, als sie ihm nur ihren Namen genannt hatte. Beim zweiten war sie immerhin so weit gekommen, ihm ihr Anliegen zu schildern und beim dritten Anruf hatte er schließlich schweigend dem gelauscht, was sie sich zurechtgelegt hatte: dass er jetzt die Chance hätte, seine Version der Geschichte zu schildern und sich als geläuterter Sünder zu präsentieren. Vielleicht würde ihm das Interview sogar Türen öffnen – schließlich hätte jeder Straffällige ein Recht auf Resozialisierung und jede Fernsehstation stünde nach ihrem Artikel im Verdacht, diskriminierend zu sein, falls sie ihm keinen Job gäbe.

Weil sie keinerlei Rückmeldung von Kleinschmitt bekommen hatte, hatte Alexa bereits geargwöhnt, er hätte den Hörer weggelegt, doch am Ende ihrer Ausführungen nannte er ihr eine Adresse und sagte: „Kommen Sie am Montag um 12 Uhr dorthin. Allein. Auf Wiederhören."

Fritz haute mit der flachen Hand auf den Tisch. „Da komme ich mit. Wir nehmen mein Auto. Wer weiß, wie lang deine Rostlaube noch durchhält."

Alexa schluckte. Ihr Herz hing an dem Wagen; sie fuhr ihn, seit sie ihren Führerschein hatte, also seit zehn Jahren. Natürlich war er an manchen Stellen verrostet, aber er hatte sie noch nie im Stich gelassen. Ihn als Rostlaube zu bezeichnen, war eine ausgemachte Frechheit. Anstatt Fritz den wahren Grund ihrer plötzlich schlechten Laune mitzuteilen, sagte sie: „Traust du mir nicht zu, dass ich den Termin alleine schaukele?"

„Natürlich traue ich dir das zu, darum geht es gar nicht. Es geht darum, dass du ohne Begleitung zu einem Verbrecher fahren willst, der bekannt dafür ist, Frauen als Lustobjekt zu benutzen."

Wie Fritz es formulierte, klang es tatsächlich nach einer schlechten Idee. Aber Alexa hatte bereits ganz andere Sachen alleine durchgezogen. Und Fritz war nicht ihr Kindermädchen. „Kommt nicht in Frage, dass du mitkommst!", machte sie ihren Standpunkt deutlich. „Kasimir muss reden und das tut er sicher nicht, wenn ein Aufpasser im Eck lungert und ihn finster anstarrt. Außerdem hat er die Bedingung gestellt, dass ich allein komme."

Fritz konnte nicht mehr an sich halten. „Da haben wir es! Warum sollte ihm so viel daran liegen, dass du alleine kommst, wenn er nichts Böses im Sinn hätte? Er kommt frisch aus dem Knast, was meinst du, wie lange er keine Frau gehabt hat – für einen, der an Orgien gewöhnt ist, eine Ewigkeit! Und dann kommt eine junge, gut aussehende Journalistin in seine Wohnung und serviert sich ihm auf dem silbernen Tablett. Das lasse ich nicht zu!"

Alexa schäumte. Da war sie wieder, Fritz' lästige bevormundende Art. Er behandelte sie, als wäre sie ein naives, kleines Mädchen und keine 28-jährige Frau. Was bildete sich dieser Kerl überhaupt ein!

„Ich lasse mir von dir nicht mein Interview versauen!" Jetzt war sie es, die mit der flachen Hand auf den Tisch schlug. „Ich fahre allein zu Kasimir Kleinschmitt – Ende der Diskussion. Wir müssen jetzt sowieso ins Clubhaus. Die Mitgliederversammlung fängt gleich an."

Fritz starrte sie eisig an, hielt ihr die Tür auf und folgte einen Meter hinter ihr. Als sie durch die Hintertür ins Clubhaus traten, fiel Alexa eine völlig banale Gesprächsnotiz ein, die sie nichtsdestotrotz erröten ließ. Fritz Moser, der Golfgott, der mit der Sexbombe Susi Süß zusammen gewesen war, fand sie gut aussehend.

Wie jedes Jahr wurde die Mitgliederversammlung in Ritas Restaurant abgehalten – eine Übereinkunft, von der beide Seiten profitierten: Rita genauso wie die Golfer. Je nachdem, ob langatmige Berichterstattungen oder kontroverse Themen auf der Tagesordnung standen, konnten sich die Mitglieder die drögen Reden mit Essen versüßen oder ihre Streitlust mit Bier anheizen. So oder so klingelte Ritas Kasse. Was heute überwiegen würde – die feste oder flüssige Nahrungsaufnahme – war anhand der Tagesordnung nicht eindeutig vorherzusagen. In jedem Fall versprachen die aus dem plötzlichen Tod des Präsidenten resultierenden Unwägbarkeiten und die bevorstehende Präsidentenwahl eine bessere Unterhaltung als die Sportschau. Wahrscheinlich deshalb war Ritas Restaurant bis auf den letzten Platz belegt. So viele Mitglieder hatte Fritz noch nie bei einer Versammlung gesehen. Gemurmel wurde laut, als er mit Alexa durch die gläserne Eingangstür trat. Wieder fühlte er sich wie die Hauptattraktion eines Zoos, aber dieses Mal war er auf die forschenden Blicke vorbereitet. Ohne nach links oder rechts zu schauen, schritt er mit hocherhobenem Kopf die Tischreihen entlang, bis er im hinteren Teil des Restaurants angekommen war. Dort wartete sein Bruder Sepp auf die beiden Spätankömmlinge und verputzte die letzten Bissen von etwas, das wie Cordon bleu aussah.

„Gut, dass ihr endlich da seid. Ich hab schon gedacht, du ziehst den Schwanz ein, wegen dem Hausverbot und so", nuschelte er mit vollem Mund.

„Wirklich nicht. Außerdem ist das hier die Schweiz", flüsterte Fritz zurück.

„Häh?", machte Sepp.

„Fritz meint, dass Ritas Restaurant eine neutrale Zone ist, weil die Regeln des Golfclubs hier nicht gelten“, übersetzte Alexa.

„Ach so, sag das halt gleich.“ Sepp sah sich nicht gerade unauffällig um. „Ich glaube, die tuscheln alle über dich“, teilte er Fritz ohne sonderliches Feingefühl mit.

„Ach was“, kommentierte Fritz die scharfe Beobachtungsgabe seines Bruders. Das Geraune wurde immer lauter und klang allmählich wie ein aggressiver Bienenschwarm. Nun wurde er doch nervös. Er öffnete den obersten Knopf seines weißen Hemdes, um mehr Luft zu bekommen. Alexa, die seine Geste genau beobachtet hatte, lächelte ihm aufmunternd zu. Offenbar machte er einen derart bemitleidenswerten Eindruck, dass sie großzügig über den vorherigen Streit hinwegsah. Wenn er daran dachte, dass sie sich übermorgen unbegleitet in die Wohnung eines mordverdächtigen Ex-Knastis begeben wollte, wurde ihm heiß. Auch, wenn er es sich nicht eingestehen wollte: Er fühlte sich für sie verantwortlich. Denn so taff, wie sie immer tat, war sie seiner Meinung nach gar nicht.

Pünktlich auf die Minute trat Kai Wiese auf das Podest, das im Zentrum des Restaurants aufgebaut worden war. Er trug einen dunkelblauen Anzug, den Fritz nie zuvor an ihm gesehen hatte. Anders als seine anderen Anzüge saß er einwandfrei – er musste maßgeschneidert sein, denn für eine Figur wie die des Wiesels gab es keine passenden Anzüge von der Stange. Billig war so ein maßgeschneiderter Anzug nicht; der Clubmanager musste kürzlich an einen Batzen Geld gekommen sein.

Kai Wiese drückte seine Hühnerbrust heraus, räusperte sich und begann: „Verehrte Damen und Herren, liebe Freunde des Golfsports: Da unser sehr geschätzter Präsident von uns gegangen ist und unser werter Herr Vizepräsident Doktor Hans-Jürgen Hinterhuber mich vertrauensvoll mit dieser wichtigen Aufgabe betraut hat, obliegt es heute mir, die diesjährige Mitgliederversammlung des Golfclubs Leonbach zu moderieren. Bevor wir mit der Tagesordnung beginnen, möchte ich zusammen mit Ihnen eine Schweigeminute in Gedenken an Ferdinand von Pirach, unseren umtriebigen Präsidenten und gefeierten TV-Entertainer, abhalten. Lasset uns schweigen."

Fritz hätte es nicht gewundert, nach dieser langatmigen Rede das ein oder andere Schnarchen zu hören, aber es kehrte tatsächlich Stille ein. Nach einer gefühlten Ewigkeit ergriff der Clubmanager wieder das Wort.

„Vielen Dank. Da am Ende der Versammlung ein neuer Präsident gewählt wird, soll nun den Kandidaten Gelegenheit gegeben werden, sich vorzustellen. Ich erteile Karlheinz Loibl das Wort."

„Lauschet den Offenbarungen des Benedikt und ihr werdet erlöst", raunte Sepp und bekreuzigte sich.

„Liebe Golffreundinnen und -freunde, liebe Mitglieder", hob Benedikt an. „Meiner Bewerbung um dieses ehrenvolle Amt sind reifliche Überlegungen vorausgegangen. Nach objektiver Reflexion meiner Fähigkeiten bin ich zu dem Entschluss gekommen, dass ich der Richtige für das Amt des Präsidenten des Golfclubs Leonbach e. V. bin. Schon jetzt werde ich oft um Rat gefragt, wenn es um die Auslegung der Offiziellen Golfregeln geht. Ich verfüge über das umfassende Wissen, verschiedenste Spielsituationen und Fragen der Etikette richtig zu interpretieren. Regeln sind unerlässlich für das Funktionieren einer Gemeinschaft, einer Staatengemeinschaft genauso wie eines Golfclubs."

„Täusche ich mich oder hat Benedikt eben einen Golfclub mit der EU verglichen?", fragte Alexa perplex.

„So kann man es interpretieren, wenn man über Benedikts umfassendes Wissen in allen vorstellbaren Angelegenheiten verfügt", flüsterte Fritz zurück. Mit verschränkten Armen lauschte er den Ergüssen des Präsidentschaftskandidaten, konnte aber nicht verhindern, ab und zu in einen dankbaren Dämmerzustand abzudriften.

„Unser Sport hat es verdient, in angemessener Kleidung ausgeübt zu werden. Deshalb werde ich mich für ein Jeansverbot einsetzen … Fairness und Etikette sind Tugenden, auf die es im Golfsport ankommt. Dafür stehe ich. Vielen Dank für Ihre Aufmerksamkeit."

„Amen." Fritz und Sepp machten erneut das Kreuzzeichen.

„Vielen Dank, Karlheinz. Nun erteile ich dem zweiten Präsidentschaftsanwärter das Wort, der sich kurz entschlossen zur Kandidatur bereit erklärt hat: Doktor Hans-Jürgen Hinterhuber." Wie ein Zirkusdirektor, der eine neue Nummer ankündigt, deutete Kai Wiese auf Doc Hollywood, der die ganze Zeit einen Meter hinter ihm gestanden hatte.

„Da schau her, der Hinterhuber ist doch scharf auf das Präsidentenamt. Wer hätte das gedacht. Wenn ihn das nicht zu einem Verdächtigen allererster Sahne macht", murmelte Sepp.

Hinterhuber erklomm das Podest. Während Benedikts Predigt eine gefühlte halbe Stunde gedauert hatte, fasste sich der Vizepräsident kurz. „Ich hatte die vergangenen drei Jahre an der Seite unseres Freundes Ferdinand die Gelegenheit, als Vizepräsident die Geschicke unseres Golfclubs mitzusteuern. In den drei Jahren haben wir viel bewegt: Dank der Erhöhung der Mitgliedsbeiträge, der Aufnahme zahlreicher Neumitglieder und ausgeklügelter Marketingmaßnahmen konnte der Golfclub Leonbach ein solides Finanzpolster aufbauen und steht im Begriff, zu einem der anerkanntesten Golfclubs Bayerns, wenn nicht sogar Deutschlands zu werden. Ich stehe für Kontinuität und würde als Präsident weiter dafür arbeiten, dass Ferdinands Visionen umgesetzt werden. Dazu gehört vor allem die Erweiterung des Golfplatzes um neun Spielbahnen und die dringend nötige Erneuerung sowie Verbreiterung der Zufahrtsstraße. Vielen Dank." Hinterhuber verbeugte sich und überließ das Podium dem Clubmanager.

„Vielen Dank, Hans-Jürgen. Sehr verehrte Mitglieder, liebe Freunde, Sie haben die Wahl …"

„Wir haben die Wahl zwischen Pest und Cholera", brüllte Haudrauf-Holger dazwischen und sprach damit das aus, was Fritz dachte. „Gibt es niemanden, der der verfluchten Schickimicki-Schwemme ein Ende bereiten will? Golf soll bleiben, was es ist: ein schöner Sport. Hier in Leonbach verkommt der schöne Sport zu einer Pflichtveranstaltung für schnöselige Neureiche!"

„Genau!", „Recht hat er, der Haudrauf-Holger!", „Schluss mit den Schickimickis", riefen einige alteingesessene Mitglieder.

Wiese streckte wie ein Cäsar den Arm aus, um die Meute zum

Schweigen zu bringen. „Sie hatten lange genug Zeit, um über eine Kandidatur nachzudenken. Jetzt ist es zu spät. Ihre beiden Kandidaten heißen Karlheinz Loibl und Doktor Hans-Jürgen Hinterhuber. Und nun zu einem weiteren Punkt." Um die vereinzelten Buhrufe im Keim zu ersticken, redete der Clubmanager unbeirrt weiter. „Aufgrund aktueller Vorkommnisse", Wiese deutete auf Fritz, „möchten Herr Doktor Hinterhuber und ich von der Tagesordnung abweichen und einen Antrag zur Abstimmung stellen: Wir fordern einen sofortigen Platzverweis für Fritz Moser und schlagen seine unverzügliche Suspendierung vor, da seine Anwesenheit dem Ansehen des Clubs erheblichen Schaden zufügt."

Die untergründig schwelende Anspannung der Mitglieder brach sich endgültig Bahn. Das Hintergrundmurmeln schwoll zu einem Chor aufgeregter Stimmen an.

„Stimmt es, dass Ferdinand umgebracht wurde?"

„Die Polizei hat mich befragt. Warum?"

„Ist unser Fritz ein Mörder?"

„Wenn es stimmt, was die Blitz-Zeitung schreibt, muss Fritz hinter Gitter und hat auf unserem Golfplatz nichts mehr verloren."

Die vielen Stimmen vermischten sich in Fritz' Kopf zu einer einzigen, die unaufhörlich wiederholte: „Fritz ist ein Mörder! Fritz ist ein Mörder!" Am liebsten hätte er sich die Ohren zugehalten. Er glaubte, zu ersticken. Er wollte aufstehen und aus dem Restaurant stürmen, diese Farce hinter sich lassen.

Alexa hielt ihn zurück. Langsam erhob sie sich. Ihre klare Stimme übertönte allen Lärm. „Wenn die Blitz-Zeitung Ihre einzige Quelle ist, bitte ich Sie, folgendes zu berücksichtigen: Der Artikel basiert auf den unglaubwürdigen Aussagen einer rachsüchtigen und noch dazu betrunkenen Frau."

„Und wer sind Sie, dass Sie meinen, das beurteilen zu können?", fragte ein Mann mit so umfangreichem Bierbauch, dass Alexa ihn sich nur schwer beim Bälleschlagen vorstellen konnte. Er bekam wahrscheinlich nicht einmal die Hände vor dem Bauch zusammen.

„Ich bin die vermeintliche Autorin des betreffenden Artikels", erwiderte sie, was die Menge schlagartig verstummen ließ. So konnte sie in Ruhe erzählen, wie der Artikel entstanden war und dass Fritz seine Exfreundin Susi hatte abblitzen lassen, bevor sie in der Blitz-Redaktion angerufen hatte.

„Wenn das so ist, ist der Fritz ordentlich reingelegt worden“, stellte der Bierbäuchige fest.

„Frauen sind halt zu allem fähig“, pflichtete ihm sein Tischnachbar bei.

„Das stimmt. Vor allem, wenn sie sich gekränkt fühlen. Meine Exfrau hat mir mal die Pfanne über den Schädel gezogen, weil mir ihr Essen nicht geschmeckt hat. Ich musste drei Tage ins Krankenhaus“, offenbarte ein anderer Golfer.

Das Wiesel merkte, dass die Stimmung zu Fritz' Gunsten kippte, und flippte aus. „Es steht außer Frage, dass Ferdinand von Pirach ermordet wurde!“, schrie er mit hochrotem Kopf. „Fritz Moser war es, das ist für jeden halbwegs vernunftbegabten Mensch sonnenklar. Und wenn es nicht Fritz war, dann sein Bruder Sepp oder ein anderer seiner verbrecherischen Sippschaft.“

„Hehehe, jetzt mal ganz langsam“, schrie Sepp zurück. „Noch ein schlechtes Wort über meine Familie und du leistest dem von Pimmel unter der Erde Gesellschaft!“ Sepp krempelte seinen Ärmel hoch und zeigte drohend auf seinen Bizeps.

„Da, er tut es schon wieder!“, brüllte der Clubmanager. „Wer so oft ankündigt, jemanden umzubringen, hat keine Hemmungen, seine Drohung wahr zu machen.“

„Dann hast du den Präsidenten wahrscheinlich selbst umgebracht!“, schoss Haudrauf-Holger zurück. „Ich habe genau gehört, wie du den von Pirach als wichtigtuerischen eitlen Sack beschimpft hast, der aus dem Weg geräumt gehört.“

„Das soll ich gesagt haben?“ Wiese schnaubte höhnisch. „Das glaubt dir kein Mensch! Willst bloß den Verdacht von dir ablenken. Deiner Frau hat er es doch auch besorgt, der Präsident. Da kann man schon mal zum Mörder werden! Aber keine Sorge: Für Töten im Affekt gibt es mildernde Umstände.“

Mit geballten Fäusten rannte Haudrauf-Holger zum Podium, packte den Clubmanager am Fuß und zog ihn hinunter. Frauen quiekten erschrocken auf, während ihre Männer den Täter begeistert anfeuerten.

„Hilfe, Hilfe, warum hilft mir denn niemand“, wimmerte Wiese.

Bevor die Mitgliederversammlung in eine Schlägerei ausarten konnte, ertönte eine Respekt gebietende tiefe Stimme. „Schluss jetzt!“ Leopold Schuhknecht, Richter a. D., war aufgestanden und maß die Versammelten mit einem missbilligenden Blick. Das Alter hatte den ehemals groß gewachsenen Richter zusammenschrumpfen lassen, ihm einen leichten Buckel verpasst und sein faltiges Gesicht mit zahlreichen Altersflecken übersät. Doch wehe dem, der ihn unterschätzte. Schuhknechts stechend blauen Augen verrieten einen immer noch wachen Geist und seine tragende Stimme, die einst wie Donnerhall durch Gerichtssäle gedröhnt war, ließ die Versammelten schuldbewusst zusammenzucken. Der verblüffte Haudrauf-Holger ließ augenblicklich von Wiese ab und alle anderen, die vor wenigen Sekunden quer durch das Restaurant gegrölt hatten, starrten verlegen auf den Boden.

„In unserem Land gilt immer noch die Unschuldsvermutung. Es steht außer Frage, dass Fritz Moser unser Golflehrer bleibt. Ihr habt selbst gehört, was von dem Artikel der Blitz-Zeitung zu halten ist – nämlich rein gar nichts, wie so oft bei diesem Blatt.“ Schuhknecht lächelte Alexa entschuldigend an. „Angesichts der Szenen, die sich eben abspielten, schlage ich vor, die Wahl des Präsidenten zu vertagen. Der Großteil der Anwesenden scheint mir nicht in der Verfassung zu sein, eine objektive Entscheidung zu treffen. Ich für meinen Teil werde diese Veranstaltung nun verlassen. Wie Sie mir ansehen, habe ich im Gegensatz zu manch anderem hier das Kindergartenalter längst hinter mir gelassen. Gute Nacht.“

Weil Wiese am Boden saß und seine nicht vorhandenen Wunden leckte, erklomm Hans-Jürgen Hinterhuber das Podium. „Ihr habt den ehrenwerten Richter gehört. Die Mitgliederversammlung wird auf unbestimmte Zeit verschoben. Ihr könnt nach Hause gehen.“

Einige Neumitglieder, gut zu erkennen an ihrer teuren Garderobe, erhoben sich und steuerten in Richtung Ausgang.

„Geht's ihr nur, dann wird's hier endlich wieder gemütlich“, rief ihnen der Bierbäuchige fröhlich hinterher. „Wir bleiben und stoßen auf die kurzweiligste Mitgliederversammlung der Vereinsgeschichte an. Rita, eine Runde Bier für alle!“

13

„Oje, dieser Schlag ist mir aber nicht besonders gut geglückt." Leopold Schuhknecht bückte sich umständlich, um das Rasenstück, das er eben aus dem Fairway gehackt hatte, wieder einzusetzen.

„Nicht besonders gut geglückt? Missglückt ist dir der Schlag, mein lieber Leopold. Voll und ganz missglückt." Elmar Poiger, Apotheker im Ruhestand, reichte seinem sieben Jahre älteren Freund die Hand und half ihm hoch. Die 75 Jahre sah man Elmar nicht an. Das lag nicht zuletzt an seinen dichten, noch immer dunkelbraunen Haaren, die er angeblich dem täglichen Verzehr einer ominösen Urwaldwurzel zu verdanken hatte. Allerdings musste Elmar aufgrund seiner fortgeschrittenen Weitsichtigkeit eine Brille mit zentimeterdicken Gläsern tragen, die ihn aussehen ließ wie eine Eule.

„Ab in die Wicken damit! Was für ein grausamer Schwung." Peter Pongratz verzog seine schmalen Lippen zu einem schadenfrohen Grinsen. Er litt sehr darunter, dass er mit seinen jugendlichen 65 Jahren der schlechteste Golfer der Hackertruppe war, und freute sich diebisch über jeden misslungenen Schlag seiner Rentnerfreunde. Pongratz war der Namensgeber der Truppe: Er war der „Hacker", der Fritz vor beinahe zwanzig Jahren die abgelegte Golfausrüstung geschenkt und ihm die erste Trainerstunde spendiert hatte. Seit damals hatte er nichts dazugelernt, so sehr sich Fritz auch bemühte, die Schwungtechnik seines Gönners zu verbessern. Ohne dessen großzügiges Sponsoring hätte Fritz es sich nie leisten können, auf der Profitour zu spielen. Zum Dank für Peter Pongratz' langjährige Unterstützung begleitete er die Hackertruppe einmal wöchentlich auf die Runde und gab dem Unternehmer Tipps, die dieser aber sowieso nicht umsetzte.

Diese Golfrunden waren die einzigen Termine, bei denen Fritz noch selbst den Schläger schwang. Unter den untalentiertesten Spielern des Clubs fiel er nicht weiter auf, auch wenn er einen rabenschwarzen Tag hatte und seine linke Hand so sehr schmerzte, dass er den Golfschläger kaum greifen konnte und seine Bälle unkontrolliert in alle Richtungen flogen.

Die Hacker störten sich nicht daran. Sie waren es gewohnt, den Großteil der Zeit auf dem Golfplatz mit dem Suchen ihrer Bälle zu verbringen, und hatten sich eine hervorragende Suchtechnik angeeignet. Wenn ihnen nicht zufällig ein Wasserhindernis in die Quere kam, ging ihnen kaum ein Ball verloren. „Nicht so schlimm, Leopold, den finden wir", bemerkte Fritz deshalb. „Der Schlag war nicht übel, du hast dich bloß falsch ausgerichtet."

„Das sagst du nur, weil der liebe Leopold bei der gestrigen Mitgliederversammlung für dich in die Bresche gesprungen ist", maulte Peter Pongratz.

„Nein, das sage ich, weil Leopold einen besseren Schwung hat als du, obwohl er erst mit Mitte Siebzig zu golfen begonnen hat und du mit …"

„… mit Vierzig, ich weiß, ich weiß." Beleidigt stapfte Peter Pongratz davon. Er war klein und drahtig, hatte wache Adleraugen und ein messerscharfes Mundwerk. Im wahren Leben war er ein brillanter Geschäftsmann, der sein Bauunternehmen über die Jahre zu einem weitverzweigten Firmenimperium ausgebaut hatte. Seine mehr als Tausend Mitarbeiter fürchteten und verehrten ihn gleichzeitig. Außer den Mitgliedern der Hackertruppe bot ihm so gut wie nie jemand Paroli. Die Hacker waren die einzigen Menschen, die keine Angst vor Peter hatten und seinem manchmal überbordenden Selbstbewusstsein wohltuende Dämpfer verpassten.

Fritz, Leopold und Elmar folgten dem Unternehmer in gemesseneren Tempo. „Der Peter ist wieder sehr empfindsam heute", stellte Elmar fest.

„Aber echt", pflichtete ihm Fritz bei. „Wahrscheinlich, weil Sonntag ist und damit der einzige Tag der Woche, an dem er keine Millionendeals abschließen kann."

„Wahrscheinlich hast du mit deiner Vermutung sogar recht." Leopold Schuhknecht neigte besorgt seinen weißhaarigen Kopf. „Ich habe Peter schon oft gesagt, dass er langsam darüber nachdenken sollte, kürzerzutreten. Wenn er in diesem Tempo weitermacht, stirbt er noch wie Ferdinand von Pirach an einem Herzinfarkt. Wenn es denn überhaupt ein Herzinfarkt war." Leopold blinzelte Fritz listig an. „Gell Fritz, auch wenn du den Präsidenten nicht auf dem Gewissen hast: Du weißt mehr über seinen Tod, als du zugeben möchtest."

Der forschende Blick des Richters brachte Fritz so durcheinander, dass er statt eines Eisen 9 ein Eisen 6 aus seinem Golfbag zog.

Der aufmerksame Leopold bemerkte Fritz' Lapsus. „Bei deiner Länge landet der Ball damit hundert Meter hinter dem Grün – ob links im Aus oder rechts im Teich bleibt abzuwarten."

Mit hochrotem Kopf holte Fritz den richtigen Schläger aus der Tasche und sprach den Ball an. Entgegen seiner Gewohnheit ließ er sich für den Schlag jede Menge Zeit, denn die Etikette besagte, dass die Mitspieler ruhig zu sein hatten, wenn ein Flightpartner den Schläger schwang. Seine Schonfrist währte nicht lange. Kaum hatte er den Ball in den mörderischen Bunker neben dem Grün geschossen, plapperte Elmar drauflos: „Jetzt sag endlich, ist was dran an den Gerüchten, dass Ferdinand umgebracht wurde? Du bist sicher top informiert, weil dein bester Freund bei der Kripo arbeitet."

„Nicht mehr", murmelte Fritz.

„Was, Franz arbeitet nicht mehr bei der Kripo?", fragte der Apotheker ungläubig.

„Ich meinte damit, dass er nicht mehr mein Freund ist", brummte Fritz und verfiel in ein brütendes Schweigen.

Leopold ließ sich nicht so leicht abspeisen: „Kripo-Freund hin oder her: Wenn ich schon für deine Unschuld bürge, möchte ich auch wissen, was wirklich mit Ferdinand geschehen ist."

Fritz ergab sich. „Na gut, aber es muss unter uns bleiben: Ferdinand hatte tatsächlich einen Herzinfarkt. Der hat ihn aber nicht ins Jenseits befördert. Man könnte vielmehr sagen: Jemand hat ihm die Luft zum Atmen genommen."

Elmar blinzelte Fritz durch seine dicken Brillengläser verständnislos an. Leopold schaltete schneller. „Der Präsident ist also erstickt worden", schlussfolgerte er.

„Puh, das erleichtert mich!“, rief Peter Pongratz, der seinen Schritt verlangsamt hatte, um der Unterhaltung seiner Freunde zu lauschen.

„Wie bitte?“ Leopold Schuhknecht überprüfte sein Hörgerät, um sicherzugehen, dass es noch funktionierte. „Du freust dich darüber, dass Ferdinand von Pirach umgebracht worden ist?“

„Nicht direkt“, wiegelte Peter ab. „Aber zu wissen, dass bei ihm nachgeholfen wurde, beruhigt mich in der Tat ein wenig. Ich bin schließlich genauso alt wie er und hatte schon Angst, ebenso plötzlich auf dem Golfplatz von einem Herzinfarkt dahingerafft zu werden!“

„So wie du dich jedes Mal über dein bescheidenes Spiel aufregst, lässt sich dennoch nicht ausschließen, dass dir dieses Schicksal zuteil wird“, stichelte Apotheker Elmar.

„Pah!“ Peter Pongratz schnappte nach Luft. „Ich möchte dich darauf hinweisen, dass Leopold und du die ersten fünf Loch noch miserabler gespielt habt als ich. Und den Fritz überhol ich auch noch, wenn er weiterhin solche Bananen raushaut wie eben.“

„Na, das ist doch wunderbar! Auf diese Weise rückt dein Herzinfarkt in weite Ferne! Und ich habe in Zukunft immer eine Ausrede: 'Ich haue extra daneben, damit ich schlechter bin als der Peter und er mir nicht vor Wut tot umfällt.'“

Peter fand Elmars Scherz überhaupt nicht lustig. Aber anstatt den Rest der Runde zu schmollen, wie er es oft tat, wenn er sich in seiner Ehre gekränkt fühlte, wechselte er das Thema. „Ich habe gehört, dass unser Clubmanager bei der Mitgliederversammlung gestern auch kurz vor einem Herzinfarkt stand, weil er sich so aufgeregt hat.“

„Das war ein Spaß!“ Der 75-jährige Elmar strahlte. „Der Haudrauf-Holger hat ihm eine eingeschenkt. Geschieht dem Wiese recht! Seit der Präsident tot ist, führt er sich auf wie ein Alleinherrscher! Sogar der Hinterhuber kuscht vor ihm.“

„Ja, das ist mir ebenso aufgefallen.“ Leopold Schuhknecht strich sich nachdenklich die wenigen verbliebenen Haare zurecht.

Peter Pongratz seufzte. „Hört sich an, als hätte ich echt was verpasst! Leider konnte ich nicht kommen – geschäftliche Verpflichtungen, ihr wisst schon."

„Nein, wissen wir nicht. Welcher Idiot, der nicht gerade Apothekennotdienst hat, arbeitet an einem Samstagabend? Selbst schuld. Verpasst hast du definitiv was. Zum Beispiel Fritz' neue Freundin. Ein Prachtweib!" Elmar kriegte sich kaum ein vor Begeisterung. „Ein Körper wie gemacht für die Sünde und ein kluges Köpfchen obendrauf. Diese unschuldigen Bambiaugen erst! Herrlich! Fritz, wenn ich in deinem Alter wäre, würde ich sie dir ausspannen."

Fritz war die Richtung, in die die Unterhaltung abdriftete, sichtlich unangenehm. „Alexa ist nicht meine Freundin", stellte er klar.

„Aber sie steht auf dich, das sieht sogar ein Blinder wie ich", beharrte Elmar.

„So ein Blödsinn."

„Ach ja, dann liefert sie sich aus reiner Nächstenliebe einer sensationslüsternen Meute aus, um dich in Schutz zu nehmen?"

„Sie hilft mir nur, den Fall zu klären. Dann hat sie ihre Story und ich bin nicht mehr der Tatverdächtige Nummer Eins."

„Überlasst das Ermitteln lieber der Polizei", schaltete sich Leopold ein.

„Würde ich ja gerne, aber sogar der Franz denkt, dass ich den von Pimmel erledigt habe!", rief Fritz verzweifelt.

„Das kann er nicht ernsthaft glauben, dafür kennt er dich zu gut", beschwichtigte Leopold.

Fritz hob ratlos die Schultern.

„Habt ihr bereits jemanden im Visier?", fragte Peter.

„Nicht direkt, aber es gibt die ein oder andere Spur, der wir nachgehen müssen. Wiese und Hinterhuber verhalten sich seltsam und es gibt eine Reihe anderer, die eine berechtigte Wut auf Ferdinand von Pirach hatten. Zum Beispiel der Hofer Max."

„Du meinst, der Maxi ist in die Sache verwickelt?" Peter Pongratz schüttelte entschieden den Kopf. „Nie im Leben. Der ist eine ehrliche Haut, für den kann ich bürgen."

„Du kennst den Hofer Max?" Fritz war überrascht.

„Ja, ich habe ihm dabei geholfen, sich selbstständig zu machen."

„Ist der Hofer Max nicht der, mit dem die Scherer Stefanie zusammen war, die jetzt vom Präsidenten schwanger ist?", mischte sich Elmar ein.

„Das ist der, mit dem sie wieder zusammen ist", berichtigte Fritz. „Ihm ist von Pirachs Tod recht gelegen gekommen."

„Jetzt blicke ich nicht mehr durch", seufzte Elmar, der seit 55 Jahren mit seiner Jugendliebe verheiratet war. „Wenn sie zusammen waren und jetzt wieder zusammen sind, warum sind sie dann überhaupt einmal nicht zusammen gewesen?"

„Das sind Dinge, die wir Alten nicht verstehen. Damit müssen wir uns abfinden", bekannte Leopold.

„Schmarrn, so kompliziert ist die Sache auch wieder nicht", wandte Peter ein. „Es ist halt die alte Geschichte davon, dass ein Mann nicht im Schatten seiner Frau stehen möchte."

Drei Augenpaare blickten ihn fragend an.

„Ganz einfach: Die Stefanie und der Max lieben sich, seit mehr als zehn Jahren. Damals hat der Max als Schreiner im Möbelunternehmen der Familie Scherer angeheuert. Stefanie war also seine Chefin und er war ihr Angestellter. Wenn er sie geheiratet hätte, wäre er automatisch in die Geschäftsführung gerutscht – das ist Brauch bei den Scherers, die zig Möbelhäuser in Deutschland besitzen."

„Klingt perfekt", warf Elmar ein.

„Nicht für den Hofer Max. Er wollte sich selbst und Stefanie beweisen, dass er aus eigener Kraft etwas auf die Beine stellen kann. Er war zu stolz dazu, nur durch die Heirat einer erfolgreichen Frau zum Geschäftsführer ernannt zu werden. Das hat er der Stefanie aber nie gesagt. Sie dachte, er liebe sie nicht genug, um sie zu heiraten, und deshalb hat sie sich von ihm getrennt. Wie Frauen eben so sind."

Peters Flightpartner brummten zustimmend.

„Gleich nach der Trennung hat der Max bei den Scherers gekündigt und seine eigene edle Holzmöbelmarke gegründet. Ich habe ihm anfangs finanziell unter die Arme gegriffen. Mittlerweile hat er all seine Kredite zurückgezahlt. Der Max hat sich reingehängt, das glaubt man nicht. Und er ist senkrecht durchgestartet, so etwas habe ich noch nie erlebt. Seine Kasse klingelt, dass es eine Freude ist. Kann sein, dass er auch wegen der Stefanie so viel Energie in die eigene Firma gesteckt hat. Vielleicht wollte er sie zurückgewinnen, indem er ihr demonstrierte, dass er auch ohne sie erfolgreich sein kann. Das scheint geklappt zu haben. Jetzt begegnet er ihr auf Augenhöhe."

„Ich wusste gar nicht, dass du zu den Hobbypsychologen übergelaufen bist", neckte ihn Fritz. „Aber sag mir eines: Was lässt dich so sicher sein, dass der Hofer Max unschuldig ist? Für mich klingt er wie ein Besessener, der um jeden Preis seine große Liebe zurückhaben wollte. Was läge da näher, als den Nebenbuhler einfach zu beseitigen?"

„Ein guter Punkt", stimmte ihm Leopold zu.

„Ich weiß einfach, dass er nichts mit dem Mord zu tun hat. Ich spüre es", sagte Peter schlicht.

Das überzeugte Fritz. Peter hatte ein untrügliches Gespür – für Menschen, für Firmen, für alles. Nur weil er stets auf sein Gespür vertraut hatte, war Peter Pongratz heute einer der reichsten Männer Deutschlands.

„Übrigens hat mich der Maxi gestern nach deiner Telefonnummer gefragt, um mit dir einen Termin für eine Trainerstunde auszumachen. Er hatte deine Nummer schon einmal, hat sie aber verloren. Und ich wusste sie nicht auswendig. Vielleicht magst du ihn später mal anrufen? Hier ist seine Handynummer."

Peter reichte ihm sein Telefon. Fritz kritzelte Max Hofers Handynummer auf seine Scorekarte, während Peter sich zu seinem Ball begab, der ausnahmsweise lehrbuchmäßig in der Mitte des Fairways gelandet war und nicht in irgendeinem undurchdringlichen Gestrüpp.

„Ruhig, Peter, ganz ruhig", murmelte der Unternehmer vor sich hin und umtrippelte den Ball wie ein Boxer seinen Gegner. „Die Kugel legst du tot an den Stock und baust deinen Vorsprung aus! Ruhig, Peter, ganz ruhig." Er atmete ein letztes Mal tief durch, klemmte sich die Zunge zwischen die Zähne, holte aus und haute von oben in einem so ungünstigen Winkel auf den Ball, dass er in zwei Stücke zersprang.

„Peter, du Arschloch!“, beschimpfte sich Pongratz und drosch den Schläger so fest auf den Rasen, dass er stecken blieb. „Ups“, machte er kleinlaut. „Fritz, kannst du mir hier bitte helfen?“

Mit vereinter Kraft gelang es ihnen, den Schläger aus dem Boden zu ziehen. Dabei stieß Peter wüste Beleidigungen in Richtung des kaputten Balls aus, den er als elendiges Klump und himmelschreiende Fehlkonstruktion bezeichnete, dessen Hersteller hinter Gitter gehörte.

„Wenn du dir endlich mal gescheite Bälle kaufen würdest und nicht immer die billigen aus dem Sparangebot, wäre das nicht passiert“, kommentierte Fritz.

„Ja ja, es sind immer die Multimillionäre, die am knickrigsten sind“, fügte Elmar hinzu, der selbst nicht weit davon entfernt war, ein Multimillionär zu sein.

„Was mache ich jetzt damit?“ Peter deutete voller Abscheu auf die Ballhälften. „Muss ich mit diesem Schrott weiterspielen oder darf ich ohne Strafschlag einen neuen Ball ins Spiel bringen?“

„Frag halt den Benedikt, der freut sich, wenn er wieder einen stundenlangen Vortrag halten darf“, schlug Fritz vor.

„Sicher nicht.“ Peter schnaubte abfällig. „Ich kann es nicht fassen, dass sich diese Witzfigur für das Präsidentenamt bewirbt!“

„Es geht bergab mit unserem Club, wie ich es prophezeit habe. Dass ich so etwas auf meine alten Tage erleben muss!“ Elmar schüttelte betrübt den dicht behaarten Kopf. „Und der Hinterhuber ist auch keine Alternative. Der hat nur in Ferdinands Schatten funktioniert.“

„Wohl wahr“, pflichtete ihm Leopold bei.

Elmar zuckte plötzlich zusammen und hob den Finger in die Luft wie ein Schüler, dem die richtige Antwort auf eine Frage eingefallen war. „Leopold, warum stellst du dich eigentlich nicht zur Wahl? Deine Vorstellung gestern – ich war beeindruckt! Du kannst reden, du kannst zuhören, hast eine exzellente Menschenkenntnis und viel Zeit. Mehr braucht man nicht als Golfclubpräsident.“

„Gute Idee!", riefen Peter und Fritz gleichzeitig.

Leopold zeigte sich unbeeindruckt. „Ha, ihr würdet mich nur wählen, weil ich so ein alter Knacker bin. Wie bei der Papstwahl: Wenn die Kardinäle unentschlossen sind, nehmen sie den Ältesten, weil der sowieso bald wegstirbt und wenig Ärger macht. Nein nein, das ist nichts für mich. Da sollen die Jungen ran."

„Du weißt selbst, dass jung nicht unbedingt besser bedeutet. Das sagt deine Frau auch immer, und die ist dreißig Jahre jünger als du. Sie muss es also wissen." Elmar grinste eulenhaft.

„Ganz im Ernst: Eine bessere Alternative als Benedikt und Hinterhuber wärst du in jedem Fall!", gab Peter zu Bedenken. „Was den Hinterhuber wohl geritten hat, in letzter Sekunde zu kandidieren? Der hat mit seiner Praxis eh keine Zeit für das Präsidentenamt. Außerdem ist er gar nicht der Typ dafür. Der hält sich lieber im Hintergrund und projiziert all seinen Ehrgeiz auf seine Tochter."

„Mir kommt die Sache auch spanisch vor", bestätigte Fritz. „Vor allem, weil Doc Hollywood extra betont hat, dass er sich für die Erweiterung des Golfplatzes und die Zufahrtsstraße einsetzen will. Diese zwei Punkte waren Ferdinand so wichtig, dass er nicht davor zurückschreckte, meinen Vater deswegen zu erpressen." Fritz gab wieder, was ihm der Alte Fritz von dem Treffen mit von Pirach und Hinterhuber erzählt hatte.

„Weiß die Polizei von der Erpressung?", erkundigte sich Leopold.

„Nein, ich glaube nicht. Mein Vater hat Franz vom Hof geworfen, als der ihn befragen wollte."

„Der Alte Fritz, wie er leibt und lebt", schmunzelte Leopold. „Das hat er gut gemacht. Hätte gerade noch gefehlt, dass auch er sich in den Kreis der Verdächtigen einreiht."

Leopold Schuhknecht war einer der wenigen Menschen, die mit Fritz' Vater befreundet waren. Die Freundschaft rührte aus Leopolds früher Richterzeit; damals hatte sich der Alte Fritz bereit erklärt, straffällige Jugendliche auf seinem Hof Sozialstunden ableisten zu lassen. Nachdem er die ersten Jugendlichen unter seine Fittiche genommen hatte, musste Leopold in der Verhandlung nur mit dem „Arbeitslager" auf dem Moserhof drohen und die aufsässigen

Jugendlichen wurden plötzlich lammfromm – der Alte Fritz war eine bessere Abschreckung als es die Androhung einer Haftstrafe je sein konnte.

Während Fritz in den Bunker stieg, erinnerte er sich an die hageren Jungs, die anfangs große Worte gespuckt und einen auf harte Männer gemacht hatten, bis sie der Alte Fritz mit nichts als ihren Händen zum Karottenernten auf die Felder geschickt hatte. Sein Vater hatte den schwer erziehbaren Jugendlichen ordentlich zugesetzt, doch wenn sie abends todmüde von der körperlichen Arbeit ins Bett gefallen waren, hatten sie keine Flausen mehr im Kopf gehabt. Soviel Fritz wusste, war keiner von ihnen rückfällig geworden.

Nun befand sich dort, wo früher die Karottenfelder gewesen waren, der Bunker, in dem Fritz stand. Der Sand war vom nächtlichen Regen hart, sodass sich der Golfpro zu einem unkonventionellen Vorgehen entschloss. Statt des üblichen Sandwedges griff er sich den Putter und puttete den Ball zwei Zentimeter neben die Fahne.

„Oh nein, jetzt ist mein Vorsprung dahin“, jammerte Peter, was ihm von Leopold einen Rüffel wegen grob unsportlichen Verhaltens einbrachte.

Fritz ignorierte die beiden. „Ich verstehe nur nicht, warum dem von Pimmel so viel an dem Ausbau der Zufahrtsstraße lag“, grübelte er.

„Das kann ich dir sagen“, meinte Peter. „Von Pirach ist vor wenigen Monaten in eine Straßenbaufirma marschiert und hat dem Geschäftsführer einen Vorschlag unterbreitet. Leider wusste der Präsident nicht, dass ich die Firma aufgekauft habe.“

Das konnte ihm Fritz nicht verdenken. Bei Peters weitverzweigtem Imperium den Überblick zu behalten, war in der Tat schwierig. Der Geschäftsmann hatte beinahe überall seine Finger mit drin.

„Was beinhaltete der Vorschlag?“, fragte Fritz.

„Von Pirach wollte meine Straßenbaufirma mit dem Ausbau der Zufahrtsstraße beauftragen, aber nur, wenn der Geschäftsführer 100 000 Euro auf die wahren Kosten draufsatteln würde.“

Fritz runzelte fragend die Stirn. „Tut mir leid, das kapiere ich nicht. Warum wollte er mehr bezahlen als nötig?“

„Ganz einfach: Der Präsident hätte den vollen Betrag aus dem Clubvermögen beglichen, aber der Geschäftsführer sollte die 100 000 Euro an ihn als Privatperson zurückzahlen. Leider ist diese Praxis gang und gäbe: Der Bauunternehmer profitiert, weil er einen Auftrag bekommt, und der Auftraggeber profitiert, weil er selbst dabei auch noch einen Reibach macht."

Fritz riss schockiert die Augen auf. „Und dein Geschäftsführer hat sich auf den Deal eingelassen?"

Peter schüttelte nachdrücklich den Kopf. „Nein, natürlich nicht! Er hat mich angerufen und gefragt, ob er auf das Angebot eingehen soll. Ich habe selbstverständlich abgelehnt und weiß nur, dass von Pirach dann bei der Konkurrenz angeklopft hat. Kann sein, dass ein anderer seinem Angebot zugestimmt hat."

„Jetzt wird mir einiges klar!", rief Fritz empört. „Für 100 000 Euro kann man leicht jemanden erpressen. Was für eine Unverschämtheit, die Zufahrtsstraße war noch nicht einmal abgesegnet. Dafür hätte von Pimmel in den Knast wandern müssen!"

„Jetzt liegt er halt unter der Erde." Peter zuckte unbekümmert die Schultern.

Fritz wurde bleich. „Vielleicht hat Hinterhuber Wind von der Sache bekommen und Ferdinand umgelegt, weil er die 100 000 Euro selbst einsacken wollte."

Peter wiegte zweifelnd den Kopf. „Das kann ich mir nicht vorstellen. Der verdient einen Haufen Kohle mit seiner Praxis und hat es nicht nötig, wegen mickrigen 100 000 Euro jemanden umzubringen."

„Mickrige 100 000 Euro? Das kannst auch nur du sagen", bemerkte Leopold nüchtern. „Ich habe viele Menschen verurteilt, die wegen weitaus geringerer Beträge zum Mörder geworden sind."

„Weil es gerade ums Geld geht, fällt mir ein, dass ich dich um einen Gefallen bitten wollte." Fritz blieb abrupt stehen und hielt Leopold am Arm zurück. „Kannst du rausfinden, was in von Pirachs Testament steht? Wie viel er zu vererben hatte und vor allem, wen er beerbt?"

Leopold musterte seinen Golflehrer streng und schlurfte seelenruhig aufs Grün. „Du weißt, dass das Geheimnisverrat ist?“

Fritz antwortete nicht. Stattdessen begleitete er Leopold aufs Grün, warf einen Blick über die Schulter, um sich zu vergewissern, dass Peter nicht in seine Richtung sah, und zeigte dem Richter die Puttlinie an.

Souverän lochte Leopold aus neun Metern ein, was ihn unverzüglich in eine glänzende Laune versetzte, die seine Zunge lockerte. „Ach, was soll's – ich kann dir zwar nicht sagen, was der Präsident zu vererben hatte, dafür aber, wer begünstigt ist. Wie es der Zufall will, habe ich vergangenen Dienstag mit einem befreundeten Notar Tennis gespielt.“

„Wie oft habe ich dir gesagt, dass du mit diesem Blödsinn aufhören sollst!“, unterbrach ihn Elmar verärgert. „Da jammert er ständig, dass ihm seine arthritischen Knie wehtun, und spielt Tennis! Man möchte denken, dass die Leute im Alter klüger werden – nicht so Leopold Schuhknecht.“

„Brauchst dich gar nicht zu beschweren, du hast doch jahrelang gut an mir verdient!“ Leopold zeigte anklagend auf seinen Flightpartner. „Ich möchte nicht wissen, wie viele Tausend Euro ich in deiner Apotheke gelassen habe, weil ich brav alles geschluckt habe, was du mir an Arthrosemitteln empfohlen hast. Und bewirkt hat keines deiner angeblichen Wundermittel irgendetwas, außer, dass ich von ihnen Durchfall bekommen habe!“

„Sei froh, normalerweise werden Männer in unserem Alter von chronischer Verstopfung geplagt.“

Peter verzog angeekelt das Gesicht. „Könnt ihr bitte aus Rücksicht auf die jüngeren Teilnehmer dieser Runde damit aufhören, eure Altersgebrechen zu diskutieren? Mich interessiert viel mehr, wie viel Kohle der von Pirach zu vererben hat!“

„Ich habe bereits gesagt, dass ich das auch nicht weiß! Was ich weiß, ist, dass er alles seiner Tochter vermachen wollte. Weil Estella minderjährig ist, hat Ferdinands Exfrau bis zum 18. Geburtstag ihrer Tochter die Verfügungsgewalt über das Erbe. Allerdings hätte Ferdinand nur einen Tag nach seinem Tod einen Termin bei meinem Notarfreund gehabt, um sein Testament zu ändern. Ich wusste nicht, dass er ermordet worden ist, sonst hätte mich diese zeitliche Koinzidenz stutzig gemacht."

„Das ist ja wie in einem Krimi!" Elmar klatschte begeistert in die Hände. „Und was sagt dein Notarfreund? Zu wessen Gunsten wollte der Dahingeschiedene das Testament ändern?"

Leopold legte eine kleine Kunstpause ein, um die Spannung zu steigern.

„Jetzt sag endlich", drängelte Peter. „Wir haben schließlich nicht den ganzen Tag Zeit."

„Ich schon", widersprach Elmar. „Aber trotzdem: Spann uns nicht länger auf die Folter, Leopold! Das ist nicht gut für die Nerven."

Leopold gehorchte. „Wie ihr wahrscheinlich wisst, ist Stefanie Scherer vom Präsidenten schwanger. Auch diesem ungeborenen Kind wollte Ferdinand wohl ein guter Vater sein, deshalb wollte er sein Erbe in der neuen Fassung des Testaments zu gleichen Teilen an seine beiden Nachkommen vermachen."

„Hat Patrizia von Pirach von dem Termin gewusst und durch den Mord an ihrem Exmann die Änderung des Testaments verhindert? Das ist die Frage. Sie hätte über das Erbe verfügen können und sicher nicht gewollt, dass Ferdinands Hinterlassenschaft zur Hälfte an das Ungeborene geht", kombinierte Peter und sprach damit aus, was Fritz am liebsten verdrängt hätte.

„Hat sie Geldsorgen?", fragte Leopold.

„Das wissen wir nicht." Fritz tat unbeteiligt, aber innerlich brodelte es in ihm. Ihm wurde schlecht bei dem Gedanken daran, dass Patrizia ihren Exmann des schnöden Mammons wegen umgebracht haben könnte. Wenn er ehrlich war, schockierte ihn nicht einmal am meisten, dass sie vielleicht eine Mörderin war. Viel übler stieß ihm auf, dass sie ihm möglicherweise die ganze Zeit etwas vorgespielt hatte, um ihn auszuhorchen. Bereits bei ihrer ersten Golfstunde hatte sie gewusst, dass er mit Franz befreundet war. Vielleicht war sie nur deshalb so kurz nach Ferdinands Tod bei ihm aufgekreuzt, weil sie ihm in Wahrheit Informationen über den Ermittlungsstand aus dem Kreuz leiern wollte. Als der Artikel über Fritz erschienen war, hatte sie Mitgefühl geheuchelt und ihm ihre Hilfe angeboten. Natürlich, so konnte sie ihn leicht auf eine falsche Fährte locken. Wenn Fritz es so betrachtete, ergab alles einen Sinn.

Während ihm diese furchtbaren Gedanken durch den Kopf gingen, hatte er ständig Patrizias bezauberndes Lächeln vor Augen und ihren unwiderstehlichen Duft in der Nase. Er hätte kotzen können.

Zu Peter Pongratz' größter Freude versemmelte Fritz einen Schlag nach dem anderen und konnte es nicht einmal auf seine übermäßig schmerzende Hand schieben. Dieses Mal war eine Frau an seinem schlechten Spiel schuld. Er beschloss, gleich nach der Runde den Hofer Max anzurufen und eine Trainerstunde zu vereinbaren. Der Schreiner kannte Patrizia besser als er und Fritz musste dringend herausfinden, ob er ihr noch vertrauen konnte. Oder ob er tatsächlich auf eine Mörderin hereingefallen war.

14

„Du Fritz, stimmt es, dass du einen Mann totgemacht hast?" Der vierjährige Simon sah mit großen Augen zu seinem Golflehrer auf.

Fritz ging in die Hocke, um sich von Mann zu Mann mit dem jüngsten Teilnehmer seiner Kindergolfgruppe unterhalten zu können. „Wer behauptet denn so etwas?"

„Das sag ich dir bloß, wenn du keinem was erzählst! Ich habe nämlich gelauscht, und lauschen darf ich nicht."

„Von mir erfährt niemand was. Meine Lippen sind versiegelt." Fritz fuhr sich mit Daumen und Zeigefinger über den Mund und gab erstickte Geräusche von sich, als könne er nicht mehr reden.

Simon nickte zufrieden. „Na gut, dann sag ich es dir. Meine Mama hat das gesagt. Die wollte mich erst gar nicht in die Kinderstunde lassen und hat sich mit dem Papa gestritten. Und der Papa hat gesagt, dass er das nicht glaubt. Und dann hat er noch gesagt, dass wenn die Mama einmal mit einem anderen vögelt, macht er den Mann auch tot." Simon steckte seinen Zeigefinger tief in das rechte Nasenloch und dachte angestrengt nach. „Du Fritz, was heißt das, mit einem anderen vögeln? Singt man dann wie ein Vogel oder ist das was Schlimmeres? Ich will nicht, dass mein Papa einen Mann totmacht!"

Fritz deutete entschuldigend auf seinen geschlossenen Mund und beglückwünschte sich insgeheim, dass er der Beantwortung dieser schwierigen Fragen so elegant ausweichen konnte.

„Ach so", sagte Simon. „Das habe ich ganz vergessen." Wie er es bei Fritz beobachtet hatte, fuhr er gewissenhaft mit Daumen und Zeigefinger über die Lippen seines Golflehrers. „So, jetzt kannst du wieder reden."

„Danke, Simon, das ist sehr nett von dir. Schau mal, die anderen haben gerade angefangen. Willst du nicht mit ihnen durch den Abenteuerparcours putten?", startete er einen verzweifelten Ablenkungsversuch.

Simon schüttelte stumm den Kopf.

„Möchtest du vielleicht einen Schokoriegel?"

Simon schüttelte erneut den Kopf.

Fritz schloss einen Moment die Augen. Heute blieb ihm aber auch gar nichts erspart. „Also, zuallererst: Ich habe keinen Mann totgemacht und dein Papa wird mit Sicherheit auch keinen Mann totmachen. Da kannst du ganz beruhigt sein. Was deine anderen Fragen betrifft ..."

„Ui, schau mal, dass ist aber ein hübsches Mädchen! Kennst du die?" Mit dem Finger, der eben noch bis ganz oben in seinem Nasenloch gesteckt hatte, zeigte Simon auf Alexa, die die Anhöhe zur Driving Range hinaufkam.

Fritz schickte ein kleines Dankesgebet gen Himmel. „Ja, die kenne ich. Soll ich sie dir vorstellen?" Fritz winkte Alexa zu, die lächelnd auf ihn zueilte. „Schau, da kommt sie", sagte er zu seinem kleinen Schüler und erhob sich. „Alexa, das ist Simon. Simon ist vier Jahre alt und ziemlich neugierig für sein Alter. Simon, das ist Alexa. Alexa ist zwar schon erwachsen, aber sie steckt genau wie du voller unangenehmer Fragen."

Alexa zwinkerte Fritz zu und beugte sich zu Simon hinunter, der langsam hinter den Beinen seines Golflehrers hervorkam und ihr schüchtern die Hand hinstreckte.

„Freut mich, dich kennenzulernen, Simon. Lass mal sehen, hast du etwa schon einen eigenen Golfschläger?"

Simon richtete sich zu voller Größe auf und nickte wichtig.

„Da hast du mir was voraus! Ich habe noch nie Golf gespielt. Willst du mir zeigen, wie man das macht?"

Wieder nickte Simon.

„Toll! Ich komme gleich nach, ich muss nur noch kurz mit Fritz reden."

„In Ordnung", sagte Simon großzügig und gesellte sich zu den anderen Kindern, die kreischend vor Vergnügen durch den Abenteuerparcours tollten.

„Hast du wegen des Testaments was rausgekriegt?", fragte Alexa.

Fritz nickte. Allein bei dem Gedanken an das Testament wurde ihm wieder schlecht. Er war sich nicht sicher, ob das an seiner Enttäuschung über Patrizia lag oder nicht doch an dem Drei-Gänge-Menü, das Peter Pongratz großzügig spendiert hatte, nachdem er zum ersten Mal in seiner Karriere den besten Score der Hackertruppe gespielt hatte. Fritz hatte es natürlich nicht bei einer Nachspeise belassen können, sondern gleich zwei Stück Apfelstrudel mit Vanilleeis und einer Extraportion Sahne bestellt. Nun wurde ihm auch von dem Gedanken an die Sahne übel. Wahrscheinlich hatte er sich wirklich überfressen.

„Sag mal, ist dir nicht gut?" Zwischen Alexas Augenbrauen bildete sich eine besorgte Falte.

„Es geht schon", versicherte ihr Fritz tapfer.

„Ich habe wichtige Neuigkeiten, aber wir können unser Gespräch auch später fortsetzen", bot die Journalistin an.

„Das wäre vielleicht besser", stimmte Fritz mit gepresster Stimme zu. „Ich glaube, ich muss aufs Klo." Schon stürzte er davon.

„Ich passe derweil auf die Kinder auf", rief Alexa ihm nach und machte sich kopfschüttelnd auf den Weg zu ihrem kleinen Verehrer.

Eine Stunde später stand Fritz wieder auf der Driving Range und nahm einen kräftigen Schluck Kaffee. Egal, wie scheußlich er schmeckte: Von seiner heilenden Wirkung war Fritz überzeugt. „Was bitter schmeckt, das hilft" predigte seine Mutter immer. Tatsächlich hatte sich Fritz' Übelkeit beinahe vollständig verflüchtigt. Dennoch träumte er davon, sich in sein Zimmer zu verkriechen und die Bettdecke über den Kopf zu ziehen. Das ging aus zweierlei Gründen nicht: Erstens hatte Alexa sein Zimmer in Beschlag genommen und zweitens war eben sein letzter Golfschüler für heute eingetroffen: der Hofer Max.

Fritz hatte ihn von der Beerdigung ganz anders in Erinnerung – nicht so breit. Wobei er mit breit nicht dick meinte, sondern muskulös. Der Hofer Max war zwar einen Kopf kleiner als er, dafür kam sich Fritz neben dem Schreiner wie eine Bohnenstange vor. Auch als Ringer hätte der Hofer Max eine gute Figur gemacht. Seine Hände, die sich zum ersten Mal um einen Schlägergriff legten, waren so breit, dass der Golfschläger in ihnen wie zerbrechlicher

Spargel wirkte. Es waren Hände, die ein leichtes Spiel hätten, jemanden zu ersticken, dachte Fritz schaudernd.

Max hob den Kopf und lächelte Fritz an. „Vielen Dank, dass du mich eingeschoben hast. Die Stefanie freut sich tierisch, dass ich endlich eine Golfstunde nehme. Sie hat mir vor fünf Jahren einen Gutschein zum Geburtstag geschenkt, den ich nie eingelöst habe." Er hatte ein so sympathisches Lächeln, dass es unmöglich war, nicht zurückzulächeln.

Fritz beschloss, von Anfang an mit offenen Karten zu spielen. „Kein Problem. Ein anderer Schüler hat diesen Termin kurzfristig abgesagt – und alle weiteren Trainerstunden dazu. Wahrscheinlich hat er am Freitag die Blitz-Zeitung gelesen und möchte nicht mehr von einem mutmaßlichen Mörder unterrichtet werden."

„Ach ja, dieser dämliche Artikel." Max Hofer schüttelte verständnislos den Kopf. „Diesen Unsinn kann niemand ernsthaft für bare Münze nehmen. Da hätte die Blitz-Zeitung genauso gut mich als Mörder hinstellen können: Ich hab dem Ferdinand wenigstens einmal eine gescheuert."

„Das habe ich gehört", bemerkte Fritz.

„Da bist du wahrscheinlich nicht der Einzige. Genau das ist der Grund, warum ich mich so lange geweigert habe, Golf zu spielen: Auf einem Golfplatz weiß jeder alles über jeden, weil die meisten Golfer nichts Besseres zu tun haben, als sich über das Leben der anderen die Mäuler zu zerreißen. Und das nur, weil ihr eigenes stinklangweilig ist."

Fritz konnte ihm nicht einmal widersprechen: Max Hofers Einschätzung kam der Wirklichkeit ziemlich nahe. Aber Golfen war viel mehr: Da war dieses unbeschreibliche Gefühl, das ein gut getroffener Ball auslöste, dieses „Ping" – für Fritz war es ein beinahe spiritueller Moment, in dem er Körper, Geist und Seele als Einheit erlebte. Die stille Freude darüber, mit Gleichgesinnten die wunderbare Natur zu genießen und dabei sein Können zu messen, wobei die Freude beim Golfen so schnell wie nirgends sonst in blanken Hass umschlagen konnte. Dann nämlich, wenn der sechste Putt in Folge fünf Millimeter vor dem Loch stehen blieb, der dritte Abschlag im Aus landete oder ein sicher in der Mitte des Fairways geglaubter Ball plötzlich unauffindbar war, als hätte ihn ein böser Geist verschwinden lassen. Jeder kannte diese verhexten Tage, an denen nichts funktionierte, der golfende Hausmann genauso wie die Professorin oder andersherum. Dabei waren es häufig die so genannten Siegertypen, die auf dem Golfplatz ihre niederschmetterndsten Niederlagen erlebten, wie zum Beispiel Peter Pongratz. Doch nicht einmal er gab die Hoffnung auf, dass beim nächsten Schlag, beim nächsten Loch, bei der nächsten Runde endlich einmal alles perfekt laufen würde. Nicht einmal er konnte von diesem faszinierenden Sport lassen.

All das konnte Fritz dem Hofer Max nicht erklären. Er musste es ihn fühlen lassen. Also schnalzte er aufmunternd mit der Zunge und sagte: „Na, dann wird es höchste Zeit, dir zu zeigen, dass Golfen nicht nur aus eitlem Geschwätz besteht."

Der Hofer Max machte sich mit Feuereifer an die Sache. Er war einer der wenigen Schüler, den zu unterrichten ein wahres Vergnügen war. Der Schreiner hatte ein unglaubliches Ballgefühl in seinen breiten Händen, setzte sofort um, was Fritz ihm sagte, und war motiviert, ohne dabei verbissen zu sein. Kurz, er nahm Golf als das, was es war: ein Spiel. Er freute sich, wenn er einen Ball traf, lachte, wenn er in den Boden haute und sprudelte über vor neuen Geschäftsideen, die von edlen Schlägersets über Esstische in Golfballoptik bis hin zu Schuhlöffeln in Form eines Golfschlägers reichten – alles aus Holz, versteht sich.

Seine Begeisterung war so ansteckend, dass Fritz die Zeit vergaß. Außerdem hätte er beinahe vergessen, warum er dem Hofer Max so schnell einen Termin gegeben hatte: um ihn über Patrizia von Pirach auszufragen.

„Wie seid ihr eigentlich wieder zusammengekommen, die Stefanie und du?", fragte er, um nicht mit der Tür ins Haus zu fallen.

Also erzählte Max Hofer von ihrem ersten Treffen nach der Trennung. Dabei bekamen seine Augen diesen seltsam entrückten Ausdruck, der frisch Verliebte kennzeichnet. Seine Version der Geschichte deckte sich mit Patrizias – der unerwartete Anruf, die Einladung zum Kaffeeklatsch, die nichts ahnende Stefanie.

„Ihr Anblick hat mich getroffen wie ein Blitz. Sie war noch schöner, als ich sie in Erinnerung hatte. Die Schwangerschaft ließ sie erblühen wie eine Rose – obwohl sie gerade eine harte Zeit durchmachte." Die rosaroten Wattewölkchen, die Max' Blick verschleierten, wurden innerhalb von Sekunden zu tiefschwarzen Gewitterwolken. „Dieser elendige von Pirach!", zischte er wütend. „Was er meiner Stefanie angetan hat! Erst schwört er ihr die große Liebe und schwängert sie, dann lässt er sie fallen wie eine heiße Kartoffel, kaum dass der Bauch sich wölbt. Deine Susi war bestimmt nicht die Einzige, mit der er meine Stefanie betrogen hat."

„Wahrscheinlich nicht." Fritz starrte mit zusammengekniffenen Augen in die Ferne.

„Muss ziemlich beschissen für dich sein", sagte der Hofer Max mitfühlend. „Ich meine, dass jetzt alle wissen, dass dir deine Ex Hörner aufgesetzt hat. So etwas möchte man lieber für sich behalten."

„Erklär das mal dem Franz", murmelte Fritz. Anders als sein ehemals bester Freund verstand ihn der Hofer Max: Es gab Dinge, die man lieber nicht überall herumposaunte. Der Schreiner könnte ihm ein guter Freund werden, Fritz mochte ihn und seine geradlinige Art. Dennoch durfte er nicht aus den Augen verlieren, dass von Pimmels Tod dem Hofer Max sehr gut in den Kram gepasst hatte. Seine Wut auf Ferdinand war immer noch spürbar.

„Wie hat Stefanie die Nachricht vom Tod des Kindsvaters aufgenommen?", erkundigte sich Fritz.

„Sie war natürlich schockiert, aber mittlerweile sieht sie es nüchtern. Es war ja nicht so, dass sie mit Ferdinand ihren Lebensabend verbringen wollte. Nachdem sie Wind von seiner notorischen Untreue bekommen hatte, wollte sie das Kind sogar alleine großziehen, hat mir Patrizia erzählt. Ich glaube, das war mit ein Grund, warum sie mich wieder mit Stefanie verkuppeln wollte. 'Jedes Kind braucht einen Vater', hat sie gesagt. Nun werde eben ich versuchen, dem Knirps ein guter Vater zu sein."

Fritz stellte es sich nicht einfach vor, das Kind eines anderen großzuziehen und zu lieben, als wäre es das eigene. Max blickte angesichts dieser schwierigen Aufgabe jedoch recht optimistisch drein. Das lag wahrscheinlich daran, dass er mit Stefanie die Liebe seines Lebens an seiner Seite hatte – dank Patrizia.

„Trefft ihr euch noch oft mit Patrizia von Pirach?“, fragte Fritz, obwohl er die Antwort bereits kannte.

Max sah ihn seltsam an. „Nein.“

„Gibt es dafür einen besonderen Grund? Patrizia hat bei mir Trainerstunden genommen, sie scheint eine tolle Frau zu sein.“

„Das ist sie auch“, bestätigte Max schnell. „Ich werde ihr ewig dankbar sein, dass sie Stefanie und mich wieder zusammengebracht hat. Aber da war diese Sache …“ Max kratzte sich verlegen hinter dem Ohr. „Stefanie denkt, dass Patrizia sie vergiften wollte. Also nicht direkt sie, aber das Baby.“

„Was? Wieso das denn?“ Fritz' Stimme überschlug sich beinahe.

„Na ja, das erste Mal hat sich Stefanie nicht viel dabei gedacht. Ostern war das, da waren wir bei Patrizia zum Brunch eingeladen. Ich weiß noch, Patrizia hat einen ganz speziellen Tee für Stefanie gekauft und ein großes Gewese darum gemacht, ihn richtig zuzubereiten, mit 80 Grad heißem Wasser und einer exakt 15-minütigen Ziehzeit. Sie hat sich sogar einen Wecker gestellt, ist in die Küche geeilt und stolz wie Oskar mit der Teekanne zurückgekommen. Gerochen hat er gut, geschmeckt anscheinend auch, nur ein bisschen bitter war der Tee, meinte Stefanie. Wir haben uns gut unterhalten, bis Stefanie plötzlich Bauchkrämpfe bekam und nach Hause wollte. Sie dachte, sie hätte sich eine Magen-Darm-Grippe eingefangen. Nach ein paar Stunden war aber wieder alles gut.

Wir haben uns weiter regelmäßig mit Patrizia getroffen, bis zu jenem Nachmittag vor ungefähr sechs Wochen. Wir waren wieder bei Patrizia zu Besuch, und schon auf dem Nachhauseweg bekam Stefanie erneut diese Bauchkrämpfe, noch viel stärker als an Ostern. Es war so schlimm, dass sie Angst hatte, das Kind zu verlieren. Ich habe sie sofort ins Krankenhaus gebracht. Sie hatte vorzeitige Wehen und musste zur Beobachtung zwei Tage in der Klinik bleiben.

Seither ist sie davon überzeugt, dass Patrizia eifersüchtig auf das Kind ist und ihr etwas in den Tee gemischt hat, um eine Fehlgeburt auszulösen."

„Das sind schwere Anschuldigungen." Fritz versuchte, seinen inneren Aufruhr durch tiefes Durchatmen in den Griff zu bekommen. „Glaubst du wirklich, dass Patrizia zu so etwas fähig ist?"

„Ehrlich gesagt, nein. Vielleicht hätte Stefanie diese Bauchkrämpfe auch zu Hause bekommen. Oder sie hat Patrizias Tee nicht vertragen. Ach, ich weiß es nicht." Max raufte sich die Haare. „Ich dachte, wir wären Freunde! Patrizia hat sich so mit Stefanie über das Baby gefreut, auch wenn es von ihrem Exmann gezeugt wurde. 'Jedes neue Leben ist ein Wunder', hat sie gesagt. Und dann setzt sie alles daran, dieses Wunder zu zerstören? Das macht keinen Sinn!"

Für Fritz machte es durchaus Sinn. Patrizia musste von Ferdinands Absicht gewusst haben, dem ungeborenen Kind die Hälfte seines Vermögens zu vermachen. Also hatte sie versucht, das Baby loszuwerden, bevor es das Licht der Welt erblickte. Nachdem ihre Vergiftungsversuche gescheitert waren, hatte sie eben ihren Exmann ermordet, bevor dieser das Testament umschreiben konnte.

Fritz wurde wieder übel. Seine Beine fühlten sich wackelig an. Hektisch tastete er seine Hosentaschen nach einem Schokoriegel ab. Sie fühlten sich verdächtig leer an. Siedend heiß fiel ihm ein, dass er die letzte Packung an seine Kindergolfgruppe verschenkt hatte.

Dann brauchte er eben Kaffee. Sofort.

„Wenn es dir nichts ausmacht, hole ich mir schnell noch einen Kaffee", sagte er zum Hofer Max. „Möchtest du auch einen?"

„Nein danke. Nach dem Geruch zu urteilen würde er mir sowieso nicht schmecken." Max grinste ihn schief an. „Nicht, dass ich auch noch Bauchkrämpfe bekomme."

Fritz nickte abwesend und wankte zu seiner Golflehrerhütte. Wie ein Verdurstender kippte er zwei lauwarme Tassen hinunter. Er schüttelte sich. Lauwarm schmeckte sein Kaffee noch abscheulicher als sowieso schon. Dafür pustete der Koffein sein Gehirn durch.

Einem Impuls folgend, zog er sein Mobiltelefon hervor und wählte mit vor Aufregung zitternden Fingern Elmar Poigers Nummer. Der Apotheker könnte ihm sagen, wie wahrscheinlich es war, dass eine Schwangere durch den Genuss bestimmter Teesorten vorzeitige Wehen bekam. Oder ob es andere Mittelchen gab, die in den Tee gemischt eine Fehlgeburt auslösen konnten.

„Der gewünschte Teilnehmer ist im Moment leider nicht erreichbar. Versuchen Sie es später noch einmal", klang es aus der Leitung. Fritz hasste diese blecherne Frauenstimme, die immer dann ertönte, wenn er dringend jemanden sprechen musste. Frustriert trat er wieder ins Freie und sah Dr. Hans-Jürgen Hinterhuber am Hofer Max vorbeigehen. Max winkte und rief dem Vizepräsidenten etwas zu, doch Hinterhuber marschierte einfach weiter, ohne den Schreiner eines Blickes zu würdigen.

„So ein Drecksack. Ignoriert mich, als wäre ich Luft. Dabei wollte ich mich ihm nur höflich in Erinnerung rufen. Der Hinterhuber schuldet mir noch Geld", flüsterte Max seinem Golflehrer zu.

„Wie bitte?", fragte Fritz, der in Gedanken noch bei Patrizia und den Vergiftungsvorwürfen war.

„Ich habe Hinterhubers Praxis neu gestaltet", erklärte der Hofer Max. „Wahrscheinlich hat ihm der von Pirach eingeredet, er müsse seinen reichen Patientinnen etwas bieten, wenn sie schon von München zu ihm rausfahren. Der Besuch beim Frauenarzt sollte sich für sie anfühlen wie der Besuch einer Wellnessoase. Ein sehr lukrativer Auftrag – wenn Hinterhuber endlich bezahlen würde."

Fritz blieb stumm, während er diese Information verarbeitete. Sie änderte alles. Bis vor fünf Sekunden hätte er seinen geliebten Austin Healey darauf verwettet, dass Patrizia von Pirach ihren Exmann auf dem Gewissen hatte. Nun war er sich nicht mehr so sicher. Doc Hollywood hatte Schulden – kein Wunder, dass er plötzlich Präsident werden wollte. Die 100 000 Euro aus Ferdinands Zufahrtsstraßen-Deal würden ihm sehr gelegen kommen. Hätte er vor Ferdinands 65. Geburtstag von dem Deal gewusst, wäre das ein wunderbares Mordmotiv: Durch den Mord am Präsidenten könnte Hinterhuber das ganze Geld alleine einschieben.

„Ich könnte mich direkt über den Hinterhuber aufregen", schimpfte Max vor sich hin. „Einen fetten Porsche fahren, aber seine offenen Rechnungen nicht begleichen. Leute, die über ihre Verhältnisse leben, kann ich nicht ausstehen."

Fritz hörte nur mit halbem Ohr zu. Er hatte gar nicht mitbekommen, dass Hinterhuber, der sonst am Steuer eines stinknormalen Volvo gesessen hatte, in den Club der Porschefahrer aufgestiegen war. Wahrscheinlich hatte er sich nur deshalb einen gekauft, weil auch der von Pimmel einen Porsche besessen hatte.

Max rempelte Fritz an und riss ihn so aus seinen Gedanken. „Schau mal, wer da kommt: meine Stefanie!", rief er voller Besitzerstolz. In seinen Augen lag erneut dieser von der Welt entrückte Ausdruck. Er warf den Golfschläger auf den Boden, lief seiner Freundin entgegen und vergrub sie in einer bärengleichen Umarmung, aus der sich Stefanie lachend befreite.

„Und, wie ist es gelaufen, mein Schatz?", fragte sie vergnügt.

„Wenn ich gewusst hätte, dass Golf spielen so viel Spaß macht, hätte ich eher damit angefangen." Die beiden kamen Arm in Arm auf Fritz zu. Stefanie schüttelte ihm die Hand. „Wie hat sich mein Bärchen denn angestellt?", erkundigte sie sich neugierig.

'Bärchen' war so ziemlich der unpassendste Spitzname, den sich Fritz für den Hofer Max vorstellen konnte. Wenn schon Bär, dann handelte es sich bei ihm um einen ausgewachsenen Grizzly.

„Ihr Freund hat sehr gefühlvolle Hände", antwortete Fritz noch ganz durcheinander und zuckte sogleich schmerzlich zusammen. Er hatte keine Ahnung, wie er auf diesen Schmarrn kam.

„Ich weiß", gestand Stefanie mit einem Augenzwinkern und warf ihre langen Haare nach hinten. Dabei stieg Fritz ihr Duft in die Nase. Ihm stockte der Atem. Sie roch genauso wie die Susi. Und Patrizia.

Fritz wusste endgültig nicht mehr, wo ihm der Kopf stand. Vor seinem inneren Auge zog ein Kaleidoskop an Gesichtern vorbei: Susi, Patrizia, Stefanie. Hinterhuber, der Hofer Max, Kai Wiese und Kasimir Kleinschmitt. Sie alle verschmolzen zu einem Antlitz: der verzerrten Todesfratze des Ferdinand von Pirach.

Jeden zuallererst als Verdächtigen zu sehen, all die klitzekleinen Hinweise zu bewerten, die losen Fäden des Mordfalles zu einer logischen Geschichte zu verknüpfen – Fritz hatte genug davon. Er fühlte sich gefangen in einem Netz aus Informationen, dessen klebrige Fäden ihm die Luft abschnürten. Er fragte sich, wie Franz dieses ewige Ermitteln aushielt, dieses ständige auf der Hut sein. Der Gedanke an seinen ehemals besten Freund zog ihn noch mehr herunter.

Fritz verabschiedete sich von den beiden Turteltauben und verließ fluchtartig die Driving Range. Wie ferngesteuert taumelte er durch den Kücheneingang von Ritas Restaurant und ließ sich auf die Eckbank ihres Stüberls fallen.

Dort fand ihn Rita bleich vor sich hinstarrend. Bei seinem Anblick sog sie scharf die Luft ein. „Katastrophennotprogramm?“, fragte sie kurz angebunden.

„Katastrophennotprogramm“, bestätigte Fritz tonlos.

Rita verschwand einen Augenblick und kam mit einem Tablett zurück. Wie vor einem halben Jahr stellte sie kommentarlos zwei Flaschen Cola und eine Flasche Rum auf den Tisch und strich ihm mitfühlend über den Kopf. Und auch Fritz wiederholte, was er an jenem denkwürdigen Abend vor sechs Monaten getan hatte, an dem seine geliebte Susi mit Ferdinand von Pirach in ihrem Schlafzimmerbett zu Gange gewesen war: Er ließ sich volllaufen.

15

Alexa erwachte von einem seltsamen Geräusch. Müde rieb sie sich die Augen und blinzelte zu dem Wecker neben Fritz' Bett. Drei Uhr nachts. Das bedeutete, dass sie höchstens zwei Stunden geschlafen hatte. Obwohl sie früh ins Bett gegangen war, hatten sie ihre ständig wiederkehrenden Gedanken lange wachgehalten. Gedanken, die ihr ein mulmiges Gefühl in der Magengegend bescherten, auch jetzt wieder, wenn sie an den bevorstehenden Tag dachte. Gedanken, die sie gerne mit Fritz geteilt hätte – der hatte aber scheinbar bessere Pläne gehabt, als wie versprochen die bisherigen Ermittlungsergebnisse mit ihr durchzugehen.

Alexa war es nicht gewohnt, versetzt zu werden. Sie hatte gedacht, mit Fritz eine Abmachung getroffen zu haben. Wie es aussah, legte der Herr Golfprofi jedoch keinen gesteigerten Wert darauf, seinen Teil der Abmachung zu erfüllen. Zu dem mulmigen Gefühl in ihrer Magengegend gesellte sich eine andere Emotion: bittere Enttäuschung. Alexa konnte unzuverlässige Menschen nicht leiden. Auch wenn es keinen Unterschied mehr gemacht hätte, zu hören, was Fritz herausgefunden hatte. Der Mörder stand so gut wie fest, und sie würde ihm morgen gegenübertreten.

Sie fröstelte bei der Vorstellung und sprang vor Schreck beinahe aus dem Bett, als wieder dieses seltsame Geräusch ertönte. Als schabe etwas an der Tür zu ihrem Zimmer – an der Tür zu Fritz' Zimmer, korrigierte sie sich im Stillen. Hatten die Mosers eine Katze, die sie noch nicht gesehen hatte? Oder machte sich ein Einbrecher an der Tür zu schaffen? Einbrecher hätten ein leichtes Spiel, in den Moserhof zu gelangen: die Eingangstür war stets unverschlossen.

Während Alexa noch überlegte, was sie tun sollte, wurde die Tür aufgestoßen. Ein Mann trat hindurch und kam langsam auf sie zu. Sie roch seine Schnapsfahne, bevor sie ihn erkannte.

Es war Fritz.

Was wollte er von ihr, mitten in der Nacht?

Alexa wusste es nicht, aber sie wusste, was sie tun wollte: Ihn dahin treten, wo es weh tat. Heißer Zorn erfüllte sie. Während sie voller Unruhe auf ihn gewartet hatte, hatte er sich woanders amüsiert – und sich besoffen.

Auf halben Weg zu ihrem oder besser gesagt seinem Bett blieb Fritz plötzlich stehen und fixierte einen Punkt über ihrem Kopf, ohne sie wahrzunehmen. Er wankte. Alexa lag ein beißender Kommentar auf den Lippen, doch Fritz zog sich das Hemd über den Kopf und ihr verschlug es die Sprache. Der Mondschein fiel durch das vorhanglose Fenster und tauchte ihn in ein silbriges Licht. Alexa hatte selten einen so schönen Körper gesehen. Die Schultern breit und gerade, die Taille schmal, perfekt modellierte Bauchmuskeln – er sah aus wie eine griechische Statue. Oder ein Jeansmodell, das am Ende des Laufstegs posierte, bevor es den Rückweg antrat.

Fritz setzte sich wieder in Bewegung, was Alexas Fantasien von attraktiven Männermodels, die vor ihrem Bett auf- und abspazierten, jäh zerplatzen ließ. Er torkelte so stark, dass er eher einer Dragqueen auf High Heels ähnelte als einem männlichen Mannequin.

Fritz kam immer näher und knöpfte sich im Gehen die Hose auf. Alexa erstarrte. Mit weit aufgerissenen Augen beobachtete sie, wie seine Jeans auf den Boden glitt. Selbstvergessen fuhr er sich mit seiner Hand in die karierten Boxershorts und kratzte sich.

Alexa hatte genug gesehen. Sie räusperte sich vernehmlich.

Endlich bemerkte Fritz, dass er nicht alleine in seinem Zimmer war, und sprang erschrocken zur Seite. Dabei blieb er mit einem Fuß in seinem Hosenbein hängen. Er stolperte, fiel der Länge nach aufs Bett und begrub Alexa unter sich.

Alexa konnte sich kaum bewegen, aber Fritz machte keine Anstalten, sie von seinem beträchtlichen Gewicht zu erlösen. Wahrscheinlich war er auf ihr eingeschlafen. Na toll. Alexa hatte schon viele Nieten im Bett gehabt, aber das hatte bisher noch keiner geschafft. Sie wand sich unter ihm wie ein Aal und bekam endlich eine Hand frei. In ihrer Verzweiflung griff sie in seine Haare und zog daran.

Das brachte Fritz wieder zu Bewusstsein. Verwirrt rückte er von Alexa ab und versuchte, sie anzuschauen. Durch den übermäßigen

Alkoholgenuss schielte er so stark, dass sein fragender Blick an ihrem linken Ohr hängen blieb. „Susi, bist du das?", erkundigte er sich lallend und fasste Alexa an die Brüste.

Diese war so perplex, dass sie es einfach mit sich geschehen ließ.

„Nein, zu klein", stellte Fritz sachlich fest und ließ von ihr ab. „Was tut irgendeine Frau in meinem Bett?"

Alexa erwachte aus ihrer Erstarrung. „Ich bin nicht irgendeine Frau", stellte sie hitzig klar.

„Sie sehen aber verdammt wie eine Frau aus. Wie eine ziemlich süße Zuckerschnecke sogar." Fritz zuckte die Schultern. „Aber besser ist es, wenn Sie keine Frau sind. Frauen braucht kein Mensch. Die brechen einem nur das Herz. Erst die Susi, dann die Patrizia. Lügen, wenn sie den Mund aufmachen." Er stützte sich auf den Ellenbogen ab und richtete sich halb auf, um Alexa besser fokussieren zu können. „Haben Sie gewusst, dass die feine Frau von Pirach wahrscheinlich eine Mörderin ist? Um ans Erbe ihres Exmannes zu kommen, wollte sie sogar Stefanies Baby vergiften. Das hat nicht geklappt, also hat sie eben ihren Ex abgemurkst." Fritz langte wieder nach unten, besann sich in letzter Sekunde und kratzte sich stattdessen am Kinn. „Vielleicht war es aber auch der Hinterhuber, der hat nämlich Schulden beim Hofer Max. Der will nur Präsident werden, damit er sich die 100 000 Euro aus dem Zufahrtsstraßen-Deal krallen kann. Der Hinterhuber, meine ich, nicht der Hofer Max. Und das Wiesel hat plötzlich eine neue Uhr und trägt maßgeschneiderte Anzüge."

Alexa verstand kein Wort von dem, was Fritz von sich gab, und das lag nicht einmal an seiner undeutlichen Aussprache. Ein Blick in sein Gesicht hielt sie davon ab, nachzufragen. Fritz sah aus, als würde er jeden Moment einschlafen.

Kurz bevor seine Augenlider endgültig zufielen, entrang sich ein deftiger Rülpser seiner Kehle und machte ihn wieder munter. „Vielleicht hab ich den von Pimmel ja selbst umgebracht?", nuschelte er. „Das steht so in der Zeitung. Der Franz glaubt auch, dass ich ein Mörder bin. Eine schöne Scheiße, das alles. Aber wissen Sie was? Die Scheiße kann mir jetzt gestohlen bleiben. Ich bin hundemüde.

Gutnacht!“ Schwungvoll wälzte er sich zur Seite und landete polternd auf dem Boden. Er rührte sich nicht mehr.

Besorgt sprang Alexa aus dem Bett. Um zu prüfen, ob Fritz noch lebte, klopfte sie ihm vorsichtig auf die Wange. Sein Mund öffnete sich und er begann, durchdringend zu schnarchen.

Noch nie hatte sie dieses Geräusch derart erleichtert. Behutsam stopfte sie Fritz ein Kissen unter den Kopf. Sein Mund schloss sich und er verstummte.

Alexa musterte ihn aufmerksam. Im Schlaf war ihm sein Suff nicht anzusehen – auch wenn er ziemlich betrunken sein musste, wenn er sie nicht einmal erkannte. Er wirkte gerade sehr jung. Es stimmte wohl, was Rita gesagt hatte: Fritz war oft enttäuscht worden, und irgendwie merkte man ihm das an. Alexa hatte ihn noch nie wirklich entspannt erlebt; stets blickte er skeptisch, fragend, misstrauisch oder spöttisch drein. Im Schlaf war endlich alle Anspannung aus seinem Gesicht gewichen. Er schlummerte friedlich wie ein Engel. Alexa hätte ihn ewig beobachten können, aber langsam wurde ihr kalt. Behutsam deckte sie Fritz zu, nicht ohne zuvor noch einmal seinen spärlich bekleideten Körper zu bewundern, und kletterte ins Bett zurück. Kaum hatte sie die Augen geschlossen, begann Fritz erneut zu schnarchen. Normalerweise machte sie nichts so aggressiv wie schnarchende Zimmergenossen, doch das stete An- und Abschwellen von Fritz' Atem beruhigte sie auf rätselhafte Weise. Ohne einen weiteren Gedanken an das bevorstehende Interview zu verschwenden, von dem so viel abhing, schlief Alexa ein.

Fritz erwachte, weil ihm die Sonne gleißend ins Gesicht schien. Es wurde wirklich höchste Zeit, dass er endlich die Vorhangstange reparierte. Das würde er das gleich heute in Angriff nehmen. Schwungvoll richtete er sich auf. Ein glühender Kopfschmerz durchzuckte ihn. Stöhnend ließ er sich zurückfallen. Aber was war das? Sein ansonsten kuschelig weiches Bett war plötzlich hart – hart wie der Boden. Es kostete Fritz große Anstrengung, seine verschwollenen Augen einen Spalt breit zu öffnen. Verwundert stellte er fest, dass er tatsächlich auf dem Boden lag, neben seinem frisch gemachten Bett. Die blau-weiß karierte Bettdecke war makellos gefaltet, das Kopfkissen aufgeschüttelt. Vorsichtig beugte er sich nach vorne und schnupperte daran. Es roch eindeutig nach Frau. Nach Alexa.

Die Erinnerung an den gestrigen Tag kehrte schlagartig zurück. Die Runde mit der Hackertruppe war sehr informativ gewesen, die Golfstunde mit dem Hofer Max mindestens genauso aufschlussreich – und Ritas Katastrophennotprogramm die Maßnahme der Wahl, um all die bedrückenden Neuigkeiten zumindest vorübergehend zu vergessen und gegen ein seliges Delirium einzutauschen. Was nach dem Besäufnis passiert war, verbarg sich für Fritz hinter einem zähen schwarzen Schleier. Was tat er hier in seinem Zimmer, das seit zwei Tagen Alexas Hoheitsbereich war? Und viel wichtiger: Was hatte er in der Nacht angestellt? Obwohl er sich am liebsten in sein weiches Bett gekuschelt und seinen Rausch ausgeschlafen hätte, rappelte er sich mühsam auf. Die Erde drehte sich unter seinen Füßen, seine Beine zitterten. Vorsichtig hangelte er sich an der Wand entlang zur Tür und trat in den Gang. Er musste sich zusammenreißen. Wenn ihn sein Vater so sähe, würde sein Spott keine Grenzen kennen. Langsam wie ein alter Mann stieg Fritz die Treppe hinunter; das Knarren der Stufen war unerträglich laut in seinen Ohren. Vor der Küche angekommen lehnte er sich erschöpft an die Wand, machte den Hals lang und lugte durch den Türrahmen zum Esstisch. Sein Bemühen, auf diese Weise die Lage zu sondieren, ohne selbst entdeckt zu werden, schlug fehl.

„Guten Morgen. Gut geschlafen?“, fragte Alexa, ohne von ihrem Bildschirm aufzusehen. Sie saß allein vor ihrem Laptop, einen Blätterwald voller Notizen vor sich ausgebreitet. Ihr Tonfall verriet nichts über ihren Gemütszustand. Sie klang weder übermäßig freundlich noch angepisst.

Fritz beschloss, diesen Umstand als gutes Zeichen zu werten. Mutig trat er in die Küche. „Ich glaube schon“, sagte er. „Und du, hast du gut geschlafen?“, erkundigte er sich. Es war ein jämmerlicher Versuch, herauszufinden, was letzte Nacht geschehen war. Ob etwas geschehen war.

Alexa starrte weiterhin regungslos auf ihren Computerbildschirm. „Ich musste das Fenster öffnen, sonst hätten mich deine Alkoholausdünstungen betrunken gemacht. Ich hoffe, du hast dich nicht erkältet. Es war frisch draußen heute Nacht."

„Kein Problem. Ich bin die frische Landluft gewohnt", sagte Fritz großzügig, machte sich an der Kaffeekanne zu schaffen und fragte wie nebenbei: „Ist letzte Nacht sonst irgendwas vorgefallen?"

„Nicht, dass ich wüsste."

„Es ist also nichts Außergewöhnliches passiert?", hakte Fritz nach.

„Meinst du mit außergewöhnlich, ob wir Sex gehabt haben, nachdem du sturzbetrunken ins Zimmer getorkelt bist?" Alexa sah Fritz eindringlich an.

Er nickte ein wenig verlegen und musterte eingehend den weißen Fliesenboden.

„An mangelndem Selbstbewusstsein leidet er nicht gerade, der Mann. Sex mit ihm muss zwangsläufig außergewöhnlich sein", murmelte Alexa gerade so laut, dass Fritz es hörte. Lauter fügte sie hinzu: „Nein, es ist nichts Außergewöhnliches passiert."

Fritz war verwirrt. Bedeutete das nun, dass sie keinen Sex gehabt hatten? Oder wollte Alexa damit sagen, dass sie Sex gehabt hatten, das Ereignis für sie aber nichts Außergewöhnliches gewesen war?

Alexa sah ihm seine Konfusion an. „Wir. Haben. Nicht. Miteinander. Geschlafen", sagte sie überdeutlich und betonte jedes Wort einzeln, als sei Fritz schwerhörig oder zurückgeblieben.

„Gott sei Dank!" Fritz atmete erleichtert aus. Er hatte gar nicht bemerkt, dass er die Luft angehalten hatte.

„Gott sei Dank?", wiederholte Alexa schnippisch. „Ich wusste nicht, dass dir die Vorstellung, mit mir zu schlafen, solche Höllenqualen bereitet."

Oha. Sie war also doch angepisst. Fritz erschien es sicherer, das Thema zu wechseln. „Was recherchierst du denn da?", fragte er, weil ihm nichts Besseres einfiel.

„Ach, ich bereite mich nur auf das Interview mit Kasimir Kleinschmitt vor", antwortete sie und machte eine wegwerfende Handbewegung, als handele es sich bei dem Interview um eine absolute Nebensächlichkeit.

„Stimmt, das ist ja heute!“, rief Fritz und schlug sich mit der flachen Hand gegen die Stirn. Das hätte er lieber nicht tun sollen. Der resultierende Kopfschmerz fühlte sich an, als würde er seinen Schädel spalten. „Ich komme natürlich mit“, sagte er nichtsdestotrotz. „Ich muss mich nur noch kurz frisch machen.“

„Aha, mir möchtest du ins Handwerk pfuschen, aber dir lässt du nicht in die Karten schauen und hältst es nicht einmal für nötig, mir mitzuteilen, was du gestern herausgefunden hast! Stattdessen besäufst du dich lieber. Nein nein, mein lieber Fritz, du bleibst schön da!“ Alexas braune Augen erinnerten nicht mehr an Bambi; sie funkelten gefährlich wie die einer Raubkatze.

Fritz war eingeschüchtert. Und ein wenig zerknirscht: Er hatte völlig vergessen, dass sie sich gestern noch hatten treffen wollen, um ihre Ermittlungsergebnisse auszutauschen. Hatte ihm Alexa nicht etwas Wichtiges sagen wollen? „Entschuldige bitte, ich habe dich völlig vergessen“, gab er reumütig zu. „Es war ein anstrengender Tag gestern.“

Alexa lehnte sich mit verschränkten Armen zurück. „Du hast recht. Deshalb solltest du auch zu Hause bleiben und dich ausruhen.“

Fritz schüttelte nachdrücklich den Kopf. „Ich komme mit. Ich lass dich auf keinen Fall allein zu diesem Triebtäter fahren. Mit dem nehme ich es locker auf, auch wenn ich nicht ganz fit bin.“

„Nein.“

„Doch, ich komme mit.“

„Nein.“

„Doch.“

„Ach, mach was du willst! Ich bin weg.“ Alexa warf ihren Laptop zu, kramte ihre Notizen zusammen und stürmte hinaus. Einen Augenblick später heulte der Motor ihres klapprigen Autos auf.

Sepp kam in die Küche. „Was hast du denn mit unserem Bambi gemacht? Sie ist grußlos an mir vorbeigerannt und konnte nicht schnell genug vom Hof kommen. Das sieht ihr gar nicht ähnlich.“

„Wenn ich das wüsste." Fritz machte ein verdrießliches Gesicht.

„Na ja, jetzt wo ich dich so anschaue: Wahrscheinlich ist sie vor deinem bloßen Anblick geflohen. Du siehst scheiße aus."

„Danke, so etwas hört man gerne."

„Gern geschehen, Bruderherz. Sag mal, wolltest du nicht mit zu dem Kasimir-Interview?"

„Alexa möchte mich nicht dabeihaben. Sie hat gemeint, ich soll ihr nicht ins Handwerk pfuschen. Eigentlich habe ich vorgehabt, ihr heimlich folgen, aber sie war zu schnell weg."

„Wenn es dir weiterhilft: Sie wollte noch irgendetwas in Leonbach erledigen, bevor sie nach München fährt."

„Wirklich?" Fritz gewann neuen Schwung. „Dann hole ich sie ein. Ich warte einfach an der Tanke hinter der Ortsausfahrt. Da muss sie vorbei, wenn sie nach München will. Du Sepp, darf ich ausnahmsweise deinen Benz nehmen? Mein Auto wäre zu auffällig, das würde sie gleich erkennen."

„Logisch, steht in der Scheune." Sepp warf ihm den Schlüssel zu. „Hol sie dir zurück! Und lass dich nicht von der Polizei aufhalten: Du stinkst wie eine Schnapsfabrik."

Das Mietshaus, zu dem Alexa aufblickte, machte einen trostlosen Eindruck. Der Anstrich, eine undefinierbare Mischung aus grau und orange, blätterte an vielen Stellen ab. Es gab keine Balkone, dafür kleine Fenster, vor denen überdimensionierte Satellitenschüsseln hingen. Die viel befahrene Ringstraße, an der das Haus gelegen war, tat ihr Übriges, um die Wohngegend zu einer der unbeliebtesten Münchens zu machen. Alexa vergewisserte sich noch einmal, dass es sich tatsächlich um die Adresse handelte, die Kasimir Kleinschmitt ihr genannt hatte. Sie hatte sich nicht verschrieben: Sein Name stand auf einem der unzähligen Klingelschilder.

Die Journalistin nahm alle Details in sich auf und machte sich im Geiste Notizen, denn der Wohnort eines Menschen sagte viel über ihn aus. Im Falle Kasimir Kleinschmitt schrie er förmlich hinaus: Ich bin ganz unten angekommen. Dabei war Kleinschmitt noch vor wenigen Jahren ganz oben gewesen. Er hatte eine viel beachtete Samstagabend-Show moderiert und galt als aussichtsreichster Kandidat, Ferdinand von Pirachs Nachfolger zu werden. Dann war diese verflixte Orgie dazwischengekommen, an der eine minderjährige Prostituierte teilgenommen hatte. Obwohl Kasimir in der Verhandlung beteuert hatte, ihr wahres Alter nicht gekannt zu haben, hatte ihn die Minderjährige an den Galgen geliefert; zusammen mit seinem nachgewiesenen Kokainkonsum und dem Umstand, dass er der bevorzugte Dealer der Stars und Sternchen gewesen war. Wahrscheinlich hatte er auch Ferdinand von Pirach mit dem Stoff versorgt. Es wurde gemunkelt, dass so ziemlich jede TV-Größe zumindest ab und an etwas schnupfte.

Sich die Ergebnisse ihrer Recherchen in Erinnerung rufend, trat Alexa ins Haus. Innen sah es nicht besser aus als außen. Der vergitterte, mit Vorhängeschloss gesicherte Aufzug war nach der zentimeterdicken Staubschicht auf dem Boden zu urteilen seit Jahren außer Betrieb. Also nahm Alexa die Treppe. Im düsteren Treppenhaus waren mehrere Lichter ausgefallen. Es roch muffig nach Schimmel und den Mülltüten, die vor vielen Eingangstüren darauf warteten, entsorgt zu werden. Vor Kasimir Kleinschmitts Wohnung im fünften Stock angekommen, war ihr leicht übel. Außerdem klopfte ihr Herz wie wild – ob vor Anstrengung oder Aufregung konnte Alexa nicht sagen. Sie atmete einmal tief durch und drückte energisch auf die Klingel.

Nichts tat sich.

Erst, nachdem sie dreimal geklingelt und eine gefühlte Ewigkeit vor der schlichten dunkelbraunen Holztüre mit Guckloch gewartet hatte, öffnete sie sich endlich.

Kasimir Kleinschmitt stand in einem schwarzen Trainingsanzug vor ihr und musterte sie mit seinen eigenartig farblosen Augen. Sein Blick wanderte träge von unten nach oben und verweilte länger als es die Höflichkeit gebot an ihren Beinen, ihrem Busen und ihrem Mund.

Verstohlen tastete Alexa in ihrer Handtasche nach dem kleinen Sender mit Druckknopf, den Franz ihr mitgegeben hatte. Als sie sich für die Zusammenarbeit mit dem Kriminaloberkommissar entschieden hatte, hatte sie Fritz gegenüber zuerst Gewissensbisse gehabt. Wenn er von ihrer Kooperation mit Franz Wind bekäme, würde er sich doppelt verraten fühlen – von ihr und von seinem ehemals besten Freund. Gestern hatte sie Fritz alles erklären wollen, aber er hatte sie ja vergessen. Alexa geriet immer noch in Rage, wenn sie daran dachte. Hätte sie ellenlange Beine und blonde Haare wie diese Susi Süß, hätte er sie bestimmt nicht so leicht versetzt. Außerdem hatte Fritz gar keinen Grund, sich aufzuspielen: Er hatte sie durch seine überbesorgte Art erst auf den Gedanken gebracht, dass es unvernünftig sein könnte, sich ohne Absicherung einem ehemaligen Knastbruder auszuliefern. Noch dazu einem Knastbruder, der in seiner ersten Woche auf freiem Fuß höchstwahrscheinlich nichts Besseres zu tun gehabt hatte, als seinen früheren Busenfreund Ferdinand von Pirach umzubringen.

Während Kasimir Kleinschmitt sie unverschämt musterte, tat Alexa es ihm gleich. Von dem sonnengebräunten, attraktiven Mann im besten Alter, der vor fünf Jahren über die Fernsehbildschirme geflimmert war, war nichts mehr zu sehen. Kleinschmitts Gesicht war aufgedunsen, die bleiche Haut wirkte wächsern, seine Zähne gelb. In die nachlässig nach hinten gekämmten schwarzen Haare, die ihm in ungeordneten Wellen auf die Schulter fielen, mischten sich graue Strähnen. Er war erst Mitte vierzig und sah zwanzig Jahre älter aus.

Weder reichte er ihr die Hand zur Begrüßung, noch bat er sie herein. Er zog nur tief an seiner Zigarette und starrte sie an, als wäre sie ein Stück Fleisch.

Alexa zwang sich, ein fröhliches Lächeln aufzusetzen. Seine Unhöflichkeit ignorierend, stellte sie sich vor.

Kasimir Kleinschmitt zeigte weiterhin keine Regung.

„Darf ich hereinkommen?“, fragte Alexa und trat ohne seine Erlaubnis abzuwarten in die karge Zwei-Zimmer-Wohnung, die einen ebenso abweisenden Eindruck machte wie sein Bewohner. Kein einziges Bild zierte die Wand, kein Teppich machte den nach Turnhalle riechenden Linoleumboden wohnlicher. Nichts deutete darauf hin, dass hier jemand wohnte, außer vielleicht der Plastiktisch mit zwei Stühlen, der neben einer schmalen Küchenzeile stand. Auf einen der Stühle wies Kasimir Kleinschmitt gerade. „Bitte nehmen Sie Platz“, forderte er Alexa mit wohltönender Stimme auf, die im krassen Gegensatz zu seiner heruntergekommenen Erscheinung stand.

Alexa stellte ihr Diktiergerät gut sichtbar in die Mitte des Tisches. „Ich darf doch?“, fragte sie.

Kleinschmitt nickte und sah teilnahmslos aus dem Fenster. In dem folgenden Eröffnungsgeplänkel konzentrierte sich Alexa ganz auf seine angenehme Stimme. So konnte sie die Gänsehautschauer unterdrücken, die sie bei seinem Anblick zu überlaufen drohten. Sie konnte sich nicht helfen: Kleinschmitt war ihr unheimlich. Es war, als säße sie einer leeren Hülle gegenüber, die entfernt an Kasimir Kleinschmitt erinnerte. Von den alten Fernsehaufnahmen, die sie sich zur Vorbereitung auf das Interview angesehen hatte, kannte sie ihn ganz anders: leutselig, lebendig, eloquent. Er hatte seiner unbändigen Energie durch große Gesten Ausdruck verliehen, war nicht eine Sekunde still auf seinem Moderatorensessel gesessen und hatte das Publikum mit seiner Begeisterung angesteckt. Nun saß er vor ihr wie ein Abklatsch seines früheren Selbst. Redete er, dann in kurzen, abgehackten Sätzen, bewegte er sich, dann nur, um seine Zigarette zum Mund zu führen. Das Gefängnis hatte ihm zu dem gemacht, was er jetzt war, vermutete Alexa. Sie wollte sich gar nicht ausmalen, was er im Knast alles erlebt hatte. Dennoch fragte sie ihn danach.

Kasimir zündete sich eine weitere Zigarette an. „Ich habe es überlebt“, sagte er und sah ihr dabei das erste Mal direkt ins Gesicht. Ein seltsamer Ausdruck lag in seinen Augen: eine Mischung aus Triumph, Enttäuschung und Abscheu. Irrte sie sich, oder lag auch Hass darin? Der Funke verglomm zu schnell, um sicher sein zu können. Schon hatte Kasimir wieder seine teilnahmslose Maske aufgesetzt.

„Haben Sie von Ferdinand von Pirachs Tod gehört?“, fragte sie, um ihn zu testen.

„Ja, habe ich“, antwortete er knapp und zeigte keine körperliche

Reaktion: kein verräterisches Zusammenzucken, kein Blinzeln, nichts. Es war unmöglich, zu erraten, was er gerade dachte. Sein Gesicht glich dem eines Pokerspielers.

„Wie man hört, waren Sie beste Freunde“, bohrte Alexa nach.

Nun zuckte Kasimir träge mit der linken Schulter. „Wir kannten uns.“

„Haben Sie Ferdinand vor seinem Tod noch einmal gesehen?“

Er bewegte langsam den Kopf nach links und dann nach rechts.

Alexa interpretierte das als „Nein“. „Aber sie waren am Tag seines Todes auf dem Leonbacher Golfplatz?“

„Wie kommen Sie darauf?“ Kasimir Kleinschmitt beugte sich einen Zentimeter nach vorne.

Immerhin, dachte Alexa. Sie war auf der richtigen Spur. „Jemand hat ganz in der Nähe des Golfplatzes Ihr Auto gesehen“, antwortete sie mit gleichbleibender Stimme.

„Mein Auto? Das muss ein Irrtum sein.“

Alexa wartete ab und schwieg. Die meisten Interviewpartner, die Fragen am laufenden Band erwarteten, brachte das aus der Fassung.

Kasimir hielt länger durch als die meisten. Er zog an seiner Zigarette, drückte sie aus und fragte irritiert: „Wird das nun ein Interview über Ferdinand oder über mich?“

„Über sie beide. Nur wenn ich weiß, wie sie zu Ferdinand stehen, kann ich Sie begreifen. Nur dann kann ich beurteilen, ob Sie früher Fehler gemacht haben, die Sie bereuen und für die Sie bitter büßen mussten. Oder ob Sie ein kaltblütiger Mörder sind, der kaum aus dem Knast entlassen seinen besten Freund ermordet hat.“

Kasimir lachte. Alexa stellten sich bei diesem Geräusch die Nackenhaare auf. Kleinschmitts Lachen klang wie Blech, das aneinander schlug. „Wie kommen Sie auf diese abstruse Behauptung? Die Blitz-Zeitung ist ja bekannt dafür, sich allen möglichen Müll aus den Fingern zu saugen. Aber so etwas? Sind Sie von der „Versteckten Kamera“, oder was?“

Alexa konnte er nicht täuschen. Die feinen Schweißperlen, die sich auf seiner Stirn bildeten, sagten mehr als seine Worte. Sie beschloss, den Ton zu verschärfen, um ihn noch mehr unter Druck zu setzen. „Die Polizei hat Beweise dafür, dass Sie sich am Morgen vor Ferdinand von Pirachs Geburtstagsturnier in der Herrenumkleide des Golfclubs Leonbach zu schaffen gemacht haben!", rief sie.

Kasimir Kleinschmitt lächelte ihr überlegen ins Gesicht und zog seine Augenbrauen nach oben. „Ich soll den Spiegel der Herrenumkleide mit Lippenstift beschmiert haben? Das ist der größte Unsinn, den ich jemals gehört habe!"

Alexa taxierte ihn schweigend. „Ich habe weder einen Spiegel noch einen Lippenstift erwähnt", stellte sie nüchtern fest.

Als Kasimir bewusst wurde, dass er sich verraten hatte, fiel die unbeteiligte Maske von ihm ab. Seine weit aufgerissenen Augen starrten Alexa entsetzt an, sein Mund öffnete sich zu einem stummen Schrei, er bäumte sich auf, als wolle er Alexa angreifen. Dann sackte er in sich zusammen und vergrub das Gesicht in seinen Händen.

„Sie haben recht", sagte er tonlos. „Ich bin auf dem Golfplatz gewesen, als Ferdinand ermordet wurde."

16

Fritz rutschte unruhig von einer Pobacke auf die andere. Seit mehr als zwei Stunden fläzte er in Sepps Auto, den hässlichen Hauseingang der noch hässlicheren Mietskaserne fest im Blick, durch den Alexa verschwunden war. Obwohl ihn die weich gepolsterten Sitze des alten Benz an komfortable Kinosessel erinnerten, wurden auch sie mit der Zeit unbequem. Zudem hatte er seinen Vorrat an Schokoriegeln bereits aufgebraucht und bei seinem überhasteten Aufbruch vergessen, etwas zu trinken mitzunehmen. Das anfängliche Hochgefühl, das die gelungene Verfolgungsjagd in ihm ausgelöst hatte, war längst einer Katerstimmung gewichen. Er hatte Durst, sein Kopf tat weh und ihm war schlecht von dem Restalkohol und der Überdosis Schokolade in seinem Magen. Missmutig zählte er die leeren Verpackungen auf dem Beifahrersitz. Sechzehn Schokoriegel in etwas mehr als zwei Stunden – das war ein neuer Rekord.

Fritz fixierte den Hauseingang, als könne er so Alexas Erscheinen heraufbeschwören. Ein kurzer Blick auf seine Uhr sagte ihm, dass sie seit nunmehr zwei Stunden, sechzehn Minuten und einundfünfzig Sekunden da drinnen war. Das längste Interview, das er jemals gegeben hatte, war nach knapp dreißig Minuten vorbei gewesen – wobei ihm diese halbe Stunde wie eine Ewigkeit vorgekommen war. Was trieb Alexa so lange in Kasimirs Wohnung? Oder viel eher: Was trieb Kasimir mit Alexa? Die Fantasiebilder, die Fritz bisher mehr oder weniger erfolgreich verdrängt hatte, trafen ihn mit aller Wucht: Alexa, hilflos auf einen Stuhl gefesselt, mit Klebeband über ihrem schönen Mund. Kasimir, der ihr die Klamotten vom Leib riss und sich über sie hermachte. Und niemand, der ihn aufhielt. Niemand, der Alexa zur Hilfe eilte.

Das alles nur, weil Fritz nicht nachdrücklich genug darauf bestanden hatte, sie zu begleiten. Wenn Kasimir ihr nun etwas antat, wäre er schuld daran. Mit dieser Schuld konnte und wollte Fritz nicht leben. Er würde sie da rausholen. Jetzt sofort.

Er warf die Autotür zu und steuerte zielstrebig auf den Hauseingang zu. Die marode Tür war nicht richtig eingerastet und öffnete sich, als er sich leicht dagegenlehnte. Der modrige Geruch des Treppenhauses nahm ihm beinahe den Atem und verstärkte seine Übelkeit, doch er achtete nicht darauf. Zwei Stufen auf einmal nehmend, spurtete er die Treppe hinauf und bog scharf um die Ecke, um das zweite Stockwerk in Angriff zu nehmen. Dabei prallte er ungebremst gegen einen Mann, der die Stufen herunterkam. Der Mann schrie schmerzerfüllt auf. Es war Franz.

„Immer noch derselbe Dickschädel“, knurrte er, während er sich seine Nase hielt, die eine unangenehme Bekanntschaft mit Fritz' Stirn gemacht hatte.

„Franz, was tust du denn hier?“ Fritz war so überrascht, dass er seinen Schwur vergaß, kein Wort mehr mit seinem ehemals besten Freund zu wechseln.

„Dasselbe könnte ich dich fragen.“

„Ich habe zuerst gefragt.“

„Ich sag ja: Immer noch derselbe Dickschädel“, murmelte Franz verdrießlich. „Wenn du es unbedingt wissen willst: Ich warte auf …“

„Alexa!“, riefen beide wie aus einem Mund.

Die Journalistin kam langsam die Treppe hinunter. Sie machte einen mitgenommen Eindruck. Als sie Franz erblickte, der mit seiner massigen Gestalt Fritz verdeckte, rang sie sich ein Lächeln ab und streckte in einer Siegergeste den Daumen in die Höhe.

Dann sah sie Fritz, und sie erblasste.

„Verräterin!“, stieß Fritz zwischen zusammengepressten Lippen hervor. „Und ich war so dumm, dir zu vertrauen!“

„Es ist nicht so, wie du denkst“, hob sie zu einer Erklärung an. Fritz unterbrach sie. „Den Satz habe ich einmal zu oft gehört, um ihn zu glauben“, sagte er leise, drehte sich um und polterte das Treppenhaus hinunter.

Alexa wäre Fritz am liebsten sofort gefolgt, aber sie musste zuerst Franz ins Bild setzen. Der lauschte ihrer knappen Zusammenfassung des Interviews in seiner Denkerpose: eine Hand auf seinen

Bierbauch gelegt, mit der anderen das Kinn reibend. Glücklicherweise hatte er keine Nachfragen, denn sein Telefon klingelte.

„Kasimir", formte er lautlos mit den Lippen und entließ sie mit einer nachlässigen Handbewegung.

Alexa rannte los und blieb erst jenseits des Hauseingangs abrupt stehen. Die plötzliche Helligkeit war zu viel für ihre Augen, die noch auf die schummrige Düsternis von Kasimirs Wohnung eingestellt waren. Sie musste sie mit der Hand abschirmen, um Fritz auf der gegenüberliegenden Straßenseite auszumachen. Er saß abfahrbereit hinter dem Steuer eines dunkelblauen Mercedes-Benz. Wenn er jetzt davonfuhr, hätte sie keine Möglichkeit mehr, ihm alles zu erklären. Er würde sie als Verräterin abstempeln und aus seinem Leben streichen, wie zuvor Franz und diese hirnverbrannte Susi Süß.

Der Gedanke, Fritz nie wieder zu sehen, versetzte ihr einen unerwarteten Stich in die Brust. Ohne auf die vorbeirasenden Autos zu achten, die ihr wild hupend auswichen, überquerte sie in einem halsbrecherischen Manöver die Straße. Kurz gab sie sich der Illusion hin, dass Fritz nur deshalb noch nicht losgefahren war, weil er auf sie wartete. Als sie sich ihm näherte, stellte sie fest, dass sie mit ihrer Vermutung weit daneben lag.

Fritz war nur deshalb noch nicht losgefahren, weil er nicht konnte. Sein Auto sprang nicht an. Die Stirn in tiefe Falten gelegt, drehte er wieder und wieder den Zündschlüssel um. Ohne Erfolg. Der Motor gab nur würgende Geräusche von sich.

Wäre die Lage nicht so ernst, hätte Alexa gelacht. Ausgerechnet das Auto des Golflehrers, der ihren geliebten Wagen als Rostlaube beschimpft hatte, gab den Geist auf.

Fritz hob den Kopf und sah sie. Er beugte sich zur Beifahrertür, um den Verriegelungsknopf nach unten zu drücken und sich einzusperren, doch Alexa war schneller.

Rasch öffnete sie die Tür und lugte ins Innere des Wagens. Auf dem Beifahrersitz türmten sich leere Schokoriegelhüllen; er musste hier eine ganze Weile auf sie gewartet haben. Irgendwie fand sie das süß; dagegen war Fritz' Gesichtsausdruck gerade alles andere als süß. Sie hatte ihn noch nie so zornig gesehen. Er bebte vor unterdrückter Wut, und er hatte keine Schokoriegel zum Abreagieren – das konnte gefährlich werden.

„Hast du Probleme mit deinem Auto?“, fragte sie, um einen neutralen Tonfall bemüht.

„Das ist nicht mein Auto“, erwiderte Fritz frostig.

„Kann ich dir helfen?“

„Ja, indem du dich umdrehst und gehst.“

„Okay, aber erst, nachdem du mir zugehört hast. Wenn du dann immer noch willst, dass ich auf Nimmerwiedersehen verschwinde, werde ich genau das tun. Ehrenwort.“

„Das kannst du dir sparen, ich glaube dir kein Wort mehr. Du hast von Anfang an mit Franz gemeinsame Sachen gemacht! Hinter meinem Rücken! Du würdest mich ihm ohne zu zögern ans Messer liefern!“

„Das denkst du also?“ Alexa verschränkte die Arme vor der Brust und betrachtete ihr Gegenüber spöttisch.

Fritz hielt es nicht länger auf dem Fahrersitz. Er kletterte aus dem Benz und schrie sie über das Autodach hinweg an: „Ich kann dir sagen, was ich denke: Ihr Frauen seid alle gleich! Journalistinnen noch dazu! Ich habe gedacht, wir hätten eine Abmachung, aber nichts da! Schon als ich dich bei Franz im Büro gesehen habe, hätte ich es wissen müssen: Es war alles ein abgekartetes Spiel, um mich auszuhorchen. Und wie ich den Franz kenne, steckt er nicht nur was den Fall betrifft mit dir unter einer Decke. Mir wird schlecht, wenn ich bloß daran denke!“

„Willst du mir etwa unterstellen, ich hätte etwas mit Franz Stauffacher? Sag mal, geht's noch?“ Nun schrie auch Alexa. „Immerhin schlafe ich in deinem Bett und nicht in dem von Franz! Das müsstest du wissen, gerade nach letzter Nacht.“

Fritz machte ein leicht bedröppeltes Gesicht. Diesen Umstand hatte er wohl nicht mit eingerechnet. Er setzte zu einer Erwiderung an, doch Alexa fuhr ihm rüde über den Mund. „Ausgerechnet du musst von Abmachungen reden! Ich dachte auch, dass wir eine Abmachung hätten. Aber was machst du? Anstatt wie versprochen mit mir zu reden, säufst du dich lieber voll! Dabei hätte ich gestern

dringend deinen Rat gebraucht!"
Fritz lachte höhnisch. „Meinen Rat? Du hörst sowieso nicht auf mich!"

„Pah, nur weil ich auf dich gehört habe, habe ich den Franz überhaupt angerufen."

Wieder sah Fritz verwirrt aus.

„Du hast mir eingeredet, dass Kasimir gefährlich ist und ich ihn nicht alleine treffen soll. Also wollte ich mich diskret bei Franz erkundigen, was die Kripo über ihn weiß", erklärte Alexa.

Fritz war anzusehen, dass er nicht wusste, ob er ihr glauben sollte. Seine Wut hinunterzuschlucken fiel ihm sichtlich schwer, aber seine Neugier im Zaum zu halten fiel ihm noch schwerer. „Und, was hat der Franz gesagt?", fragte er.

„Der hatte gerade die Analyseergebnisse der Haarproben bekommen, die die Spurensicherung in der Herrenumkleide gefunden hat. Der automatische Abgleich mit den DNA-Daten aus der Verbrecherdatei hat ergeben, dass eines der Haare von Kasimir stammt."

Fritz riss die Augen auf. „Kasimir war in der Herrenumkleide? Also hat höchstwahrscheinlich er den Spiegel beschmiert."

„Ganz genau.

„Wenn wir davon ausgehen, dass der Spiegelschmierer und Ferdinands Mörder ein und dieselbe Person sind ..."

„ ... dann hat Kasimir Kleinschmitt Ferdinand von Pirach umgebracht", ergänzte Alexa. „Das dachten wir auch. Aber der eindeutige Beweis stand noch aus. Franz wollte sich Kleinschmitt selbst vorknöpfen, er war aber so freundlich, mir den Vortritt zu lassen. Wer einmal im Gefängnis gesessen hat, ist seiner Erfahrung nach Polizisten gegenüber sehr zugeknöpft und er hoffte, dass ich Kasimir eher zum Reden bringen würde."

„Und, hast du?"

Alexa lächelte katzenhaft. „Was meinst du, warum ich sonst so lange in Kasimirs Wohnung war?"

„Ich hatte da so einige Ideen", gestand Fritz. Sofort verdüsterte sich seine Miene wieder.

„Hast du dir etwa Sorgen um mich gemacht?" Alexa konnte

nicht verhehlen, dass ihr diese Vorstellung schmeichelte. „Das wäre nicht nötig gewesen. Franz war die ganze Zeit mit ein paar Spezialkräften in der leer stehenden Wohnung nebenan. Wenn es kritisch geworden wäre, hätten sie sofort eingegriffen."

Fritz schien diese Information nicht zu beruhigen. Im Gegenteil: Er blickte noch verdrießlicher drein.

„Wie hast du mich eigentlich gefunden?", fragte Alexa, das Thema wechselnd.

„Ich bin dir von Leonbach aus gefolgt. War gar nicht so einfach, auf der Autobahn hätte ich dich fast verloren. Musst du so rasen? Das ist nicht ungefährlich mit einem Auto wie deinem – es könnte jeden Moment auseinanderfallen."

„Ts ts", machte Alexa und deutete auf den Benz. „Wessen Auto fällt hier gerade auseinander?"

„Das ist nicht mein Auto, das ist das Auto vom Sepp", stellte Fritz mürrisch klar.

„Da ist bestimmt der Anlasser hinüber", tippte Alexa. „Hatte meiner auch mal. Da kann man selber auf die Schnelle nichts machen. Der muss in die Werkstatt."

Fritz zuckte mit der Schulter. „Kann schon sein. Was mich momentan mehr interessiert als kaputte Anlasser, ist folgende Frage: Sitzt dort drinnen Ferdinands Mörder?" Er zeigte auf die heruntergekommene Mietskaserne gegenüber.

„Das ist nicht so leicht zu beantworten", sagte Alexa. „Ein Motiv hätte er auf jeden Fall: Ferdinand hat ihn in den Knast gebracht. Dafür wollte Kasimir ihn büßen lassen."

„Ferdinand hat ihn in den Knast gebracht? Dafür wollte Kasimir ihn büßen lassen?" Fritz war so verblüfft, dass er nichts anderes tun konnte, als Alexas Worte zu wiederholen.

„Komm, ich bring dich nach Hause und erzähle dir auf der Fahrt alles in Ruhe. Oder traust du dich etwa aus Angst, dass sie auf der Autobahn auseinanderbricht, nicht in meine Rostlaube einzusteigen?"

Fritz blickte hilfesuchend zum Himmel und folgte ihr.

Aus den Augenwinkeln beobachtete Alexa ihren Beifahrer. Sie konnte sich ein Grinsen nicht verkneifen. Nie hätte sie vermutet, dass dieser baumlange Kerl ein solcher Angsthase sein könnte. Kaum drückte sie aufs Gas, klammerte er sich wie ein Ertrinkender am Haltegriff über dem Fenster fest. Bei jeder Kurve lehnte er seinen Oberkörper in die Gegenrichtung, wenn sie bremste, spreizte er seine Beine in den Fußraum ein, als könne er so mitbremsen.

„Kannst du bitte das ewige Spurwechseln bleiben lassen?“, beschwerte er sich. „Was soll das überhaupt bringen?“

„Hallo? Wir sind hier in der Stadt, da macht man das so! Ein Landei wie du versteht das natürlich nicht. Um dich zu beruhigen: Wir sind gleich auf der Autobahn, da fahre ich immer nur links.“

„Oh Gott, das überlebe ich nicht. Mir ist jetzt schon schlecht.“

„Das liegt aber nicht an meinen Fahrkünsten, sondern eher an deinem gestrigen Besäufnis oder der Schokoriegel-Orgie, die du in Sepps Auto veranstaltet hast.“

Fritz würgte. „Erinnere mich nicht daran, wenn dir das Innenleben deines Autos lieb ist“, stöhnte er.

„Ich bin ja schon still.“ Alexa schwieg, aber auch das war Fritz nicht recht.

„Apropos Orgie – jetzt sag endlich, wie Kasimir darauf kommt, dass er seinen Gefängnisaufenthalt ausgerechnet dem von Pimmel zu verdanken hat“, drängte er. „Patrizia hat gesagt, die beiden wären eng befreundet gewesen.“

„Das waren sie auch“, bestätigte Alexa. „Als sie sich bei der Feier einer Fernsehproduktionsfirma kennenlernten, war Ferdinand bereits einer der bekanntesten Moderatoren Deutschlands; Kasimir hatte gerade begonnen, eine unbekannte Kinderratesendung bei einem kleinen Privatsender zu moderieren. Beruflich kamen sie sich nicht in die Quere, hatten aber dieselben Interessen: Frauen, Partys und Golfspielen. Sie hatten viel Spaß miteinander, wenn man Kasimirs Worten glauben darf.“

„Warum hat sich das geändert?“

„Weil Kasimir plötzlich zum Konkurrenten wurde. Kennst du 'Liebe ist alles'?“

„War das nicht irgendeine Kuppelshow, die Ferdinand moderiert hat?“

„Richtig. Die erfolgreichste Show im öffentlich-rechtlichen Fernsehen, dessen Publikum allerdings größtenteils über 60 Jahre alt war. Um eine jüngere Zielgruppe anzusprechen, dachte der Sender darüber nach, den alternden Moderator gegen ein frischeres Exemplar einzutauschen.“

„Lass mich raten: Kasimir sollte Ferdinand ersetzen?“, kombinierte Fritz.

Alexa musste neidlos anerkennen, das sein Gehirn trotz Restalkoholeinfluss recht ordentlich funktionierte. „Da hast du richtig geraten“, stimmte sie ihm zu. „Ferdinand hatte aber keine Lust, zum alten Eisen geworfen zu werden. Also beschloss er, sich seines besten Freundes auf elegante Art und Weise zu entledigen.“

„Indem er ihm die Polizei auf den Hals hetzte? “

Alexa nickte. „Kasimir organisierte alle zwei Wochen das, was man leicht untertrieben eine 'ausschweifende Feier' nennt. Es gab nicht viele Männer, denen die Ehre einer Einladung zukam. Nur Ferdinand war Stammgast. Kasimir meinte, das sei das perfekte Mittel gewesen, um sich das Hirn vom Show-Stress freiblasen zu lassen.“

„Wahrscheinlich haben sich die Männer da nicht nur das Hirn freiblasen lassen“, mutmaßte Fritz.

„Igitt, das möchte ich mir jetzt lieber nicht vorstellen.“ Natürlich hatte Alexa trotzdem sofort sehr eindeutige Bilder im Kopf. Sie schüttelte sich. „Danke für deinen Kommentar, jetzt ist mir auch schlecht.“

Fritz zeigte wenig Mitleid. „Wenn dir schlecht ist, fährst du vielleicht langsamer“, spekulierte er hoffnungsvoll.

„Oder ich drücke noch mehr aufs Gas, damit ich die Autofahrt schneller hinter mir habe“, bemerkte Alexa.

„Erzähl mir lieber weiter Kasimirs Geschichte – wenn du redest, fährst du auch nicht so schnell, habe ich festgestellt.“

Alexa verdrehte die Augen. „Hätte ich gewusst, dass du als Beifahrer so ein Weichei bist, hätte ich dich mit dem Taxi heimgeschickt. Noch ein Wort über meinen Fahrstil und ich lasse dich bei der nächsten Gelegenheit aussteigen."

„Gut, dann schweige ich halt." Fritz schmollte ein wenig, was Alexa ganz recht war. So konnte sie in Ruhe Auto fahren.

Schließlich siegte die Neugier ihres Beifahrers. „Erzählst du jetzt bitte weiter?", bat er Alexa ungeduldig.

„Na gut. Wo war ich stehen geblieben? Ach ja, die Orgien. Kasimir kümmerte sich um den Stoff und Ferdinand suchte die Gespielinnen aus. An jenem Abend, der Kasimirs Schicksal besiegeln sollte, hat Ferdinand offenbar dafür gesorgt, dass ein minderjähriges Callgirl mit von der Partie war. Von Pirach sagte seine Teilnahme in letzter Minute ab. Dafür standen plötzlich ein gutes Dutzend Überraschungsgäste vor der Tür: Polizisten, die einen anonymen Hinweis bekommen hatten. Seit dieser Nacht hat Kasimir nie mehr von seinem 'Busenfreund' gehört. Ferdinand leugnete, jemals mit ihm befreundet gewesen zu sein, schaffte es, sich unbeschadet aus der Affäre zu ziehen und wurde sogar noch belohnt: Er behielt seinen Job als Showmaster von 'Liebe ist alles'."

Alexa merkte Fritz an, dass er über diese Enthüllungen genauso schockiert war wie sie. Was Kasimir ihr anvertraut hatte, offenbarte völlig neue Seiten von Ferdinand von Pirach. Klar, er war ein chronischer Schwerenöter gewesen, aber zu einer Affäre gehörten immer zwei. Es war ja nicht so, dass er seine zahlreichen Geliebten gezwungen hatte, mit ihm in die Kiste zu steigen. Alexa musste zugeben, dass sie auch die Erpressung des Alten Fritz nicht sonderlich ernst genommen hatte. Wenn sie an Ferdinand von Pirach dachte, hatte sie trotz allem immer noch das Bild des mitfühlenden Moderators von „Liebe ist alles" im Kopf gehabt, der seinen Talkgästen nur tief in die Augen schauen musste, um sie den gröbsten Liebeskummer vergessen zu lassen – ein harmloser älterer Mann eben, dem man wegen seines Charmes so einiges verzieh. Dass er seinen besten Freund skrupellos aus dem Weg geräumt hatte, nur weil dieser sich zum Konkurrenten mauserte, verriet jedoch einen von Grund auf miesen Charakter. Während des Interviews hatte sich Alexa sogar dabei ertappt, Mitleid mit Kasimir Kleinschmitt zu empfinden, obwohl der beileibe auch kein unbeschriebenes Blatt war. Aber wenn man sah, was das Gefängnis aus ihm gemacht hatte … Alexa schauderte. Bei dem Gedanken daran, in den Knast zurückzumüssen, war Todesangst in seinen sonst so ausdruckslosen Augen aufgeflammt.

„Wie kommt Kasimir eigentlich dazu, auf dem Golfplatz aufzukreuzen?“, fragte Fritz.

Alexa musste sich erst sammeln, um mit relativ unbeteiligter Stimme fortfahren zu können. „Kleinschmitt hat vom Gefängnis aus Ferdinands Karriere verfolgt. Kurz vor seiner Entlassung aus der Haft las er in einer Illustrierten von dem anstehenden Geburtstagsturnier – es schien ihm eine gute Gelegenheit zu sein, sich an Ferdinand zu rächen. Ohne genauen Plan, was er tun wollte, hat er den Präsidenten am Abend zuvor beschattet und ihm den Golfclub-Schlüssel geklaut, den Ferdinand offen in seinem Porsche Cabrio hatte liegen lassen. Kasimir fuhr mitten in der Nacht zum Golfplatz, verschaffte sich mit dem Schlüssel Zugang zum Clubhaus und schnüffelte in von Pirachs Büro herum. Dort fand er aber nichts Besonderes, bis auf einen als Geschenk verpackten Lippenstift. Den nahm sich Kasimir und schrieb aus einer Laune heraus das berühmte 'DU SOLLST BÜSSEN, VIP!' an den Spiegel der Herrenumkleide. Er ging davon aus, dass Ferdinand das Geschmiere noch vor Turnierbeginn sehen würde, und wollte ihm so seinen Geburtstag versauen. Und natürlich Angst einjagen: Ferdinand sollte wissen, dass Kasimir ihn nicht vergessen, ihm nicht vergeben hatte. Den Rest der Nacht verbrachte Kleinschmitt in seinem Auto auf dem Golfplatz-Parkplatz und wartete auf das Geburtstagskind.“

„Dann tauchte das Geburtstagskind endlich auf und er erstickte es mit einem Schlägerputztuch. Ende gut, alles schlecht“, vollendete Fritz die Geschichte.

„Willst du denn gar nicht wissen, was dazwischen passiert ist?“, fragte Alexa.

„Doch, natürlich. Erst musst du mir aber sagen, ob ich recht habe. Ist Kasimir der Täter?“

„Immer schön der Reihe nach!“, ermahnte ihn Alexa.

Fritz rang die Hände.

Ihn ignorierend, fuhr sie fort: „Wenn Kasimir nicht genau zu der Zeit, als Ferdinand auf den Parkplatz fuhr, die Blase gedrückt hätte, hätte er das Eintreffen des Geburtstagskindes sogar verschlafen."

„Kleinschmitt hat dir auch noch erzählt, wann er mal pissen musste? Kein Wunder, dass du über zwei Stunden bei ihm warst!" Fritz schüttelte konsterniert den Kopf.

„Je mehr Infos, desto besser", widersprach Alexa eingeschnappt. „Kasimir hat auf die Uhr geschaut, bevor er pinkeln gegangen ist: Es war viertel vor fünf in der Früh. Das sind für den Tathergang außerordentlich wichtige Informationen!"

„Hat er auch auf die Uhr geschaut, als er Ferdinand das Licht ausgeblasen hat?", fragte Fritz verächtlich.

Alexa schnaufte. „Willst du nun wissen, wie es weitergeht, oder nicht?"

„Klar will ich das wissen! Mich interessiert nur nicht, ob Kasimir lediglich unter einer Blasenschwäche leidet oder unter Inkontinenz im fortgeschrittenen Stadium."

„Gut, dann fasse ich mich kurz: Ferdinand kommt, Kasimir pinkelt zu Ende und folgt ihm." Diese Spitze konnte sich Alexa nicht verkneifen. „Ferdinand betritt anders als erwartet nicht das Clubhaus, sondern holt aus dem Schuppen neben der Driving Range ein Golfcart und fährt damit davon. Kasimir muss sich sputen, um hinterherzukommen. Schließlich sieht er Ferdinand im Unterstand am vierten Loch verschwinden – mit einer Frau, aber die sieht Kasimir nicht. Dafür hört er bald ziemlich eindeutige Geräusche aus dem Unterstand dringen. Eigentlich möchte Kasimir abwarten, bis das Liebespaar wieder herauskommt, und Fotos machen. Er denkt, dass er Ferdinand mit den Fotos eventuell erpressen könnte. Während Ferdinand und seine Geliebte im Unterstand zugange sind, bemerkt Kasimir aber, dass ihm der Lippenstift abhanden gekommen ist, mit dem er den Spiegel der Herrenumkleide beschmiert hat. Er kriegt es mit der Angst zu tun. Er hat sehr darauf geachtet, keine Spuren im Clubhaus zu hinterlassen, aber auf dem Lippenstift sind seine Fingerabdrücke. Also kehrt er um und sucht den Weg ab. Er hat Glück und findet den Lippenstift, doch als er zum Unterstand zurückkommt, hat er Pech: Von Ferdinand und seiner Geliebten fehlt jede Spur. Dann hört er in der Nähe ein hysterisches Kreischen. Er rennt in Richtung des Geräusches auf das sechste Loch zu, kommt aber zu spät: Ferdinand liegt bereits regungslos auf dem Grün. Kasimir bekommt Panik, läuft zu seinem Auto und fährt davon."

Fritz schwieg eine lange Zeit. „Glaubst du ihm?", fragte er schließlich.

Alexa nickte. „Was er sagt, klingt logisch. Außerdem stockte Kasimir kein einziges Mal – die Geschichte sprudelte in einem Fluss aus ihm heraus. Wenn er sich alles nur ausgedacht hätte, hätte er sich widersprechen müssen."

Fritz zog zweifelnd die Augenbrauen zusammen.

„Ich hätte es gemerkt, wenn er mich belogen hätte", bekräftigte Alexa. „Außerdem hat sich Kasimir bereit erklärt, mit der Polizei zusammenzuarbeiten. Ich habe ihm Franz' Nummer gegeben. Noch während ich im Treppenhaus war, hat er bei ihm angerufen."

Fritz kratzte sich nachdenklich am Kinn. „Wann hat Kasimir Ferdinand gefunden?"

„Das war so zwischen halb und Viertel vor sechs. Danach ist er weggefahren, musste aber einen kurzen Zwischenstopp an der Tankstelle einlegen ..."

„Sag nichts. Musste er etwa schon wieder pinkeln?"

Alexa errötete. „Nicht direkt. Der Schock hat eher sein Verdauungssytem durcheinandergebracht."

„Von dir würde ich mich nicht interviewen lassen. Deine Befragungen fallen gründlicher aus als Verhöre bei der Polizei! Na ja, jedenfalls decken sich Kasimirs Zeitangaben mit denen von Sepp. Der meinte, er wäre um kurz vor sechs an der Tankstelle gewesen und hätte dort Kasimirs Auto gesehen. Außerdem stimmen Kleinschmitts Aussagen mit dem überein, was mir Patrizia gesagt hat. Das war wohl einer der wenigen Punkte, bei denen sie nicht gelogen hat."

„Wie meinst du das?"

Fritz erzählte ihr von dem Testament und seinem Verdacht, dass Patrizia Stefanies Baby hatte beseitigen wollen, um Ferdinands Erbe für ihre Tochter Estella zu sichern.

„Du meinst, Patrizia von Pirach hätte wegen des Testaments versucht, Stefanies Baby zu töten? Und weil ihr das nicht gelungen ist, hat sie eben ihren Ehemann umgebracht, bevor er das Testament abändern konnte?"

„Genau."

Alexa überlegte. „Dass Ferdinand einen Tag vor seinem Notartermin umgebracht wurde, ist in der Tat verdächtig. Allerdings hat Franz Patrizia von Pirach auch schon im Visier gehabt, den Verdacht nach der Überprüfung ihrer Konten aber fallen gelassen. Sie hätte es nicht nötig gehabt, des Geldes wegen zu morden: Sie hat Kohle ohne Ende. Ferdinands Erbe fällt dagegen recht mickrig aus. Er hat auf großem Fuß gelebt und die Honorare aus seiner Karriere als Moderator fast vollständig verprasst – genau, wie es dein Bruder Sepp vermutet hat. Auch Patrizia wusste das."

Fritz wirkte erleichtert, das zu hören. Alexa fühlte sich in ihrem Verdacht bestätigt, dass er eine Schwäche für die Exfrau des Präsidenten hatte – eine Vermutung, die sie nicht gerade für Patrizia einnahm. Gleichzeitig sah Fritz verwirrt aus. Natürlich, denn nun machte ein möglicher Vergiftungsversuch keinen Sinn mehr. Vielleicht hatte Stefanie tatsächlich den Tee nicht vertragen, mutmaßte Alexa und seufzte. Das war eines der Dinge, die sie wahrscheinlich nie herausfinden würden.

„Kasimir sagte, er hätte jemanden kreischen gehört, bevor er Ferdinand tot aufgefunden hat. Ist das eher ein männliches oder ein weibliches Kreischen gewesen?", wollte Fritz wissen.

„Das habe ich ihn auch gefragt, aber Kasimir konnte mir keine Antwort geben. Es war angeblich ein schriller Ton, wie von einer hohen Männerstimme oder einer normalen Frauenstimme. Er war sich nur sicher, dass das Geräusch nicht von Ferdinand stammte."

„Kai Wiese und Doktor Hans-Jürgen Hinterhuber haben beide nicht die tiefsten Stimmen", gab Fritz zu Bedenken und brachte Alexa auf den neuesten Stand, was den 100 000 Euro schweren Zufahrtsstraßen-Deal, Hinterhubers Schulden und Wieses auffälliges Verhalten betraf.

„Ach du meine Güte, das wird ja immer komplizierter!", rief Alexa aus. Sie fühlte sich leicht überfordert, zwang sie sich aber dazu, einen kühlen Kopf zu bewahren. „Fangen wir bei Null an und gehen durch, was wir haben: Ferdinand vergnügt sich im Unterstand mit einer Geliebten, spielt nach dem Liebesspiel wahrscheinlich das fünfte und sechste Loch, jemand kreischt, Ferdinand ist tot. Wer war bei ihm? Doch wahrscheinlich die Geliebte."

Fritz spann den Faden weiter. „Vielleicht fangen die beiden auf dem Grün von Loch 6 an zu streiten, Ferdinand bekommt vor Aufregung einen Herzinfarkt, kippt um und liegt hilflos am Boden. Die Geliebte erstickt ihn mit dem Schlägerputztuch. Ist das nicht eine Story?"

„Das ist eine Story. Die wir nur noch beweisen müssen."

„Ach, diese Kleinigkeit kann sich eine Redakteurin der Blitz-Zeitung doch sparen", stichelte Fritz.

„Ich heiße nicht Frida Bauer", erwiderte Alexa angesäuert.

„Nein, sondern Alexa Lauda. Wenn du nicht aufpasst, bringt dich dein Bleifuß noch in Teufels Küche."

17

Ein orkanartiger Sturm fegte über den Moserhof hinweg. Irgendwo schlug ein loser Fensterladen scheppernd gegen das alte Gemäuer, ein ohrenbetäubender Donner zerriss die Luft. Wie auf Kommando setzte heftiger Regen ein. Beinahe waagerecht prasselten die Tropfen gegen das Fenster von Sepps Zimmer – ein Geräusch, das Fritz unwillkürlich an Maschinengewehrsalven denken ließ. Komfortabel im Bett seines Bruders ausgestreckt lauschte er mit hinter dem Kopf verschränkten Armen den vielfältigen Klängen des Sommergewitters. Sepp nächtigte heute bei Rita und hatte ihm großzügigerweise sein Bett überlassen. Es lag also nicht an Sepps unbequemer Couch, dass er nicht schlafen konnte. Es lag auch nicht an dem lärmenden Gewitter oder dem immer noch ungelösten Fall. Der wahre Grund, warum er kein Auge zutat, schlummerte nur eine Wand entfernt in seinem eigenen Bett: Alexa.

Ständig hatte er ihr Gesicht vor Augen. Wie sie heute vor ihm gestanden hatte, mit sich schnell hebendem Brustkorb, die Augen zu wütenden Schlitzen verengt. Als er ihr unterstellt hatte, mit Franz unter einer Decke zu stecken, hatte sie ihn angefunkelt wie eine Raubkatze, die ihre Krallen ausfuhr. Es hatte ihn größte Beherrschung gekostet, ihr nicht auf der Stelle die Kleider vom Leib zu reißen und über sie herzufallen. Warum war ihm nicht früher aufgefallen, wie unbeschreiblich sexy die Journalistin war? Sie war nicht nur sexy, sondern ebenso klug. Wie geschickt sie Kasimir ausgehorcht hatte! Fritz bezweifelte, dass der Kriminaloberkommissar Stauffacher den ehemaligen Sträfling so leicht geknackt hätte wie Alexa. Er bewunderte sie dafür, auch wenn er sich hüten würde, ihr das auf die Nase zu binden. Genauso wie er sich hüten würde, ihr zu gestehen, wie attraktiv er sie fand. Was sie verband, war einzig und allein ihr gemeinsames Ziel: Ferdinand von Pirachs Mörder zu finden. Nach einigen Anlaufschwierigkeiten arbeiteten sie endlich gut zusammen und Fritz wollte ihre funktionierende Zweckgemeinschaft nicht gefährden, indem er Gefühle ins Spiel brachte. Er wusste, wohin das führen würde: Nämlich ziemlich genau nirgendwohin. Sie beide waren viel zu unterschiedlich, sie, die ehrgeizige Journalistin auf dem Weg nach oben, und er, der Golfpro auf dem absteigenden Ast. Außerdem hatte er sich nach seiner Erfahrung mit Susi geschworen, sich nie wieder zu verlieben – außer vielleicht in einen Hund oder einen neuen Golfschläger. Liebe zu Frauen führte unweigerlich zu einem gebrochenen Herzen und Fritz hatte keine Lust, den Rest seines Lebens mit Flickarbeiten zuzubringen.

Trotzdem konnte er nicht verhindern, dass sich seine Gedanken wie ein Kreisel um Alexa drehten. Seit Stunden versuchte er, ihr Bild aus seinem Kopf zu verbannen. Es gelang ihm nicht. Er musste sich irgendwie ablenken. Seufzend erhob er sich und suchte Sepps Zimmer relativ erfolglos nach etwas Lesbarem ab. Unter dem Bett fand Fritz eine Handvoll Playboy-Hefte, die er aber nicht anrührte. Sie würden seinen Zustand bloß verschlimmern. Sehnsuchtsvoll dachte er an die kleine Bibliothek in seinem Zimmer. Wenn er schon eine schlaflose Nacht verbringen musste, dann wenigstens mit guter Lektüre.

Es war kurz vor Mitternacht – sicher schlief Alexa längst. Er könnte sich in sein Zimmer schleichen, ein Buch aus dem Regal holen und wieder verschwinden. Alexa würde nie merken, dass er überhaupt da gewesen war.

Recht angetan von diesem Plan drückte er sich auf den Gang hinaus und klopfte für den unwahrscheinlichen Fall, dass Alexa noch auf war, leise an die Tür zu seinem Zimmer.

„Ja bitte?“, erklang es munter.

Oha. Dass Alexa wach sein könnte, hatte Fritz nicht bedacht. Kurz spielte er mit dem Gedanken, umzudrehen und sich in Sepps Zimmer zurückzustehlen, doch das wäre feige gewesen. Also drückte er vorsichtig die Klinke herunter und blieb zaghaft im Türrahmen stehen, als hätte er eben einen Löwenkäfig geöffnet.

Dass anstelle eines ausgewachsenen Löwen ein unschuldig dreinblickendes Bambi auf seinem Bett saß, erschien Fritz nicht weniger gefährlich. Augenblicklich verfiel er in eine Art Angststarre. Er konnte nichts anderes tun, als die Frau, die sich nur mit Höschen und Trägershirt bekleidet über einen Wust von Notizen und Zeitungen beugte, mit weit aufgerissenen Augen anzustarren. Gegen ein spärlich bekleidetes Bambi kamen hundert splitterfasernackte Playboy-Häschen nicht an, schoss es ihm durch den Kopf. Er wusste sofort: Es war ein Fehler gewesen, hierherzukommen. Ein riesengroßer, unverzeihlicher Fehler.

Durch einen Nebel des Verlangens hindurch merkte er, dass ihn Alexa fragend ansah. „Äh, ich kann nicht schlafen und wollte mich … wollte mir nur schnell was zu lesen holen“, stammelte Fritz und deutete ungelenk auf sein Bücherregal.

Alexa machte eine einladende Handbewegung. „Nur zu, es ist schließlich dein Zimmer.“

Bei jedem Schritt in Richtung Regal spürte Fritz Alexas Blick heiß im Rücken. Er war sich unangenehm bewusst, dass er lediglich Boxershorts und ein ausgeblichenes T-Shirt am Leibe trug.

„Ich hätte nicht gedacht, dass du dich für deutsche Klassiker interessierst“, ertönte es direkt hinter ihm. Alexa sah ihm neugierig über die Schulter; er hatte gar nicht gehört, dass sie vom Bett aufgestanden war.

„Na ja, ab und zu brauche ich eben eine Einschlafhilfe“, improvisierte Fritz. Er wollte nicht zugeben, dass er seit dem Deutschunterricht der Oberstufe eine Schwäche für die Werke der großen deutschen Dichter hatte. Dass er Goethe und Schiller mochte, hatte in seiner Familie regelmäßig für Erheiterung gesorgt.

„Lies nicht zu viel von dem Zeugs, sonst sprichst du nur noch in Versen zu uns. Reicht schon, dass der Hansi hochdeutsch redet, wenn er sauer ist“, hatte sein Vater gespottet und auch seine Brüder hatten nicht mit hämischen Kommentaren gespart. Irgendwann war Fritz dazu übergegangen, heimlich zu lesen. Von den Klassikern lassen konnte er nicht. Egal, wie oft er sie durchgeackert hatte, jedes Mal entdeckte er etwas Neues in ihnen.

„Das ist das Schöne an Klassikern: Man kann sie immer wieder lesen und entdeckt jedes Mal etwas Neues“, bemerkte Alexa.

Fritz drehte sich zu ihr um und konnte wieder nichts anderes tun, als sie anzustarren. Konnte sie seine Gedanken lesen? Oder waren sie doch nicht so verschieden, wie er gedacht hatte? Ihm stand nicht der Sinn danach, diesen Fragen auf den Grund zu gehen. Er musste weg von hier – weg von ihr, bevor er etwas Unüberlegtes anstellte. Sie stand so dicht bei ihm, dass er nur den kleinen Finger abspreizen müsste, um sie zu berühren. Es bereitete ihm körperliche Schmerzen, es nicht zu tun. Unter größter Anstrengung löste er seine Augen von ihrem Gesicht und sah an ihr vorbei auf das Bett.

Sein Blick fiel auf ein vollgekritzeltes Poster. Der Name Ferdinand von Pirach stand dreimal unterstrichen und dick eingekringelt im Zentrum des Blattes. Von ihm ausgehend führte ein unübersichtliches Wirrwarr aus beschrifteten Pfeilen und Verästelungen zu weiteren Namen, neben denen noch dazu bunte Notizzettel klebten. Vervollständigt wurde das Ganze durch bildhafte Skizzen: ein unschuldiges Blümchen hier, ein Totenkopf mit verschränkten Golfschlägern dort. Ein System konnte Fritz dahinter nicht erkennen. Das Plakat könnte genauso gut als modernes Kunstwerk irgendeines durchgeknallten Künstlers durchgehen.

Alexa zuckte beinahe entschuldigend die Schultern. „Das hilft mir beim Denken“, erklärte sie.

Fritz sah sich erneut in seiner Vermutung bestätigt, dass das weibliche Gehirn einige Windungen mehr aufweisen musste als ein männliches. Wie brachten es Frauen sonst fertig, so kompliziert zu denken?

Scheinbar hatte er seine Gedanken laut ausgesprochen, denn Alexa gluckste. „So kompliziert ist es gar nicht“, beteuerte sie. „Komm, ich erkläre es dir.“ Sie bugsierte ihn neben sich aufs Bett und erläuterte ihm haarklein, wer mit wem wie und weshalb in Beziehung stand.

Obwohl Fritz sich wirklich Mühe gab, ihr zu folgen, blickte er nicht ganz durch. Er entschuldigte sein träges Gehirn damit, dass es unter erschwerten Bedingungen arbeiten musste: Es waren nicht nur ihre Worte, mit denen Alexa seine Aufmerksamkeit fesselte. Seine Konzentration wurde zum Beispiel durch die Tatsache, dass sie unter ihrem eng sitzenden Trägershirt keinen BH trug, stark beeinträchtigt. Ihre noch feuchten Haare umsprangen in lustigen

Löckchen ihr klassisch geschnittenes Gesicht und dufteten zu allem Überfluss nach Pfirsichshampoo. Überflüssig zu erwähnen, dass Fritz Pfirsiche liebte. Verstohlen lugte er auf Alexas Brüste, die eher saftigen Orangen glichen. Er stöhnte unhörbar und zwang sich, nicht mehr an Obst jedweder Sorte zu denken. Mit – wie er hoffte – ausdrucksloser Miene lauschte er Alexas Ausführungen bis zum Ende und bemerkte dann trocken: „Es geht auch einfacher." Er nahm das Blatt Papier, drehte es um und beugte sich nach vorne, um den Stift zu greifen, der neben Alexas Schoß lag. Dabei streifte er mit seinem Ellenbogen ihre Brust.

Alexa erstarrte.

„Oh, Verzeihung, das war ein Versehen, ich wollte nicht in dich, äh, ich meine, in deine Intimsphäre eindringen …", stotterte er, nur um eine Sekunde später andächtig zu verstummen.

Alexa wischte sich verlegen eine widerspenstige Strähne aus dem Gesicht und entblößte dabei ihren zarten Hals. Auf ihren hohen Wangenknochen zeigte sich eine sanfte Röte, ihre fein geschwungenen Lippen öffneten sich erwartungsvoll. Sie sah aus wie dem Gemälde einer Venus entsprungen. Ihre Augen, die sich in seine bohrten, wirkten im dämmrigen Schein der Nachttischlampe fast schwarz – und voller Verlangen. Die Luft pulsierte, ein Blitz erhellte das Zimmer.

All seine hehren Vorsätze verpufften im Hall des nachfolgenden Donners. Langsam hob Fritz den Arm, strich sanft über Alexas Wange und fuhr mit seinem Zeigefinger die Konturen ihrer Lippen nach, die unter seiner zärtlichen Berührung erbebten. Dann legte er die Hand in ihren Nacken, zog sie zu sich heran und küsste sie.

Wieder erwachte Fritz, weil ihm die Sonne gleißend hell ins Gesicht schien. Diese verflixte Vorhangstange! Er richtete sich auf und brauchte wie am Morgen zuvor einen Moment, um sich zu orientieren. Warum war er in seinem eigenen Zimmer und nicht in dem seines Bruders? Ein süßer Pfirsichduft stieg ihm in die Nase und half seiner Erinnerung auf die Sprünge. Ein glückliches Lächeln stahl sich auf sein Gesicht. Er fühlte sich energiegeladen wie lange nicht, obwohl er nur wenig geschlafen hatte. Anders als sonst war sein Schlaf tief und erholsam gewesen – der Schlaf eines Erschöpften.

Er tastete neben sich. Dort, wo vor zwei Stunden Alexa neben ihm eingeschlafen war, lag nun ein Zettel. „Bin frühstücken. Habe Hunger“, stand darauf, mit einem lachenden Herz verziert. Fritz schwang sich aus dem Bett, zog sich hastig etwas über und verließ fröhlich pfeifend sein Zimmer.

„Ich wäre auch gut gelaunt, wenn ich mir die Nacht über die Seele aus dem Leib gevögelt hätte“, bemerkte Schorsch, der gleichzeitig mit seinem älteren Bruder auf den Gang trat.

„Häh?“, erwiderte Fritz.

Schorsch klopfte gegen die Mauer und zog vielsagend die Augenbrauen in die Höhe. „Die Wände sind recht hellhörig, schon vergessen?“

Schlagartig war es um Fritz' gute Laune geschehen. Sich verlegen das Ohr reibend folgte er seinem Bruder die Treppe hinunter. Die Zimmer der Brüder waren nach der Reihenfolge ihrer Geburt aufgereiht: Fritz' Zimmer befand sich am Ende des Ganges, daneben kam das von Sepp, zur Treppe hin folgten das von Schorsch und Hansi. Das Schlafzimmer seiner Eltern lag am anderen Ende des Ganges. Fritz hoffte inständig, dass die verräterischen Geräusche nur bis zu Schorschs Zimmer gedrungen waren.

Seine Hoffnung wurde enttäuscht. Kaum war er im Erdgeschoss angekommen, stapfte der Alte Fritz durch die Eingangstür. Als er seinen Sohn erspähte, hielt er mit schnellen Schritten auf ihn zu. Fritz machte sich auf ein Donnerwetter gefasst, doch sein Vater begann, von einem Ohr zum anderen zu grinsen.

„Gut gemacht, mein Sohn! Ich dachte schon, das wird nie was mit euch beiden!“ Anerkennend klopfte er ihm auf die Schulter und zog weiter.

Fritz konnte sich nicht daran erinnern, dass ihm sein Vater jemals zuvor anerkennend auf die Schulter geklopft hätte. Mit hochrotem Kopf schlich er in die Küche, in der seine Mutter in ein angeregtes Gespräch mit Alexa vertieft war.

„Ah, da bist du ja endlich! Hast du gut geschlafen? Musstest dich von einer anstrengenden Nacht erholen, gell?“ Seine Mutter zwinkerte ihm verschwörerisch zu.

Fritz war drauf und dran, auf der Stelle kehrtzumachen. Nur Alexas Lächeln hielt ihn davon ab. Sie sah noch bezaubernder aus als sonst. Ihre Augen funkelten, als würden sie von einem inneren Licht erleuchtet. Der Gedanke, dass sie wegen ihm derartig strahlte, versetzte ihn in einen absurden Freudentaumel. Er setzte sich ihr gegenüber an den Tisch und konnte sich nur schwer davon abhalten, wie ein verliebter Teenager ihre Hand zu nehmen.

„Da sind sie ja, unsere Turteltäubchen. Euer Gurren war weithin zu hören.“ Hansi war unbemerkt in die Küche getreten und streifte Alexa und Fritz mit einem schwer zu deutenden Blick.

Fritz wäre vor Scham am liebsten im Boden versunken. Wie es schien hatten Alexa und er ein nicht ganz jugendfreies nächtliches Unterhaltungsprogramm für die gesamte Familie geliefert. Er konnte sich nichts Peinlicheres vorstellen, als von den eigenen Eltern und Brüdern beim Liebesspiel belauscht zu werden.

Alexa nahm es deutlich gelassener. Ohne auch nur anstandshalber zu erröten verwickelte sie Hansi in eine Unterhaltung über sein Studium, scherzte mit seiner Mutter und machte ganz allgemein einen sehr aufgeräumten Eindruck. Zwischendrin strich sie unter dem Tisch mit ihrem Fuß an Fritz' Bein entlang und brachte ihn damit noch mehr durcheinander, als er es ohnehin schon war. Sein Gesicht glühte.

„Fritz, möchtest du einen Kaffee?“, fragte ihn Maria und schlug sich gleich darauf gegen die Stirn. „Mist, der ist alle. Ich fahr schnell zum Supermarkt, bin sofort wieder zurück.“

Fritz hechtete zur Tür. „Lass mich das machen“, bat er atemlos. Er hätte freiwillig sämtliche Klos im Moserhof geputzt, um der unangenehmen Situation zu entkommen.

„Wenn du dich unbedingt nützlich machen willst“, antwortete Maria etwas ratlos. Dass sich einer ihrer Söhne freiwillig zum Einkaufen meldete, war noch nie vorgekommen. Sie kramte in ihrer Tasche, drückte Fritz eine Einkaufsliste in die Hand und wandte sich an Alexa. „Alexa, Liebes, verschmerzt du die Abwesenheit deines Geliebten für eine Weile?"

Die Antwort bekam Fritz nicht mehr mit. Er hatte längst das Weite gesucht.

Normalerweise hasste Fritz einkaufen; heute war der Supermarkt eine rettende Oase für ihn. Er hatte es nicht eilig, den Einkaufszettel seiner Mutter abzuarbeiten. Gemütlich schlenderte er durch die Regale und stapelte bei der Gelegenheit zwanzig Packungen seiner Lieblingsschokoriegel in den sowieso schon gut gefüllten Einkaufswagen. Wäre er klein wie Alexa, hätte er nicht mehr über den Wagen hinausgesehen.

Alexa. Stumm wiederholte er wieder und immer wieder ihren Namen. Ein Kribbeln breitete sich in seinem Bauch aus, wenn er an letzte Nacht dachte. An ihre Haut. Weich wie Samt und dabei fest wie ein Pfirsich. Anders als die von ihm verehrten deutschen Dichter war Fritz nie gut darin gewesen, passende Vergleiche zu finden. Er wusste nur, dass die Redewendungen „Klein, aber fein" oder „Klein, aber oho" auf Alexa passten wie die Faust aufs Auge. Ihr Körper war wunderbar weiblich und gleichzeitig durchtrainiert. Man merkte ihr an, dass sie gerne Sport trieb – und so manch anderes. Sie war auf ihm herumgeturnt wie eine Akrobatin. Bei der Erinnerung daran breitete sich eine brennende Hitze in Fritz' Körper aus. Seine Ohren glühten. Alexa hatte ihn und sich bis zum Limit gefordert, bis er dachte, nichts ginge mehr. Sie hatte ihm stets aufs Neue bewiesen, dass er unrecht hatte. Susi dagegen war immer bald die Puste ausgegangen.

Apropos Susi. Fritz schnüffelte. Irgendjemand roch hier wie seine Ex. Suchend blickte er sich um. Vivienne Hinterhuber ging gedankenverloren an ihm vorbei. In der Hand hielt sie einen Lippenstift, den sie traurig anstarrte, als könne sie durch ihn mit Toten kommunizieren.

Fritz wusste nicht, wie er auf diesen bizarren Gedanken kam. Vielleicht deshalb, weil Vivienne wie auf Ferdinand von Pirachs Beerdigung ganz in schwarz gekleidet war; geradezu, als trauere sie noch um den Freund ihres Vaters. Er schnupperte möglichst unauffällig. Es war tatsächlich Vivienne, die so verführerisch duftete wie Susi. Und Stefanie Scherer. Und Patrizia von Pirach.

Vivienne hatte den Lippenstift längst bezahlt und den Supermarkt verlassen, als Fritz ein abwegiger Verdacht beschlich.

Lippenstift, Parfum.

Was, wenn …

Nein, der Gedanke war zu absurd, um ihn zu Ende zu denken.

Lippenstift, Parfum.

Fritz konnte seine Gedankenspiele nicht stoppen. Was, wenn die süße, unschuldige, erst siebzehnjährige Vivienne Hinterhuber Ferdinand von Pirachs letzte Geliebte gewesen war? Wenn sie diejenige war, mit der sich von Pimmel kurz vor seinem Tod im Unterstand vergnügt hatte? Diejenige, die ihn umgebracht hatte? Fritz ließ den bis oben gefüllten Einkaufswagen vor der Kasse stehen und rannte aus dem Supermarkt.

Atemlos sprintete er die enge Treppe zu seinem Videoraum hinauf. Während der kurzen Fahrt zum Golfplatz war die Überzeugung in ihm gereift, dass Vivienne die Geliebte sein musste, nach der sie suchten. Geliebten machte man Geschenke – und Ferdinand von Pirach hatte offenbar all seinen Angebeteten dasselbe Parfum geschenkt: Temptation. Wenn sich der Präsident schon jede Woche einen anderen weiblichen Vornamen hatte merken müssen, wollte er wahrscheinlich sicherstellen, dass seine Frauen zumindest alle gleich dufteten. Außerdem hatte Kasimir erwähnt, dass der Lippenstift, den er im Büro des Präsidenten gefunden hatte, mit einer Geschenkschleife versehen gewesen war. Vielleicht war er für Vivienne bestimmt gewesen, die sich eben einen neuen gekauft hatte?

Im Supermarkt war Fritz wieder eingefallen, dass Ferdinand mit Vivienne Probeaufnahmen für ein Moderatorencasting gemacht hatte. Vielleicht fanden sich auf der Kamera noch Hinweise darauf, welcher Art ihre Beziehung gewesen war: Ob sie ein Schüler-Lehrer-Verhältnis miteinander gehabt hatten oder eine Affäre.

Mit vor Aufregung zitternden Händen schloss Fritz die Tür zu seinem Videoraum auf. Es war stickig dort drinnen, die Luft muffig und abgestanden. Er war lange nicht hier gewesen – zumindest nicht, seit Ferdinand diesen Raum benutzt hatte.

Eilig ging er zur Kamera hinüber, die sich neben der Abschlagsmatte befand. Er schaltete sie ein, blickte durch den Sucher und drückte auf die Wiedergabetaste.

Nichts.

Ferdinand hatte das Tape mitgenommen. Natürlich.

Allerdings gab es noch eine Chance. Weil es wichtig war, den Schwung von beiden Seiten aufzunehmen, hatte Schorsch ihm auf der anderen Seite der Abschlagsmatte eine kleinere Kamera installiert. Vielleicht hatte Ferdinand das Tape der großen Kamera entfernt, das der kleinen aber vergessen?

Erwartungsvoll wiederholte Fritz die Prozedur, wurde jedoch enttäuscht: Auch bei der zweiten Kamera war das Tape entfernt worden.

Man konnte Ferdinand vieles vorwerfen, aber dumm war er nicht gewesen.

Leider.

Fritz war frustriert. Weit war er nicht gekommen mit seinem Versuch, das Verhältnis zwischen Ferdinand und Vivienne zu ergründen. Nicht einmal die seitenverkehrte Kopie der kleinen Kamera hatte Ferdinand übersehen.

Kopie.

Dunkel erinnerte sich Fritz an Schorschs Einweisung in das Videosystem. Fritz hatte verzweifelt die Hände über dem Kopf zusammengeschlagen; ihm war die Bedienung der Kameras viel zu kompliziert erschienen. Er müsste nur einen falschen Knopf drücken, und alle Aufnahmen wären weg. Schorsch hatte ihn nur müde angelächelt und gemeint, er müsse sich keine Sorgen machen – weil er seinen großen Bruder kenne, hätte er das System so installiert, dass auf dem Computer automatisch Sicherungskopien aller Aufzeichnungen abgelegt würden. Das hatte sich als äußerst praktisch erwiesen. Von dort aus konnte Fritz außerdem mit nur einem Klick DVDs für seine Schüler brennen; ein Angebot, das die meisten von ihnen dankbar annahmen. Von neuer Hoffnung beseelt, fuhr er den Computer hoch. Das Videoprogramm öffnete sich unendlich langsam. Fritz kaute nervös auf seinen Fingernägeln herum – eine Unsitte, die er eigentlich vor zwanzig Jahren abgelegt hatte.

Endlich tauchten zumindest Standbilder auf dem Bildschirm auf; sie zeigten aber lediglich eine Unzahl unterschiedlicher Golfschwünge. Ungeduldig scrollte er ganz nach unten.

Da. Da war es, das aparte Gesicht von Vivienne Hinterhuber. Fritz startete das Video mit einem Doppelklick. Nebeneinander waren die Aufnahmen der beiden Kameras zu sehen. Die kleine Kamera zeigte nur Viviennes Haarschopf von hinten; Fritz verkleinerte diese uninteressante Ansicht und vergrößerte dafür das Bild der Hauptkamera.

Die Siebzehnjährige winkte verlegen in die Kamera und strich sich mit einer unsicheren Geste die unbändigen Locken aus dem Gesicht. Irgendjemand – wahrscheinlich Ferdinand – sagte im Hintergrund irgendetwas. Es musste etwas Lustiges gewesen sein, denn Vivienne beugte sich nach vorne und begann, aus vollem Halse zu lachen. Als sie sich wieder aufrichtete, war sie nicht mehr das schüchterne Mädchen, das ihrer Freundin Estella aus sicherer Entfernung beim Golfen zugesehen hatte. Nein, Fritz hatte plötzlich eine junge Frau vor sich, die selbstbewusst in die Kamera lächelte und so souverän mit ihrer Vorstellung begann, als hätte sie nie etwas anderes gemacht. Im Alltag wirkte Vivienne manchmal der Welt entrückt, aber auf dem Video strahlte sie eine unglaubliche Präsenz aus. So etwas konnte man nicht lernen, man hatte es, oder man hatte es nicht. Vivienne hatte es, dieses gewisse Etwas. Sie flirtete richtiggehend mit der Kamera – oder mit dem Mann dahinter? Fritz war sich nicht sicher. Jedenfalls hatte er sie noch nie so gesehen: Ihre grünen Augen funkelten wie Smaragde und sie wirkte vollkommen gelöst. Glücklich. Sie war wie ausgewechselt. Was hatte diese Wandlung ausgelöst?

Mit einem verschmitzten Augenzwinkern beendete sie ihre Präsentation. Die Kamera lief weiter – von Pirach hatte vor lauter Begeisterung wohl vergessen, die Stopp-Taste zu drücken. Mit einem

Ausruf des Entzückens lief er auf Vivienne zu, riss sie in seine Arme und wirbelte sie herum, als wäre er Mitte zwanzig und nicht Mitte sechzig. Es war seltsam, den Präsidenten so voller Leben zu sehen. Er hatte nicht viel gemein mit der in Todesangst erstarrten, aber immerhin genauso gut gekleideten Leiche auf Loch 6.

Auf dem Bildschirm umschloss der noch quicklebendige Ferdinand Viviennes Gesicht mit beiden Händen und küsste sie leidenschaftlich. Mit Zunge. Vivienne erwiderte den Kuss auch noch.

Igitt.

Es wurde noch unappetitlicher.

Ferdinands Hände wanderten langsam hinunter zu ihrem Busen und verweilten dort.

Fritz ballte seine Hände zu Fäusten. Dieser elende alte Sack hatte seine Position schamlos ausgenützt. Ihm wurde schlecht. Er wollte das Video stoppen, aber der Computer reagierte nicht. So wurde er Zeuge, wie von Pimmel seine Hose öffnete und Viviennes Kopf nach unten drückte. Sie verschwand aus dem Sichtfeld. Fritz betete, dass sie nicht das tat, wonach es aussah, aber Ferdinands Stöhnen ließ keine Fragen offen.

Fritz kannte dieses Stöhnen. Sofort war es wieder da, das Bild, das er seit einem halben Jahr zu verdrängen versuchte: Ferdinand, der auf dem Rücken ausgestreckt in Fritz' Bett lag, vor Anstrengung ächzend und mit hervortretenden Augen Susi anglotzend, die mit wogenden Brüsten auf ihm ritt.

Fritz schlug die Hände vors Gesicht und starrte eine Sekunde später doch wieder wie gebannt auf den Computerbildschirm. Irgendetwas hatte jenseits von Ferdinands Gestöhne seine Aufmerksamkeit erregt. Er vergrößerte die Ansicht der kleinen Kamera, spulte zurück und ließ das Video in Zeitlupe vorwärts laufen.

Da. Er hatte sich nicht getäuscht: Die Tür zum Videoraum öffnete sich einen Spalt. Fritz zoomte näher heran. Nur so konnte er den roten Haarschopf erkennen, der kurz aufblitzte. Die Tür wurde wieder geschlossen, aber nicht ganz. Eine bleiche Hand, die ein Mobiltelefon umklammerte, tauchte auf. An dem Handy blinkte ein rotes Licht – das Signal, dass gefilmt wurde.

Oh mein Gott. Fritz kannte nur einen im Club, zu dem dieser rote Haarschopf gehören konnte: Kai Wiese, den Clubmanager. Das Wiesel hatte Ferdinand und Vivienne mit seiner Handykamera gefilmt.

Hatte der Clubmanager seine neue Uhr diesen kompromittierenden Aufnahmen zu verdanken? Mit diesem Material ließe sich leicht jemand erpressen. Ferdinand von Pirach, zum Beispiel. Ihm dürfte nicht viel daran gelegen gewesen sein, dass sein Verhältnis zu einer Minderjährigen auf diese Weise publik wurde. Auch Hans-Jürgen Hinterhuber wäre ein geeignetes Erpressungsopfer. Der Vizepräsident würde alles tun, um den guten Ruf seiner Tochter zu schützen. Hatte er dafür sogar gemordet? Hatte er den Geliebten seiner Tochter aus der Welt geschafft, bevor ihre Affäre mit dem Präsidenten bekannt werden konnte? Oder war Vivienne die Täterin? Fritz hatte keine Lust, sich länger mit diesen Fragen herumzuschlagen. Er wollte Antworten – sofort.

18

Dem Haus der Hinterhubers war nicht anzumerken, dass seine Eigentümer Schulden hatten. Die im toskanischen Baustil errichtete Villa hatte vor nicht allzu langer Zeit einen neuen, terrakottafarbenen Anstrich bekommen und wirkte auch sonst durch und durch gepflegt. Während Fritz unter dem von Säulen getragenen Eingangsbereich darauf wartete, dass sein Klingeln beantwortet wurde, sah er sich um. Links neben dem Haus der Hinterhubers verbarg sich hinter einer hohen Thujenhecke das Anwesen von Patrizia von Pirach. Von hier aus war nur das Walmdach mit eleganten Bogenfenstern zu sehen; hinter einem davon musste sich Estellas Zimmer befinden. Die anderen Einfamilienhäuser der Siedlung waren ähnlich imposant, mit weitläufigen Gärten und penibel zurechtgestutzten Buchsbäumchen neben den breiten Garagen. Wer hier wohnte, hatte Geld. Deswegen oder auch wegen der unmittelbaren Nähe zum Golfplatz waren viele Bewohner der Siedlung Mitglieder des Leonbacher Golfclubs.

Vivienne öffnete die Tür. Ihre grünen Augen waren verschwollen, die Nase gerötet und die rotbraunen Locken über ihrem rechten Ohr plattgedrückt, als wäre sie auf dieser Seite im Bett gelegen und hätte geweint. Nun schien sie sich wieder im Griff zu haben. Mit regloser Miene musterte sie Fritz, der sie lächelnd begrüßte.

„Ich habe gelesen, was über dich in der Zeitung stand", teilte sie ihm tonlos mit, anstatt seine Begrüßung zu erwidern. Abwartend blickte sie den Golflehrer an.

Fritz wusste nicht, wie er auf diesen Satz reagieren sollte. Vivienne hatte ihn nicht vorwurfsvoll gesagt, sondern eher, als stelle sie eine Tatsache fest. Was erwartete sie von ihm? Dass er seine Unschuld beteuerte? Oder sollte er sich ihr gegenüber für den Zeitungsartikel entschuldigen?

„Ich glaube nicht, dass du Ferdinand ermordet hast", brach sie nach einer Weile das unangenehme Schweigen.

„Und warum nicht?"

„Ferdinand mochte dich", erklärte Vivienne. „Er hat gesagt, du hättest dich stets anständig verhalten, obwohl er nicht immer fair zu dir gewesen ist."

Fritz schluckte. Diese Offenbarung war nicht unbedingt das, was er hören wollte. Ferdinand hatte ihn gemocht? Ihn, der Gott weiß wie viele Stunden damit zugebracht hatte, dem Präsidenten die Pest oder Ebola, auf jeden Fall aber einen qualvollen Tod an den Hals zu wünschen? Wegen Vivienne bekam Fritz nachträglich Gewissensbisse, auf die er gerne verzichtete hätte. Außerdem verriet ihre leicht dahingesagte Äußerung, dass Ferdinand und sie nicht nur gepimpert, sondern zwischendrin auch miteinander gesprochen hatten – und nicht gerade über die seichtesten Themen. Er wusste nicht, was er davon halten sollte.

„Was willst du hier?", fragte Vivienne, nicht unfreundlich.

„Ist dein Vater da?", fragte Fritz zurück.

„Nein, er ist auf einer Konferenz und kommt erst morgen zurück. Meine Mutter ist in der Praxis."

Das war Fritz ganz recht. Er wollte sowieso zuerst mit Vivienne reden, bevor er sich ihren Vater vorknöpfte. Da gerade Sommerferien waren, hatte er sich gute Chancen ausgerechnet, die Tochter des Hauses alleine anzutreffen.

„Ich wollte eh hauptsächlich mit dir reden. Es geht um Ferdinand. Und dich."

Vivienne erblasste.

„Und die Probeaufnahmen für das Moderatorencasting", fügte Fritz hinzu. „Sie waren noch auf meinem Computer gespeichert. Ich habe sie dir auf DVD gebrannt und anschließend gelöscht."

„Ach so! Vielen Dank." Erleichtert ergriff sie die DVD, die Fritz ihr entgegenstreckte.

„Allerdings wurde die Kamera nicht gestoppt, nachdem du mit der Präsentation fertig warst. Auf der DVD ist auch zu sehen, was danach passiert ist."

Im ersten Moment errötete Vivienne und senkte die Augen. Dann blickte sie Fritz gerade ins Gesicht und trat die Flucht nach vorne an.

„Es ist nicht so, wie ihr alle denkt! Ferdinand und ich – wir haben uns geliebt! Wirklich!“

Fritz verschränkte in einer unbewussten Geste die Arme. „Wer denkt etwas anderes?“

„Meine Eltern. Sie meinen, dass Ferdinand mich nur ausgenutzt hat. Und du denkst dasselbe, das sehe ich dir an!“

Einmal mehr verteufelte Fritz seine Unfähigkeit, seine wahren Gefühle zu verbergen. Vivienne hatte natürlich recht, aber wenn er das zugeben würde, könnte er sich genauso gut umdrehen und gehen. Also versuchte er es mit ausweichender Diplomatie. „Ich bin nicht hier, um das, was auch immer du mit Ferdinand hattest, zu verurteilen. Ich bin hier, weil ich dich um deine Hilfe bitten möchte.“

„Ich soll dir helfen? Wie denn?“ Ihr Gesicht verriet eine gehörige Portion Skepsis.

„Indem du mir in allen Einzelheiten erzählst, was am Morgen vor Ferdinands Tod passiert ist.“

„Am Morgen vor Ferdinands Tod?“

„Du hast dich mit ihm getroffen, stimmt's?“

„Warum willst du das wissen?“ Jetzt war Vivienne diejenige, die die Arme vor dem Körper verschränkte. Sie beäugte Fritz misstrauisch.

Obwohl er sich Mühe gab, ein ausdrucksloses Gesicht zu machen, verriet ihn seine Mimik erneut.

„Dann ist es also wahr, was geredet wird? Ferdinand ist ermordet worden? Ich habe bisher nicht daran geglaubt. Wer hätte ihm etwas antun wollen? Ausgerechnet ihm? Oh mein Gott!“ Vivienne schlug die Hand vor den Mund, wandte sich um und taumelte in das Haus hinein. Fritz folgte ihr in ein geschmackvoll eingerichtetes Wohnzimmer mit bodentiefen Fenstern, die den Blick auf einen adretten Garten freigaben.

Vivienne setzte sich auf die graue Couch und starrte mit glasigen Augen vor sich hin. „Er ist umgebracht worden. Meine große Liebe. Ich werde nie wieder einen Mann wie ihn kennenlernen. Ich werde nie wieder lieben.“

Fritz wusste nicht, was er auf diese melodramatische Anwandlung erwidern sollte. Vivienne war so jung; sie würde noch Dutzende Männer kennenlernen – und alle wären besser als Ferdinand.

Vivienne schien seine Gedanken zu erraten. „Ich weiß, was du denkst. Du denkst, ich war für ihn nur eine weitere Affäre, eine unbedeutende Liebschaft, wie es deine Susi für ihn gewesen ist."

Fritz zuckte zusammen. Auch darüber hatten die beiden gesprochen. Für Ferdinand von Pirach war Susi eine „unbedeutende Liebschaft" gewesen, für ihn sein Leben. So unterschiedlich konnten Sichtweisen sein. Fritz ballte beinahe erleichtert die Fäuste. Jetzt durfte er von Pimmel wieder ohne schlechtes Gewissen hassen.

„Aber mit uns war alles anders", fuhr Vivienne fort, Fritz' inneren Aufruhr nicht wahrnehmend. „Niemand hat ihn gekannt wie ich. Er war einfühlsam. Und großzügig. Er liebte mich so, wie ich bin, nicht wie ich der Meinung meines Vaters nach sein sollte. Ferdinand verstand mich wie kein anderer. Er hatte selbst einen ehrgeizigen Vater gehabt und wusste, wie es sich anfühlt, wenn man seinem Erzeuger nichts recht machen kann."

Aha. Ferdinand von Pirach hatte eine schwierige Kindheit gehabt. Das entschuldigte natürlich, dass er systematisch seine Frau betrogen, seinen besten Freund in den Knast gebracht und den Alten Fritz erpresst hatte, dachte Fritz zynisch. Er behielt seine Gedanken für sich und fragte lieber: „Seit wann ging das mit Ferdinand und dir?"

„Noch nicht so lange", antwortete Vivienne ausweichend. „Wir sind uns erst beim Training für die Probeaufnahmen nähergekommen. Bis dahin hätte ich nie gedacht, dass er an jemandem wie mir interessiert sein könnte. Er ist immerhin berühmt!"

„Und du bist jung, wunderschön und so verführerisch wie eine verbotene Frucht im Paradies", wollte Fritz erwidern, doch er beherrschte sich im letzten Moment. Laut sagte er: „Ja, er war berühmt. Und jetzt ist er tot." Das hatte gefühlloser geklungen, als er es beabsichtigt hatte. Also schob er nach: „Du möchtest sicher auch, dass möglichst schnell aufgeklärt wird, was Ferdinand zugestoßen ist. Kannst du dich daran erinnern, was an jenem Sonntag vor seinem Geburtstagsturnier geschehen ist? Jede Einzelheit könnte uns weiterhelfen."

Vivienne sah aus dem Fenster in den Garten. „Ich erinnere mich, als wäre es gestern gewesen", sagte sie leise. „Es waren die glücklichsten Momente meines Lebens." Sie drehte sich halb zu Fritz um und fixierte ihn mit ihren grünen Augen. „Ich wollte ihm ein ganz besonderes Geburtstagsgeschenk machen, und habe ihn zum Unterstand am vierten Loch gebeten. Er sollte um fünf Uhr morgens dort sein. So konnte ich sicher sein, dass uns niemand entdeckt. Außerdem hatte er vor seinem großen Turnier viel zu tun und ich wollte seinen Zeitplan nicht durcheinanderbringen. Wir haben uns schon zuvor hin und wieder im Unterstand getroffen. Das war ein praktischer Treffpunkt, ich musste nur durch den Wald hinter der Siedlung gehen und war in zehn Minuten dort. Es ist nie etwas passiert im Unterstand. Nichts Ernstes, meine ich. Bis zu diesem Sonntag. Ich habe ihm meine Jungfräulichkeit geschenkt." Vivienne schloss die Augen und geriet ins Schwärmen. „Ferdinand war so rücksichtsvoll, so zärtlich. Er hatte so gefühlvolle Hände. Und seine Lippen erst! Es war so, wie ich es mir immer vorgestellt habe. Nein, viel besser. Und viel besser, als Estella mir weismachen wollte."

„Estella?", stotterte Fritz überfordert. Das waren entschieden zu viele Informationen für ihn.

Vivienne öffnete ihre Augen wieder. „Ja, Estella. Sie ist nicht so unschuldig, wie sie immer tut. Neulich hat sie mir erzählt, dass sie alle Jungs im Internat durchprobiert hätte und sich nach Frischfleisch sehne. Deshalb wollte sie sich ihren Trainer angeln. Sicher hat sie es geschafft, ihn um den Finger zu wickeln, und ist zur Belohnung in den Kader aufgenommen worden. So läuft es bei ihr: Sie bekommt immer, was sie will. Vor allem die Männer. Irgendwann wird ihr das noch zum Verhängnis. Einmal musste ich ihr sogar Abtreibungspillen aus der Praxis meines Vaters besorgen. Dafür war ich ihr gut genug, aber jetzt spricht sie nicht mehr mit mir."

„Warum das denn?" Das waren die einzigen Worte, die zu äußern Fritz in der Lage war. Er hatte gehofft, dass Vivienne mit ihm reden würde. Dass sie dermaßen gesprächig sein würde, hätte er sich in seinen kühnsten Träumen nicht ausgemalt.

„Ich weiß es nicht. Einen Tag vor Ferdinand hatte ich Geburtstag – wir sind beide Löwe und haben noch dazu den gleichen Aszendenten, wahrscheinlich waren wir uns deshalb so ähnlich. Wie füreinander bestimmt“, schweifte Vivienne ab. Erneut bekam sie glasige Augen. Bevor sie losheulen konnte, gab sie sich einen Ruck und redete weiter. „Ich habe eine kleine Feier gemacht. Ferdinand konnte ich leider nicht einladen, das wäre zu auffällig gewesen. Er hat sein Geschenk bereits vormittags vorbeigebracht; etwas, das mich immer an ihn erinnern sollte. Er war so romantisch!“

Fritz räusperte sich und Vivienne fuhr fort. „Estella kam abends direkt vom Internat, die Ferien hatten ja gerade begonnen. Sie unterhielt sich ganz normal mit Freunden, gratulierte mir und umarmte mich. Dann ließ sie mich plötzlich los und schaute mich ganz komisch an. Sie fühle sich nicht gut, sagte sie noch. Dann war sie weg. Seitdem hat sie nicht mehr mit mir gesprochen.“

Fritz rieb sich nachdenklich das Kinn. Das deckte sich mit dem, was Patrizia gesagt hatte: dass Estella unmittelbar vor dem Geburtstag ihres Vaters krank geworden war. Allerdings tat dieser Umstand gerade nichts zur Sache. Viel wichtiger war es, herauszufinden, was sich nach Viviennes und Ferdinands Tête-à-Tête im Unterstand von Loch 4 ereignet hatte. „Und am nächsten Morgen hast du dich um fünf Uhr mit Ferdinand getroffen. Ist dir irgendetwas Seltsames aufgefallen? War er irgendwie anders als sonst?“

Vivienne zuckte die Schultern. „Nicht, das ich wüsste.“

„Was ist passiert, nachdem ihr … äh, nachdem ihr wieder aus dem Unterstand gekommen seid?“

„Ferdinand wollte den Platz überprüfen und ein, zwei Löcher spielen, um seine Form zu testen. Ich bin durch den Wald zurück nach Hause gegangen. Wenn ich gewusst hätte, dass ich ihn nie wiedersehen würde, wäre ich bei ihm geblieben.“

„Wie spät war es da?“

„Keine Ahnung. Kurz vor halb sechs vielleicht? Ich hatte anderes im Kopf, als auf die Uhr zu sehen.“

„Ihr habt euch nicht gestritten oder so? Hat er sich über irgendetwas aufgeregt?“

Vivienne schüttelte stumm den Kopf.

„Hast du an diesem Morgen eine andere Person im Wald oder auf dem Golfplatz gesehen?“

„Nur den Greenkeeper; er ist dein Bruder, nicht wahr? Er ist mit einem grünen Traktor nicht weit vom Unterstand vorbeigefahren, als wir rauskamen. Ich hatte Angst, dass er uns entdeckt, aber er ist einfach weitergefahren.“

Fritz stand auf und tigerte unruhig im Wohnzimmer der Hinterhubers auf und ab. Was Vivienne von sich gab, lieferte keinerlei neue Anhaltspunkte. „Und deine Eltern? Sie wussten von der Affäre?“

„Ja. Ich habe diese ewige Heimlichtuerei einfach nicht mehr ausgehalten! Ich war so glücklich und hatte es satt, nicht darüber reden zu dürfen. Beim gemeinsamen Frühstück habe ich meinen Eltern alles gestanden. Ich dachte ... Ach, ich weiß nicht, was ich dachte. Auf jeden Fall nicht, dass mein Vater so ausflippen würde. Er war schließlich eng mit Ferdinand befreundet und wusste, was für ein großartiger Mensch er war. Aber er hat nur gebrüllt: 'Das Schwein bring ich um!' und ist zum Golfplatz gefahren. Ich hatte solche Angst, dass er Ferdinand etwas antut! Hat er das? Hat er ihm etwas angetan?“ Bang blickte sie zu Fritz auf.

Eine Welle aus Mitleid überrollte ihn. Die erste große Liebe dieses Mädchens war tot, noch dazu umgebracht worden, und ihr eigener Vater war einer der Verdächtigen. Sie hatte niemanden gehabt, mit dem sie ihr Glück hatte teilen können, und jetzt hatte sie niemanden, dem sie ihr Leid anvertrauen konnte.

„Um wie viel Uhr ist dein Vater losgefahren?“

„So gegen acht Uhr, glaube ich.“

Fritz erinnerte sich. Um kurz nach acht Uhr war Hinterhuber durch den Hintereingang ins Clubhaus gestürmt, so wütend, wie ihn Fritz noch nie gesehen hatte. Jetzt wusste er, warum.

Also hatte Doc Hollywood zuvor nichts von der Affäre gewusst – und Wiese hatte ihn nicht mit den Aufnahmen der Handykamera erpresst, zumindest damals noch nicht. Möglich war aber auch ein anderes Szenario: Hinterhuber hatte doch früher von den Umtrieben seiner Tochter erfahren, Ferdinand aus Rache an jenem Morgen mit dem Schlägerputztuch erstickt und seitdem allen etwas vorgespielt.

„Ferdinand ist früher gestorben. Schon kurz nachdem ihr euch voneinander verabschiedet habt. Um acht Uhr war er mindestens seit zwei Stunden tot."

„Dann kann mein Vater es nicht gewesen sein." Vivienne schien ein wenig erleichtert, aber nicht getröstet.

Fritz behielt für sich, dass er den Verdacht gegen ihren Vater noch nicht ganz aufgegeben hatte. „Weiß Estella von Ferdinand und dir?"

„Nein, ich habe ihr nichts gesagt. Meine Eltern haben mir verboten, mit irgendwem darüber zu sprechen. Ich wollte es ihr trotzdem sagen, aber sie will mich nicht sehen. Und wenn ich Estella anrufe, geht sie nicht ans Telefon." Nun flossen die Tränen in einem unaufhaltsamen Strom aus Vivienne hinaus. Zusammengesunken wie ein Häufchen Elend saß sie auf der Couch und wirkte so verloren, dass es Fritz schier das Herz brach. Er kniete sich vor ihr auf den Boden und nahm sie fest in die Arme. Sein Hemd war im Nu von ihren Tränen durchnässt; Fritz merkte es nicht einmal.

Nach einiger Zeit wurden Viviennes Schluchzer weniger und ihr Atem gleichmäßiger. Langsam hob sie den Kopf und sah Fritz mit tränenverschleiertem Blick an. Ein kleines Lächeln breitete sich auf ihren Lippen aus. „Ferdinand hat recht gehabt. Du bist wirklich ein anständiger Kerl."

Fritz war froh, das Haus der Hinterhubers hinter sich zu lassen. All die Informationen hatten ihn mehr aufgewühlt, als er es zugeben wollte. Vielleicht hatte der Präsident es wirklich ernst gemeint mit Hinterhubers Tochter; vielleicht hätte sie ihn umgekrempelt.

Ach, Blödsinn. Er sollte aufhören, von Pimmel aus der Sicht einer verliebten 17-Jährigen zu betrachten. Nur aus Mitgefühl mit Vivienne kamen ihm diese dämlichen Gedanken. Das Mädchen war wirklich arm dran. Nicht einmal ihrer besten Freundin konnte sie von ihrem Kummer erzählen.

Estella.

Fritz schüttelte ungläubig den Kopf. Der Apfel fällt nicht weit vom Stamm, war das Einzige, was ihm dazu einfiel. Das hätte er nie für möglich gehalten. Auf dem Weg zu seinem Auto blieb er unvermittelt stehen. Bedächtig zog er sein Handy aus der Hosentasche und wählte Max Hofers Nummer.

„Servus Max, hier ist der Moser Fritz. Ich habe eine kurze Frage: Wann genau hatte Stefanie diese Bauchkrämpfe?“, fragte er und lauschte angespannt der Antwort.

Wie vor den Kopf geschlagen von dem, was er eben erfahren hatte, legte Fritz ohne sich zu verabschieden auf. Er hatte keine Zeit, das Gehörte zu verarbeiten, denn sein Telefon klingelte.

Seine Mutter. „Seit wann brauchst du über zwei Stunden zum Einkaufen? Bis du heimkommst, sind wir alle verhungert!“

„Ich musste …“

„Es ist mir egal, was du musstest – ich kann dir sagen, was du musst: Komm sofort mit den Einkäufen nach Hause, sonst scheppert's! Alexa fragt sich auch, wo du bleibst. Sie ist auf dem Sprung.“

Fritz sah auf die Uhr. In dreißig Minuten musste er die erste von drei Golfstunden geben. Wenn er sich beeilte, schaffte er es, vorher die Einkäufe nach Hause bringen – die sich hoffentlich immer noch im Einkaufswagen befanden, den er vor der Kasse abgestellt hatte. „Ich komm ja gleich. Sag Alexa bitte, dass sie in dreieinhalb Stunden zur Golflehrerhütte kommen soll. Ich habe neue Infos.“

Die Golfstunden zogen sich ewig hin. Ausgerechnet heute musste sich Fritz mit einem Schüler herumschlagen, der alles besser wusste und zu diskutieren anfing, wenn er ihm einen Tipp gab. Der nächste war ein Hacker vom Typ Peter Pongratz, obwohl Fritz gedacht hatte, so etwas Untalentiertes existiere auf der Welt nur einmal. Der letzte Schüler stellte seine Geduld auf eine harte Probe, weil er ständig quasselte – und das mit einem unerträglichen fränkischen Dialekt, den Fritz noch nie gehört hatte. Wenigstens verstand er nur die Hälfte. Dennoch war er genervt und versuchte, das Gequassel zu unterbinden, indem er dem Dampfplauderer einen Ball nach dem anderen vor die Füße legte. Ohne Erfolg. Der Franke redete sogar, während er seinen Schwung ausführte.

So hatte Fritz keine Sekunde lang Ruhe, um seine in Aufruhr befindlichen Gedanken zu ordnen, und war deshalb nicht ganz bei der Sache. Er reichte seinen Schülern den falschen Schläger oder lobte sie für einen veritablen Scheißschlag. Wenn sie ihn zur Antwort entgeistert anstarrten, stopfte er sich einen rettenden Schokoriegel in den Mund. Wenigstens würden ihm die Riegel heute nicht ausgehen – 18 Zehner-Packungen befanden sich noch in seiner Hütte, zwei hatte er bereits vertilgt.

Endlich verabschiedete sich die Quasselstrippe mit vielen Worten und Alexa kam die Anhöhe hinauf.

Fritz' Herz tat einen Sprung – vor Erleichterung oder weil Alexa atemberaubend gut aussah, konnte er nicht genau festmachen. Er tippte auf Letzteres. Kaum hatte sie ihn erreicht, zog er sie in die Golflehrerhütte, warf die Tür hinter ihnen zu und küsste sie, bis er Luft holen musste.

„Das nenne ich eine Begrüßung!", stieß Alexa atemlos hervor. Sie fuhr Fritz mit den Händen über die Brust, schenkte ihm ein betörendes Lächeln und begann, mit sich vor Aufregung überschlagender Stimme von ihren Rechercheergebnissen zu erzählen.„Ich habe die Firma ausfindig gemacht, mit der von Pirach den Zufahrtsstraßen-Deal ausgehandelt hat. Ein Mitarbeiter, der mit dem Geschäftsführer über Kreuz liegt, hat den Deal bestätigt. Er wusste außerdem zu berichten, dass ein gewisser Dr. Hans-Jürgen Hinterhuber bei dem Geschäftsführer vorgesprochen hat – nur zwei Tage nach von Pirachs Tod. Doc Hollywood wollte sich wahrscheinlich selbst die 100 000 Euro krallen. Wenn das kein Motiv ist!"

Fritz war wieder einmal verblüfft, wie schnell und scheinbar mühelos Alexa die komplexesten Sachverhalte aufdeckte. Dennoch musste er ihrem Elan einen Dämpfer verpassen. „Der Hinterhuber war es höchstwahrscheinlich nicht."

„Wieso bist du dir da so sicher?"

„Sicher bin ich mir nicht, aber nachdem, was ich heute Vormittag erfahren habe, ist es ein Stück unwahrscheinlicher geworden." Fritz setzte gerade zu einer ausführlichen Erklärung an, da klingelte sein Handy. Schon wieder.

„Moser Fritz hier", meldete er sich unwirsch. Kaum hatte er den Anrufer erkannt, veränderte sich seine Tonlage. „Ja, Patrizia, ich kann Sie hören." Ungläubig machte er Alexa ein Zeichen und schaltete das Telefon auf „Lautsprecher".

Leicht rauschend schallte Patrizia von Pirachs angenehme Stimme durch die Hütte. „Sie sollen es als Erster wissen: Sie sind aus der Schusslinie. Ich bin gerade auf dem Weg zu Ihrem Freund Franz. Ich werde mich stellen. Es tut mir sehr leid, dass der Verdacht so lange auf Ihnen gelegen ist. Ich hatte viele Tage nicht den Mut, den Mord an meinem Exmann zu gestehen. Ich danke Ihnen vielmals für Ihre Unterstützung."

Fritz war für eine Weile sprachlos. Dann redete er eindringlich auf Patrizia ein. „Sie sollten nichts überstürzen. Ich meine, niemand verdächtigt Sie im Moment. Sind Sie sich ganz sicher, dass ein Geständnis eine gute Idee ist?"

Ein tiefes Seufzen klang aus dem Lautsprecher des Handys. „Ja, es ist das Einzige, womit ich meine Fehler wiedergutmachen kann."

„Ich glaube aber nicht, dass Sie Ferdinand umgebracht haben", insistierte Fritz, doch Patrizia unterbrach ihn.

„Ich muss jetzt aufhören. Ich hoffe, Sie können mir irgendwann verzeihen. Auf Wiederhören."

19

Franz saß an seinem Schreibtisch in der Kriminalpolizeiinspektion und brütete dumpf vor sich hin. Er hatte schlechte Laune, seit Tagen schon. Wie mies seine Laune tatsächlich war, zeigte die Tatsache, dass sich auf seinem Schreibtisch fünf Vanillehörnchen, drei Nussschnecken und zwei Quarktaschen befanden, die er nicht anrührte. Der Fall Ferdinand von Pirach verdarb ihm den Appetit. Daran änderten auch die gut gemeinten Bemühungen seiner Sekretärin Michaela nichts, die unermüdlich jeden Morgen süße Köstlichkeiten mitbrachte, in der Hoffnung, er würde sich endlich besinnen und wieder essen. Morgen für Morgen zerstörte Franz diese Hoffnung. Für ihn gab es weniges, was schlimmer war, als keinen Appetit zu haben. Essen war für ihn mehr als reine Nahrungsaufnahme: Wenn er aß, gab er sich ganz dem Genuss hin, lebte völlig im Moment und vergaß seinen stressigen Job. Nun, da er dieses Ventil nicht mehr hatte, blieb nur noch eines übrig: Stress.

Seinem Chef Hubert Brandlmeier saß die Presse im Nacken und Brandlmeier saß wiederum seinem Ermittler Franz im Nacken. Der Leiter der Kriminalpolizeiinspektion Leonbach wollte endlich Ergebnisse sehen in diesem prominenten Fall, der in den Medien so hohe Wellen schlug. Wenn Franz ihm nicht bald einen Hauptverdächtigen präsentierte, würde er ihm den Fall entziehen. Und den Job gleich dazu. Das hatte Brandlmeier zwar nicht ausgesprochen, aber Franz wusste es trotzdem. Als reiche es nicht, dass er durch diesen verflixten Fall mit jener verfluchten Leiche auf Loch 6 seinen besten Freund verloren hatte.

Dabei hatte er den Fall schon gelöst geglaubt. Kasimir Kleinschmitt hätte den perfekten Täter abgegeben: Er hatte ein überzeugendes Motiv, war zur Tatzeit am Tatort gewesen und noch dazu vorbestraft. Wie die Dinge nun lagen, hatte Franz nichts Konkretes in der Hand – gegen niemanden. Kein Wunder, dass ihn sein Appetit verlassen hatte.

Er musste von vorne anfangen, am besten mit diesem Dr. Hans-

Jürgen Hinterhuber. Der Frauenarzt hatte ihm nicht die ganze Wahrheit erzählt. Irgendetwas verschwieg er, nur hatte Franz nicht die geringste Ahnung, was.

Auch die Aussage des Clubmanagers überzeugte ihn nicht. Dieser Kai Wiese hatte Dreck am Stecken, das spürte Franz. Allerdings hatte ihn sein Gespür in diesem Fall noch keinen Deut weitergebracht. Er musste sich in die Verdächtigen hineinversetzen, denken, wie sie dachten, ergründen, was sie antrieb. Normalerweise hatte ihm das nie Mühe bereitet, doch bei diesem rätselhaften Golfplatz-Mord war alles anders. Allein deshalb, weil sein bester Freund in den Fall involviert war. Sein ehemals bester Freund, korrigierte sich Franz und grunzte missgelaunt.

Er vermisste Fritz.

Er vermisste ihren Stammtisch im Casanova. Ihre Gespräche. Fritz' offenes Ohr. Wenn Fritz ihm zuhörte, konnte Franz besser denken. Nicht selten hatte er in der Anwesenheit seines Freundes einen Fall gelöst, der ihm vorher unlösbar erschienen war. Und das nur, weil Fritz seine Ergüsse geduldig über sich hatte ergehen lassen und ab und an einen entscheidenden Tipp beigesteuert hatte.

Es klopfte leise an der Tür. Michaela steckte schüchtern den Kopf herein.

„Nein, ich möchte nichts essen und nein, ich möchte auch keinen Kaffee", stänkerte Franz seine erschrocken dreinblickende Sekretärin an. Im nächsten Moment tat ihm sein Ausbruch leid.

„Ich wollte dir nur sagen, dass du Besuch hast", erwiderte Michaela beleidigt. „Patrizia von Pirach möchte dich sprechen." Die Sekretärin öffnete die Tür und wandte sich an die Exfrau des Ermordeten. „Ich mache Ihnen gleich einen Kaffee. Wenn Sie etwas essen wollen, wenden Sie sich bitte an den Kriminaloberkommissar. Er hat genug auf seinem Schreibtisch, um eine Armee durchzufüttern." Mit wehenden Haaren verschwand sie in der Kaffeeküche.

Patrizia trat irritiert ein. Franz sprang auf und bot ihr seinen Massagesessel an, um den schlechten ersten Eindruck wettzumachen. „Bitte setzen Sie sich, dieser Sessel ist bequemer. Was führt Sie zu mir?"

„Ich möchte ein Geständnis ablegen. Ich habe meinen Exmann Ferdinand von Pirach ermordet", sagte Patrizia mit fester Stimme.

„Sie? Aber Sie stehen gar nicht unter Verdacht!", stammelte Franz. Dass ein Verbrecher zu ihm ins Büro kam, um seine Tat zu gestehen, hatte er noch nie erlebt. Er zwang sich zur Ruhe und verlieh seiner Stimme einen autoritären Ton. „Nun gut. Sie behaupten also, Sie hätten Ihren Exmann umgebracht. Welches Motiv hatten Sie denn?"

„Lange unterdrückte Wut? Kränkung? Eifersucht? Eine Mischung aus allem?"

Franz kam es vor, als liste Patrizia aufs Geratewohl einige Motive auf, die einen Mord rechtfertigen könnten. „Dann schildern Sie bitte genau, was sich am Morgen von Ferdinand von Pirachs Tod zugetragen hat", befahl er streng.

Patrizia lehnte sich zurück, ohne ihre würdevoll gerade Haltung aufzugeben. „Ich konnte nicht schlafen. Also bin ich früh aufgestanden, um laufen zu gehen."

„Wie früh?", fragte Franz dazwischen.

„Gegen fünf Uhr morgens."

„Laufen Sie öfters?"

„Äh, eigentlich nicht." Patrizias Stimme verriet eine leichte Unsicherheit.

„Warum sind Sie dann ausgerechnet am Geburtstag Ihres Exmannes laufen gegangen?"

„Mir stand eben der Sinn danach!", antwortete sie in einem Ton, der wohl schärfer ausfiel, als sie es beabsichtigt hatte, denn sie zuckte zusammen. „Darf ich jetzt fortfahren?", fragte sie, wieder völlig gefasst.

„Sie dürfen."

„Nun gut. Ich ging also laufen und lief eine Zeit lang durch den Wald hinter unserem Haus."

„Haben Sie Zeugen dafür?"

„Seit wann brauchen geständige Täter Zeugen, die Ihre Aussage bestätigen?", fragte Patrizia perplex.

„Hat Sie jemand gesehen?", wiederholte Franz unbeeindruckt.

„Nicht dass ich wüsste“, erwiderte sie gereizt. „Wenn Sie erlauben, erzähle ich jetzt weiter. Ich lief also durch den Wald. Der Wald grenzt an den Leonbacher Golfplatz, genauer gesagt an die Spielbahnen vier bis sechs. Als ich dort entlanglief, sah ich meinen Exmann auf dem Grün des sechsten Lochs. Er lochte gerade seinen Ball ein. Ich weiß nicht, ob Sie sich mit dem Golfsport auskennen?“

„Glücklicherweise nicht“, murmelte Franz.

„Die Regeln verbieten es, vor einem Turnier den Platz zu spielen, auf dem das Wettspiel ausgetragen wird. Denn das Testen der Bedingungen verschafft dem Spieler natürlich einen Vorteil. Ich lief also zu meinem Exmann auf das Grün und wies ihn darauf hin.“

„Wie spät war es da?“

„Ich habe nicht auf die Uhr gesehen. Etwa halb sechs, schätze ich.“

Franz notierte sich etwas in einem zerfledderten Notizbuch. „Und was passierte dann?“, fragte er, ohne seinen Blick zu heben.

„Wir haben uns gestritten. Ferdinand hat sich ziemlich aufgeregt. Plötzlich greift er sich an sein Herz, fällt um und liegt auf dem Grün. Wahrscheinlich ein Herzinfarkt. Ich beuge mich zu ihm hinunter, um ihm zu helfen. Er starrt mich mit großen Augen an, streckt seinen Arm nach mir aus und nennt mich „Antonia“. Antonia war früher meine beste Freundin – und die erste in einer langen Reihe von Frauen, mit denen mich Ferdinand betrogen hat. Da ist in mir eine Sicherung durchgebrannt. All die Erniedrigungen, all die Demütigungen, die ich in den langen Jahren unserer Ehe hingenommen habe, kamen wieder hoch. Ich riss das Schlägerputztuch von Ferdinands Golfbag und erstickte ihn damit. Es ging ganz leicht, er war von dem Herzinfarkt geschwächt.“ Den letzten Satz sagte sie sehr leise, kaum hörbar. Hatte sie die meiste Zeit nüchtern und gefasst gewirkt, umklammerte sie die auf ihrem Schoß befindliche Handtasche nun so fest, dass ihre Fingerknöchel weiß hervortraten. Als würde ihr erst jetzt klar werden, welch abscheuliche Tat sie eben gestanden hatte.

„Welche Farbe hatte das Schlägerputztuch?“, fragte Franz unvermittelt.

Patrizia erstarrte. „Warum wollen Sie das wissen?"

„Welche Farbe hatte das Schlägerputztuch?", wiederholte Franz seine Frage.

„Blau, gelb, was weiß ich! Ich hatte anderes im Kopf, als auf die Farbe des Schlägerputztuches zu achten."

„Wo befindet sich das Tuch jetzt?"

Patrizia zögerte einen Moment. „Ich habe es zu Hause in den Müll geworfen. Die Müllabfuhr kommt bei uns montags, also befindet es sich wahrscheinlich in einer Leonbacher Mülldeponie."

„Sie trugen das Tuch eine längere Zeit bei sich. Da muss Ihnen doch aufgefallen sein, welche Farbe es hatte!"

Patrizia rang verzweifelt die Hände. „Ich sagte Ihnen bereits, dass ich andere Dinge im Kopf hatte, als auf die Farbe zu achten."

„Frau von Pirach. Bitte gehen Sie noch einmal in sich. Sind Sie sich sicher, dass Sie dieses Geständnis so stehen lassen wollen? Ich muss Ihnen nicht erklären, dass Ihnen eine langjährige Haftstrafe bevorsteht, wenn Sie bei Ihrer Version des Geschehens bleiben."

Patrizia erblasste. Ihre Schultern sackten leicht nach vorne. „Ich …", fing sie an.

Da schrillte das Telefon.

„Jetzt nicht, ich bin mitten in einem Verhör", brüllte Franz ungehalten in den Hörer, nur um sogleich zurückzurudern. „Ach, Herr Brandlmeier, Sie sind es. Ja, das stimmt, sie ist da. Wie? Nein, das sehe ich nicht so. Ich habe berechtigte Zweifel an der Täterschaft. Die Aussage weist einige Ungereimtheiten auf. Das ist Ihnen egal?" Franz war eine Weile still, während er mit angewidertem Gesichtsausdruck den Ergüssen seines Chefs lauschte. „Gut. Ja. Sie sind der Chef, das haben Sie wieder einmal sehr deutlich gemacht." Mit einem deftigen Fluch warf Franz den Hörer auf die Gabel und entschuldigte sich bei Patrizia von Pirach, die eingeschüchtert vor ihm saß. In seinem riesigen Massagesessel wirkte sie klein und zerbrechlich.

Franz seufzte und stand auf. „Frau von Pirach, ich muss Sie leider in Gewahrsam nehmen, bis die genauen Umstände der Tat geklärt sind. Wenn Sie mir bitte folgen würden."

Zehn Minuten später rannten Alexa und Fritz den Gang zu Franz' Büro hinauf. „Du darfst Patrizia nicht festnehmen!", schrie Fritz von Weitem.

Franz trat müde aus seinem Büro. „Und warum nicht? Kannst du mir Beweise liefern, die Frau von Pirachs Täterschaft ausdrücklich ausschließen?"

„Nein, kann ich nicht, aber ich habe ein beschissenes Gefühl bei der Sache."

Franz atmete tief aus. Das hatte er auch. Aber dieses beschissene Gefühl war nicht genug, um den Lauf der Dinge aufzuhalten. „Auch wenn ich wollte, könnte ich Sie nicht aus der U-Haft holen. Weisung von ganz oben. Außerdem hat sie gestanden. Der Fall ist damit abgeschlossen."

„Ist er nicht!", rief Fritz. „Ich glaube nicht, dass sie es war!"

„Dein Glaube hilft uns hier leider nicht weiter. Oder kannst du mir etwa einen anderen Täter präsentieren?"

„Heute nicht. Gib mir noch einen Tag Zeit."

Franz' Augenbrauen schnellten in die Höhe. „Du weißt schon, dass ich der Kommissar bin und nicht du?"

„Ach, komm mir nicht damit. Wenn es nach dir ginge, säße ich längst im Knast!" Fritz sah aus, als würde er im nächsten Moment in die Luft gehen. Alexa legte ihm beruhigend die Hände auf die Schultern.

„Schon gut, schon gut", beschwichtigte Franz. „Deine Anstrengungen werden bloß nicht viel helfen. Der Brandlmeier hat eine Pressekonferenz anberaumt. Morgen weiß ganz Deutschland, dass die betrogene Exfrau die Mörderin von Ferdinand von Pirach ist."

20

Fritz erwachte zur Abwechslung einmal nicht, weil ihm die Sonne ins Gesicht schien – er hatte gestern Abend endlich die Vorhangstange befestigt. Im ersten Moment wusste er nicht, warum er aufgewacht war. Dann sah er an sich hinunter.

Aha.

Heute würde ein wichtiger Tag werden, doch seinem Körper beziehungsweise einem ganz bestimmtes Körperteil schien die Tragweite der kommenden Stunden nicht bewusst zu sein. Es forderte die augenblickliche Befriedigung seiner niederen, allzu männlichen Bedürfnisse. Voller Elan weckte er Alexa.

„Schon wieder?", fragte sie verschlafen.

„Ich kann auch nichts dafür, dass du so unverschämt sexy bist", entschuldigte sich Fritz und fing an, ihre Lippen, ihren Hals, ihre Brüste zu liebkosen.

„Schon überredet", murmelte sie und erschauerte vor Lust. Sie liebten sich langsam und voller Zärtlichkeit, nicht wild und drängend wie die halbe Nacht davor. Die Nähe hatte ihnen dabei geholfen, Abstand von den Ereignissen des vergangenen Tages zu gewinnen. Und das war bitter nötig gewesen. Noch ein paar Tage wie der gestrige und Fritz würde durchdrehen.

Nachdem sie beide den Höhepunkt erreicht hatten, ließ er sich erschöpft neben Alexa aufs Bett fallen. Mit einem verträumten Lächeln auf den Lippen blickte er sie an. „Bei den meisten Frauen fragt man sich in der Früh, wie man überhaupt mit ihnen im Bett landen konnte, und würde sie am liebsten gegen ein herzhaftes Frühstück eintauschen. Aber du bist sogar direkt nach dem Aufwachen wunderschön."

„Puh, da habe ich ja Glück gehabt", bemerkte Alexa lachend. „Gegen ein herzhaftes Frühstück hätte ich aber auch nichts einzuwenden. Wollen wir bald hinuntergehen? Ich muss die Rundumbetreuung deiner Mutter ausnutzen; in meiner Münchner Wohnung ist niemand, der mich verwöhnt."

Bei dem Gedanken daran, dass Alexa irgendwann zurück nach München musste, runzelte Fritz unwillig die Stirn und zog sie eng an sich, sodass ihr Kopf auf seiner Schulter zu ruhen kam. „Lass uns noch ein bisschen warten. Der Tag beginnt früh genug."

„Du hast recht." Alexa kuschelte sich an ihn, gab ihm einen verspielten Kuss auf die Wange und streichelte seine Hand. Sanft zeichnete sie mit ihrem Zeigefinger jede einzelne seiner Narben nach. „Wie ist das passiert?", fragte sie leise. „Fridas Artikel ist gelöscht worden."

Fritz schnaubte. „Ach ja. In ihm hat sie mich als Prügel-Golfer entlarvt. Natürlich hat sie sich von vorne bis hinten alles aus den Fingern gesaugt."

„Was hat sie eigentlich gegen dich? Am Anfang lobte sie dich über den grünen Klee und jetzt lässt sie keine Gelegenheit aus, dich in die Pfanne zu hauen. Dabei müsstest du genau ihr Typ sein. Sie steht auf junge, gut aussehende Männer."

„Ja, aber sie ist nicht mein Typ. Das ist das Problem."

„Wie meinst du das?"

Fritz seufzte. „Frida hat mir vor einigen Jahren ein sehr eindeutiges Angebot unterbreitet: Ich müsste ihr nur einmal, sagen wir, 'sehr nahe kommen', dann würde sie mich auf die Titelseite der Blitz-Zeitung bringen."

„Nein!", rief Alexa entsetzt.

„Doch", bestätigte Fritz nüchtern.

„Na ja, immerhin hat sie ihr Versprechen endlich wahr gemacht. Sie hat dich auf die Titelseite gebracht."

Fritz fiel in ihren ironischen Tonfall ein. „Stimmt, Frida hat Wort gehalten. Und sogar ohne dass ich meinen Teil der Vereinbarung erfüllen musste."

Alexa wurde wieder ernst. „Willst du mir erzählen, was wirklich passiert ist?"

Fritz schloss die Augen. Er hatte nie zuvor mit jemandem darüber geredet. Er hatte Angst davor, noch einmal alles zu durchleben, dasselbe zu fühlen wie vor knapp fünf Jahren. Diesen Schmerz. Der Schmerz über den Verrat war beinahe schlimmer gewesen als der in seiner Hand. Als er die Augen wieder öffnete, hatte er einen Entschluss gefasst. „Es war der schönste Tag meines Lebens“, begann er stockend. „Ich hatte nach einem dreitägigen Kampf gegen starke Gegner und das schottische Wetter mein erstes großes Turnier gewonnen und gerade die Trophäe überreicht bekommen: Einen filigranen Glaspokal in Form einer Distel, der schottischen Nationalblume. Schon vor der Siegerehrung wurde mir eingeschärft, ihn mit äußerster Vorsicht hochzunehmen, denn Disteln haben Stacheln, nur dass die Stacheln dieser Distel aus Glas waren. Eine wunderschöne, kunstvolle Arbeit – bis dahin hatte ich keine Ahnung, was man mit Glas alles anstellen kann.

Der Abend war für mich besonders schön, weil ich meine Freude mit meinem besten Freund teilen konnte. Meinem besten Freund nach Franz natürlich; mit ihm konnte ich nur telefonieren, wenn ich auf Tour war.

Maurizio war es, mit dem ich von Turnier zu Turnier um die halbe Welt gereist bin. Wir trainierten früher auf dem gleichen Trainingsgelände. Er ist in der Nähe des Gardasees aufgewachsen; seine Mutter ist Deutsche, sein Vater Italiener. Erst mit 15 Jahren ist er mit seinen Eltern nach München übersiedelt. Wir hatten von Anfang an ein ähnliches Niveau und haben uns ziemlich im Gleichschritt entwickelt, im gleichen Jahr für die European Tour qualifiziert. Einmal war ich besser, einmal er. Wenn einer von uns versagte, baute ihn der andere auf, wenn einer gewann, freute sich der andere mit ihm.

So war es immer gewesen, bis zu jenem Abend. Maurizio bat mich, den Pokal halten zu dürfen. Natürlich erfüllte ich ihm diesen Wunsch nur zu gerne. Ein seltsames Funkeln war in seinen Augen. Er tat, als würde er stolpern und rammte mir die spitzen Glasstacheln mit voller Wucht in die linke Hand. Niemand hatte etwas davon mitbekommen. Erst als mein Blut spritzte und ich vor Schmerz brüllte, kamen von allen Seiten Leute herbeigestürzt. Sie konnten mir nicht helfen. Meine Hand war nur noch eine blutige Masse, mehrere Sehnen waren durchtrennt. Einem knappen Dutzend Operationen habe ich es zu verdanken, dass ich sie einigermaßen benützen kann. Die Hoffnung, jemals wieder auf Profiniveau Golf spielen zu können, musste ich aber begraben.

Maurizio hat nach dem Vorfall behauptet, dass ich ihn angegriffen hätte. Er habe die Trophäe wie ein Schutzschild vor sich gehalten und ich hätte eben den Glaspokal getroffen anstatt ihn. Eine absurde Geschichte. Ich weiß, dass er mir den Pokal absichtlich in die Hand gerammt hat."

Alexa schlug erschrocken die Hand vor den Mund. „Warum sollte er so etwas tun?"

„Ich konnte es mir auch nicht erklären. Ich habe viel darüber nachgedacht. Irgendwann ist mir eingefallen, dass Maurizio mir einmal von seinem größten Traum erzählt hat: Er wollte das Turnier auf seinem Heimatgolfplatz am Gardasee gewinnen, seinem Vater zuliebe. Wenn er das schaffen würde, hätte er endlich seine Anerkennung, dachte er. Das Turnier auf 'seinem' Heimatplatz war vier Tage nach dem Turnier in Schottland angesetzt und ich war in bestechender Form. Maurizio wollte seinen größten Konkurrenten ausschalten, so wie Ferdinand Kasimir Kleinschmitt ausgeschaltet hat, als er ihm gefährlich wurde."

Alexa küsste seine Hand. „Es tut mir alles so leid! Ich weiß gar nicht, was ich sagen soll."

„Du musst nichts sagen. Es genügt, dass du mir zugehört hast." Fritz meinte das ehrlich. Er fühlte sich besser, jetzt, nachdem er Alexa alles erzählt hatte. Als könnte er endlich mit dieser leidvollen Erfahrung abschließen. Es gab Wichtigeres im Leben als Golf, auch, wenn das für ihn lange Zeit unvorstellbar gewesen war. Er war verletzt worden, aber er war immer noch derselbe Fritz Moser, der er vor fünf Jahren gewesen war. Ein anständiger Kerl, wenn er Viviennes Worten glauben durfte.

Der Gedanke an Vivienne erinnerte ihn daran, dass er heute viel vorhatte. Er gab Alexa einen langen Kuss und schwang sich mit neuer Energie aus dem Bett. „Kannst du irgendwie herausfinden, was genau Patrizia gestanden hat? Ich meine, was sie zum Thathergang gesagt hat?"

Alexa nickte. „Das müsste zu machen sein."

„Super! Ich ruf dich später an! Ich muss los. Heute Abend hast du deine Story. Vertrau mir."

„Ja, ich vertraue dir."

Alexa blieb noch eine Weile grübelnd liegen. Nach dieser Geschichte wunderte sie sich nicht mehr, warum es nicht einfach war, an Fritz heranzukommen. Seine raue Schale war reiner Selbstschutz. Er war so oft enttäuscht worden. Enttäuscht, verletzt und verraten. Der Verrat seines ehemaligen Tourfreundes nagte – verständlicherweise – noch immer an ihm und nun hatte er auch noch seinen besten Freund aus Kindertagen verloren. Kein Wunder, dass ihn der Fall so mitnahm. Auch dort drehte sich alles um Verrat, alte Verletzungen und enttäuschte Erwartungen.

Fritz tat ihr leid, aber Mitleid hatte noch niemandem geholfen. Alexa würde ihr Bestes tun, ihm zu beweisen, dass nicht alle Menschen schlecht waren. Und dass nicht alle Frauen darauf aus waren, ihn zu verletzen. Sie würde ihn all die Enttäuschungen vergessen lassen. Dieser hehre Vorsatz versetzte sie in eine beinahe feierliche Stimmung. Sie stieg aus dem Bett, das sie nur mit einem lauten Quietschen freigab. Noch eine Nacht wie die letzte, und es würde knarzend zusammenbrechen. Durch diese Vorstellung erheitert schaltete sie ihr Handy ein, das sofort aufgeregt zu piepen begann. Acht Anrufe in Abwesenheit, und das um sieben Uhr morgens. Alexa konnte nicht einmal nachschauen, wer sie so früh angerufen hatte, denn schon wieder klingelte das Telefon.

„Hallo?", meldete sie sich ein wenig atemlos.

Der Anrufer legte los, ohne sich vorzustellen. Alexa erkannte seine Stimme trotzdem: Es war Rolf Kistermann, der Chefredakteur der Blitz-Zeitung.

„Was haben Sie sich dabei gedacht? Da findet direkt vor Ihrer Nase eine Pressekonferenz statt, in der die von-Pirach-Mörderin entlarvt wird, und Sie halten es nicht für nötig, darüber zu berichten. Das ist die größte Geschichte dieses Jahres, wenn nicht dieses Jahrzehnts, und wir haben sie nicht im Blatt. Als einzige Tageszeitung in Deutschland haben wir die Mörder-Ex nicht im Blatt. Und das nur wegen Ihnen! Weil Sie unfähig sind, dass es unfähiger nicht mehr geht!"

Alexa hob mehrmals an, etwas zu sagen, aber Kistermann ließ sie nicht zu Wort kommen. Er brüllte so laut in den Hörer, dass sie ihr Telefon auf Armeslänge weghalten musste, um nicht taub zu werden.

„Frida arbeitet mit Vollgas daran, Ihren Fehler auszumerzen. Damit wir die Story nachmittags wenigstens online stellen können. Unsere Leser halten uns sonst für völlig bekloppt. Dabei sind Sie hier die Einzige, die bekloppt ist. Ich habe schon viel erlebt, aber so etwas Inkompetentes wie Sie ist mir noch nie untergekommen! Am liebsten würde ich Sie verklagen!"

„Rolf, das reicht", hörte Alexa eine Stimme im Hintergrund. Dann ein Rascheln, als der Hörer übergeben wurde.

„Frau Lang? August Eckstein am Apparat. Haben Sie eine Erklärung für Ihr Verhalten?"

Oje. Wenn sich sogar der Verleger August Eckstein dazu herabließ, mit ihr telefonieren, saß sie wirklich in der Tinte. Alexa versuchte, sich ihre Aufregung nicht anmerken zu lassen. „Ja, ich habe eine Erklärung", antwortete sie ruhig. „Patrizia von Pirach ist nicht die wahre Täterin. Wir haben Grund zu der Annahme, dass der Mörder noch frei herumläuft."

„Wer ist 'wir'?", unterbrach Eckstein sie schneidend.

„Fritz Moser und ich."

„Sie arbeiten mit dem verdächtigen Golflehrer zusammen? Ich hoffe, Sie wissen, was Sie tun!"

Das hoffte Alexa auch. Sie hatte sich gestern Abend von Fritz überreden lassen, noch nichts für die Blitz-Zeitung zu schreiben. Vielleicht war das ein Fehler gewesen. Eckstein gegenüber ließ sie sich ihre Unsicherheit nicht anmerken. „Ich wollte mich den allem Anschein nach haltlosen Verdächtigungen nicht anschließen. Lieber morgen eine wahre Schlagzeile als heute eine unwahre."

„Viele Personen hier sehen das völlig anders, daran brauche ich Sie nicht zu erinnern."

Das brauchte er tatsächlich nicht. In drängendem Tonfall sprach

Alexa in den Hörer: „Herr Eckstein, ich bitte Sie nur um eines: Halten Sie Fridas Artikel bis heute Abend zurück. Wenn ich Ihnen bis dahin keine Exklusivstory zu den wahren Hintergründen des Mordfalles liefern kann, dürfen Sie mich feuern."

Eckstein schwieg so lange, dass Alexa schon dachte, er hätte aufgelegt. Nach einer gefühlten Minute drang seine sonore Stimme erneut an ihr Ohr. „Abgemacht. Ich gebe Ihnen bis Punkt 18 Uhr Zeit, keine Minute länger. Und jetzt machen Sie sich an die Arbeit."

Benommen ließ Alexa das Handy sinken. Sie zitterte, und das lag nicht an der kühlen Morgenluft, die durch das geöffnete Fenster ins Zimmer drang und um ihren immer noch unbekleideten Körper strich.

Noch vor fünf Minuten hatte sie zu Fritz gesagt, dass sie ihm vertraue. Und das stimmte: Sie vertraute ihm wirklich. Jetzt fragte sie sich, ob das nicht der größte Fehler gewesen war, den sie je begangen hatte.

21

Als eine seiner ersten Amtshandlungen als Übergangspräsident hatte Doc Hollywood das „Bitte klopfen"-Schild seines Vorgängers von der Tür des Präsidentenbüros entfernt. Ob er diesen Stein des Anstoßes abmontiert hatte, um die Gemüter der Mitglieder zu besänftigen oder weil er nicht vorhatte, dort drinnen wie von Pimmel eine Dame nach der anderen zu vernaschen, konnte Fritz nicht sagen. Jedenfalls stand die Bürotür nun immer offen. Dennoch kündigte er sich an, indem er dreimal gegen den Türrahmen klopfte.

Doc Hollywood saß am Schreibtisch, blickte von einem aufgeschlagenen Ordner auf und musterte ihn über den Rand seiner Lesebrille hinweg. „Ah, Fritz, du bist es", sagte er mit matter Stimme. Er sah aus, als hätte er nicht viel Schlaf bekommen. Sein schmales Gesicht wirkte eingefallen, er war blasser als sonst und die Lesebrille ließ ihn Jahre älter wirken. „Ich wollte dich bereits anrufen und mich bei dir entschuldigen. Der neue Stand der Dinge ändert alles. Natürlich wird der Antrag auf Suspendierung bei der nächsten Mitgliederversammlung zurückgezogen. Das war sowieso mehr Kais Idee."

„Das wundert mich nicht. Aber es überrascht mich, dass du Wiese gegen deine angebliche Überzeugung unterstützt hast."

Hinterhuber seufzte. „Sagen wir es so: Unser Clubmanager kann sehr überzeugend sein. Auch er wird seinen Fehler einsehen und sich bei dir entschuldigen."

„Bevor der sich bei mir entschuldigt, frisst er lieber Hühnerkacke", murmelte Fritz, doch Doc Hollywood hörte ihn nicht.

„Es ist unfassbar! Eine wahre Tragödie! Ich hätte nie gedacht, dass Patrizia zu so etwas in der Lage ist. Ihren eigenen Exmann zu ermorden! Sie war eine gute Freundin von uns. Da sieht man mal wieder, wie sehr man sich in Menschen täuschen kann."

„Allerdings."

„Kannst du dir etwa vorstellen, dass sie Ferdinand ermordet hat?"

Fritz schüttelte nachdrücklich den Kopf. „Nein, das kann ich nicht. Ich kann mir viel eher vorstellen, dass du den Präsidenten umgebracht hast."

Doc Hollywood entgleisten die Gesichtszüge. „Ich soll Ferdinand umgebracht haben?"

Fritz nickte mit verschränkten Armen.

„Wieso ich?"

„Na ja, da kommen mehrere Gründe in Frage."

„Mehrere Gründe?", stammelte Doc Hollywood.

„Ja. Zum einen wären da deine Schulden."

„Meine Schulden?"

„Zum Himmel, bist du ein Papagei oder was?", hätte Fritz ihm beinahe an den Kopf geworfen. Hinterhubers Tick, seine Worte als Frage zu wiederholen, nervte ihn tierisch. „Ganz genau, deine Schulden", bestätigte er stattdessen. „Stimmt es etwa nicht, dass du die neue Inneneinrichtung deiner Praxis immer noch nicht bezahlt hast?"

„Doch, das stimmt. Und ja, du hast recht, ich habe mich in letzter Zeit etwas übernommen. Der Umbau der Praxis, der neue Porsche, die Sanierung unseres Hauses – das alles war nicht billig. Und dann ist da noch diese Sache …"

„Welche Sache?"

„Ach, nichts." Hinterhuber brütete eine Weile dumpf vor sich hin. „Weißt du, es war nicht immer einfach, neben Ferdinand zu bestehen", sagte er leise.

Leider löste dieses Geständnis in Fritz nicht einen Hauch von Mitgefühl aus. „Verständlich. Du wolltest beim Schwanzvergleich mit ihm nicht den Kürzeren ziehen."

Doc Hollywood war zu ermattet, um sich über diese Provokation aufzuregen. „Ich hätte es anders formuliert, aber wahrscheinlich war es so", stimmte er Fritz zu. „Allerdings verstehe ich immer noch nicht, wie du auf die Idee kommst, dass ich ein Mörder sein könnte. Ferdinand umzubringen hätte nichts an meinem Schuldenstand geändert."

„100 000 Euro ändern eine Menge", bemerkte Fritz leichthin.

„100 000 Euro?“, wiederholte Hinterhuber papageienhaft.

Fritz kostete es einige Mühe, nicht mit der Faust auf den Tisch zu hauen. „Das ist der Deal wert, den Ferdinand vor seinem Tod für den Bau der Zufahrtsstraße ausgehandelt hat. Du wusstest davon. Also hattest du 100 000 Gründe, deinen Freund aus dem Weg zu räumen.“

„So war es nicht!“, rief Doc Hollywood verzweifelt.

„Nein? Warum kandidierst du sonst für das Amt des Präsidenten? Doch nur, weil du den Bau der Zufahrtsstraße durchdrücken und die 100 000 Euro selbst einsacken willst!“

Hinterhubers Schweigen sagte Fritz, dass er mit seiner Vermutung ins Schwarze getroffen hatte – oder zumindest fast.

„Ganz so war es nicht“, bekannte der Übergangspräsident mit brüchiger Stimme. „Ich habe erst nach Ferdinands Tod von dem Deal erfahren.“

„Ja dann …“ Fritz machte eine wegwerfende Handbewegung.

Hinterhuber atmete erleichtert aus, aber sein Gegenüber fuhr unerbittlich fort: „… heißt das noch lange nicht, dass du nicht der Mörder bist. Es gibt nämlich ein weiteres Motiv: Wenn man erfährt, dass die eigene, minderjährige Tochter eine Affäre mit dem fast 50 Jahre älteren Freund der Familie hat, kann man schon mal ausrasten.“

Nun wich endgültig alle Farbe aus Hinterhubers Gesicht. „Du weißt davon?“, flüsterte er.

„Ja. Vivienne hat es mir erzählt. Sie ist todunglücklich und hat niemanden, mit dem sie darüber reden kann, weil sie der eigene Vater wie Luft behandelt. Ich würde mich an deiner Stelle schämen. Sie ist ein tolles Mädchen, eine wunderbare junge Frau, und du machst ihr das Leben zur Hölle. Wenn sie nicht das Gefühl hätte, dir nie etwas recht machen zu können, hätte sie sich gar nicht erst mit Ferdinand eingelassen. Er brauchte sie nur einmal zu loben und schon hatte er sie. Sie war es einfach nicht gewöhnt, dass ein Mann nett zu ihr war.“

Doc Hollywood war während seiner Rede immer mehr in sich zusammengesunken, aber Fritz ging es besser, jetzt, da er all seinen

Frust losgeworden war. Wenn er ehrlich mit sich war, war es nicht dieser blöde Deal gewesen, der ihn am meisten gegen Hinterhuber aufgebracht hatte. Es war vielmehr die Unterhaltung mit seiner Tochter Vivienne gewesen. Sie hatte wirklich etwas Besseres verdient als diesen Vater.

„Ist es wahr? So sieht sie mich? Als gefühllosen Tyrannen, dem ihr Unglück völlig egal ist?“ Doc Hollywood vergrub sein Gesicht in den Händen. Nach einer Weile ließ er die Hände sinken; sein Gesicht war vor Wut verzerrt. „Es ist mir eben nicht egal! Deshalb hätte ich Ferdinand am liebsten umgebracht, an jenem beschissenen Sonntagmorgen. Leider war ich zu spät. Als ich zum Golfplatz gekommen bin, war er schon tot.“

Fritz nickte. Dieser Gefühlsausbruch war echt. Er hatte ohnehin nicht mehr ernsthaft daran geglaubt, dass Hinterhuber der Mörder war. Ihn so zu sehen, zerstreute auch den letzten Zweifel.

„Du hast nicht früher von dem Verhältnis erfahren?“, versicherte sich Fritz noch einmal.

„Wie hätte ich denn etwas erfahren sollen?“

„Durch eine ganz bestimmte Videoaufnahme, zum Beispiel?“

„Du weißt davon? Wer weiß noch davon?“ Hinterhuber blickte gehetzt um sich. „Wenn das die Runde macht, ist Viviennes Ruf ruiniert!“

„Niemand weiß davon“, beruhigte ihn Fritz. „Außer Kai Wiese natürlich. Ich nehme an, seinen plötzlichen Geldsegen hat er dir zu verdanken?“

Hinterhuber nickte erschöpft. „Er wollte es wohl erst bei Ferdinand versuchen. Durch Ferdinands Tod ist diese potentielle Geldquelle aber versiegt, bevor Kai sie anzapfen konnte. Also ist er gleich am Montag nach seinem Tod zu mir gekommen.“

„Wie viel hat er verlangt?“

„50 000 Euro.“

„50 000 Euro?“ Dieses Mal war Fritz der Papagei. Er hatte immer gewusst, dass Wiese ein Mistkerl war. Aber dass der Clubmanager so kaltschnäuzig war, eine derart hohe Summe zu verlangen, hätte er nicht für möglich gehalten.

„Ja, 50 000 Euro sofort und weitere 50 000, sobald ich das Geld zusammenhabe."

„Insgesamt also 100 000 Euro – genau der Betrag, der bei dem Bau der Zufahrtsstraße für dich rausspringen würde."

Hinterhuber lächelte traurig. „Das ist der wahre Grund, warum ich kandidiere. Das und der Druck, den Kai Wiese mir macht."

„Er will, dass du Präsident wirst?"

„Ja. Meine Kandidatur zu verlangen, war Teil seiner Erpressung, zusammen mit einer ausführlichen Liste meiner Pflichten als Präsident."

„Was genau wären denn deine Pflichten?"

„Nun ja, ich sollte ihn zum Beispiel sämtliche Reden halten lassen und sein Gehalt verdoppeln."

„Diese ekelerregende kleine Mistlaus!", rief Fritz. „Warum zeigst du Wiese nicht an? 100 000 Euro erpressen! Dafür geht er ins Gefängnis!"

„Nein, bloß keine Anzeige!", entgegnete Hinterhuber erschrocken. „Eine Anzeige würde zu viel Staub aufwirbeln. Nicht auszudenken, was los wäre, wenn die Presse von der Sache erführe! Die würden Vivienne im Staube zertreten. Meine Tochter zu schützen hat die oberste Priorität. Das Geld ist zweitrangig."

Fritz zog seine Augenbrauen hoch. Doc Hollywood war vielleicht doch kein so übler Vater; auch, wenn er seine Gefühle Vivienne gegenüber nicht zum Ausdruck bringen konnte. „Nun gut, das kriegen wir auch anders hin", meinte Fritz und grübelte eine Weile vor sich hin. „Weißt du was? Du ziehst deine Kandidatur zurück, löst den fragwürdigen Zufahrtsstraßen-Vertrag auf und wir vergessen die Sache mit dem 100 000-Euro-Deal."

„Würde ich ja gerne. Aber was ist mit den Videoaufnahmen? Und Wiese?"

„Bist du bereit, ein Stellengesuch für den Posten des Clubmanagers aufzusetzen?"

Hinterhuber nickte eifrig.

„Dann erledige ich das Wiesel. Und zwar mit dem größten Vergnügen!"

Als Fritz die Treppe zum Erdgeschoss hinunterging, merkte er, wie erschöpft er war. Die vergangenen Nächte mit wenig Schlaf und umso mehr körperlicher Anstrengung forderten ihren Tribut. Er brauchte Koffein. Dringend. Beinahe war er froh, das Clubmanagerbüro verschlossen vorzufinden. So konnte er Rita einen Besuch abstatten, bevor er sich das Wiesel vorknöpfte; sie schaffte es immer, ihn aufzupäppeln.

„Guten Morgen, mein Lieber!“ Kaum war Fritz in ihr Restaurant getreten, eilte Rita auf ihn zu, stellte sich auf die Zehenspitzen und gab ihn einen Schmatzer auf die Wange. Dann nahm sie seine Hände. „Was für eine schreckliche Nachricht! Patrizia, eine Mörderin! Ich habe es gerade im Radio gehört, der Mord an Ferdinand ist das große Thema! Es laufen sogar Sondersendungen!“ Ihr rundes Gesicht war sturmumwölkt.

Fritz befiel ein schlechtes Gewissen. Er hatte Alexa gebeten, sich mit ihrem Artikel bis heute zurückzuhalten und nun war die Blitz-Zeitung wahrscheinlich das einzige Medium, das nicht über den Mordfall berichtete. Fritz hatte Patrizia schützen wollen, aber an Alexas Karriere hatte er dabei nicht gedacht. Sie würde mit Sicherheit Ärger bekommen, und er wäre schuld daran.

„Natürlich ist es gut, dass du endlich aus dem Schneider bist. Aber Patrizia im Gefängnis?“ Rita schüttelte fassungslos den Kopf. „Alexa war gestern hier und hat mir von dem Interview mit Kasimir Kleinschmitt erzählt. Davor hätte ich wetten können, dass er Ferdinand umgebracht hat!“

„Und ich hab mir gewünscht, dass unser Clubmanager der Mörder ist!“, warf Sepp ein, der wie aus dem Nichts aufgetaucht war. „Dann wäre dieser aufgeblasene Wichtigtuer in den Knast gewandert und wir hätten uns nicht länger mit ihm herumschlagen müssen.“

Fritz nickte zustimmend. Das wäre in der Tat die eleganteste Lösung gewesen. Nachdenklich kratzte er sich am Kinn. Was, wenn es doch Wiese gewesen war? Immerhin hatte er Hinterhuber gegenüber zugegeben, dass er ursprünglich Ferdinand hatte erpressen wollen. Vielleicht hatte er ausgerechnet an von Pimmels Geburtstag damit anfangen wollen, um dem Präsidenten den Tag zu vermiesen? Vielleicht hatte das Wiesel ihn auf dem Grün von Loch 6 abgepasst und ihm das anstößige Video gezeigt? Vor Fritz' geistigem Auge liefen die Szenen ab wie in einem Film: Ferdinand weigert sich, auf die Erpressung einzugehen, der Präsident und der Clubmanager streiten, Ferdinand hat einen Herzinfarkt, fällt um und Kai Wiese erstickt den wehrlosen von Pimmel aus Wut über den geplatzten Deal mit dessen Schlägerputztuch.

Fritz biss sich auf die Unterlippe. Dieses Szenario klang nicht sonderlich wahrscheinlich, aber gingen einem Mord nicht meistens die unwahrscheinlichsten Szenarien voraus? Außerdem hatte sich Wiese verdächtig benommen. Er hatte „Sie haben Ihn gefunden" gestammelt, als ihn Fritz über den Tod des Präsidenten aufgeklärt hatte. Und er hatte gewusst, wo die Leiche lag, obwohl ihm das niemand gesagt hatte. Fritz war ehrlich zu sich: Wie sein Bruder wünschte er sich, dass Kai Wiese der Täter sein möge. Alles war besser als der scheußliche Verdacht, der langsam in ihm gereift war – der Verdacht, der sich seit gestern derart verhärtet hatte, dass fast kein Zweifel mehr möglich war. Weil Fritz so ungern an diesen Verdacht dachte, wandte er seine Aufmerksamkeit wieder dem aktuellen Geschehen zu.

„Dieses Arschloch!", brüllte Sepp, der weiterhin über den Clubmanager herzog. „Seit Neuestem will er mir vorschreiben, wie ich meine Arbeit zu machen habe. Gestern hätte ich ihm fast eine gescheuert!"

„Geh Sepp, reg dich nicht immer so auf!", versuchte Rita ihn zu beschwichtigten. „Damit änderst du auch nichts! Wiese ist nun einmal unser Clubmanager und wird es noch eine ganze Zeit lang bleiben."

„Der ist schneller weg, als ihr denkt", murmelte Fritz.

„Wieso?", fragten Sepp und Rita wie aus einem Munde.

„Später", winkte Fritz ab. „Habt ihr das Wiesel heute schon gesehen?"

„Gott sei Dank nicht", sagte Sepp und Rita meinte: „Nein. Seit der Präsident tot ist, lässt Kai Wiese die Tage langsam angehen. Er kommt nicht vor halb neun und trinkt dann erst einmal einen Cappuccino an der Bar."

Bei dem Wort Cappuccino entrang sich Fritz' Kehle ein sehnsuchtsvolles Stöhnen.

Rita blickte ihn alarmiert an. „Willst du auch einen? Mir fällt gerade auf, dass du total fertig ausschaust. Hast du heute Nacht nicht geschlafen?"

„Die zweite schlaflose Nacht in Folge", bemerkte Sepp mit einem anzüglichen Grinsen. „Das Bambi nimmt ihn hart ran."

Fritz spürte, wie seine Ohren heiß wurden. Das war wieder typisch: Obwohl sein Bruder in den vergangenen 48 Stunden nicht zu Hause gewesen war, wusste er über alles bestens Bescheid.

„Rita, kannst du mir einen Gefallen tun?" Den Kommentar seines Bruders geflissentlich ignorierend, wandte sich Fritz an die Restaurantchefin.

„Der Cappuccino kommt gleich. Ein doppelter. Außerdem habe ich Sachertorte gebacken. Du siehst aus, als könntest du zwei große Stücke davon vertragen. Ich hol sie sofort."

„Du bist ein Schatz, aber das meine ich gar nicht. Kannst du versuchen, an Wieses Handy zu kommen, wenn er bei dir an der Bar ist?"

Ritas Augen begannen zu glänzen. „Wie die Komplizin in einem Bond-Film?"

Fritz grinste. „Ja, aber freunde dich nicht zu sehr mit der Rolle an: Alle Bond-Girls enden tragisch."

„Ich tu, was ich kann. Bring dich du lieber in Sicherheit, da kommt er schon, der Herr Manager."

Gefolgt von Sepp hastete Fritz in Ritas Stüberl.

„Und, was läuft da zwischen Bambi und dir?", fragte Sepp, kaum, dass sie unter vier Augen waren.

„Die Frage lautet viel eher: Was läuft da zwischen Rita und dir? Ziehst du bald ganz bei ihr ein?"

Sepp lief rot an.

Fritz kostete seine Rache weidlich aus. Weil sein Bruder nicht antwortete, schob er nach: „Wann stellst du sie der Familie vor?"

Sepp nestelte am Kragen seines ausgeblichenen T-Shirts herum. „Ich weiß nicht. Meinst du nicht, dass ich eigentlich zu jung für sie bin?"

„Deine Sorge ist eher, dass sie zu alt für dich ist, oder?"

Sepp nickte verlegen.

„Schmarrn. Rita ist super! Und kochen kann sie auch. Mit ihr kannst du gar nichts falsch machen", bestärkte Fritz seinen jüngeren Bruder.

Sepp atmete erleichtert aus.

„Außerdem ist es gerade gang und gäbe, dass sich ältere Frauen Toyboys halten", fügte Fritz grinsend hinzu.

„Du Depp", knurrte Sepp und warf mit einem Sitzkissen nach ihm. „Pssst", machte er gleich darauf. „Das Wiesel ist angekommen."

„Guten Morgen, Kai. Wie schick du heute wieder bist!", rief Rita enthusiastisch. „Der Anzug steht dir ausgezeichnet! Aber warte, was ist denn das?" Eine Pause, in der nur energische Schritte zu hören waren. „Tatsächlich, dein Jackett ist am Rücken voller Staub! Warte, ich mach es dir schnell sauber. Du bist schließlich unser wichtigster Repräsentant, seit Ferdinand nicht mehr hier ist."

„Das ist sehr nett von dir, Rita. Und einen Cappuccino bitte. Wie immer mit einem Teelöffel Zucker!"

„Sehr gerne", flötete Rita und lief schnurstracks ins Stüberl. Dort fuhr sie in die Tasche des Jacketts, zog triumphierend Wieses Handy heraus und warf es Fritz zu. „Ich hoffe, du erzählst mir später, wofür du es brauchst", flüsterte sie.

Sepp blieb der Mund offen stehen. „Fritz, hast du auch nur ein Staubkorn auf Wieses Jackett gesehen? Ich nicht. Ich wusste gar nicht, dass Rita so gut lügen kann."

Fritz lachte leise in sich hinein. „Ja ja, an deiner Stelle würde ich mir jetzt Gedanken machen."

Nach dem Genuss von zwei doppelten Cappuccinos und vier Stück himmlisch schokoladiger Sachertorte war Fritz bereit für seinen Besuch beim Clubmanager. Er ertappte Wiese dabei, wie er ganz Herr des Hauses mit dem Rücken zur Tür und Füßen auf dem Tisch von seinem Büroanschluss telefonierte und nebenbei im Internet surfte. Er war derart beschäftigt, dass sich Fritz unbemerkt ins Büro schleichen konnte. Strategisch günstig platzierte er sich direkt hinter Wiese, der in das Studium einer Anzeige für PS-starke Motorboote vertieft war.

„Stellar Sportboote Sommeraktion!", stand neben dem Bild eines schnittigen weißen Küstenflitzers. „Werden Sie zum König der Seen mit unserer Supersonic. Jetzt für nur 25 000 Euro!"

Wiese verabschiedete sich von seinem Gesprächspartner, klickte auf das Foto der Supersonic und betrachtete das Boot im Vollbildmodus.

„Na, Herr Wiesel, überlegen Sie, wie Sie Ihren plötzlichen Reichtum zum Fenster rauswerfen können?", fragte Fritz jovial.

Der Clubmanager schrak zusammen und wirbelte auf seinem Drehstuhl zu seinem Besucher herum. „Sind Sie wahnsinnig? Mich derart zu erschrecken!", rief er empört.

„Haben Sie etwa ein schlechtes Gewissen, weil Sie so schreckhaft sind?"

„Nicht doch. Es ist nur so: Normalerweise rieche ich Ihre Anwesenheit, bevor ich Sie sehe. Den Gestank nach Kuhstall werden Sie nie los."

Fritz erwiderte die Beleidigung mit einem strahlenden Lächeln. „Dafür duften Sie wie ein wandelnder Moschushirsch."

Bevor Wiese eine angemessene Entgegnung einfiel, deutete Fritz auf den Computerbildschirm. „Nettes Schiffchen", bemerkte er. „Aber unterschätzen Sie die Benzinkosten nicht! Statt Motorboot zu fahren können Sie genauso gut kalt duschen und dabei 100-Euro-Scheine zerreißen."

„Ach, was wissen Sie denn! Ein Bauer wie Sie kann sich ein Prachtstück wie die Supersonic natürlich nicht leisten."

„Möglich. Aber ich halte auch nichts von Benzin fressenden Wasserspielzeugen. Ich würde mir nicht einmal dann ein Boot kaufen, wenn ich wie Sie unschuldige Leute erpressen würde und dadurch ein Vermögen gewonnen hätte, das es zu verschleudern gilt."

Wiese brauchte einen Moment, um den Sinn der Worte zu erfassen. Erst wurde er blass, dann knallrot im Gesicht. „Sie unterstellen mir, ein Erpresser zu sein? Wie kommen Sie auf so einen Schwachsinn! Sie sind wirklich mit einer überbordenden Fantasie ausgestattet!“ Der Versuch, Fritz aus seiner sitzenden Position hochmütig zu mustern, misslang ihm gründlich.

„Um zu vermuten, dass Sie Dreck am Stecken haben, benötigt man keinerlei Fantasie“, stellte Fritz nüchtern fest.

Wieses Lachen sollte spöttisch klingen, aber er konnte nicht verhindern, dass sich ein Zittern in seine Stimme schlich. „Wen sollte ich denn bitteschön erpressen?“, fragte er.

„Ferdinand von Pirach zum Beispiel.“

„Eine Leiche zu erpressen, dürfte schwer möglich sein. Falls Sie es vergessen haben: Ferdinand von Pirach ist tot!“

„Ja, weil Sie ihn umgebracht haben!“, beschuldigte ihn Fritz und zeigte anklagend mit dem Finger auf ihn.

„Ich soll ihn umgebracht haben? Warum das denn?“

„Weil Sie ihn erpressen wollten und er nicht auf Ihre Erpressung eingegangen ist!“

„Jetzt hören Sie endlich auf mit Ihrem Erpressungs-Schwachsinn! Sie haben keinerlei Beweise für Ihre haltlosen Beschuldigungen.“

„Ein Beweis befindet sich in meiner Hosentasche“, offenbarte Fritz und zog Wieses Handy hervor. Den Moment, den Wiese brauchte, um sein eigenes Handy in der Hand des Golflehrers zu erkennen, nutzte Fritz dafür, zu dem Sexvideo zu scrollen und auf „Play“ zu drücken. Schon schallte Ferdinands Stöhnen aus dem Lautsprecher.

„Das ist mein Handy! Geben Sie sofort mein Handy her!“, brüllte Wiese und sprang an Fritz hoch wie ein unerzogener Hund. Nach einigen vergeblichen Versuchen, Fritz' über den Kopf ausgestreckte Hand zu erreichen, gab der Clubmanager auf. „Dass sich dieses Video auf meinem Handy befindet, sagt nichts. Jeder hätte es machen und mir schicken können“, bemerkte er verächtlich.

„Sie erinnern sich, dass in dem Videoraum zwei Kameras stehen?“

„Wie soll ich mich daran erinnern? Ich habe diese geschmacklose Aufnahme nicht gemacht und bin nie in diesem Raum gewesen", log Wiese.

„Den Raum zu betreten war auch gar nicht nötig. Sie hatten ja von der Tür aus einen perfekten Blick auf das Geschehen."

„Was für ein Blödsinn! Sie haben wirklich einen Sprung in der Schüssel!"

„Nein, nur gute Augen. Es gibt in dem Videoraum zwei Kameras, die das Geschehen ebenso filmten wie Sie es mit Ihrem Handy getan haben. Die eine Kamera ist direkt auf die Tür gerichtet. Auf ihren Aufnahmen ist vorzüglich zu erkennen, wie Sie Ihren Kopf durch die Tür stecken und Ihr Handy zücken." Das entsprach zwar nicht ganz der Wahrheit – es blitzten nur kurz rote Haare auf, bevor das Handy zu sehen war. Ein schlechtes Gewissen hatte Fritz wegen seiner Flunkerei dennoch nicht. Er musste seine Chance nutzen, die Wahrheit aus Wiese herauszubekommen. „Ihre Visage ist sogar in HD zu sehen", fuhr er fort. „Die Polizei wird sich über die gestochen scharfen Bilder freuen. Wenn die Beamten erst einmal wissen, dass Sie dieses Erpresservideo aufgenommen haben, wird es ihnen ein Leichtes sein, den wahren Tathergang zu rekonstruieren. Und der könnte so aussehen: Sie treffen sich auf dem Grün von Loch 6 mit Ferdinand von Pirach und unterbreiten ihm Ihr Angebot. Er geht nicht darauf ein, beschimpft Sie vielleicht sogar noch und regt sich so über seinen Clubmanager auf, dass er einen Herzinfarkt erleidet und zu Boden fällt. Aus Rache dafür, dass Ferdinand Ihren Erpressungsversuch genauso wenig ernst genommen hat wie Sie als Person, bringen Sie ihn kaltblütig um."

„Das ist nicht wahr!", schrie Wiese. „Ich habe von Pirach nicht umgebracht!"

„Warum wussten Sie dann so genau, wo sich die Leiche des Präsidenten befindet? Sie müssen ihn am Morgen gesehen haben, und zwar noch, bevor Sepp ihn fand. Wenn Sie nicht mit mir reden wollen, dann vielleicht mit dem Kriminaloberkommissar Stauffacher? Einen Moment, ich verbinde Sie." Fritz zückte sein eigenes Handy und tat, als würde er Franz' Nummer wählen.

„Warten Sie! Ich erzähle Ihnen alles, was Sie wissen wollen!"

Fritz lehnte sich mit verschränkten Armen an die Wand. „Ich höre."

Kai Wiese ließ sich erschöpft auf seinen Bürostuhl fallen und fasste an seine Stirn. „Sie haben recht. Ich wollte Ferdinand erpressen. Noch vor dem Turnier, um ihm seinen Geburtstag zu verderben." Er richtete sich auf und sprach nun mit größter Entschiedenheit. „Ich war es leid, seine Marionette zu sein. Er hat mich behandelt wie einen unfähigen Sekretär! Dabei bin ich der Clubmanager des Golfclubs Leonbach und dem Präsidenten qua Amt mindestens ebenbürtig!"

Fritz verdrehte gelangweilt die Augen. Dass Wiese sich als verkanntes Genie sah, war nichts Neues. „Weiter!", forderte er den Clubmanager ungeduldig auf.

„Ich hatte um 6 Uhr einen Termin mit von Pirach. Sein Geburtstagsturnier sollte das größte Turnier werden, das der Club bis dahin ausgerichtet hatte, und der Präsident wollte mit mir einige Details durchgehen. Das sah ihm ähnlich. Er musste sich ständig in alles einmischen! Vor einem Turnier kontrollierte er tatsächlich, ob in den Toiletten genügend Klopapier zur Verfügung stand. Dabei bin ich für die Überwachung unserer Reinigungskräfte zuständig! Nicht einmal das hat er mir zugetraut. Ganz zu schweigen davon, dass ich keine einzige Siegerehrung abhalten durfte." Wiese war sein lange angestauter Frust anzuhören.

Fritz stimmte dem Clubmanager heimlich zu: von Pirach war ein Kontrollfreak gewesen. Dass er sogar den Klopapiervorrat überprüft hatte, war typisch für ihn. Typisch für Wiese war hingegen, dass er nie gegen den Präsidenten aufbegehrt hatte, sondern ihm zeitlebens in den Allerwertesten gekrochen war. Er war eben ein echter Arschkriecher ohne Rückgrat, der zu unlauteren Mitteln wie einer Erpressung greifen musste, um sich stark zu fühlen.

„Ferdinand ist nicht erschienen, obwohl er stets überpünktlich gewesen war. Ich bin zum Parkplatz gegangen und habe ihn gesucht. Sein Porsche stand da, also konnte er auch nicht weit sein. Ich vermutete, dass er den Zustand des Platzes überprüfen würde.

Also ging ich die paar Meter zum nächstgelegenen Loch 6. Erst sah ich nur die Schuhe des Präsidenten. Irritiert lief ich hin. Und da lag er, sein Gesicht zu einer Fratze verzerrt und die Augen unnatürlich weit aufgerissenen. Dieses Bild verfolgt mich bis heute!"

„Ach, Sie Armer!", bemerkte Fritz sarkastisch. Er hätte dem Clubmanager gegenüber nie zugegeben, dass es ihm genauso ging. Die Leiche auf Loch 6 war wirklich kein schöner Anblick gewesen. „Warum haben Sie niemandem Bescheid gegeben?"

„Ich weiß auch nicht. Ich habe Angst bekommen. Ich bin zurück zum Clubhaus und habe mir eingeredet, dass ich alles nur geträumt hätte. Im Büro habe ich mich mit Arbeit abgelenkt."

„Sie wissen, wie unglaubwürdig das klingt?"

„Aber es war ganz genau so, bitte glauben Sie mir doch! Ich hatte vorher noch nie einen Toten gesehen; ich war wie von Sinnen."

„Aber am nächsten Tag waren Sie cool genug, sich ein neues Erpressungsopfer zu suchen: Hans-Jürgen Hinterhuber."

Der Clubmanager öffnete den Mund zu einem lautlosen Schrei. „Sie wissen davon?", presste er hervor.

„Ich weiß alles. Dieses Weichei von Hinterhuber weigert sich, Sie anzuzeigen, weil er seine Tochter schützen möchte. Ich habe diese Bedenken nicht. Mir ist Hinterhubers Tochter scheißegal!", log Fritz. „Ich lasse Sie in den Knast wandern, das verspreche ich Ihnen!", donnerte er und fühlte sich dabei wie ein schlechter Schauspieler.

„Oh nein, bitte nicht! Ich will nicht ins Gefängnis", wimmerte Wiese.

„Das kann ich verstehen. Ein schmieriger Wicht wie Sie überlebt da keine Stunde. Die Mithäftlinge machen Sie allein wegen der Geruchsbelästigung durch Ihre widerlichen Parfums platt!", gab ihm Fritz den Rest.

Wiese rutschte vom Stuhl auf die Knie und streckte seinem Gegenüber bittend die Hände hin. „Was soll ich tun? Ich mache alles, was Sie verlangen!"

Fritz verzog angeekelt die Lippen. Das Wiesel winselte wie ein Schoßhund. Es war ihm unmöglich, etwas so Unterwürfiges weiterhin zu siezen. „Du löscht das Video von Ferdinand und Vivienne, vernichtest sämtliche Kopien davon, kündigst mit sofortiger Wirkung und packst deine Sachen. Bevor du im wahrsten Sinne des Wortes verduftest, gibst du dem Hinterhuber noch die 50 000 Euro zurück."

„Aber ich habe das Geld nicht mehr! Das ganze Geld, meine ich."

„Dann verhökerst du eben deine neue Uhr oder pumpst eine Tante an, was weiß ich. Wie du die Kohle auftreibst, ist mir wurscht, so lange du nicht wieder jemanden erpresst. Du hast bis morgen um 12 Uhr Zeit, das Geld an seinen rechtmäßigen Eigentümer zu übergeben. Wenn du dich auch nur eine Minute verspätest, steht die Polizei schneller vor deiner Tür, als du 'Ich stinke' sagen kannst. Und jetzt steh endlich auf! Ein Mann kniet nicht vor einem anderen Mann nieder. Das ist peinlich!"

Der Clubmanager kam langsam auf seine Füße und umklammerte Fritz' Hände. „Danke", stammelte er. „Vielen Dank!"

Schnell zog Fritz seine Hand weg. „Ach, pack dich", grummelte er.

Als Wiese an der Tür war, pfiff er ihn noch einmal zurück. „Und denk immer daran: Ich habe die Aufnahmen der Kamera, die dich überführen, sicher gespeichert. Solltest du irgendwann einmal auf die Idee kommen, eine Kopie deines Erpresservideos öffentlich zu machen, landest du im Knast, das verspreche ich dir."

22

Fritz trat vor das Clubhaus und atmete tief durch. Der aromatische Duft nach frisch gemähtem Rasen stieg ihm in die Nase. Er liebte diesen typischen Golfplatz-Geruch, der auf keinem Platz der Welt derselbe war. Vermutlich könnte er nur anhand einer Duftprobe des gemähten Rasens erschnuppern, auf welchem Golfplatz er sich befand, sinnierte Fritz. In den Jahren auf der Tour hatte er all die unterschiedlichen Aromen in sich aufgesogen und an irgendeinem Ort in seinem Gehirn abgespeichert. Sein Geruchssinn war eben sehr gut ausgeprägt – wahrscheinlich hatten ihn Kai Wieses penetranten Parfums deshalb beinahe in den Wahnsinn getrieben.

Anders als erwartet hatte ihm der Zusammenstoß mit dem Clubmanager keine Befriedigung verschafft. Vielmehr war ihm der Anblick des wimmernden Wiesels zutiefst zuwider gewesen. Etwas derart Peinliches hatte er selten erlebt. Wie konnte sich ein erwachsener Mann so gehen lassen! Doch Fritz musste auch die positive Seite sehen: Es war ihm gelungen, den Clubmanager derart einzuschüchtern, dass er das Sexvideo sicher nicht in Umlauf bringen würde. Vivienne blieb damit wenigstens die Schande erspart, sich in eindeutiger Pose im Internet wiederzufinden.

Fritz ging ein paar Schritte und ließ den Blick über das satte Grün des Trainingsgeländes schweifen. Eine einsame Gestalt übte Annäherungsschläge; sie war weit weg, aber Fritz erkannte den Schwung, wie er den Schwung eines jeden Golfers erkannte, den er einmal trainiert hatte.

Die Gestalt kam wie gerufen – dass sie hier war und Fritz sie nicht erst aufsuchen musste, würde die Dinge beschleunigen. Bevor er zu ihr ging, gab es allerdings noch etwas zu erledigen. Er blieb stehen und wählte Alexa Nummer. „Hast du etwas rausgefunden?“, fragte er kurz angebunden.

„Ja, ich habe das Protokoll von Patrizias Geständnis vor mir liegen. Aber ich weiß nicht, ob dir das weiterhilft.“

„Lassen wir es darauf ankommen.“

„Soll ich es dir vorlesen?"

„Es reicht, wenn du mir das Wichtigste sagst", erwiderte Fritz. Er wollte keine Zeit verlieren.

Mit höchster Konzentration lauschte er Alexas Zusammenfassung und unterbrach ihren Redefluss nur an zwei Stellen. „Patrizia wusste nicht, welche Farbe das Schlägerputztuch hatte? Sie hat es zu Hause einfach so in den Müll geworfen?", fragte er nach.

„So hat sie es zumindest zu Protokoll gegeben", bestätigte Alexa.

„Danke, das war sehr wichtig." Wieder musterte Fritz die Gestalt auf dem Trainingsgelände. Seine Gedanken rasten.

„Kann ich sonst etwas tun?", erkundigte sich Alexa.

Fritz fasste einen schnellen Entschluss. „Kannst du bitte noch einmal bei Franz anrufen? Er soll so schnell wie möglich mit ein paar seiner Leute zum Wald kommen, der an die Löcher vier bis sechs angrenzt. Am besten nimmt er seinen eigenen Wagen, der ist unauffälliger. Falls ich ihn verpasse, soll er zur großen Eiche gehen und sich im Hintergrund halten, bis ich ihm Bescheid gebe."

„Das klingt sehr abenteuerlich. Willst du mir nicht erzählen, was du vorhast?" Alexa klang ziemlich beunruhigt.

„Jetzt nicht", sagte Fritz. „Vertrau mir." Er legte auf. So oft wie in den letzten 24 Stunden hatte er diesen Satz noch nie gesagt. Er hoffte sehr, dass er dieses Vertrauen auch verdient hatte.

Langsam näherte sich Fritz der Gestalt. Wie eine Maschine schlug sie einen Ball nach dem anderen auf die fünfzig Meter entfernte Fahne. Kein Ball landete weiter als zwanzig Zentimeter vom Loch entfernt. Ohne Zweifel hatte sie das Talent für Annäherungen von ihrem Vater geerbt.

„Alle Bälle tot am Stock. Nicht schlecht", lobte Fritz.

„Danke", entgegnete Ferdinand von Pirachs Tochter, ohne aufzusehen.

Stumm betrachtete Fritz seine ehemalige Schülerin. Sie hatte sich verändert seit ihrer letzten Trainerstunde vor einem Jahr. Bei der Beerdigung war ihm das noch nicht so aufgefallen. Heute wirkte Estellas Gesicht durch die zurückgebundenen Haare und die schwarze Schirmmütze streng und scharfkantig, nicht weich und sinnlich wie vor einem Jahr. Ihre Augen, die die Bälle fixierten als wären sie Kakerlaken, die es zu vernichten galt, blickten kalt und hart, nicht verführerisch wie damals, als sie ihren formvollendeten Po an seinem Gemächt gerieben hatte. Alles Kokette war aus ihrem Wesen verschwunden; übrig geblieben war der blanke Ehrgeiz, der ihr nicht sonderlich gut zu Gesicht stand. Oder hatte sie sich gar nicht verändert und er sah sie nur mit anderen Augen, weil er über sie Bescheid wusste? Fritz war sich nicht sicher.

„Es tut mir leid wegen deiner Mutter", bemerkte er.

Estella murmelte etwas, das wie „Mir nicht" klang. Oder hatte sie „Mama war es nicht" gesagt? Das erschien Fritz um einiges wahrscheinlicher.

„Du musst keine Angst haben, sie kommt bald frei. Vielleicht sogar heute schon. Die Polizei hat endlich die Mordwaffe gefunden: ein stinknormales Schlägerputztuch, wer hätte das gedacht. Das Tuch wird gerade auf DNA-Spuren untersucht. Es ist nur noch eine Frage von Stunden, bis der wahre Mörder überführt wird."

„Gut zu hören", äußerte Estella unbeteiligt.

Fritz war verblüfft, wie cool sie war. Ihrem Gesicht war keinerlei Regung anzusehen. Unbeirrt schlug sie weiter ihre Bälle.

„Bist du allein zu Hause? Kann ich dir irgendwie helfen? Brauchst du etwas?"

Estella schüttelte den Kopf. „Eine Tante von mir ist vorübergehend eingezogen. Sie kümmert sich um alles", sagte sie und schwieg wieder. Ihr nächster Ball kam einen Meter von der Fahne entfernt zum Liegen. Was für den Großteil der Golfer ein absoluter Traumschlag gewesen wäre, ließ Estella eine Verwünschung ausstoßen. Zum ersten Mal hob sie ihren Blick und sah Fritz streng an. „Wenn du mich jetzt bitte entschuldigen würdest? Ich muss mich konzentrieren", wies sie ihn zurecht.

„Ja natürlich. Ich will dich nicht vom Training abhalten." Langsam ging er in Richtung Parkplatz davon und postierte sich an einer Stelle, von der er das Übungsgelände genauso im Blick hatte wie die Zufahrtsstraße.

Schneller als gedacht brauste Franz' Wagen heran. Fritz wies ihm einen versteckten Parkplatz zu, ohne seinen Posten zu verlassen.

Franz stieg zusammen mit drei in Zivil gekleideten Beamten aus und kam breitbeinig auf Fritz zu. Seine finstere Miene verriet, wie wenig begeistert er von diesem kurzfristig anberaumten Ausflug war. „Auf meinem Schreibtisch stapelt sich die Arbeit. Ich hoffe, das hier lohnt sich“, bemerkte er grantig.

„Das hoffe ich auch. Geht schon mal vor in Richtung Eiche und haltet euch dort versteckt. Hast du dein Handy dabei? Ich ruf dich an, wenn ich dich brauche.“

„Nimm lieber das hier.“ Franz überreichte ihm etwas, das wie ein kleiner Sender aussah. „Wenn du auf diesen Knopf drückst, wissen wir nicht nur, wo du bist, wir hören dich auch.“

„So langsam fühle ich mich wirklich wie James Bond“, brummelte Fritz unhörbar. „Am besten ihr geht jetzt; es kann nicht mehr lange dauern“, wies er Franz und seine Leute an.

Mit einem widerwilligen Grunzen fügte sich der Kommissar und Fritz war wieder allein auf seinem Beobachtungsposten.

Estella kippte gerade den zweiten Ballkorb um und trainierte nun Schläge aus geringerer Distanz.

Je mehr Zeit verstrich, desto größer wurden Fritz' Zweifel an seiner Theorie. Nicht auszudenken, was los wäre, wenn er Franz und sein Team wegen nichts hier heraus gescheucht hätte. Glücklicherweise hatte Fritz noch fünf Schokoriegel in der Hosentasche. Nichts beruhigte seine Nerven so gut wie Schokolade. Es wunderte ihn, dass er seit Ferdinands Tod nicht mindestens zehn Kilo zugenommen hatte. Wenn es noch länger so weiterging, würde er an einer Schokoladenvergiftung zugrunde gehen, da war sich Fritz sicher.

Aufatmend beobachtete er, wie Estella den Ballkorb hochnahm und die Bälle einsammelte. Nun konnte es wirklich nicht mehr lange dauern.

Erneut täuschte er sich.

Estella spazierte zum Übungsgrün und puttete seelenruhig die neun Bahnen durch. Dann ging sie ins Clubhaus, wahrscheinlich, um ihr Golfbag in den Materialspind zu räumen. Nach einer gefühlten Ewigkeit kam sie endlich zum Parkplatz hinauf. Sie ging nur einen Meter an Fritz vorbei, aber sie bemerkte ihn nicht, denn er hatte sich hinter einer nahezu undurchdringlichen Hecke versteckt. Wie er es vorausgesehen hatte, schlug sie den Weg ein, der zur Siedlung führte. Das war an sich kein ungewöhnlicher Vorgang. Von Pirachs Tochter hatte noch kein Auto. Auch früher war sie deshalb oft zu Fuß durch den Wald zum Golfplatz gekommen.

Fritz folgte ihr mit einem Sicherheitsabstand. Er war in diesem Wald aufgewachsen, kannte jeden Busch und jeden Baum. Das kam ihm nun zugute. So konnte er rechtzeitig in Deckung gehen, wenn sich Estella umdrehte, um sich zu vergewissern, ob ihr jemand folgte. Das tat sie mehrmals hintereinander und bog dann scharf rechts in einen kaum erkennbaren Trampelpfad ein.

Fritz musste immer wieder abtauchen, um Estellas forschenden Schulterblicken zu entgehen. Dabei schlugen ihm Spinnweben und Brennnesseln ins Gesicht. Am liebsten hätte er laut geflucht; stattdessen verfluchte er im Stillen die von-Pirach-Tochter, weil er wegen ihr auf diesem Höllenpfad wandeln musste, und natürlich Franz, der ihm diese Suppe eingebrockt hatte. Eigentlich hätte sich der Kriminaloberkommissar durch diese Wildnis quälen müssen, er wurde schließlich dafür bezahlt, Verdächtige zu verfolgen.

Nach einigen Minuten, die Fritz wie Stunden vorkamen, hatte Estella ihr Ziel erreicht: eine kleine Lichtung, in deren Mitte ein mächtiger Baumstamm lag, dessen Wurzeln meterhoch nach oben ragten. Sie kniete sich in das Loch, das die Wurzeln hinterlassen hatten, und begann, mit bloßen Händen zu graben.

Es dauerte nicht lange und sie zog ein schmutziges Etwas hervor.

Wie auf Kommando betrat Fritz die Lichtung. „Wenn das mal nicht das berüchtigte Schlägerputztuch ist!"

Estella erstarrte wie ein Reh, das von Autoscheinwerfern geblendet wird. „Du hast mich belogen!", schrie sie dann. „Das Tuch ist noch da!"

„Du gibst also zu, dass es sich um das Schlägerputztuch handelt, mit dem du deinen Vater ermordet hast?"

Estella beantwortete die Frage mit einer Gegenfrage. „Wie

kommst du auf die hirnverbrannte Idee, ich hätte meinen Vater umgebracht? Meinen eigenen Vater? Ich habe ihn über alles geliebt!"

„Genau das ist dir zum Verhängnis geworden", flüsterte Fritz leise. In normaler Lautstärke sagte er: „Es war nicht einfach – es gab eine Vielzahl von kleinen Hinweisen und Verdachtsmomenten, die sich in der Summe zu einem großen Ganzen verdichteten. Richtig draufgebracht hat mich eigentlich erst der Hofer Max."

„Der Hofer Max? Dieser dreckige kleine Schreiner, der die ach so wunderbare Stefanie über ihren Verlust hinwegtröstet?"

„Mir ist zwar nicht aufgefallen, dass der Max dreckig oder klein wäre, aber ja: Den meine ich. Er hat mir erzählt, dass Stefanie zweimal heftige Bauchkrämpfe hatte, die beinahe eine Fehlgeburt ausgelöst hätten. Beide Male hatte Stefanie zuvor deine Mutter besucht. Erst dachte ich, das wären Zufälle gewesen; dann hatte ich deine Mutter im Verdacht. Aber nur, bis ich gestern mit deiner Freundin Vivienne geredet habe."

„Sie ist nicht mehr meine Freundin", stieß Estella hervor.

„Freundin hin oder her: Vivienne hat mir einige interessante Dinge über dich erzählt. Zum Beispiel, dass du es ziemlich wild treibst in deinem Golfinternat."

„Das geht niemanden etwas an. Sie hätte das nicht ausplaudern dürfen. Diese widerwärtige kleine Schlampe, das zahl ich ihr heim."

Fritz hatte Estella noch nie fluchen gehört. Sie hatte immer die wohlerzogene junge Dame gegeben, stets höflich und mit einem Lächeln auf den Lippen. Nun zeigte sie ihr wahres Gesicht.

„Du solltest Vivienne lieber dankbar sein. Sie war es, die dir die Abtreibungspillen besorgt hat."

„Ja und? Ich hätte sie auch anderswo bekommen. Jede Frau hat das Recht, über ihren eigenen Körper zu bestimmen!"

„Das mag stimmen. Aber du wolltest nicht über deinen eigenen Körper bestimmen, sondern über Stefanies. Du hattest keine Lust, die uneingeschränkte Aufmerksamkeit und Liebe deines Vaters mit deinem Halbgeschwisterchen zu teilen. Deshalb wolltest du es loswerden. Oder war das Testament der Grund für deine Versuche,

Stefanies Baby umzubringen?"

„Wovon redest du eigentlich?" Estella setzte eine hochmütige Miene auf und ließ die Vorwürfe an sich abprallen, als wäre sie aus Eis. Allerdings war ihre Neugier größer. „Was für ein Testament?"

„Dein Vater hätte nur einen Tag nach seinem Tod einen Notartermin gehabt. Er wollte dem ungeborenen Kind die Hälfte seines Vermögens vermachen."

„Was wollte er? Aber ich war doch seine einzige Tochter! Er liebte mich abgöttisch! Das hat er mir wieder und wieder gesagt! Oh mein Gott!" Estella schlug entsetzt die Hände vor den Mund.

Fritz fand ihr Verhalten bezeichnend: Der Vorwurf, beinahe einen Fötus getötet zu haben, focht sie nicht an, aber die Vorstellung, dass ihr Vater sich um sein ungeborenes Kind genauso sehr gesorgt hatte wie um sie, warf sie völlig aus der Bahn.

„Du hast also nichts von der beabsichtigten Änderung des Testaments gewusst und wolltest Stefanies Baby dennoch vergiften", fasste Fritz zusammen.

„Dummes Geschwätz", giftete Estella ihn an

„Findest du? Ich finde es gar nicht dumm. Dein Plan war sogar äußerst perfide. Täuschst deiner Freundin gegenüber eine Schwangerschaft vor, um an Abtreibungspillen zu kommen, die du dann der schwangeren Geliebten deines Vaters in den Tee mischst. Niemand wäre dir auf die Schliche gekommen, wenn sich nicht herausgestellt hätte, dass Stefanies Bauchkrämpfe immer in der Ferienzeit auftraten – einmal zu Ostern und das andere Mal in den Pfingstferien. Beide Male bist du zu Hause gewesen."

„Das kannst du mir nie nachweisen!", zischte Estella.

„Das muss ich auch nicht. Weder Stefanie noch Max wollen Anzeige gegen dich erstatten. So viel Aufregung kurz vor der Geburt ist nicht gut für Mutter und Kind – für dein Halbgeschwisterchen." Fritz konnte sich diesen Zusatz nicht verkneifen. Er hatte die beabsichtigte Wirkung: Estella kniff ihre Lippen zusammen und ballte die Fäuste.

„Lassen wir diese Geschichte", winkte Fritz großzügig ab. „Du wolltest von mir wissen, wie ich auf die 'hirnverbrannte Idee' gekommen bin, dass du die Mörderin deines Vaters bist. Ich würde sagen, ich habe es gerochen."

„Häh?", machte Estella.

„Das heißt nicht 'Häh', sondern 'Wie bitte'", wies er die Tochter des Präsidenten zurecht. „Aber egal. Mein guter Riecher hat mich auf die richtige Spur gebracht. Mir ist etwas Witziges aufgefallen: deine Mutter, meine Exfreundin Susi, die schwangere Stefanie – sie alle benutzen dasselbe Parfum. Ein sonderbarer Zufall oder hat dein fantasieloser Vater all seinen Frauen das gleiche Parfum geschenkt? Sogar deine Freundin Vivienne duftete nach 'Temptation', als ich sie gestern beim Einkaufen traf. Ich wette, Ferdinand hat es ihr zum Geburtstag geschenkt. Du warst abends bei ihrer Feier, hast sie umarmt und einen Schwall davon eingeatmet. Da ist bei dir der Groschen gefallen – oder sollte ich sagen, da hast du den Braten gerochen: Deine süße kleine Freundin Vivienne war eines der zahlreichen Betthaserl deines Vaters."

„Hör auf, hör auf, ich will das nicht hören!" Estella hielt sich wie ein kleines Kind die Ohren zu.

Fritz hob seine Stimme, damit sie ihn dennoch hörte: „Euer Haus befindet sich direkt neben dem der Hinterhubers. Du hast Vivienne von deinem Zimmer aus beobachtet und gesehen, wie sie am nächsten Tag in aller Hergottsfrühe das Haus verließ. Du bist ihr gefolgt, Zeugin des Stelldicheins im Unterstand geworden und hast deinen Vater anschließend umgebracht. Dann hast du das verräterische Schlägerputztuch im Wald entsorgt und deiner Mutter zu Hause vorgespielt, du wärst krank."

Fritz trug seine Version des Geschehens mit größter Entschiedenheit vor, die darüber hinwegtäuschen sollte, dass er sich ganz und gar nicht sicher war, was sich am Morgen vor Ferdinands Tod abgespielt hatte. Wenn Estella ihren Vater und Vivienne tatsächlich schon im Unterstand beobachtet hätte, hätte sie Kasimir sehen müssen oder Kasimir sie. Und warum hatte sie mit dem Mord gewartet, bis Ferdinand das Grün von Loch 6 erreicht hatte?

Estellas monotone Stimme ließ ihn aufschrecken. „So war es nicht", sagte sie, die leblosen Augen in die Ferne gerichtet. „Ich konnte die ganze Nacht nicht schlafen. Der Verdacht hielt mich wach. Als es endlich dämmerte, stand ich auf, um mein Lauftraining zu absolvieren. Gute Kondition ist unerlässlich, wenn man Golfturniere gewinnen will.

Ich laufe durch den Wald und sehe Vivienne. Sie hat eine Taschenlampe und eine Decke unter dem Arm und ein dämliches Grinsen im Gesicht. Sie kommt aus der Richtung des Unterstandes neben Loch 4. Ich kenne die Geschichten vom Unterstand, habe aber nie daran geglaubt. Jetzt kommen mir Zweifel. Ich verstecke mich und Vivienne geht an mir vorbei, ohne mich zu bemerken. Sie summt ein Liebeslied. Ich laufe in Richtung Unterstand. Da ist niemand mehr. Ich laufe weiter und entdecke meinen Vater auf dem Grün von Loch 6. Er locht einen Sieben-Meter-Putt. Eine gute Leistung. Mir fällt auf, dass die Fahne gemein gesteckt ist. Darauf muss ich später im Turnier achten. Mein Vater hebt den Kopf, sieht mich und erstarrt. Ich blicke in sein Gesicht und weiß, was passiert ist.

'Du Schwein! Du hast mit Vivienne geschlafen!', werfe ich ihm an den Kopf.

'Es ist nicht so, wie du denkst!', ruft er und greift sich an sein Herz.

Er fällt um.

Ich beuge mich über ihn und frage: 'Wie ist es dann?'

Er hebt den Kopf und schaut mir fest in die Augen. 'Deine Freundin Vivienne – ich liebe sie!', sagt er.

Ich will das nicht hören. Er soll gefälligst seinen Mund halten, still sein. 'Sei still, sei still, sei still“, rufe ich und halte ihm mit seinem Schlägerputztuch den Mund zu.

Er versucht, zu schreien, sich zu wehren, aber er ist zu schwach. Seine Beine hören auf zu zappeln. Endlich ist er still.“ Auch Estella verstummte und starrte blicklos ins Leere. Sie wirkte wie ein Zombie – als wäre sie längst woanders und hätte nur ihre leere Hülle zurückgelassen.

Fritz standen sämtliche Haare auf seinen Unterarmen zu Berge. Er schwieg. Patrizia hatte sich bei ihrem falschen Geständnis erstaunlich nahe an die Tatsachen gehalten und war nur an den entscheidenden Stellen von der Version ihrer Tochter abgewichen. Sie hatte Estella um alles in der Welt schützen wollen. Sie liebte ihre Tochter so sehr, dass sie für sie sogar ins Gefängnis ging. Was für eine Tragödie.

Als er sicher war, sich wieder unter Kontrolle zu haben, richtete er das Wort an Estella. „Du hast deinen Vater umgebracht“, stellte er sachlich fest.

Langsam fixierten sich die Augen des Mädchens wieder und sie kam in die Gegenwart zurück. „Ich habe ihn nicht umgebracht“, entgegnete sie emotionslos. „Mein Vater wäre so und so gestorben. Er hatte einen Herzinfarkt.“

„Er wäre nicht gestorben. Er hatte zwar einen Herzinfarkt, aber der war nicht lebensbedrohlich. Du hast deinen Vater erstickt, mit dem Schlägerputztuch, das du in der Hand hältst.“

Estella ließ das dreckverklumpte Tuch zu Boden fallen. Ihre coole Fassade begann zu bröckeln. Sie knetete nervös ihre Hände, wie um so den Schmutz zu entfernen, der an ihnen klebte.

„Wann hast du deiner Mutter alles gestanden?“

„Gestern. Dieser Max Hofer hat angerufen und meine Mutter wegen der angeblichen Vergiftung seiner Stefanie zur Schnecke gemacht. Er hat ihr gesagt, dass sie mich verdächtigen. Da ist meine Mutter zu mir gelaufen und ich musste ihr alles erzählen. Auch das mit meinem Vater.“

„Du musst dich stellen und deine Mutter aus der U-Haft holen. Sie wollte dich schützen! Dich und Vivienne!“ Deshalb hatte sie Vivienne während ihres Geständnisses mit keinem Wort erwähnt.

„Einen Dreck werde ich tun! Meine Mutter ist doch an allem Schuld!“

„Wie meinst du das?“

„Hätte sie sich nicht scheiden lassen, hätte Papa nicht mit all den Frauen rumgemacht.“

Fritz wich entsetzt zurück. Das konnte nicht ihr Ernst sein. „Estella, wenn du deine Tat nicht selbst zugibst, muss ich die Polizei informieren.“

„Tu das, lauf zur Polizei. Die glauben dir sowieso kein Wort. Du warst selbst lange Zeit der Hauptverdächtige, schon vergessen?“ Sie verschränkte die Arme vor der Brust und blitzte ihn triumphierend an.

„Wenn das so ist, muss die Polizei eben zu dir kommen.“

„Ach ja, hier in den Wald, oder was?“, fragte Estella spöttisch.

Fritz hob den Sender hoch, den ihm Franz zuvor gegeben hatte. „Siehst du das? Das ist ein Funksender. Die Polizei hat alles mitgehört.“

Estella starrte ungläubig von Fritz zu dem Sender in seiner Hand. Nackte Angst blitzte in ihren Augen auf. Gehetzt blickte sie um sich, packte das Schlägerputztuch und flüchtete.

Fritz wollte ihr nachsetzen, doch er blieb an einer Wurzel hängen und stolperte.

„Franz!“, rief er. „Schnell! Sie flüchtet!“

„Ich komm ja schon!“, brüllte der Kommissar zurück.

Fritz sah seinen Kopf aus dem Unterholz auftauchen. Er hätte nie gedacht, dass sein beleibter Freund zu derartigen Sprints in der Lage war. Wie ein Löwe auf Antilopenjagd preschte Franz durch den Wald.

„Hab ich dich!“, erschallte es bald darauf.

Fritz richtete sich auf und sah, wie Franz der flüchtigen Mörderin Handschellen anlegte. Nun waren auch die anderen Beamten zur Stelle. Mit vereinten Kräften führten sie die wild um sich schlagende Estella ab.

„Fritz, ist alles in Ordnung?“ Von irgendwoher kam Alexa auf ihn zugestürmt und fiel ihm um den Hals. „Ich habe mir solche Sorgen um dich gemacht! Nachdem du mich angerufen hast, bin ich sofort in den Wald gerannt und habe mit Franz und seinem Team abgewartet. Wie geht es dir?“ Sie sah ihn mit ihren großen, unschuldigen Rehaugen fragend an.

„Mir geht es gut“, erwiderte Fritz tapfer, wandte sich von ihr ab und übergab sich.

Epilog

Mit hochgezogenen Schultern und tief in den Hosentaschen vergrabenen Händen hastete Fritz durch die engen Gassen Leonbachs. Normalerweise genoss er die seltenen Ausflüge in die Stadt und nahm sich die Zeit, die prachtvollen mittelalterlichen Häuser zu bewundern, in das ein oder andere Schaufenster zu schauen und die Leute zu beobachten, die vor den zahlreichen Cafés der Altstadt saßen.

Heute hatte er keinen Nerv dafür. Es war ein Fehler gewesen, hierherzukommen. Er hatte keine Lust auf Gesellschaft, aber Rita hatte ihm so lange in den Ohren gelegen, bis es für ihn einfacher gewesen war, zuzusagen. Die Restaurantleiterin hatte sich heute Abend extra freigenommen, um mit Sepp und ihm zu feiern, dass endlich alles vorbei war. Sie meinte damit den Fall, aber für Fritz war mehr vorbei als das.

Genau deshalb war er alles andere als in Feierlaune. Er hätte sich lieber wie die vergangenen Abende in sein Zimmer verkrochen und deutsche Klassiker gelesen. Dort hätte er seine Ruhe. Er spielte ernsthaft mit dem Gedanken, umzukehren und zum Moserhof zurückzufahren, doch da war er bereits vor dem Casanova angekommen. Überrascht blieb Fritz stehen. Er hatte vom Weg nicht viel mitbekommen.

Das Casanova. Es kam ihm vor, als wäre der letzte Stammtisch mit Franz vier Jahre her und nicht auf den Tag genau vier Wochen. Vor vier Wochen war Ferdinand von Pirach auf dem Grün von Loch 6 umgebracht worden. Und vor genau achtzehn Tagen, sechs Stunden und zehn Minuten hatte Fritz Alexa das letzte Mal gesehen. Er seufzte und sah auf sein Handy. Keine Nachricht, kein Anruf, den er zufällig überhört hatte, nichts.

Nachdem Estella in Handschellen abgeführt worden war, war Fritz mit Alexa zum Moserhof zurückgegangen, wo sie in Windeseile ihre Sachen gepackt und sich in ihre klapprige Rostlaube gesetzt hatte. Sie war nach München gefahren, hatte ihren Artikel geschrieben und war praktisch über Nacht bekannt geworden. Ihre Reportage über den Mordfall von Pirach war ein „Glanzstück investigativer Recherche und zugleich Ausdruck formvollendeter Schreibkunst“, wie es in der Laudatio für einen der Preise hieß, mit denen sie ausgezeichnet wurde. Über sie wurde in der Medienwelt berichtet, ihr Artikel zitiert, ihre Expertise gefragt. Erst heute Morgen hatte Fritz ihre Stimme im Radio gehört. Andere Journalisten rissen sich um Interviews mit ihr.

Weil Alexa ihn in ihrer Reportage als eine Mischung aus edlem Ritter und modernem Sherlock Holmes beschrieb, der den Fall quasi im Alleingang gelöst hatte, hatte Fritz ebenso viele Interviewanfragen, die er jedoch alle abblockte. Ihm war es peinlich genug, dass er in ihrem Artikel vorkam; er wollte seinen Namen auf keinen Fall noch einmal in der Zeitung lesen. Bis auf die Tatsache, dass Alexa seine Rolle in der ganzen Geschichte völlig überhöht dargestellt hatte, war er sehr einverstanden mit ihrem Artikel. Er las sich wie eine Abenteuergeschichte, fesselnd geschrieben, ohne dabei die Fakten außer Acht zu lassen. Fritz war stolz auf Alexa, und er war ihr dankbar: Sie hatte Vivienne aus dem Spiel gelassen. Es war lediglich von einer Geliebten die Rede, die die Eifersucht der Tochter angestachelt hatte. Auch die Erpressung und den Zufahrtsstraßen-Deal erwähnte sie nicht. Stattdessen konzentrierte sie sich ganz auf die psychologischen Aspekte des Falls, die sie derart feinfühlig und dabei neutral beschrieb, dass es dem Leser schwerfiel, die beteiligten Personen vorschnell zu verurteilen und in das gängige böser-Täter-armes-Opfer-Schema einzuordnen.

Alles in allem hatte Alexa ihren Erfolg mehr als verdient. Fritz freute sich für sie, war aber gleichzeitig traurig und enttäuscht, dass sie ihn so schnell vergessen hatte. Wann immer er ihre Nummer wählte, antwortete ihr Anrufbeantworter und die paarmal, die sie ihn mitten in der Nacht zurückgerufen hatte, war seine Mailbox drangegangen, denn zu dieser Zeit lag er längst im Bett und schlief. Zumindest versuchte er zu schlafen, was ihm nicht immer gelang. Meistens starrte er mit offenen Augen an die Decke und dachte an Alexa.

„Geh Fritz, wie lange willst du denn noch da draußen stehen?", rief Rita, die ihren Kopf durch den Eingang des Casanovas steckte. „Sollen wir dich über die Schwelle tragen? Du bist zwar ein Held, aber das wäre dann doch ein bisschen übertrieben!"

„Ich komm ja schon!", brummelte Fritz und setzte sich in Bewegung, nicht ohne zuvor einen prüfenden Blick auf sein Handy zu werfen.

„Hast du immer noch nichts von ihr gehört?", fragte Sepp leise, der ebenfalls aus der Kneipe gekommen war.

Fritz schüttelte den Kopf und steuerte in Richtung Eingang. Er musste versuchen, Alexa aus seinem Kopf zu bekommen; am besten fing er gleich damit an. Wenn sonst nichts half, musste er seinen Kummer eben ersäufen; seine Stammkneipe war dafür nicht der schlechteste Ort.

Kaum war Fritz über die Türschwelle getreten, brandete Applaus auf. Wie peinlich! Er war kurz davor, kehrtzumachen und aus dem Casanova zu flüchten, doch Rita und Sepp nahmen ihn in die Mitte und zwangen ihn mit sanftem, aber unerbittlichen Druck vorwärts.

Toni, der Wirt, eilte mit einer Maß Bier auf Fritz zu und klopfte ihm anerkennend auf die Schulter.

„Da ist er ja, unser Sherlock", „Ein Hoch auf den Ermittler", ertönte es von seinem Stammplatz an der Stirnseite der Bar. Dort saß nicht nur der Kriminaloberkommissar Stauffacher Franz mit seiner Sekretärin Michaela, sondern auch die gesamte Hackertruppe: der Unternehmer Peter Pongratz, der Apotheker Elmar Poiger und Leopold Schuhknecht, Richter a. D. und amtierender Präsident des Golfclubs Leonbach. Bei der letzten Mitgliederversammlung war er einstimmig gewählt worden, obwohl er gar nicht kandidiert hatte. Ganz Gentleman hatte er die Wahl dennoch angenommen – etwas Besseres hätte dem Club nicht passieren können.

Mit erstaunlicher Agilität sprangen die drei betagten Golflegastheniker auf und drückten Fritz. Auch die dicke Michaela ließ es sich nicht nehmen, ihn in einer festen Umarmung zu vergraben. Als Letzter stand Franz auf und räusperte sich. „Ich wollte die Gelegenheit nutzen, um mich in aller Form bei dir zu entschuldigen", begann er umständlich. „Es war nicht fair von mir, dich zu verdächtigen. Ich hätte dir in diesen für dich bitteren Stunden beistehen müssen. Ich weiß, mein Verhalten ist nicht zu entschuldigen. Ich bitte dich aber trotzdem, in Erwägung zu ziehen, in Andenken an unsere alte Freundschaft … ach du weißt schon!", brach er ab und streckte ihm verlegen die Hand hin. „Freunde?"

Fritz ließ ihn ein wenig zappeln und weidete sich an Franz' unsicherem Gesichtsausdruck. „Logisch, Freunde!", sagte er dann, schlug grinsend ein und zwickte Franz in seinen Bauchspeck. Das hatte sein Freund schon immer gehasst. Ungläubig zwickte Fritz ihn gleich noch einmal. „He, wo ist denn dein Speck geblieben?", fragte er verwundert.

„Den hat er mir vermacht", stöhnte Michaela und deutete auf ihre Hüfte. „Der Fall hat dem Franz den Appetit verdorben. Also hab ich die ganzen Leckereien selber verdrückt, die ich ihm jeden Morgen mitbringe."

„Ja, du Arme, hast ganz schön was mitgemacht mit mir!", bestätigte Franz ernst und fügte augenzwinkernd hinzu: „Keine Angst, ab sofort lasse ich dir nichts mehr übrig! Es geht nichts über deine Vanillehörnchen! Dank Fritz ist der Fall ja endlich aufgeklärt." Er wandte sich an seinen Freund. „Übrigens eine geniale Idee, die du hattest. Woher wusstest du, dass Estella schnurstracks zu dem Schlägerputztuch-Versteck rennen würde?"

„Da hast du mich draufgebracht. Du hast mir diese eklige Geschichte von dem Mörder erzählt, der die zerstückelte Leiche seines Opfers immer neu versteckte, wenn er Angst hatte, aufzufliegen."

„Stimmt, die Geschichte kenne ich", pflichtete Sepp ihm bei. „Außerdem habe ich gelesen, dass Täter nicht nur häufig an den Tatort zurückkehren, sondern auch immer wieder ihre Verstecke kontrollieren – also die Orte, an denen sie die Mordwaffe oder andere Beweismittel verbergen."

„Die Moserbuam – an euch sind zwei ausgewachsene Ermittler verloren gegangen! Seid ihr sicher, dass ihr nicht doch bei der Kripo anheuern wollt?", fragte Franz.

„Um Gottes willen! Das würde mich umbringen!“ Fritz fasste sich theatralisch ans Herz.

„Stimmt, für einen richtigen Ermittler bist du nicht abgebrüht genug. Deshalb hast du dir auch die Seele aus dem Leib gekotzt, nachdem alles vorbei war.“

„Haha“, machte Fritz. „Das lag nicht an meiner mangelnden Abgebrühtheit, sondern an den vier Stück Sachertorte und den fünf Schokoriegeln, die ich davor verdrückt habe. Das war sogar meinem Magen zu viel.“ Um nichts in der Welt wollte er zugeben, wie sehr ihn das Geschehen im Wald aufgewühlt hatte. Estella war eiskalt gewesen, hatte keinerlei Reue gezeigt.

„Dein übermäßiger Schokoladenverzehr bringt dich noch ins Grab“, bemerkte Peter Pongratz.

„So ein Blödsinn“, widersprach ihm der Apotheker Elmar Poiger. „Peter, du solltest lieber auch anfangen, Schokolade zu essen. Abgesehen davon, dass der gelegentliche Verzehr von Schokolade deine oft unerträgliche Laune heben würde, hilft er gegen Bluthochdruck und beugt Herzinfarkten vor.“

„Wo hast du denn diesen Schmarrn her?“

„Neue Studien belegen eindeutig, dass …“

„Ach, hör mir mit deinen neuen Studien auf!“, unterbrach ihn Peter grob. „Wenn ich alles geschluckt hätte, was du mir aufgrund der Erkenntnisse neuer Studien empfohlen hast, wäre ich längst tot!“

„Das ist gar nicht wahr!“, rief Elmar erbost.

Während die beiden aufeinander herumhackten, wandte sich Rita an Franz. „Was ist mit Estella? Hat sie dir die Tat gestanden?“

„Nein. Sie sitzt jetzt an Patrizias Stelle in U-Haft und will sich bis zum Beginn des Prozesses nicht mehr äußern.“

„Sie tut gut daran“, mischte sich Leopold Schuhknecht in das Gespräch ein. „Für einen Mord sieht das Jugendstrafrecht eine Freiheitsstrafe von bis zu zehn Jahren vor. Patrizia von Pirach wird ihrer Tochter mit Sicherheit einen exzellenten Strafverteidiger zur Seite stellen. Vielleicht gelingt es ihm, den Mordvorwurf zu entkräften. Eine Freiheitsstrafe wird aber so oder so auf Estella zukommen.“

„Ihre Golfkarriere kann sie sich jedenfalls abschminken", bemerkte Sepp.

„Das wird das Geringste ihrer Probleme sein", erwiderte Franz.

Fritz schüttelte den Kopf. Golf war Estellas Leben. Nicht mehr Golf spielen zu können würde sie härter treffen als jede Haftstrafe.

„Weil wir gerade von zwielichtigen Gestalten reden: Wo ist eigentlich das Wiesel abgeblieben?", fragte der Kommissar.

„Keine Ahnung." Fritz zuckte die Schultern. „Der Clubmanager hat seine fristlose Kündigung eingereicht und ist auf Nimmerwiedersehen verschwunden."

„Einfach so?" Franz beäugte seinen Freund misstrauisch.

Anstatt ihm zu antworten, lächelte Fritz geheimnisvoll.

Franz seufzte. „Schon gut. Wenn ich eines aus dieser ganzen Geschichte gelernt habe, dann das: Freunde müssen einander nicht immer alles sagen. Prost!" In einem Zug leerte er sein Bierglas.

„Ach ja, das hätte ich fast vergessen: Der Hofer Max lässt dich grüßen!" Peter Pongratz hatte sein Streitgespräch mit Elmar Poiger beendet und zog Fritz beiseite. „Ich soll dir ausrichten, dass der Hinterhuber keine Schulden mehr bei ihm hat. Hab ich da was verpasst?"

„Nein, nein, alles in Ordnung." Fritz lächelte in sich hinein. Wiese war tatsächlich am Tag nach ihrem „Gespräch" pünktlich um 12 Uhr bei Dr. Hans-Jürgen Hinterhuber aufgekreuzt und hatte ihm die 50 000 Euro überreicht. Wie es aussah, hatte Hinterhuber damit gleich seine Schulden beim Hofer Max bezahlt. Sehr gut.

„Ah, da kommt unser Überraschungsgast!", rief Rita und deutete aufgeregt zur Tür. „Alexa, hier sind wir!" Während sie der Journalistin winkte, flüsterte sie Fritz zu: „Dieser Abend im Casanova war ihre Idee. Um die Überraschung nicht zu verderben, durfte ich dir nichts sagen."

Ritas Worte drangen kaum zu Fritz durch. Alles, was er sah, alles was er hörte, war Alexa.

„Fritz! Endlich!", rief sie mit ihrer wohltönenden Stimme und eilte mit einem strahlenden Lächeln auf ihn zu. Wie sehr hatte er dieses Lächeln vermisst, wie sehr hatte er sich danach gesehnt. Er war süchtig geworden nach diesem Lächeln. Ein verräterisches Kribbeln breitete sich in seinem Bauch aus. Gleich wäre sie bei ihm, in seinen Armen, gleich würde er seine Lippen auf die ihren senken und sie küssen. Leidenschaftlich. Lange. Sehr lange.

Seine Fantasien zerplatzten wie Seifenblasen, als sich erneut die Tür öffnete.

Susi Süß trat ein, warf ihre langen blonden Haare nach hinten, scannte den Raum mit ihren blauen Katzenaugen und stakste auf ihren High Heels in Richtung Bar.

Bevor sie den Tresen erreichte, versperrte ihr Toni den Weg. „Wer solche Lügengeschichten in die Welt setzt wie du, ist hier nicht mehr erwünscht", sagte er entschlossen. „Ich bitte dich, zu gehen."

Susi verdrehte die Augen. „Sonst passiert was? Willst du etwa die Polizei rufen?"

„Wenn es sein muss", stotterte Toni verunsichert.

„Die Polizei bin ich!", brüllte Franz und erhob sich drohend.

„Setz dich, du bist nicht im Dienst", hielt ihn Alexa zurück. „Lass mich nur machen, ich kenne eine viel bessere Methode, um diese blöde Kuh loszuwerden."

„So? Da bin ich aber gespa..." Fritz kam nicht dazu, den Satz zu beenden. Alexa sprang ihn an, schlang die Beine um seine Hüften und küsste ihn, dass ihm Hören und Sehen verging.

Susi Süß anscheinend auch. Wie ein nach Luft schnappender Fisch sperrte sie ihren Mund auf und glotzte die beiden Verliebten mit hervorquellenden Augen an.

„Du kannst dein Maul wieder zumachen, du schaust ja aus wie ein Depp", wies Sepp sie zurecht.

Susi Süß schnaubte vor Wut und drehte sich auf dem Absatz um.

„Lass dich hier nie wieder blicken!", rief Toni ihr nach.

„Genau, sonst sperre ich dich nachträglich ein, wegen Verleumdung der übelsten Sorte!", drohte Franz.

Fritz hob amüsiert eine Augenbraue. „Lieber nicht, sonst kriegst du wieder Ärger mit deinem Chef."

„Der Brandlmeier macht mir keinen Ärger mehr!" Franz grinste.

„Der hat sich von keinem Geringeren als dem bayerischen Innenminister einen Rüffel eingefangen, weil er die vorläufigen Ermittlungsergebnisse im Fall von Pirach zu schnell an die Presse weitergegeben hat. Der ist jetzt so klein mit Hut. Noch ein Fehler, und er ist weg. Ich kann es kaum erwarten!“

„Na dann? Lasst uns anstoßen!“, rief Rita.

„Auf Fritz!“

„Auf Alexa!“

„Auf die Liebe!“

„Prost!“

Kurz vor Mitternacht trat Fritz hinaus in die laue Septembernacht. Er war beschwipst. Wohl deshalb sah er so viele Sterne über Leonbach funkeln wie noch nie – wahrscheinlich sah er sie doppelt.

Alexa umfasste mit ihrem Arm seine Hüfte, lehnte sich an seine Brust und deutete nach oben. „Schau mal, die Sterne! Ich habe noch nie so viele Sterne gesehen!“ Eine kühle Brise ließ sie erzittern.

Fritz legte ihr seine Jacke um die Schultern und zog sie an sich. So verharrten sie und betrachteten den Himmel. Ein Gefühl, das er lange nicht gespürt hatte, durchströmte Fritz, warm und weit zugleich. Es ähnelte dem Gefühl, das er empfand, wenn er einen Ball perfekt traf – nur war es um Klassen besser. Kein Zweifel: Es war pures Glück. Ganz ohne Ping.

Kleine Einführung in das Golfer-Latein

Abschlag

Der Abschlag ist eine markierte Fläche am Anfang eines jeden *Lochs*, von der aus der erste Schlag (ebenso Abschlag genannt) ausgeführt wird. Begabte Golfer platzieren den Abschlag vorzugsweise in der Mitte des *Fairways* oder gleich auf dem *Grün*. Bei minder begabten oder vom Pech verfolgten Golfern landet er wahlweise im Aus, in einem Wasserhindernis oder im *Bunker*. Nur beim Abschlag darf der Ball auf ein *Tee* aufgelegt werden. Die größte Schmach für einen männlichen Golfer ist es, eine „Lady" zu schlagen. Er wird in diesem Fall nicht etwa handgreiflich, sondern trifft seinen Abschlag derart suboptimal, dass der Ball maximal bis zur weiter vorne befindlichen Abschlagsfläche der Damen kullert.

Annäherung

Annäherungen auf dem Golfplatz haben im Normalfall nichts mit zwischenmenschlichen Beziehungen zu tun, sondern bezeichnen Schläge über eine kurze Distanz (auch Chip oder Pitch genannt) mit dem Ziel, den Ball möglichst nahe an der Fahne zu platzieren oder am besten gleich einzulochen.

Bag

Das Bag, auch Golftasche genannt, ist der „Werkzeugkasten" eines Golfers, in dem neben den Schlägern alles aufbewahrt wird, was während der *Runde* benötigt werden könnte: Golfhandschuhe, Bälle, Tees, Schokoriegel, bei Frauen eine ganze Reihe unvorstellbarer Sachen, die sich auch in ihren Handtaschen befinden, oder in Ferdinand von Pirachs Fall ebenso Zubehör für spontane Stelldicheins.

Ball ansprechen

„Hallo Ball, wo bist du?" Sprechende Golfbälle, die auf diese wichtige Frage eine Antwort geben, gibt es leider noch nicht. Den Ball ansprechen bedeutet stattdessen, dass der Spieler in Vorbereitung auf den Schlag seinen Stand einnimmt und den Schläger hinter den Ball setzt.

Bunker

Mit Sand befüllter Alptraum eines jeden Golfers, der leider nichts mit Sandkastenspielen, sondern vielmehr mit Krieg zu tun hat. Manche Golfer verschanzen sich richtiggehend im Bunker, das heißt, sie schaffen es auch mit zehn Schlägen nicht, ihren Ball aus dem Sandloch zu befreien. Meistens befinden sich die Hindernisse an strategisch bedeutsamen Orten, wie zum Beispiel direkt neben dem *Grün* oder auf dem *Fairway.*

Cart

Ein kleines Elektrofahrzeug für zwei Personen und zwei *Bags*, das den Marsch über den Golfplatz erspart und dem Golfspiel Spöttern zufolge den letzten Anschein von Sportlichkeit raubt.

Driver

Der Abschlag wird gerne mit einer Waffe namens Driver ausgeführt. Er ist das dickste Ding in jedem *Bag* und trägt seinem einschüchternden Äußeren angemessene Namen wie „Dicke Bertha", „Raketenantrieb" oder „Königskobra". Profis schlagen damit mehr als 300 Meter weit.

Driving Range

Der „Schießstand" der Golfer, auf dem Anfänger wie Fortgeschrittene nebeneinander an ihren Schwüngen feilen, ihr Schlägerarsenal testen oder sich für die *Runde* aufwärmen.

Eagle

Die frühen Golfer müssen Vögeln (genauer: den gefiederten Tieren) sehr zugetan gewesen sein. Wohl deshalb haben sie erfolgreich gespielte Löcher nach Vögeln benannt. Wer für ein Par-5 nur vier Schläge benötigt, spielt eins unter *Par* oder einen „Birdie" (Vögelchen). Zwei Schläge unter Par werden „Eagle“ (Adler) genannt, drei Schläge unter Par „Albatros“. Wer ein Par-5 mit nur einem Schlag einlocht, hat ein „Hole-in-One“ oder einen „Condor“ gespielt – ein Ereignis, das noch seltener sein dürfte als die vom Aussterben bedrohten Greifvögel.

Eisen
Ein kompletter Satz dieser Schlägerart umfasst Eisen 1 bis 9 sowie ein Pitching Wedge und ein Sand Wedge, wobei man mit dem Sand Wedge den kürzesten und höchsten Schlag erzielt und mit dem Eisen 1 den weitesten und flachsten – falls man diesen mittlerweile kaum noch verwendeten Schläger trifft. Sogar ein Golfpro sagte einst: „Wenn es auf dem Golfplatz anfängt zu gewittern, halte ich mein Eisen 1 in die Höhe, denn nicht einmal der liebe Gott kann das Eisen 1 treffen.“

European Tour
Die höchste europäische Spielklasse. Anders als es der Name vermuten lässt, werden die Turniere der European Tour auf allen Erdteilen außer Nordamerika veranstaltet.

Fairway
Die kurz gemähte Spielbahn zwischen *Abschlag* und *Grün.* Es wird vom höher geschnittenen Rough begrenzt, in dem so mancher Ball auf Nimmerwiedersehen verschwindet. Meistens sind die *Fairways* zu schmal – nicht jedoch für einen spanischen Golfpro, der für seine unberechenbaren *Abschläge* bekannt war. Mit Galgenhumor erklärte er einst: „Ich wollte das Fairway wäre schmaler angelegt, dann müsste jeder aus dem Rough spielen, nicht immer nur ich.“

Flight
Ein Flight bezeichnet im Golf nicht etwa einen Flug, sondern eine Gruppe von maximal vier Spielern, die zusammen auf die *Runde* gehen. Nicht selten wissen Flightpartner mehr übereinander als die jeweiligen Ehepartner, deshalb sollte man sie ähnlich sorgsam aus-

suchen. Sonst können die durchschnittlich vier gemeinsamen Stunden auf dem Platz schnell zur Hölle werden wie ein Mittelstreckenflug mit Dauerturbulenzen. Denn wie es so schön heißt: „Um den wahren Charakter eines Menschen zu erkennen, muss man mit ihm Golf spielen."

Greenkeeper

Ein speziell ausgebildeter Fachmann, der sich um die Pflege des Golfplatzes und die Wartung der Maschinen kümmert. Leider wird er nicht selten zum Sündenbock frustrierter Golfer, etwa wenn das Grün zu schnell oder zu langsam ist oder notwendige Pflegemaßnahmen den Spielbetrieb behindern.

Grün

Grün ist auf einem Golfplatz eigentlich alles. „Das" Grün meint jedoch die besonders kurz gemähte Rasenfläche am Ende einer Spielbahn, auf der sich das Ziel eines jeden Golfers befindet: das mit einer Fahne markierte *Loch*.

Handicap

Das Handicap zeigt die Spielstärke eines Golfers an. Die Frage nach dem Handicap ist daher ähnlich intim wie die Frage nach der sexuellen Orientierung, die Antwort darauf mindestens ebenso aufschlussreich. Anfänger werden mit Handicap 54 in die inoffizielle „Hackerklasse" eingestuft, das heißt, sie dürfen den Platz 54 Schläge über *Par* spielen. Ein im respektvollen Flüsterton geraunte „Der ist Single" gibt nicht etwa Auskunft über den Beziehungsstatus des Golfers, sondern weist darauf hin, dass er sich in zahlreichen Turnieren ein Handicap im einstelligen Bereich erspielt hat – diesen nahezu göttergleichen Status erreichen vorwiegend Studenten, ehemalige Profisportler oder Rentner, kurz: alle, die viel Zeit haben.

Holz

Ein weiterer irreführender Begriff aus der Golfwelt: Obwohl das Holz Holz heißt, ist es nicht aus Holz gemacht, sondern aus Metall.

Diese Schlägerart hat einen relativ dicken Schlägerkopf und wird für die langen Schläge vom *Abschlag* oder *Fairway* verwendet.

Loch

Ums Einlochen dreht sich beim Golfen alles. Angeblich haben alle Löcher einen Durchmesser von viereinviertel Inch (107,9 Millimeter). Trotzdem sind die meisten Löcher zu klein, das wusste schon Winston Churchill. Der bezeichnete Golf als ein „Spiel, bei dem man einen zu kleinen Ball in ein viel zu kleines Loch schlagen muss, und das mit Geräten, die für diesen Zweck denkbar ungeeignet sind." In jedem Loch steckt eine Fahne, damit das schwer zu treffende Ziel aus großer Entfernung zu sehen ist. Auch die gesamte Spielbahn wird als Loch bezeichnet.

Par

Dieser Wert steht für die Anzahl an Schlägen, die ein sehr guter Spieler durchschnittlich benötigt, um den Ball vom *Abschlag* in das *Loch* zu spielen. Wer ein kurzes Par-3 mit drei Schlägen oder ein langes Par-5 mit fünf Schlägen bewältigt, hat *Par* gespielt. Läuft es einmal nicht so gut, schlagen die Kobolde (Bogeys) zu: Ein Schlag über Par wird als Bogey bezeichnet, zwei bzw. drei Schläge mehr als Doppel- oder Triplebogey.

PGA

Die Professional Golfers Association (PGA) ist ein Verband der Berufsgolfer und unter anderem für die Ausbildung von Golflehrern zuständig.

Pro/Proette

Abkürzung für „Professional", also einen Berufsgolfspieler – einen Playing Pro, der an Profi-Turnieren teilnimmt, oder einen Teaching Pro, besser bekannt als Golflehrer. Weibliche Profigolfer heißen Proetten; warum, weiß kein Mensch.

Putten/Putter
Ist der Ball endlich auf dem *Grün* gelandet, wird er mit einem Gerät namens Putter mit mehr oder weniger Versuchen ins Loch befördert. Eine Ironie des Golfsports ist es, dass ein 30-Zentimeter-Putt genauso viel zählt wie ein 300 Meter weiter *Abschlag*, oder wie es ein erfolgreicher *Pro* formuliert hat: „Die Abschläge sind für die Show, das Putten fürs Geld."

Regeln
Weltweit wird Golf nach denselben „Offiziellen Golfregeln" gespielt. Alle vier Jahre werden sie von einer Expertenkommission überarbeitet und in unzählige Sprachen übersetzt. Eine Bibel für jeden Golfer, denn: „Wer nicht nach den Regeln spielt, spielt irgendein Spiel, jedoch kein Golf." Darauf möchten manche frei nach Katharine Hepburn erwidern: „Wer alle Regeln befolgt, hat weniger Spaß."

Runde
Eine Runde erstreckt sich über 18 *Loch* und dauert je nach Spielstärke und Fitness der Mitspieler zwischen drei und fünf Stunden. Danach wird mindestens ebenso lange im Clubrestaurant über jeden einzelnen Schlag reflektiert. „Hätte, wäre, wenn" sind dabei die am häufigsten gebrauchten Wörter der Golfer.

Sand Wedge
Ein Schläger, mit dem versucht wird, den Ball aus dem Bunker zu befreien. In 99 Prozent der Fälle ist der Schläger schuld, wenn das nicht auf Anhieb gelingt.

Scorekarte
Auf der Scorekarte wird die Anzahl der benötigten Schläge pro *Loch* festgehalten (Score), aus denen zusammen mit dem Handicap die erreichten Punkte errechnet werden – wie genau das vonstatten geht, ist höhere Mathematik. An schlechten Tagen wird die Scorekarte gerne verloren oder es wird geflunkert. Weil der eine besser

spielen und der andere besser zählen konnte, sollen schon die dicksten Freundschaften in die Brüche gegangen sein.

Socket

Einem Golfer, den man nicht ausstehen kann, wünscht man nicht die Pest oder Cholera, sondern den weitaus gefürchteteren Socket an den Hals. Bei diesem verunglückten Schlag prallt der Ball rechtwinklig vom Schläger ab. Ein Socket sorgt bei Mitspielern oft für blaue Flecken auf den Beinen und beim betroffenen Spieler für größtmögliche Verunsicherung, die nicht selten zu teuren Besuchen beim Psychiater oder gar der Aufgabe des Golfsports führt.

Tee

Wie so viele Begriffe im Golfsport hat auch dieser mehrere Bedeutungen – nur das Heißgetränk ist nie damit gemeint. So wird die markierte Abschlagsfläche neben *Abschlag* auch Tee genannt, ebenso wie der kleine Holz- oder Plastikstängel, auf dem der Ball nur beim *Abschlag* platziert werden darf. Und mit „Tee-Time" ist nicht der Nachmittagstee gemeint, sondern die verabredete Abschlagszeit für den Start der Runde.

Tiger Woods

Lichtgestalt des Golfsports, bis er durch seine Sexsucht in Negativ-Schlagzeilen geriet. Man könnte sagen: Sex war sein *Handicap* …

Tot am Stock

Diese Redewendung soll nicht heißen, dass ein Toter am Stock liegt und ist genauso wenig eine Anspielung auf das Opfer in diesem Buch. Vielmehr bedeutet sie, das
‚s der Ball so nahe an der Fahne bzw. am *Loch* zum Liegen gekommen, dass der nächste *Putt* unmöglich daneben gehen kann – doch es gibt auch Ausnahmen, denn leider existiert das Wort „unmöglich" im Golfer-Latein nicht.

Weitere Bücher der Autorin

Herr Hund

(Roman, 114 Seiten)

Der Mischlingshund Alfons ist so hässlich, dass ihn niemand mag – er sich selbst am wenigsten. Um den Hundstagen im Tierheim ein Ende zu setzen, würde er sich am liebsten im Wassernapf ertränken – bis eine noch hässlichere Spinne und ein bildschöner Rasserüde sein Leben auf den Kopf stellen.

„Eine berührende Geschichte voller Weisheit, die Hoffnung macht und zeigt, dass jeder sein Leben selbst in die Hand nehmen kann.“

Printed in Germany
by Amazon Distribution
GmbH, Leipzig

23176844R00173